岩 波 現 代 文 庫

定本
批評メディア論

戦前期日本の論壇と文壇

大澤 聡

Satoshi OSAWA

文芸 355

岩波書店

凡　例

- テクストは原則として初出に準拠する。月単位での前後関係を重視する。
- テクストの表題類に後接した数字は掲載媒体の刊行年月を意味する。
  [例](一九三二・七)＝一九三二年七月(号)に発表
- テクストの詳細な書誌情報はすべて該当註に送る。
- 本文中の「　」は基本的に引用符として使用する。
- 引用文中の[……]は引用者による省略を意味する。
- 引用文中の[　]は引用者による補記を示す。
- 引用文中の／は原文における改行箇所を示す。
- 引用に際し、原文の圏点やルビのたぐいは基本的に省略する。

目　次

序章

編集批評論

1　商品としての言論　ギルドから市場へ

2　批評のマテリアリズム　課題設定

3　出版大衆化　円本・革命・スペクタクル

4　ジャーナリズム論の時代　総合雑誌史

5　時限性と非属領性　本書の構成

1 商品としての言論 ギルドから市場へ

言論でも思想でもよい。もちろん批評でも。それらの名に値する営為は日本に存在しただろうか？ ――これが本書を貫く問いだ。

いくばくかの羞恥心なしには、こうして文字にすることさえはばかられる、あまりにも素朴なこの問いに対して、けれども決定的な解答が与えられたなどという話は寡聞にして耳にしない。

あるいは、はなから反語として理解する向きもあろう。存在しなかった、と。じつのところ、この一見シンプルな借問に私たちは、むしろいかようにも答えることができてしまう。「言論」や「思想」、「批評」の確たる定義をもたないためだ。それだけではない。「営為」や「存在」も含意はゆらぐ。「値する」の基準も不明瞭である。このたぐいの問いはかならず定義問題へと還元される。回答のバリエーションは各個別の語彙解釈に左右されるだろう。もしくは、無際限に留保がつきまとう泥のような論議へと収斂していく。どこまでも言い訳めく。それにしても、なぜ私たちはそのように歪んだかたちでしか答えを与えることができないのか。

設問を変形しよう。ひとはなぜそれを「言論」なり「批評」なりと呼ぶのか？　なにをもって「ここには批評(性)がある／ない」と裁断的に言明しうるのか？　結論めいたことを先取りしていえば、私たちの判断は経路に深く依存している。情報伝達はなんらかの媒介＝メディアを必要とする。例外はない。その形式こそが印象の大半を決定している。とすれば、回答の確定にいたる道程はおのずと絞られる。分析は〝可能性の条件〟にこそ向かわなければならない。つねに隠蔽されてばかりの、可能性の条件に。

限定しよう。「文学」で考えてみる。

文芸批評家だった大宅壮一は、論説「文学の時代的必然性」のなかである極論を展開している[1]。一九三〇年一月の記述だ。

どんなにすぐれた作品でも、それが商品にならない限り、何等の「価値」も認められない。しかも商品にならない限り、社会的に存在することは不可能である。／こゝにおいて、従来の純藝術的基準と対立して、新しい商品的基準が発展され、それが漸次前者を圧迫し、駆逐せんとする傾向を示してゐる。

補足が必要だろう。大宅は論文「文壇ギルドの解体期」(一九二六・一二)によって本格的な言論活動に入った。[2] その際、硯友社以来の徒弟制度的な「文壇」を封建社会の職能集団に見立てた。[3] すなわち、「ギルド」に。戦前期の「大宅壮一」はいまなお、まれに使用されるこの標語をもってのみかろうじて文学史上に記憶される。「文壇ギルド」では、「素人」／「玄人」を截然と区画する「マスタア」機能が優位的に作用していた。特定の人間関係が登壇を認証する。そして、「「有名」になつた者同志が互に褒め合ひ、問題にし合つて「有名」を維持して行く」。[4] この「有名」性と党派性の力学が文壇を存続させる。ところが、時代は既得権益の一元的な囲い込みを許容しなくなりつつあった(すぐあとで述べるようにそれは技術革新の一帰結だ)。そこで、大宅は特権崩壊の徴候をつぶさに観測してまわる。そのうえで、現象の背後に潜む要因を律儀に列挙してみせる。いまは詳細を省こう。

「文壇ギルド」に取ってかわったのは、数年後の大宅の論説「「第三期」文壇論」(一九三二・七)にしたがえば、「ヂャーナリズム文壇」とでも呼ぶべき空間だ。[5] 測定基準の場は「ヂャーナリズム」へと移る。[6] そのころ、ジャーナリズムは極度に肥大化しはじめていた。あらゆる領域を呑み込んでいく。いまや、作家が作家たるには、「ヂャーナリズムから——「資本」から認められ」る以外にない[7](大宅「文壇に対する資本の攻勢」一九二八・九)。一九三〇年前後、日本の文学場はひそかな、けれども決定的な転形期をむかえていた。それは〝「文壇ギルド」から「ヂャーナリズム文壇」へ〟というシステム移行として結実する。限定された人的ネットワークによる承認から、開放された商業ジャーナリズムによる査定へ。そのように要約できる。ギルドなき文壇は市場原理にゆだねられる。さきの発言はこの変位のなかで捉えなおさなければ理解を誤る。もちろん、瞬時に移行したわけではない。複数の「基準」が併存した。文壇のロジックは多元複層的に構成されていた。ここに転形期ならではの重属性を見出してもよい。

大宅のいう「商品的基準」が文学作品たちを覆い尽くす。「純藝術的基準」をフィクショナルに担保しつづけてきた旧文壇はもはや「価値」を保証してはくれない。それどころか、「藝術的理想主義」そのものが成り立たない。[8] 圧倒的な「資本」の前に「駆逐」されてしまう(前掲「文学の時代的必然性」)。大宅は論説「バラック街の文壇を観る」(一九二九・六)のなかにこう記した。[9]「作品は「文壇」の仲介を経ないで、消費者若くはその代表者と直接取引をしなければならなくなつた」。商業空間において読者は「消費者」として立ち現われる。「消費者」として振るまう。彼ら彼女らの眼前には「作品」が陳列されている。そう、文字どおり物理的に陳列される。まったき「商品」として。どれを手にとるかは消費者個々の選好に依拠する。もしそうでないなら、そこには別の「基準」、なんらかの外的な強制力が併走しているといわざるをえない。選好の集中度が「市場価値」と相関する。論文「文壇ギルドの解体期」はこの語彙に「マアケット・プライス」とルビをふった。あらゆる存在が「マアケット」で測定される。金銭との「取引」の対象と化す。

シニカルで殺伐とした情景だろうか。しかし、そこにこそ大宅の思惑はあった。かねて、「文学といふものを特別に神聖視」する認識の解除をくりかえし遂行的に訴えていた[10](「事実と技術」一九二九・五)。文学から過剰な「神聖」性を剝離しようと試みる[11]。人びとを魅了してやまぬ文学性など、文字どおり虚構にすぎないというわけだ(後述するように、文学の本質ではなく「技術」へと一直線に向かう大宅の手つきはここに由来する)。ことあるごとに、大宅は文学の世界の仕組みを衆目に晒し出した。これは自身が随行したプロレタリア文化批評の文法を先鋭化させた帰結でもある。システム自体をマニュアルとしてあけすけに論じ尽くす。露悪的なまでに執拗に。そして、システムへのまなざしをも商品に組み込もうとする。そのために、多くの顰蹙と論駁を誘った。大半は文学神聖性の護持を優先する論客によるものだ。しかしながら、そうした拒否反応さえもたちまち、大宅の用意した枠組へと絡めとられ、その強化に粛々と奉仕させられてしまう。反商品的たらんとする態度までもが商品と化す。もはや誰もこの循環から逃れることはできない。

この種の戦略的な身振りをとったのはなにも大宅だけではない。当時、幾人かの批評家がそれに近い認識を示した。大熊信行もそのひとりだ。経済学者ながら文芸事情に通暁していた彼は、論説「文学のための経済学」(一九三三・五)のなかでつぎのようにいう[12]。

娯楽の自由が原則的にゆるされてゐる社会では、ひとびとは何をえらみ、何をたのしむも自由である。文学がおもしろくなければ、文学以外の「よみもの」にうつり、そして、なほ一層気にいつた娯楽をみいだせば、これまでの読書時間は、その方にさかれてしまふであらう。

かくのごとき消費者として読者は実在した。なんと移り気な消費者たちだろう。軽薄で凡俗な、知的に頽落しきった消費者。その居心地のよい凡俗ぶりに即応した「商品としての文学」という視角が大熊の立論を規定している[13]――大宅や大熊、それから後述の杉山平助らはこのタームをこぞって頻用した。消費者の可処分的な時間と金銭は有限である。なににどれだけ充当するかは相対的に決定される。大熊は「時間配分」や「経済配分」の観点から読書行為を切りとった(後年、大熊はそのふたつを「資源配分問題」と一括し、議論をさらにシンプルにする)[14]。受容環境が問題にされている。そこにおいて、「文学」はなんら特権性を帯びない。上位概念の「読書」も例外ではない。ほかの「娯楽」＝商品との競合関係の地平に組み入れられる。大熊は映画や芝居、ラジオ、音楽、レヴューなどをあげた。なべて選択肢と化す。あらゆるジャンルがフラットに並列化する世界――。大宅のいう「ヂャーナリズム文壇」もまたこうした条件を前提に成立している。

この場合、「ヂャーナリズム」はかなりの割合で雑誌空間と重ねあわさる。あるいは、新聞の学芸欄や文芸欄(本書では「学芸／文芸欄」と表記する)が創出する空間と。当時、そのふたつの空間は刊行リズムにおける差分を巧妙に利用しあいつつ緊密な連動関係を構築していた。刊行ペースだけではない。リーチ範囲の差分も強烈に意識されていた。たとえば、青野季吉はいっている。「広汎な文筆的インテリゲンチヤの間に認められうるのは、主として雑誌ジヤーナリズムに依存してであるが、その大衆化又は社会化といふ部面になると、雑誌はとうてい新聞の敵ではない」(「現代ジヤーナリズムと文学」一九三五・八)[15]。複数メディアによる相互連絡の接面に単一のメガシステムが幻視される。それを母体に人工的な文壇共同体が立ちあがる。

整理しよう。「ギルド」解体はなにより文学場への参入障壁を押し下げた。そこに新たな書き手が大量に流入する——この流入現象もまた大宅による観測報告のひとつだった。とすれば、彼らを回収し束ねあげる機関が要請される。「文壇ギルド」にかわるないにかが。そこで、雑誌や学芸／文芸欄などの各種媒体が効率的に機能した(時代背景は後述)。かくして、「ヂャーナリズム文壇」がメディア上に仮構される。

雑誌や学芸／文芸欄は文学の独擅場ではない。当然だ。それ以外の領域の言説も膨大に共存する。むしろ、既存の学的領野を越境したハイブリッドな議論の取り交わしにこそ存在価値の大半はある。アマルガムな雑居空間、「雑 - 誌」というインターフェイスを構成していた。それにともない、文脈や人員の地政学的な配置図の再編が継起する。全体として、討議のプラットフォームがそのつど形成されていく。ゆるやかに。特定の志向体系に収まりきらないその空間は、ときに「論壇」と呼び慣わされもした。ここへも「資本」は浸透する。というよりも、そもそもそれは商業ベースで起動していた。論壇は特定の人的ネットワークによる承認を初発の前提としない。さらには、大学的磁場からも一定の距離が確保された場所で出立している。

ことは文壇や文芸領域に限定された問題ではありえない。言論全般が市場に流通するのだから。とすれば、私たちに必要なのは、たとえば「論壇」と「文壇」を同一平面で解析しうるようなタームや枠組だ。中井正一「「壇」の解体」(一九三二・一)は、「壇」(文壇、画壇、歌壇、俳壇、論壇……)のメカニズムを一元的に説明しようとしている。[16] いわく、あらゆる「壇」は「不安」への「防衛」を起点とする、と。「藝術的不安」だけではない。むしろ、それは「第二次的不安」にすぎない。「経済的不安」という「真の一次的不安」に促され生成する(ちなみに、「不安」は一九三〇年代前半の日本社会や実存のありようを象徴するキーワードでもあった)。だとすれば、「壇」が「沈滞」「解体」したさきはあきらかだ。「企業的言葉」と「藝術なるや丶神聖なる言葉」との「組合せ」で整理できると中井はいう[17](「文壇の性格」一九三二・一)。「藝術の売込的レディーメード性、藝術の売色的線香性、幇間性、落語的被注文性、藝術の速力化、合理化、大量生産化」といった方向性は不可避だ、と。大宅のいう「ヂャーナリズム文壇」の諸特性の一面が的確に表現されている。

批評にせよ思想にせよ、まずは物理的なパッケージをまとう。商品としての外装だ。そのうえで消費者＝読者に広く供される。とうぜん、ほかの言語商品や情報商品との競争に晒されるだろう。それにとどまらない。文学を事例に述べたとおりである。消費者の時間や金銭を他種サービス群と争奪する(ラジオや映画などのニューメディアは脅威と映った)[18]。そこでは機能的に等価な経済現象として併置される。言論は「商品的基準」のもと否応なく査定される。思想や創作を覆った神聖性もオプションのひとつになりさがる。それは絶対的ではありえない。私たちは「企業的言葉」を軽視すべきではない。

仮にこの商品＝市場性を否定するならば、本書を導く冒頭のあの問いは、ただちにこう回答されなければならない。存在しなかった、と。だが、それは大宅のいう「純藝術的基準」が専制するまやかしの世界をしか意味しない。商品としての位相は言論や作品に拭いがたくつきまとう。こうした端的な被拘束性を忘れてはならない。これは自明だ。しかし、であるがゆえに等閑にふされる。そう、あまりの自明さゆえに。

疑う余地のないこの条件を私たちの考察の出発点に定めよう。非本質的で瑣末とされてきた、たとえば商品という外形こそを分析の俎上にのせる。その非本質的なものに媒介されずに言論が存在することはありえない。検討されるべきは言論の存在形式だ。

2　批評のマテリアリズム　課題設定

議論の範域を拡張する。

論壇や文壇によって構成されるシーンはふたつの相貌をあわせもっていた。討議／芸術空間としての位相と、商業空間としての位相と。両空間の斥力と求力が批評のダイナミズムを発生させる。ジャーナリズムにおいて両相は分かちがたくむすびついている。にもかかわらず、前者ばかりがクローズアップされてきた。学問的にも、批評的にも。かりそめに後者があつかわれたとしても出版産業論の文脈に制限された。そこでは反対に前者が完全に切断される。いずれも不十分といわざるをえない。私たちは両相を包括的に語る枠組もボキャブラリもまだもちあわせていない。

冒頭の問いに戻ろう。あるひとは「存在した」と回答する。強靭な魅力を湛えた固有名を選出していうだろう。この思想家を見よ、と。もちろん、小説家や批評家でもかまわない。また別のひとは複数の固有名を並べ立てるかもしれない。特定の系譜の描出を企図して。ときにその排列は群像劇に仕上がる。専門的には、思想史や文学史、批評史として叙述されもしよう。いずれにせよ、そこで測定されているのは言説やテクストの内的意義にほかならない。折り畳まれた拡張可能性(＝伸びしろ)が問われる。解読者は各自でそれをときほどく。あるいは、自身の文脈に応答してくれる断片や論理を任意に取り出す。たしかに、この種の手続きは無視しえぬ成果をもたらしてきた。テクストや固有名の延命にも貢献した。だが、言論発祥の現場を決定的に見誤っている。二面性の一方しか見ていないのだから。そのかぎりで、言論の総体的な把捉にどこまでも失敗しつづけるだろう。

思考は剝き出しで流通しない。媒介を要する。雑誌なり新聞なり、あるいは書籍なりのインターフェイスを。その物質性こそが商品空間に屹立する。読者が手にするのは商品だ。でなければ、「社会的に存在することは不可能である」(大宅)、「存在することはできない」(大熊)。[19]

事態はひとつの執筆態度をたぐり寄せるだろう。すなわち、みずからのテクストが商品たらんことをあらかじめ想定した執筆態度である。程度の差こそあれ、あの移り気で散漫な読者を意識しないわけにはいかない。いや、この説明もまだ不正確だ。書き手はあるいは意識しないかもしれない。けれども、発表媒体はかならず別の誰かの手によって設計されている。大方は編集者のディレクションとして。企画内容だけではない。冊子の形状やデザインから紙／誌面のレイアウトにいたるまで、読者傾向を綿密に計測したフォーマットが用意される。思考はその所与の鋳型に流し込まれる。形状をもつ。媒体上の制約も少なからず受ける(紙幅の設定など)。そうやって結果的に、書き手は読者を意識したかたちとなる。

ひとはなにゆえそれを言論なり批評なりと見做すのか。その判断基準は外的な要素に深く根ざしている。フォーマットの様態が認識の相当部分を決める。どのような場所に印字されているのか。先行するなにと類似した文体や表記法を採用しているのか。長さはどれくらいか。ことごとく経路に依存する。そうした条件の数々をここではさしあたり「様式(スタイル)」という語彙で代表させておこう。

ある特定の様式を備えたものは言論と名指され、別のものは言論と呼ばれない。批評も同じだ。いうまでもなく、読者の手元において形式は内容に先行する。事前に形式から内容が推測される。経験的な学習を積んだ成果としてそれは可能になっている。したがって、適合するバリエーションはごくかぎられる。それ以外の大半はそもそも読者の認知限界を超える。まずもって、それと認識されるには正統な様式性を揃えておく必要がある。言論は各種の外在的形式に強く規定されている。事前にであれ、事後にであれ。じつのところ、内容など読まれてはいないのだ。

にもかかわらず、ひとはこの条件を度外視する。あまりに自然化された制度として作動するがゆえに、それを見ない。見ることができない。そのため、フォーマット設計時に混入した人為性や偶有性が意識から排除されてしまう。あたかも無重力空間で制約なく発語されたかのごとくあつかう。後世の批評行為や通史的記述が嵌る陥穽はこれだ。商品であった履歴などつとめて忘れたがっているようですらある。言論は市場経済と無縁だったし、そうあるべきだといわんばかりに。あるいは、二次的、三次的な転載の連鎖(単行本、選集、全集、文庫、ウェブ……)が初出環境を忘却させるのかもしれない。単行本や全集といったパッケージに格納されるや、テクストはにわかにソフィスティケートされた装いを帯びる。しかし、そもそもそれらはきわめて猥雑な空間に差し出されていたはずなのだ。

復誦しよう。言論は商品として存在した。市場のダイナミズムの渦中に放り込まれる。私たちはこの存立条件を意識化する地点から出発しなおさなければならない。ごく素朴に、虚心坦懐に。経済資本に還元されざる価値の剔出ばかりがテクストと対峙する誠実な態度ではない。むしろ逆だ。

このさきのアプローチは幾通りにも分岐するだろう。たとえば、私たちはマーケットそのものに意識を傾注することができる。そこでは出版市場の統計データに依拠した精緻な経済分析が期待される。書き手たちの収支状況の変動をリサーチしてみてもよいかもしれない[20]。原稿料や印税、著作権など課題は山積する[21]。あるいは、時代別の読書実態にフォーカスすることもできよう。読者の消費環境をいまに伝える特殊資料の発掘と解読が単発的ながら進められてきた[22]。日記やアンケート、回想記など断片的な記述を活用して。デモグラフィックな解析を可能ならしめる諸データもいくらか存在する。これらの成果に新知見を累加する手堅い実証の作業は不可能ではない。多方面に寄与するはずである。

しかし、これより本書がたどる行程はいずれにも該当しない。そのたぐいの情報への目配りはミニマルにとどまる。といって、個別テクストの解読に沈潜するわけでもない。では、私たちはいったいなにに着手しようとしているのか。

たとえば、さきの「存在した」にこう再問してみよう――ならば、どのように？　私たちは、なにが記述されているか（＝内容）ではなく、どう記述されているか（＝形式）に軸足を移動させる。どういった場所に掲載されているのか。問題化されるのはその点だ。内容分析から形式分析へ。これは言論や批評を発表形態の物質性において捉えかえすスケール、言論の存在論の導入を意味する。言論を言論たらしめている、批評を批評たらしめている下層構造や諸装置に関心が注がれる。約言すれば、言論や批評のアーキテクチュラルな位相へとむかう。もしくは、場やシステムそれ自体へと。そう、課題はメディアの考察に傾斜する。

メディアは無色透明ではありえない。むしろ、メディアこそがメッセージである（M・マクルーハン[23]）。コミュニケーションの意味産出にそれは不可避的に介入してやまない。中性的なコミュニケーションなどありえない。にもかかわらず、こと批評や言論となるとコンテンツばかりが饒舌に語られる。他方、メディアは秘して語られない。この偏りはあまりにロマン主義的だ。それはいかに設計されたのか。なぜそのようにデザインされているのか。どの要素も読者を強烈に意識した出力結果だったはずである。そこにこそ商品としての相貌が立ち現われる。[24] さきに引いた中井正一「文壇の性格」(前掲)はこういってもいた。[25] 編集主体は「紙面の体裁を大衆の要求を目標として、予め設計して割当てる。或場合はその書かるべき内容すらをも大体設計図の中に入れて置く(ママ)」。本書の示しうる能力の過半はこの「設計図」＝言論の条件の解明に費やされる。

大熊信行は論説「工藝品としての書物」(一九三三・五)で文学(言論)の商品態をふたつに大別した。すなわち、「定期刊行物」と「単行本」と。初歩的な分類だ。そして、後者のもつ「工藝的価値」を解析する。[26] 装幀や活字、紙質に「代価」の大部分は支払われているという(だからこそ、しばしばコレクションの対象にもなる)。文字どおりマテリアルな要素である。しかし、そこでいう「物的な存在形式」は内容と完全に独立し、端的に、ある。大熊自身も内容と形式は「無関係」だと断言している。[27] そちらは、フェティッシュとしての「存在形式」に固執する凡百の書物論にまかせておけばよい。

私たちは内容－形式が相互前提的な関係を切りむすぶ界面へと目を転じる。たとえば、書き手のメッセージ(＝内容)に対して少なからず規範的な拘束力を発揮するエディトリアルデザイン(＝形式)の批評性がそれだ。ときに執筆行為をほとんど生理的に管轄してしまうほどの操作性。そう、私たちは編集という行程にアクセントをおく。こうした目的のもと、「よみすてられたあとで、書架をかざるといふことがない」[28]と大態が不問に付したもう一方、すなわち「定期刊行物」に専念しよう。具体的には、雑誌や新聞の各種記事様式に照準を設定する。なぜか。理由はいくつかある。

社会批評家の戸坂潤は論説「新聞の問題」(一九三三・二)でこう述べている。[29]「編輯労働の形態は単行本に於てよりも雑誌に於て著しい。そしてそれが最も徹底した純粋な場合が[……]新聞の編輯なのである」、と。「編輯労働」とはなにか。その内実は前段で以下のとおり整理される。

[……]編輯労働の特色は、第一に、その生産品たる編輯物が、一つの作品又は論文といふやうな夫々の特性に基く内容価値の所有者ではなくて、これ等の特性ある内容価値を平均するやうな輪郭的な価値(夫は例へば目次に現はれる)と物的効果に基く外部価値(例へば装釘とか組み方)との所有者だといふことである。と云ふのは、この生産品に於ては、個々の文章の内部価値は、全く輪郭的なもの例へば題と人名とによつて置き代へられ、題と人名との結合がそして編輯物の特有な価値である報道価値を生産するのである。[……]編輯労働の第二の特色は、その労働価値がただ一回の労働の内に横[た]はるのではなくて、持続的な労働系列といふ形式的な過程

の内に初めて横[た]はるといふ点にある。編輯労働の価値はその週期性に依存することを注意すべきだ。

「編輯」は思考や創作の「内容」に直接には関与しない。かわりに、コンテンツとしての定型を与える。それにより認知可能な範囲内に「平均する」。つまり、「輪郭的な価値」を有している(すでに私たちは「装釘」や「組み方」などの「外部価値」を考察から除外している)。ただし、その「価値」は「週期性」を前提とする。戸坂は編集をそう位置づけた。じっさい、ある編集作法は起源を遡ればかならず特定の、けれどもほとんどの場合は名も知らぬ編集者による偶発的な着想へとたどり着く。それが連続的に酷使され、その反復性が偶発を必然へと変換する。そして定着する。すかさずほかの媒体も模倣をはじめる。この一連のプロセスのなかで公共性を帯びていく。定型＝様式が確立されるのはここにおいてだ。と同時に、時間の経過は派生態や融合態を無数に生み出しもする。どれも「週期性」に由来している。そうした可視的な様式群はほどなく、読者の認識枠組にジャンル概念を芽生えさせるだろう。物的な記事様式の理念化。さしあたって、それを「記事ジャンル」と呼ぶことにしよう。

あるひとつの雑誌や新聞には多彩な記事様式が併載されてある。それは浮薄な一般読者の移ろう興味を少しでもつなぎとめる工夫でもあった。あの手この手でフックをつくる。じっさい、ギミックとしての記事様式が大量に発明された。背景には熾烈な販売競争がある。読者の消費欲求やニーズをいかに喚起、あるいは充足させるか。目先をかえることでいかにアテンションを獲得し、維持するか。商業主義のロジックがこれでもかと作動する。それらを反転的に捉えるならば、紙誌面から同時代読者の姿形が透かし見えてくるはずだ(ここで、R・シャルチエの読書論を援用してみてもかまわない[30])。「大衆[読者]の要求を目標として」(中井)、インタラクティブに誌面が設計されているのだから。

では、同時代読者とは誰のことか。前提となる時代状況を急いで概観しておこう。次章以降の議論をあたうかぎりコンパクトに進めるために。整理の過程で読者の位置価も測定されていく。

3　出版大衆化　円本・革命・スペクタクル

社会批評家の室伏高信は、エッセイ「二分の一ジヤアナリズムの横行」でつぎのように述べている[31]。一九三二年二月の証言だ。

この頃では、大抵な悧巧な青年は、雑誌の小説を一々読む代りに、新聞の月評をのぞいたゞけで間に合せると聞いてゐる。論壇時評なるものゝ近頃流行し出したのもこの種の新しい読者心理に訴へるためであるかも知れない。

小説作品や高度な知識を要求する論文が毎月大量に生産される。個々の頁数もかさむ。すべて読み込んで消化するのは容易ならざる行為だ。時間的にも金銭的にも、なにより能力的にも——この三点を大熊信行もまた配分資源の基本尺度としていた。しかしながら、「青年」たちは知的流行についていかねばならない(教養主義的圧力)。文芸時評や月評、論壇時評、社会時評をはじめ各種時評は、こうした一般読者の知的欲望=欠如に即応する緩衝装置としておおいに活用されたのである。膨大に存在するオリジナルのテクストを随時選別する。それらをダイジェストに仕立てる。そこにアジェンダを見出す。可能ならば、一定のビジョンを添加して。こうした代行的な中間作業の提供はあらゆる側面(=時間、金銭、知力)で怠惰な読者たちに絶大な利便をもたらすだろう。

時評にかぎらない。この時期、近似した論理と発想に由来する記事ジャンルや出版スタイルが陸続と誕生している。読書行為の省力化は時代の趨勢だった。言論をとりまくコミュニケーション・チャンネルの多様化が進行する。そのいくつかが「流行し」た。驚くべきことに、その大半は一〇〇年近くが経過した現在でも運用されつづけている。いささかも形状をかえることなく。だからこそ、機能不全に陥ってもいる。本書の言外の関心はこの現状へとことあるごとに差し戻されることになるだろう。
いかなる経緯においてそれらは産み落とされたのか。いまいちど当時のコンテクストを掘りさげておく必要がある。それは本書全体の枠組にかかわる。キーワードは大衆化だ。極限まで圧縮しておこう(昭和戦前期の出版状況に精通した読者は必要に応じてスキップしてかまわない)。

関東大震災直後に全集販売が流行した[32]。一九二四年から数年間のことだ。多くは予約制をとる。それが助走期となって、一九二七年よりつぎのフェーズに移行した。いわゆる「円本」ブームが出版界を席巻する。一冊一円の廉価版全集が激増した。改造社が社運挽回すべく仕掛けた『現代日本文学全集』(一九二六・一二―一九三一・一二)の刊行に端を発する。そのダンピング路線の成功は他社の類似企画を膨大に誘発した。数百種にのぼったという。日本文学にかぎらない。世界文学、経済学、法学、科学、芸術などおよそありとあらゆる分野の全集が出そろう。全集という圧倒的物量を誇示するスタイルが、いっそう旧作のストックの放散を演出した。

必然的に、同系全集間での販売合戦が過熱する。その際、宣伝媒体として新聞や雑誌など他種メディアが活用された。それらは多元的に連結し、一大キャンペーンを編制する(たとえば広告の同時多発的な連日出稿など)。それだけではない。ほかのテクノロジー群もプロモーションに総動員された[33]。代表的な事例は、作家や批評家が全国各地を巡廻する関連講演会の開催である。あるいは、それと頻繁にセット上映された映画コンテンツ。そして、音楽や演劇……。多感覚型のメディアイベントが組織され、スペクタクル化していく。一連の狂躁を顕在的な画期として日本の読書環境は一変した。

　そのさきに、出版大衆化(＝近代化)状況が到来する。『現代日本文学全集』はみずから「文学の民衆化」を謳う[34](内容見本の文言だ)。同全集の開始直後、競合他社の社長でもある菊池寛は、「文藝時評」(一九二七・一)のなかでそのセレクションに不満を示しつつも、「効績(ママ)」をこう称賛した[35]。「文学的読者を、異常に開拓した」、と。そう、大衆読者は「開拓」されたのだ。それも「異常」なまでに。「文学的読者」だけではない。ときを同じくして、ジャンル横断的に新たな読者層が発見されはじめていた。従来、民衆なり大衆なりは知的読者たりえなかった。それどころか、あらかたノンリテレイト層だった。その彼ら彼女らが読書空間へと大量に呑み込まれていく。ここに、マスとしての読者が誕生した。階級横断的に読者階級が形成される。大正末期から昭和初頭にかけて加速した高等教育の大衆化とも連携する(学生＝潜在読者の急増)。学生読者に支えられた知的中間層のボリュームがその後数十年にわたって、日本の言論ジャーナリズムを維持しつづけることになるだろう。かくして出版市場が膨張する。量的拡大はそのつねとして質的変容をともなう。

おりしも、東京では一九三二年に市域拡大が敢行された（一五区→三五区、面積は約七倍に）。室伏のエッセイが発表された年である。同様の再編は相前後して全国的に進行した。新聞社や雑誌社、出版社など情報発信を司る諸機関は商機をつかむべく、新市民層＝中間層の増幅への対応を迫られた。商圏拡大を見すえた編集方針の調整は不可避だった。

新たな読者にも享受可能な文学。あるいは言論や批評。その提供はいかにして実現したのか。なにより低価格化は必定だった。[36]円本ブーム以降、廉価販売がデフォルトとなる。印刷・製本などの技術革新による大量生産‐大量販売がそれを可能にした——「大量生産薄利多売主義の時代が来た」[37]（無署名「文藝春秋」一九二七・三）。技術革新が新たな市場を生成させる。そのとき既得権益は大幅に解体される（「文壇ギルド」から「ヂャーナリズム文壇」へ）。あらゆるイノベーションにともなう必然の流れだ。出版をとりまくビジネスモデルそのものが刷新される。

大宅壮一「出版革命の勝利者」（一九二八・一二）は円本の登場に「出版界に於ける産業革命」を見た。[38]刊行点数が爆発的に増加する。内容面では平易化が進む。それは総ルビに象徴されよう。大衆小説や随筆の流行もおおむねこれに相即する。[39]考えうるかぎりの読解補助の装置が追加された。低廉と平易を兼備したパッケージが続々と発明される。文庫や全書、新書など出版インフラの整備はこの延長線上にある（いわゆる「講座」ものは円本に数年先行した)[40]。いずれも近い時期に連続的に考案されている。それもこれも知的中間層の需要に即応するためにである。そして、拡販に奉仕するいくつもの方策がそこに実装されていく。こうして出版は大衆化する。

『現代日本文学全集』で成功を収めた改造社は攻勢に出た。一九二七年二月、雑誌『改造』の定価引下げを断行する(八〇銭→五〇銭)。同時に組版を改変し、一頁に積載する文字数を増やす。あわせて総ルビも適用。「誌面の一大革命」を掲げた[41]。ここでも「革命」である。新規開拓した読者を全集から雑誌へと誘導しようというわけだ。そのための水路が着々と設営される。この動きを受けて、他誌『経済往来』の「編輯後記」(一九二七・四)は、「雑誌が営業本位である」のは当然だといった[42]。いまや、「販路の拡張が生存条件」なのだから。「読者の趣向に投じる商品を、ウント安く提供する外ない」。それがリアルタイムでの共通認識だった。

対抗誌『中央公論』も応対を迫られる。平均総頁数も漸次増加していく。五〇〇頁を超過する号も出る。そこでも熾烈な広告合戦がくりひろげられた。パブリシティ戦略も巧妙化する。かくして、低コストで膨大なテクストにアクセスできる読書環境が出現する。「出版革命」の効果はむしろ雑誌界において顕著に現われたのである。媒体種の多様化が進む。総合雑誌や文芸誌、一般大衆誌、婦人雑誌、各種ジャンル誌など、軒並み刊行点数が激増している。先行する委託販売制(一九〇九年開始)や定価販売制(一九一九年開始)の導入がそれを支えた。出版取次による流通ルートの全国規模の整備も作用する。流通圏拡大は円本ブームがもたらした副産物のひとつだ。なかんずく総合雑誌の躍進が著しい[43]。

一般読者の獲得と冊子の大容量化が進む。それにともなって、誌面拡充が多面的に試みられる。各種時評や月評、書評、座談会といったバラエティに富む記事フォーマット群の多くがこの時期に定着している。定義しだいでは、いずれも日本独自の文化アイテムだ(海外の対応物の比定や翻訳作業の困難を想像してみるとよい)。ごく短期間に集中的にそれらは発生した。

雑誌間で連鎖的な相互模倣が組織される。あるいは、折り重なるアレンジメントと踏襲と転位が。その過程でスタイルが洗練されていく。行き着くさきはコモディティ化だ。急速に成熟期へと突入し、現在までつづく言論環境が完備される。一方では、一般読者たちの知的欲望=欠如に即応すべく緩衝装置として用意された。情報量の急増に対応する処理能力をもたない読者層の便宜がはかられる。商品であることが強烈に意識された。他方でそれらは、書き手たちの意識を形式面から深く規定する。論壇ジャーナリズムの成立と成熟はこうした時代条件に支えられていた[44]。私たちが注目するのはこの基盤形成期にほかならない。

かくして、「新しい読者心理」(室伏)に呼応した誌面が要請されていく。そのように整備する。しかし問題はそれにとどまらない。室伏の論説と同じ年の一二月、哲学者の三木清は論説「批評の生理と病理」にこう記した[45]。結果的に、室伏の議論を半歩進める内容になっている。

今日或る人々はもとの論文やもとの作品を読まないで新聞や雑誌の論壇時評や文藝時評或は「豆戦艦」などを読むだけでその論文やその作品についての定まつた意見を作つてゐるといふことがなくはなからう。これは固より歓迎すべきことでない。然しながら批評家・プロフエッサーと雖も時には同様な遣方をしないといふことは不可能である。

専門的読者(=「批評家・プロフエッサー」)までもが時評類を手軽なマニュアルとして活用する。それによって、つぎのようなサイクルが開かれる。ある評者の私的な「意見」や批判が時評というなかば公的な意匠をまとう(第1章で述べるように、しかしそれは偽装された「公」性だ)。そして、多くの専門家に配送される。専門家たちは時評で得た知識や認識との距離感覚を素地にみずからの「意見」を再組織するだろう。それが各自の仕事に反映されもする。そのプロセスにおいて、私的な「意見」はしだいに公共性を獲得していく。効率優先の読書環境の整備が「精神のオートマテイズム」をもたらす。[46]三木の懸念はそこにむけられている。つまり、時評(的な言説)の流行は思想の定型化を招くのではないか。それは批評精神の空無化にほかならない。三木のそうした危機感は正当なものだ。とはいえ、三木自身もこのシステムの外部に立っているという保証はどこにもない。

読者のみならず書き手に対しても規範的な拘束力をもつ、と前述したのはこの意味においてである。そのことは少なからず同時代的に察知されてもいた。では、どのように。本書を導く基本ツールを確認しよう。そのなかであきらかになるはずだ。

4　ジャーナリズム論の時代　総合雑誌史

一九三〇年前後、あるタイプの議論がジャーナリズムに急増する。[47]ほかならぬジャーナリズムを批評対象とした言説たちだ。それは『綜合ジャーナリズム講座』全一二巻(一九三〇—三一年)の刊行に代表される。[48]コミュニケーションの様相についてのコミュニケーションの増殖。自己言及の流行は当該領域の成熟を示す指標となる。日本のジャーナリズムはつぎなるステージへ進むための模索段階にあった。具体例で考えよう。『経済往来』一九三〇年一一月号に掲載された特集「現代ジャーナリズム批判」を例にとる。

この特集は活字メディアの現状を俯瞰した論説群からなる。千葉亀雄「現代ジャーナリズム論」をイントロダクションとして、青野季吉「現代新聞論」、山川菊栄「現代婦人雑誌論」、早坂二郎「現代娯楽雑誌論」など各論がならぶ。『経済往来』は一九二六年に経済情報誌として創刊した。ところがこの時期になると、論壇総合メディアへのモデルチェンジを画策しはじめる。[49] 並行して、同種の企画が頻繁に組まれるようになる。ジャーナリズム論はスプリングボードとして要請されたのだ。

特集内の新居格（にいいたる）「現代高級雑誌論」の存在それ自体に構図が再帰的に集約される。文中、「高級雑誌」は『改造』『中央公論』の二誌を指す。用語定義はない。かわりに二誌共通の特徴があげられる。こう整理してある。[50]「社会、政治、経済の評論雑誌であると共に、その一部をさいた文藝部面でも注目を以つて迎へられてゐる」。最小限だ。が、的確な解説になっている。じっさい、当時そのような意味で一般的に使用された。では、内容面はどうか。

新居はつづける。従来、『改造』には「急進」、『中央公論』には「穏健」というレッテルが貼られる傾向にあった(そしてそのレッテルはまちがっていない)。だが、いまやその「評語」は機能しない。のみならず、イデオロジカルには逆転現象すら観察された——無署名「雑誌界の二代表」(一九三一・二)は、同じ月の両誌を比較しこの点に言及する。[51] 新居によれば、二誌ともに特定の「主義」を護持しているわけではないからだ。[52] なにより、「少なからざる執筆者が重複」している。[53] 一誌限定の常連寄稿者はむしろまれである。したがって、内容で両者を識別することはむずかしい。ならば、読者はなにを頼りに選択すればよいのか。新居の回答は明晰だ。「執筆者の組合せ、問題の覗ひ所、何をどう捉まへた」か、といった諸点に特徴は表出する。あるいは、「どうして得がたき原稿をとつて来たか」、に。それは「月々に決定される」。ゆえに、評価は固定しない。基準はそのつどの編集技法に見出せ。そう指南する。

たしかに、少なくないであろう読者が編集の巧拙や成否を判断材料に雑誌の購入を決意している。新居にいわれるまでもなく。ただし、多くは無自覚のうちに。

読者はその月々の編輯を見て(もしその一冊だけを買ふとすれば)そのどちらかを買ひ求めるやうになるのではないかと思はれる[……]。例へば、今月の創作は「改造」の方が面白さうだが、論文は「中央公論」の方がよく集められてゐるとか、中間物はどつちがどうだとか云つたやうなことによつてその去就が、その月々できめる浮動読者層があるやうになつて来たのではないかと思はれる。(54)

そう、全員が定期購読者とはかぎらない。むしろそれは少数派だろう。「浮動読者層」が広く存在した。文字どおり移り気な読者だ。歴史的データを参照する者が見落としがちなのはこの種の条件である。定量的なデータ(発行／販売部数)は購入決定にいたる全プロセスを消去してしまう。読者は複数誌を比較する。店頭で、もしくは紙上広告で。そのうえで購入している。比較考量の尺度として優位にくるのは「月々の編輯」だ。ただし、比較には同種性が先行する。同一カテゴリへの帰属が前提となる。この場合、それが「高級雑誌」と通称された。おのずと競合する。

『中央公論』は一八九九年一月(前身『反省会雑誌』は一八八七年八月)に、『改造』は一九一九年四月にそれぞれ創刊した。一九二〇年代前半、両誌は拮抗しながら対象領域を拡大していく。アカデミズムと共依存関係をむすびつつ、とりわけ社会科学方面でのプレゼンスを増大させた。時代を画す諸論争の舞台を幾度も提供することになる。そして、時局や政局を論評する新規媒体として定着していく。商業的にも社会的にもステータスを上昇させた[55]。その結果、論壇の構成拠点と化す。一九二〇年代後半には、出版大衆化を背景として飛躍的に部数を伸ばした。両誌が商業路線を強化するのはこの時期だ。読者層が大規模に開拓される。大衆化時代にあって、にもかかわらず「高級」でありつづける[56]。そのことが逆説的に商品価値をもった。新居はくしくも「通俗高級雑誌」というねじれた表現さえ与えている。むろん、内実は平易化が進む。だが、相対的に難解ではある。その難解さゆえに欲望の対象になりもした[57]。大熊信行のいう「よみがたいが買ひたい本」に相当しよう[58](「愛書家と読書家」一九三二・五)。

読者の拡大と並行して執筆陣も充実していく。マルクス主義全盛の最中、左派論客たちが大学から放逐された。彼らは新たな活動の場を商業誌に見出す。たちまち環境適応を見せた(第1章で詳述)。層や束になって「高級」を演出する。そのなかで知的言説の商品化が急速に進行した。販売競争のプロセスで誌面スタイルも随時調整される。ジャーナリスティックに洗練されていく。

もちろん、論壇にとどまらない。一九三三年の雑誌状況を回顧した匿名記事はこう整理した[59](『出版年鑑　昭和九年版』)。「これ等の雑誌[＝「綜合雑誌」]を通じて、極度のヂヤーナリステツクな傾向が支配し、いはゆる藝術的なものの思想的なものは次第にはみ出された形勢になつて来た」。つぎの文言があとにつづく。「しめだしを食はされた藝術的作品を拾ひ集めて守りたてやうといふ傾向が別に起つて来た」。のちの章で見る『文學界』や『行動』などが具体的な事例だろう(第3章)。あるいは、『文藝通信』や『文藝』が。創刊が連なる。いずれも一九三三年秋の出来事なのだ。それが「文藝復興」の機運を醸成した。というよりも、円本ブームを着火点とする「文藝復興」の情勢に後押しされて創刊ラッシュが現出した。既存の老舗文芸誌『新潮』の独占状況を切り崩しはじめる。総合雑誌と文芸誌の動向がみごとに連動していた。ならば、双方を立体的に縫合する必要がある。総合的な考察を可能にする枠組の設計が本書のミッションのひとつだ。

「現代高級雑誌論」のちょうど五年後、新居格は「綜合雑誌論」という類似の論説を発表する。『日本評論』一九三五年一一月号にそれは掲載された。『経済往来』の改題後継誌だ(一九三五年一〇月に改題)。ふたつの論説のタイトルからうかがえるとおり、「高級雑誌」が「綜合雑誌」と呼びかえられた。文脈は大差ない。ただし、該当誌に変化が見える。『改造』『中央公論』だけだったところに『文藝春秋』『日本評論』の二誌が追加された。論考の冒頭見開き頁には四誌の書影を挿掲してある。掲載誌そのものを勘定に入れているのがポイントだ。

一九三〇年/一九三五年のふたつのテクスト。そこには微細な差異がある。その差異はこの五年間の雑誌界の変遷を雄弁に物語っている。先行誌の成功をうけて追随例が続発した。個別領域に特化していた雑誌までもが超ジャンル型の「綜合」を志向する。転態が進む。類似雑誌も続々と創刊された。そのことごとくが『改造』や『中央公論』を参照・模倣する。ほどなく、一群の雑誌には「綜合雑誌」なる総称があてがわれた。いつしか正式な用語として浸透する。

では、この語は一九三〇年から三五年までのどの時点で出現したのか。さらに解像度を上げよう。いささかの煩瑣を承知のうえで、確定させておきたい。本書の主要な分析対象でもあるからだ。

『出版年鑑』は各年の上半期現在(主に前年)の出版動向を克明に記録した年刊資料だ。「雑誌総目録」欄が一連の変動をきれいにトレースしている。一九三〇年の「昭和五年版」において、各誌はそれぞれ以下の領域をあつかう媒体に分類された。『中央公論』

『改造』は「政治・社会」。『経済往来』は「財政・経済・商業」。『文藝春秋』は「文藝」。これが一九三四年の「昭和九年版」で再編される。四誌すべて「政治・社会・評論(綜合雑誌)」をあつかう、と。経時変化の詳細は註にゆずる。[60]ここに、「四大綜合雑誌」というくくりが完成した(したがって、「綜合雑誌」は戦時期の雑誌統廃合に際し、当局により部門分けの呼称として新設された用語だという、従来採用されてきた解説は厳密には正しくない)。[61]一九三三年頃から、「高級雑誌」という汎称に加えて「綜合雑誌」も広く併用されはじめたと推定される。そして、急速に後者が優勢になっていく。もちろん、初出はさらに遡行可能だろう。

新居論説の発表はそのあとだ。論旨は前稿とかわらない。「執筆者が大体似たり寄ったりだとすれば、所謂高級綜合雑誌の差異は雑誌社の編輯方針と編輯プランによつて生ずる」ほかない。[62]そう復誦した。歌舞伎になぞらえてもいる。「役者の如何よりも出し物が問題」というわけだ。「役者」は有名性を帯びた書き手である。ならば、「出し物」はさしずめその演出法に相当しよう。具体的にはテーマ設定などに。著名な書き手の利用はもはや前提条件になっていた。「一般に通つた名前が要求せられる」[63](中井正一「文壇の性格」前掲)。その点では他誌との「差異」が発生しない。鍵は演出=「編輯」にある。それを競う。

たとえば、座談会記事。その商品価値はもっぱらキャスティングに依存している。固有名の「組合せ」——前稿で新居が使った言葉だ——しだいでいかようにも増減する。論争中の論客同士のマッチメイクは記事の話題性を一躍高めるだろう(第3章で詳述)。帰属集団や活動フィールドを異にする論客たちの異種交配も自在だ。存在しなかった文脈をほとんど捏造することさえ可能となる。編集とは有限の固有名の組み合わせである。そう極言してみてもあながちまちがいではない。コミュニケーションそのものをデザインする。ほかにも、この時期に新たな誌面企画や記事様式が数多く誕生した。手をかえ品をかえ、斬新なアレンジ法が模索された。しかも競合誌は増加の一途をたどる。その結果、模倣と差別化のリズムが加速し、熾烈な編集合戦が展開された。かくして、誌面は急速に成熟していくのである。

新居は提案する。[64]「この雑誌のこのテーマよりあの雑誌のあのテーマがいゝと云つた風に月々の出来不出来を批評する」態度を導入せよ、と。同様に、杉山平助「文藝時評」(一九三二・三)は、「新聞雑誌の編輯批評といふものをもつと盛んに起さなければならない」と再三強調した。[65] そう、要求されているのは「編輯批評」というアングルだ。[66] それは、読者が購入に先立ってなかば無意識裡に行なう比較検討よりもいくらか専門的であり、そうした読者の選好を導く要因にこそ分析の焦点を絞った批評となろう。じっさい、新居や杉山はそれに相当する批評テクストを量産した。彼らは「編輯者の立場と共にその心理をも十分に理解してゐる」[67](大宅壮一「文壇的人気の分析」一九三五・四)。だからこそ、編集者から重宝されたのである。[68]

ふたりにかぎらない。ジャーナリスティックな読みをする書き手が広く活躍した。[69] 極度のジャーナリズム性をもった観察者たち、さきに見た大宅壮一や大熊信行、あるいは青野季吉や戸坂潤などがそうだ。あわせて、「出版資本及びそれを囲繞する番頭手代たる編輯者、或はその編輯技術といつたやうなもの」に専心する批評欄も随所に設置された[70](杉山平助「匿名の流行」一九三三・五)。「編輯技術」の主題化は時代に要請される批評態度だった。これは当時の言論空間が自己修正的なオペレーションを備えていた証左でもある。しかしながら、ほとんどは忘却の淵に追いやられてしまった。奪人称化する。単行本化の機会も少ない。勝本清一郎「現代文藝批評家論」(一九三五・六)は、杉山平助の「仕事」をこう評している。[71]「単行本で読まれては彼の評論も台なし」、と。コンテクストを繰り込むことによってはじめて意味をなす文章構造になっているからだ。

文藝批評家にもいろ〳〵なタイプがあるのであつて、紙の上の批評文そのものの中にその仕事の生命がこめられてゐるやうな仕事振りもあるが、杉山氏の場合の如くに、現実の社会の中に波紋を起す作用の中にこそ自分の仕事の生命を見出してゐて、その波紋が静まれば彼の仕事の生命も終り、もし彼の仕事が残るとすればそれは書き残された評論集の中にではなく、文壇が実際に動いた歴史の澪の跡にこそ何らかのかくれた形でうかゞへる、と云つた風な仕事ぶりもある。／「死んでから名を残さうとか藝術を残さうとかいふ気もちはトコトンのところまで突きつめると、私にはない」と彼ははつきり云ひ切つてゐる。

ポーズとしてのその自負にたがわず、杉山の仕事は残らない。大宅にしても大熊にしても、ほかの仕事はともかく、編集批評のテクストは残らない。まずもってかえりみられない。その徹底した適時性ゆえに。しかし、後世の視点で検分するならば、そこには萌芽的なメディア論をはじめいくつもの未完の着想が折り畳まれていたとわかる。私たちはこれからその種のメタテクストを膨大に発掘していく。点状に分散した非人称的で匿名的な言説の断片。それらを線状に走査する。そして、そのつど論述のガイドとしてリサイクルする。即時利用が可能な形態にパッケージ化する。パフォーマティブには、同じ議論の反復を停止し、ステージをさきに進めるために。

したがって、私たちはいささか特殊な読解態度を要求されることにもなるだろう。つまり、場合によっては、分析対象そのものを導きの糸としつつ分析枠組を再構築していくという入れ子型の論述を露呈する局面がおとずれるかもしれない。再帰的な言説群から抽出されたエッセンスを再帰的に適用する。これはともすれば事後的な定義や評定が必要以上に介入してしまう倒錯的な視座を抑制する必要に鑑みてのことだ（そもそも

「メディア」なるくくり自体が後代の概念でしかない)。同時代の言語なり感触なりによって言論生成の現場を浮かびあがらせる。優先されるのはそうした作業だ。それゆえ、執拗に引用に語らせるスタイルをとる。批評論と称して現在の私たちが展開しそうなことの大半はすでに誰かによって語られてしまっている。何度もそれを痛感するだろう。

5　時限性と非属領性　本書の構成

川端康成「信念と若い無謀さで」(一九三三・一二)は、同時代の編集者たちにこう助言している。[72]「編輯者に期待するのは、無私の公平よりも無私の独断である。文壇だとか読者とかいふものの幽霊の正体を見抜くことが必要である」。

だが、この要望への応答は困難をきわめたはずだ。時代的にはリサーチの限界もあった。編集者のみならず、批評家たちもまた「正体」をつかみかけては取り逃がしている。「文壇」や「読者」だけではない。「論壇」や「批評」、「言論」も同様だ。おそらく、これらは足場を欠いた人工的概念にすぎない。かといって、制度の虚構性や無根拠性を暴き立てるだけの断言にどれほどの価値もない。本書のミッションのいくらかはこの「幽霊の正体を見抜くこと」にある。それらはエコシステムを形成していた。単体での完結性などありえない(先行モデルとしての文壇なくして論壇は存立しえなかった事実を想起すれば足りる)。異なるスケールを自在に往還しつつ複数の擬制的空間を連動させる、そのようなメガリージョナルな想像力の回復が「幽霊」の捕獲には不可欠だ。ことさらに、「雑‐誌」というインターフェイスが強調されるのもそれゆえである。多領域の混淆した批評言語が交換される場＝空間の力学やメカニズム、あるいはそれが立ちあがる一連のプロセス、その理論／実証的な解析に全体の課題は設定される。

日本ではごく短期間のうちに言論の場が完成した。一九二〇年代後半から三〇年代中盤にかけてのことだ。現在もこの時点で構築されたパラダイムの只中に批評はありつづけている。本書の解像力と関心の大半は当該期間につぎ込まれる。直接取りあつかう対象もくどいほど時代的に限定される。にもかかわらず、獲得される成果の効力の射程は特定の歴史段階に局限されるものではない。任意の歴史的局面に適用可能となるだろう。成熟のタイミングこそが正しく測定されなければならない。したがって、ここで通史的な全容解明は目指されていない。厳密な起源も問題ではない。無際限なまでに恣意的な遡行が実現してしまうのだから。通史としてスケッチするにはまったく別の目的と筆致とスペースとが必要になろう。本書はそうした一切に興味をもたない。ここで描かれるのは、いってみれば批評の進化史というよりも生態図に近い。

各種の記事様式や出版形態が連接的に誕生する。きわめて限定された時／空間に大半のアイテムと要素とが出揃った——そして、現在にいたるまで延命している(ただし制度疲労を起こしながら)。定着のプロセスも極度に圧縮された。先述のとおり、それらは偶発的な条件のもとに産み落とされる。ジャーナリスティックなセンスの所有者たちに目ざとく論評されもするだろう(そうした初期反応をあたうかぎり拾い集める作業も本書の課題のひとつだ)。偶発ながら、連鎖的な転位と模倣の果てに公共性が獲得され、自然化する。急速に。定型も確立する。そして、インフラとして機能した。以降、ほとんど意識されない。それらを本書では「批評メディア」と総称することにしよう。私たちはそのデザインワークの軌跡を追跡していく。

議論の進行とともに私たちは、歴史的考察が言外にたえず現代的な課題として折りかえされていることに気づくだろう。主張やイデオロギーをいちど括弧に繰り入れ、言論の地盤形成とその変遷を唯物論的に捉えかえす。迂遠で凡庸なアプローチだろうか。だが、ここからしか批評の再設計も再起動もありえない。

本書の分析対象を包括する語を選定しよう。

さしあたって私たちは、「言論の環境」にそれを代表させておく。さきの「言論の条件」に加えて。ゆえなきことではない。たとえば、文芸批評家の矢崎弾はことあるごとに「環境」を問題化した。「わが批判者に与ふ」(一九三四・七)でこういっている。[73]「新文学から豊作を期待する念願に飢ゑればこそまづその環境をもの語り、旧人批評家の予備知識たらしめようとした」。一九三三年前後、矢崎は小林秀雄に後続する新進気鋭の批評家として颯爽と登壇した。その際、「新文学」の後援を宣言している。文学の現「環境」＝条件を数えあげ、それを「旧人」たちに周知徹底させる。そうした作業から出発したのだった。一冊目の著書のタイトルはまさに『新文学の環境』(一九三四・一二)だ。むろんこれは一例にすぎない。谷川徹三なら「周囲」というタームにそれを集約させてしまうだろうし[74](『文学の周囲』一九三六・一二)、大熊信行なら「メカニック」と表現してみるだろう[75](『文学のための経済学』一九三三・一一)。

これから私たちが従事する作業も、環境＝条件をひとつずつ炙り出し、数えあげていく試みにほかならない。それは、たとえば音楽の領域でいうノーテーション(＝記譜法)に、舞台演出でいうセノグラフィ(＝構成技法)に相当しよう。言論を縁どる舞台装置を並べていく。そうした視角をとることで批評のサーキュレーション(回路／普及)に焦点をあてる。それをプロトコルに整理する。最終的に総体として提示されるのは、批評の再生にむけた「予備知識」(矢崎)だ。目的地はもうあきらかだろう。

――とでも書き起こせば、本書の冒頭も多少はすわりがよいのかもしれない。ところが、これから各章で取りあつかわれる対象は、じつのところ、いずれも序章を冠するなどおよそ相応しからぬ性格のものばかりだ。そっけなく裸で投げ出されるべきものだといってよい。

じっさい、それらは従来いかなる領域においても関心が払われてこなかった。その無関心ぶりたるや完璧といってよい。研究や批評の対象にならない。非属領的な周辺物、もしくは風景としてつねに放置されつづけてきた。まずもってその通俗性と時事性ゆえに。「よみすて」(大熊)があらかじめプログラムされた「雑文」に属す[76]。ましてや、その雑文を評したテクストはいうにおよばない。時間性に耐えない。どれもあらかじめ時限化されたメディアだった[77]。そればかりか、当の書き手のキャリアにおいてもしばしば等閑視される。誰のものでもよい、単行本や全集における座談会記事のあつかいを想起せよ。決してマスターワークと見なされてはいないはずだ。研究的視点からサイドリーダー的なポジションを与えられるのが関の山だろう。だが、それらはほんとうに放置し去るべき対象なのか。

　事態はテクスト内容(真/偽)を重視する構えに由来している。それでは粗雑な記事様式の存在意義の大半は捉え損ねられてしまう。内容以外(=以前)の側面に照準を再設定する必要がある。たとえば、テクストをとりまくコミュニケーション形式(提供/消費)に。したがって、ここではプロダクトとしてのクオリティは問題にならない。この理解のうえで、私たちは各欄の成立プロセスと諸機能、存立機制を検討していく。歴史的に、理論的に。批評的に。時限性を抱えた取るに足らぬテクストたちを、むしろその時限性と取るに足らなさゆえに召還する。コンテクストが拡散してしまった後代において積極的な参照に値する対象たりうるはずだ。それらこそが秩序の準拠点として知的公共圏=

空間を維持していたのだし、時間性に耐え残りつづけるテクスト群の正統性を周辺部から備給していた。ほんらい、正統なテクストの内容の解読はその作業のさきになければならない。だが、これまでそこが問われることはなかった。

*

さて、本書の核部は五つの章で編成される。そこに、記事様式がひとつずつ割り振られていく――論壇時評(第1章)、文芸時評(第2章)、座談会(第3章)、人物批評(第4章)、匿名批評(第5章)。これらは一例にすぎない。けれども、私たちの考察にとって優れたサンプルではある。なぜこの五つが選出されたのか。それは行論の過程であきらかになっていくはずだ。そして、なぜこの排列なのかも、また。私たちは、五つの様式を一巡するなかで冒頭の問いへの回答の提出を目指す。

章間には小さな単位の問題系の相互リンクを網状に貼りめぐらせる。そして、各章末尾は次章への申し送りで開かれる。したがって、排列順に読み進めたならば、いくつものシークェンスが透かし見えてくるはずだ。章を跨いだ連絡関係を結節線として複数のサブテーマが併走する。場合によっては、既存の思想史や文学史の上書きが試みられもするだろう。とはいえ同時に、章単位での単独の完結が可能な構成にもなっている。必要や関心に応じて、どの章から読みはじめても障害がないよう配慮を施す。事前の予備知識も求めない。必要な範囲で情報を圧縮し立論に組み込む。考察の過程でキーワードが順次浮かびあがるはずだ。だが、ここで詳細な予示は避ける。事前に見取図を与える作業はこの序章の任務ではない。

下準備が長くなった。本論に移ろう。

第1章

論壇時評論

1 論壇とはなにか　第一の課題設定
2 レジュメ的知性　総合雑誌の論壇時評
3 空間画定と再帰性　学芸欄の論壇時評
4 メディア論の予感　相互批評の交叉点
5 消滅と転生　自己準拠的なシステム

1　論壇とはなにか　第一の課題設定

一九三六年九月、戸坂潤は『読売新聞』の「論壇時評」欄を担当した。それは、《「論壇時評」とはなにか》という問いからはじまっている。自己言及的な問いだ。しばらくその時評は「論壇」論として展開する。論壇の基盤を構成する「評論」や「雑誌」といった諸要素に行論の大半は費やされる。

戸坂は論壇時評におけるある「困難」を説く[1]。その困難は「文藝時評」と比較してみることであきらかになるという。戸坂の認識を斟酌するならば以下のようになるだろう。文芸時評は「文壇」の存在を自明の前提とする。文壇は「文学」という個別のジャンルや領域にその属性を特定することが可能である。ようするに文壇的事象とは、文芸誌や総合雑誌に掲載された文学作品や文学評論、あるいは文学関係の書籍、さらには文学者らのゴシップなどのことだ。これは常識的な了解に支えられている。他方、論壇時評はどうか。こちらは「論壇」の存在を前提とするはずだ。ところが、論壇は確固たる共有イメージを獲得してはいない。なぜなら、特定の個別領域に帰属させることが不可能だからである。論壇的事象は、政治、経済、法、文化、思想など多領域におよぶ社会現象を対象とした言説の選択的な集積により成り立っている。その選択基準は個々の書き手の判断にゆだねられる部分が大きい。一意的ではない。戸坂は明言する[2]。論壇は「ハッキリとした輪郭を持ちながら存立してゐるのでもない」。

以上から、論壇時評の「困難」の内実が透かし見えてくるはずだ。すなわち、それは論壇を定義する作業の「困難」に由来している。論壇の「輪郭」は不鮮明である。だから論壇時評はむずかしい——。いたってシンプルな論理だ。

だが、この立論はある転倒を孕んでいる。というのも、そもそも論壇時評には論壇の「輪郭」を規定する機能が期待されているからだ。その期待を受けてはじめて成立するメディアである。つまり、論壇時評とは論壇の実在を前提として時評を展開する場ではない。そうではなく、時評を遂行する、その営みによって論壇を言説的に「存立」させていく場なのだ(右記のとおり、「存立」という語は戸坂自身による)。論壇時評の対象は論壇時評そのものによって生成されるだろう。そう、再帰的に。したがって、なにが論壇的事象かは事後にしか決定されえない。まずもって留意すべきはこの転倒した先後関係である。

あるいは、論壇はその不在において語られる。「論壇は論壇時評のなかにしか存在していない」といった俗論がまれに囁かれもしてきた。断片的に、レトリカルに、多くは同時代の論壇に宛てた揶揄として。こうした直観は戯れ言めかしたその意図に反して、転倒関係の一面をあまりにもうまく言い当てている。とはいえ、印象論の域を超え出るものではない。そもそも、論壇の来歴について精密な検討が施された形跡は過去にほとんどないのだ(いわんや論壇時評)。どこまでも分析を欠いたまま、たとえば「論壇の衰退」現象が何度でも新鮮に発見される。過去を忘却しているがために。しかし、論壇衰退が嘆かれなかった時代などかつて存在しただろうか。

《「論壇」とはなにか》を検分するところからはじめなければならない。私たちは、戦前期の論壇時評の諸機能とその史的履歴とを整理・検証していく。その作業の過程で、戸坂の突きあたった「困難」に迫ることになるだろう。論壇は人工的概念にすぎない。序章でも述べたとおり、それは容易に想像がつく。しかし、制度の虚構性や無根拠性を暴きたてるだけの断言はおよそ無価値だ。論壇はいかにして構成されてきたのか。正面からそのように問うてみるべきである。

当面の課題は場=空間の「存立」要件の解析に設定される。

2　レジュメ的知性　総合雑誌の論壇時評

論壇的事象は多領域より選択された言説の集合体である。その選択の指標としてさしあたり発表媒体をあげることができる。端的に、《どこに掲載されているのか》(=形式)

が境界画定の基準として有意に作用する。《なにを記述しているのか》(＝内容)ではない。そのもっとも有力な媒体がいわゆる「綜合雑誌」だ。「論壇誌」という通称はまだ存在しない。

なかでも『中央公論』と『改造』は二大誌と位置づけられてきた。同時代的にも、歴史的にも。両誌は拮抗しながら社会的な認知を獲得していく。すでに序章で触れた。一九二〇年代後半には出版大衆化状況が到来、一般読者層が開拓される。その過程で急速に知的言説の商品化が進んだ。各誌とも商業的成功を収める。この流れをうけて、個別ジャンルに特化していた雑誌も総合雑誌へと転態しはじめる。『文藝春秋』や『経済往来』がそうだ。ここに「四大綜合雑誌」がそろう(当時の表現である)。媒体数、総頁数、執筆者数、読者数、そのすべてにおいて総合雑誌は一定の拡充を達成した。論壇ジャーナリズムの成立と成熟はマテリアルにはこうした時代背景に支えられている。

環境が整備される。それにともなって言論の多様化と複雑化が進行する。そこでは細部にわたる議論が実現するだろう。ところが同時に、その変化は全体性への接近を二重の意味で困難にしてしまう。第一に、言論の量的拡大により、個別の議論の出所や文脈が不透過になる。そのため、読者は受けとったテクストが全体のなかでどのような効果をもつのかを測定しがたい。第二に、多様な知的水準の読者層の取り込みにより、読解能力(リテラシー)に極度の偏差が発生する。それゆえ、書き手はテクストの宛先を想定しがたい。思わぬところにまで届いてしまう。かくして、言論空間の全体性を統御しうる視座の確保が困難になる。いや、不可能になる。

この事態を緩和すべく導入されたのが論壇時評だった。飛び交う膨大な議論を交通整理し、論壇という無形の場を擬似的にでも可視化させる。そうした機能が期待された。まずは、『中央公論』誌上で「論壇時評」という表題の連載企画が開始された。一九三一年三月号のことだ。この連載を見ていこう。

『中央公論』の成功は吉野作造の存在によるところが大きい。吉野は代表的な寄稿者だった。一九一五年一〇月号より時評欄を長期担当している。欄題は「内外時事評論」「内外時論」「時論」「時評」の順に変化した(開始数年は「吉野作造」以外に「古川学人」など複数の筆名も使用)。一九二七年四月号以降は「社会時評」になる。[3] ただし、それ以前から「社会」領域の時代診断をリアルタイムで掲示しつづけていた。任務は一貫している。ところが吉野は、一九二八年一二月号をもって同欄を突如として降板する。一三年間継続した計算になる。この降板の意味は吉野作造の個人史に回収してすませるべきものではない。広汎なスケールで捉える必要がある。当時、言論空間の大規模な地殻変動が進行していた。その事態の一端を象徴している。どういうことだろうか。

それを理解するには、もうひとつ象徴的な出来事と連接させてみるとよい。吉野が降板した「一九二八年」の出来事である。この年の三月、共産党員およびシンパに対する全国一斉の大検挙が行なわれた(三・一五事件)。その流れで、いわゆる大学左傾分子の追放が大々的に執行された。河上肇(京都帝大)、大森義太郎(東京帝大)、石濱知行(九州帝大)、佐々弘雄(同)、向坂逸郎(同)らが辞職に追い込まれ、大学から流出する。彼らは商業ジャーナリズムへ地滑り的に浸入した(なお、アカデミズムからジャーナリズムへの通路は大正デモクラシー期に、ほかならぬ吉野らが開鑿した)。『中央公論』の「論壇時評」が開始されるのはその三年後のことだ。この連載は彼らを積極的に起用していく。担当者は月ごとに異なる。そこに石濱や佐々、大森らが名を連ねた。

以上の経緯から、ふたつの転換を抽出することができる。

第一に、「社会時評」から「論壇時評」への転換。社会現象を臨床的に解説する形式から、社会現象を取りあつかった論説群をメタレベルで整理する形式へと、時評のトレンドが転換した(もちろん、社会時評が消滅したわけではない)[4]。じっさい、『中央公論』のあとを追うように、『経済往来』も同種の企画「論壇往来」を四ヶ月後の一九三一年七月号から開始している。しかも、こちらも「社会時評」(一九三〇・二―一二)の後継連載なのだ[5]。この転換は言論空間に内在するシステムの自律化の徴候を示す。言及対象が現実(=一次的)ではないからだ。言説(=二次的)に焦点化されている。それは境界内部の一定の成熟を示唆する。ところが同時に、その自己準拠的な発語構造は論壇ジャーナリズムの内閉化を促進することにもつながっていくだろう。内閉化は一方で議論のハイコンテクスト化をもたらす。

第二に、評価主体の固定形式から変動形式への転換。特定少数の思想家による恒常的な定点観測から、多数の批評家たちによる局所診断の集計へとモードが変成した。それはひとつの時代の終焉を意味している。すなわち、社会全域を見とおす大知識人が全体性を代表しうる時代の終わりを。社会は複雑性と流動性を増した。そのため、特定の知性に時代分析を一極的に期待することはもはやできない。思想家の全能への信頼が瓦解しつつあった。そこで、メディアは議論の分散化を志向しはじめる。一九三〇年代は、層状に存在する批評家たちが割拠する時代となる。これをいくぶん乱暴に「小物群像の時代」と形容しておこう。偶発的な個性ではなく、常時組みかわるネットワークによってそのつど全体性が確保される。論壇時評の誕生にはこのふたつの決定的な転換が刻印されている。

では、時評はどのように書かれたのか。基本的には、毎月の雑誌群から注目すべき論説を複数紹介し、それに逐一コメントを付していく。ただし、その書法は定型化されているわけではない。担当者の裁量にゆだねられる。高橋正雄「論壇時評」(一九三一・七)は、ふたつのスタイルに言及している。[6]

それぞれ異るテーマを論じてゐる若干の人々について、それぞれの所説を論評してゆくのが、論壇時評の一つのやり方であることは云ふまでもない。しかしながら、同一の問題に関する多くの人々の所論を彼此対照せしめつゝ、その問題のさまざまな理解が存することを示してゆくのもまた、一つの論壇時評であらう。

ひとつは、共時的な「テーマ」の多様性を提示するスタイル。もうひとつは、同一テーマをめぐる「理解」の多様性を提示するスタイル。冒頭でそう整理した高橋は後者を実践してみせる。「政府の整理策」に「問題」を絞って、各誌前月号に発表された五本の関連論文を解説する。その際、論点別に個々の論文の立場を析出する。それらをならべることで読者が「対照」できるようにした。高橋は自身を「議事進行係り」と位置づける。細片化された議論の束を淡々と連結させていく。そこに有機的な関係性が浮かびあがる結構だ。それが空間化する。ときに、恣意的な有縁化によって文脈が仮構されもしよう。新たな論点が捻出される。特定テーマをめぐる意見群の集約的な整理作業、それは錯綜した論争状況においていっそう効力を発揮した。たとえば、住谷悦治「論壇時評」(一九三一・五)や林要「論壇時評」(一九三一・一〇)は、進行中の「地代論争」を高橋と同様の書式で整理している。[7] その時どきの論争の更新状況を見取図にまとめる。読者にそれを提供する。膠着しがちな論争の進展を効率化する媒材としても作用した。読者のみならず論者たちの理解をもアシストする。

見取図の作成が目的と化す。このスタイルの時評はいわばレジュメ形式を採用する傾向にあった。問題の核部を手早く抉り出し、情報の圧縮と分類を行なう。そこに整理番号を付す。列挙する。佐々弘雄「論壇時評」(一九三一・四)の言葉を借りるなら、言及対象の「要旨」として提示される二次情報の集積、それは、さしずめ「サブノート」と呼ぶに相応しい[8]。さきにあげた次代の論客たちは、要約の効率的遂行(＝レジュメ)や網羅的なサーヴェイ作成に習熟していた。アカデミズムでその種のトレーニングを積んでいたからだ。まさに時評作業に適任だった。新規登壇する批評家に新たな思想動向の整理役やナビゲータ役が期待されるという一般的な傾向をここに書き添えてもよい。

当時の出版市場のなかでマルクス主義は高い商品価値をもった。もちろん、そうした背景を考慮する必要はある。だが、彼らが重宝された理由はそれだけではない。むしろ、日常的な情報処理能力やマニュアル作成能力の傑出した高さが出版大衆化状況に合致したのだ。決定的な理由はイデオロギーにはない。スキルだ。だからこそ、マルクス主義凋落以降の状況にあっても、彼らのほとんどが言論界で延命できたのである。プロレタリア作家たちが一九三〇年代なかば以降に追いやられた窮境と対比してみれば、スキル要因説の正当性はあきらかだろう。

さて、論壇時評は言論の複雑化に対応すべく導入された。受容事情は容易に想像される。ある種のガイド記事として利用されたのではないか。この推測はレジュメという形式的特性からも補強される。序章で引用しておいた室伏高信「二分の一ジヤアナリズムの横行」(一九三二・二)の不満にあらためて目を向けよう。[9]「この頃では、大抵な悧巧な青年は、雑誌の小説を一々読む代りに、新聞の月評をのぞいたゞけで間に合せる」。論壇時評の「流行」にもこれと同じ経緯があるのではないか、と室伏はいう。「新しい読者心理に訴へる」装置だと。一般読者の知的欲望＝欠如に即応する緩衝装置としてそれは活用された。移り気で怠惰な読者をサポートする。時間、金銭、能力の面で。

とすれば、論壇時評はその読者が業界人とかなりの割合で重なる限定市場を形成していたわけでは決してない。むしろ逆だ。エコノミカルな有用性ゆえに、数多くの一般読者を吸引する。執筆者層の多様化(＝小物群像化)と並行して、読者層の多様化(＝読解力の多元化)も急速に進んだ。そのとき、時評は両層の多様性を効率的に解消すべく作用する。仮に評者の意図がそこになかったとしてもである。むろん、理解の地平の完全な共有は実現しない。あくまで擬似的な共有をもたらすにすぎない。しかし、その過程において、両層のあいだには人工的な仮設風土としての「論壇」が立ちあがっていく。

もっとも、この場合の「一般読者」はそれでもなお、ごく限定されたセグメントを意味するにすぎない。総合雑誌の(購-)読者に絞られるからだ。一定の水準を満たした読者が想定される。論壇イメージが広範に通有されるには、別種メディアが必要となるだろう(後述)。

ともあれ、論壇時評はその情報整理機能の利便性ゆえに重用された。いわば網羅的なリサーチの代行装置(=下読み)として。そして同時に、内部/外部を分かつ境界線を生成するミッションも担いはじめていた。そこに論壇の暫定的な輪郭が結像する。言論が空間化される。

だが、つぎの点に注意しなければならない。完全に透過的な整理作業などありえないということだ。少なからず評者の判断や立場が反映されてしまう。前述の高橋正雄は時評の末尾をこう締めくくっている。[10]「論壇時評においても、もし学校教師風な評点が許されるならば、さしあたり、井上[準之助]氏は優、久保寺[三郎]氏は良、他はみな可か不可でもあらうか?」。「議事進行係り」に徹してきた禁欲公平ぶりがそこでは括弧に入れられ、「学校教師風」に振るまう。すなわち、裁断的な「評点」を書き入れる存在として立ち現われる。ここには、あからさまな序列化のまなざしが露呈している。時評の終盤まで評者の私的な位地は抑制されていた。それが一挙に表面化する。

しかし、それでもまだ建前としての公平性が維持されてはいる。「学校教師」による採点というくらいなのだから。ところが、より極端な場合には、私的な怨嗟まで反映されるケースもあった。たとえば、大森義太郎「論壇時評」(一九三一・六)。そこで大森は古巣である東京帝国大学経済学部の保守派教授陣を痛烈に批判する。[11] 時評の体裁をとりながらも、内実としては評者自身が渦中にある論戦の延長で書かれている。ここから予想されるのは、論壇時評もまたひとつの見解として相対化されるということだ。是非が問われる。それはさらなる整理作業を誘発するだろう。論壇時評は公平性を担保する(ことを期待された)なかば公的な空間である。しかし同時に、極私的な意見表明の場にも容易く転化しうる。この二重帰属性に強く規定されたメディアだった。そのために、多くの問題を呼び込んでしまう。事態は存続の条件にかかわる。

『中央公論』「論壇時評」は一九三一年一一月号を最後に誌面から消失する。[12]『経済往来』「論壇往来」も一九三二年二月号で終了。この早期打ち切り(九ヶ月、八ヶ月)の背景にはいくつもの要因が推測できる。なにより、当時の雑誌の誌面構成はおそろしく偶発的であった。不定形の流動性がむしろ重視された。他誌との苛烈な競合関係のなかでたえず柔軟に企画を変形させていく必要があるからだ。掲載記事はそのつど相対的に決定されるだろう。まさに本書で順次検討する一連の記事様式が定着したのは偶然の連続の結果でもあった。誌面は物理的に有限だ。ある瞬間に重要な企画が出現すれば、そうでないものはおのずと淘汰されてしまう。流動性の重視は誌面のマンネリ化解消のためでもある。目先の切りかえを試みつづけなければならない。人材払底も考えられよう(『中央公論』「論壇時評」は担当者再用を意図的に回避している)。とはいうものの、これらはいずれも瑣末な事由にすぎない。別の水準に焦点を絞ろう。それは同種メディアが検討対象であることと関係している。以下の三点に要約できる。

第一に、他誌批判の問題。上述のとおり、時評には評者の立場性が流入する。とうぜん、他誌掲載論説への批判的な解説もしばしばなされる。そのことは競合誌とのあいだに不要な亀裂を生じさせかねない。もちろん、自誌の(潜在的な)書き手でもある批判対象とのあいだにも。第二に、利他行為の問題。他誌論文への言及は、意図せずして競合誌の宣伝効果をもってしまう可能性がある。褒め評であれ、貶し評であれ。それは利敵行為を意味する。販売戦略として適切ではない。この二点はおもに《雑誌/雑誌》間の問題だ。

第三に、自己言及の問題。これは《評者/雑誌》間の問題である。同一媒体(つまり時評掲載誌)の論説を時評で言及する場合には、少なからぬ配慮が評者のなかで働かざるをえない。常識的にも想像されよう。評価が否定的であるなら、依頼主体(=編集者)への背礼を意味する。肯定的であるなら、意図しない内輪褒めの印象を第三者(=読者)に与えることになる。前者の事態を回避すべく肯定すれば後者の事態に陥る。その逆も同様だ。完全に中立的な紹介など幻想でしかない。雑誌の自己言及はかならずこの陥穽にはまってしまう。ならば、自誌掲載の論説を暗黙裡に除外するという選択肢はどうか。これも想定できない。時評の条件である最低限の公平性を満たさないからだ。のみならず、言論状況の俯瞰作業として不徹底となる。いずれの選択も雑誌経営上の難点を孕む。

同種メディアが検討対象であることは遅延問題にも直結する。ここでいう時評は月刊誌ベースである。そのため、つねに一ヶ月前に発売された雑誌の論説を取りあげざるをえない。しかも、その論説の多くはさらに一ヶ月ほど前の社会の出来事をあつかっている。速報性を欠く。当時、情報の伝達速度を重視する思考が蔓延していた。大衆消費社会にあって速さが強烈に意識されはじめていた。「スピード」が流行語にもなる。「月遅れ」という時差は商品として致命的だった。

総合雑誌を媒体とした論壇時評は多方面に抵触する。複層的な「困難」がそこには折り畳まれていた。そして、その「困難」は前述の多重帰属性にこそ起因する。すなわち、時評記事が個々の担当者の私的発言でありながら、同時に、その掲載欄は雑誌主体のなかば公式的な立場表明の場としても受容され、さらには公平性までもが過剰に期待されるという性格に。すべてはここから導き出された（本章補論を参照のこと）。あらかじめ、論理内在的なアポリアを埋め込まれている。そのために、早期終了という結末を招いたのである。

この意味で、最終回分のスタイルはあまりに示唆的だ。担当者の平貞蔵は各誌前月号の論説をひとつも取りあげない。つまり、時評行為そのものを放棄してしまっている。社会現象を報道的に解説するにとどまる。つまり、社会時評に接近する。この逆戻りは論壇時評が直面した「困難」＝限界を体現するかのようだ。その後の総合雑誌には、代替的に「社会時評」や「思想時評」と銘打たれた記事が増殖する。それらはかならずしも論説紹介を任務としない。言及対象は一次的な現実へと揺り戻される。成熟の指標であった二次性が消える。

では、論壇時評は本来的に不可能なのか。むろん否だ。先引箇所で室伏も「近頃流行し出した」と観察していた。一九三二年のことである。たしかに論壇時評は「流行」していたのだ。ただし、メディアをかえて。そこで延命していく。

3　空間画定と再帰性　学芸欄の論壇時評

一九三一年一一月、『東京朝日新聞』学芸欄に猪俣津南雄(つなお)「論壇時評」が載った。一一月八日から一〇日にかけての連日掲載だ。以後、「論壇時評」(一九三一年一一月より)、「論壇月評」(一九三二年四月より)、「n月の論壇」(一九三二年八月より)とめまぐるしく改題していきながら、毎月の論壇時評が連載される。一五〇〇字前後のテクストを月末か翌月頭に四、五日連続で掲載する方式をとる。担当者は月ごとに交替する。

この試みは開始直後に形式ごと『読売新聞』文芸欄へも伝播した。一九三二年初頭に、「評論時評」(一月)、「論壇批判」(二月)と表題のゆらぎを経たのち、二月二五日から二八日にかけての室伏高信「論壇時評」をもって名称の定着を見る。[13]ここから、欄名の占用をめぐる二紙間の水面下でのせめぎあいを発掘することも可能だ。たとえば、『読売』の「論壇時評」採用を受け、『東京朝日』が差別化のため改題したという推測は十分に成り立つ。ともあれ、新聞というメディアを介すことで「論壇時評」は一般概念として、広く流通していく。

『中央公論』「論壇時評」終了と『東京朝日新聞』「論壇時評」開始とがぴたりと踵を接する。さらには、『経済往来』「論壇往来」終了と『読売新聞』「評論時評」開始とがやはりきれいな一致を見せる。常識的に考えるなら、この時期的な符合は偶然にすぎない[14]。だが、それゆえに、きわめて有徴的である。そう、論壇時評は端的にその居場所を移したのだ。雑誌から新聞へと。この移設により、前述の諸問題はことごとく解消される。検討対象と直接の競合関係にない。そのため、比較的自由な論評が可能となる。しかも、雑誌発売から数日以内の紹介が実現する(一九日発売の雑誌を同月二四日に批評するなど)。そこに形式上の修正が加わる。まず、新聞紙面に特有の字数制約という条件に直面する。そこで、分割掲載に切りかわる。記事の連日分載は学芸/文芸欄の定例だ。また、時間短縮の結果、執筆者の負担が増す。連続担当はさらにむずかしくなった。あわせて、担当可能な候補者もかぎられてくる。おもにスケジュールの関係によって。そこで、若手批評家に発注が集中する。こうした循環が発生した。

事態は媒体間の移動と形式上の改変にとどまるのか。いや。新聞掲載の論壇時評へと

考察の対象を移そう。(15)

林癸未夫(きみお)は論壇時評「自由主義者の占拠」(一九三四・六)で以下のように指摘している。(16)数年前のマルクス主義全盛期に比べ、言論に「実証的、帰納的なものが目立って多く、抽象的、独断的なものが次第に影をひそめつゝある」。大半の論説は「当面の実際問題」と密接に相関する。それ自体は歓迎すべきことではある。しかしながら、その点を追求するあまり、ある弊害が生まれた。「論文の筆者が多くの場合ジャーナリスト的傾向を有する人々の間からのみ選択され」ているのだ。「職業的論文家」に雑誌が「占拠」される。彼らは「常に問題のハシリをとらへて、手取早く器用な文章」を作成する。林は「商品化された雑誌の論壇」の現状に苛立つ。

言論の「商品化」が進むことへの違和、この不満は書き手たちだけに向けられたものではない。むしろ、彼らを「選択」＝差配する雑誌編集者たちにこそ突きつけられている。問題は編集方針にある。この瞬間、林の論壇時評は雑誌メディア全体への批評に傾斜していく。メディアに対する批評意識の獲得、それこそが雑誌から新聞への移設による帰結である。個々のテクストのみならず、雑誌の編集方針までもが議論の対象となる。論壇時評は雑誌ジャーナリズムの成熟期に、いわばそのチェック機関としても存在した。

ただし、新聞における雑誌批判はさほど目新しい現象ではない。以前から「雑誌評」

形式は存在した。ジャンルごとに主要雑誌を順次寸評していく固定枠記事がそれだ。なかでも、『東京朝日新聞』常設の「n月の雑誌」欄は、六〇〇字程度ながら(あるいはそれゆえの)辛辣なコメントが話題を呼んだ。一九三一年一二月以降は「豆戦艦」という表題が付く。匿名批評流行の先駆となった(経緯の詳細と分析は第5章にゆずる)。この雑誌評もまた論壇時評のプロトタイプのひとつだった。近似する作業はすでにそこで実施されていた。にもかかわらず、並行して論壇時評が設置された。なぜか。結論からいえば、機能分化と議論深化の必要が生じたからである。

雑誌評は雑誌業界の網羅的点検を目的とする。各月数回にわたる小コラム群を総合することでそれが可能になるよう設計されている。「月刊雑誌の編輯ぶり、各論文作品を、比較評価」することに特化する。[17]（大津伝書「匿名批評界のこと」一九三六・四）。だが、実態は網羅とはいいがたい。文芸方面に傾斜してしまう。商品価値のより高い対象を優先した結果だろう。日本の言論ジャーナリズムはつねに文芸に牽引されてきた。あるいは、匿名担当者がじつのところ文学関連の批評家――青野季吉や杉山平助――だった結果でもある。[18] とにもかくにも、政治や経済、思想など他領域は副次的なあつかいにならざるをえない。さらに、ゴシップ的文体を基調とした短評形式は対象の記述内容に踏み込んだ正面からの分析を遮る。

こうした条件は肥大化と複雑化が昂進する言論環境に対応できない。そこで、論壇的事象を文芸空間から、そしてゴシップ空間から、剝離することが要請されたのだ。論壇時評欄には「論壇」という限定がかけられている。限定を明記して独立的に存在する。その名称自体に当該欄設置の最大の意義があった。なんといっても非在を対象に掲げるのだから。

　とすれば、評者たちはひとつの問いに対する認識表明を迫られることになる。《「論壇」とはなにか》というあの問いだ。雑誌評には見られなかった要件である。整理しよう。まず、「論壇時評」という枠組が与えられた。そのことにより、評者たちはあらためて(あるいははじめて)自身の所属するらしい「論壇」という場＝空間をめぐる思考へと向かった。安定した実体として論壇が存在するのではない。それは先行しない。そうではなく、論壇時評が発明されることではじめて、論壇を(遡行的に)感知しようとするまなざしが作動したのである。その認識がゆるやかに共有される。結果として、論壇は言説的に構築されていく。注意されるべきはこの転倒した起源にほかならない。そして、その無根拠性だ。

　では、《「論壇」とはなにか》という問いへの回答はどのようなものか。多くの場合、言及する掲載誌の選別によって示される。あくまで間接的に。たとえば、経済評論家の高橋亀吉は時評「雑誌編輯者へ」(一九三二・六)のなかでこう断定する。[19]「論壇批判の対象は、多くは、中央公論、改造[、]文藝春秋、経済往来等に限られる」。つまり、四大総合雑誌によって論壇が構成されるという一般的な了解に目配りする。そのうえで、『東洋経済』『経済情報』『エコノミスト』など経済誌の重要性を提議し、それらの解説を披露した。経済領域のプロパーたる高橋自身の地政学的な言論認識図が時評に投射される。ここにうかがえるのは論壇構成素が拡張していく力学だ[20]。

大森義太郎の論壇時評「文学的論文」(一九三五・二)は、「理論的な文藝論文」を時評の対象に組み込むべきだと訴える[21]。大森は当時、経済学者ながら「行動主義文学論争」の中心に位置していた(詳細は第3章)。それもあって、『行動』『新潮』など文芸誌に掲載された批評群をピックアップする。行動主義文学論を文学固有の問題圏に囲い込まず、より公共性を帯びた討議空間へと転送する。時評ひとつで論壇を文壇に接続する。その試みは文芸時評の領分の侵犯を意味した。論壇時評でありながら文芸時評も兼ねる。両属型の時評になっている。

このように、論壇時評は自明視された既成の境界上に侵襲作用を発生させる。あるいは、その徴候を促進させる。そうすることで、たえず複数領域の批評の配置＝地図を組みかえる。場合によっては、文脈と文脈の接面に新しいタイプの批評(家)が派生することもあるだろう。そのハイブリッドな批評がまた地図を塗りかえる。

とすれば、《「論壇」とはなにか》という問いへの回答は、媒体のみならず、書き手の固有名を掲示することによってもなされるはずだ。とりわけ重要なのは、新たな名を記載するケースである。たとえば、哲学者の谷川徹三は論壇時評「下らぬ巻頭論文」(一九三二・五)のなかでそれを実行している。[22]「戸坂潤」や「本多謙三」といった固有名を記す。そして、総合雑誌の巻頭論文を彼らに書かせるべきだと提案する。また、大森義太郎の時評「学術的な論文」(一九三五・二)は「宇野弘蔵」をあげ、「論壇でもつと活躍されることを望みたい」とみずからの要望を表明する。[23]ここからつぎのことがいえる。

文壇共同体はギルドのごとく人的紐帯を前提とする。それがとうに幻影であるにせよ。ところが、論壇はそうした具体的な親密圏を担保にできない(まったく存在しないわけではない)。とうぜん、成員資格や参入条件は不分明だ。そこで、論壇時評がリクルーティングの機能をはたす。人的資源を新たに投入=登記する仲介役を担うのである。しだいに、メンバーシップの決定機関としてプレゼンスを増幅させていく(時評を参考にした雑誌編集者が新たな書き手に執筆依頼する情景を想像せよ)。裏をかえせば、論壇時評を介して一定のスクリーニングが作動しているといえる。結果として、ゲートキーパーの機能をもった。かくして、論壇の承認と排除のシステムが論壇時評において成立したのである。

谷川や大森の推挙した新世代の論客たちは、いずれもアカデミズムの素養に裏づけられている。そもそも大森の時評は表題が示すように、「学術的な論文」を論壇・文壇へ本格的に導入せよという趣旨だった。[24]当然ながら、こうした人員更新の試みは反発を誘引せずにはいない。多くは旧世代に属する論客からのものだ。なかでも室伏高信はアカデミックで精緻な批評の跋扈をおりに触れ悲観している。その悲観的な現状分析をほかならぬ論壇時評に盛り込む。たとえば、時評「素人の登場」(一九三四・二)。そこでは、「職業的な評論家は次々へと滅びた」と断言する。[25] この場合の「職業的」は非学術的であることを意味する。いわく、近年の論壇ジャーナリズムには「大学の助教授や懸賞論文の応募者」が陸続と登壇してきた。しかし、いずれもメディア消費財としてつくりあげられているにすぎない。室伏はここに「評論の俗悪化」を見る。思えば、序章で引照した室伏の時評のタイトルはきわめて示唆的だ。「二分の一ジヤアナリズムの横行」。それは、「半ばジヤアナリズムであり、半ば講義であることが今の雑誌評論の共通した型である」という現場認識を率直に表現する造語だった。[26]

では、「二分の一ジヤアナリズム」のなにが問題なのか。室伏は論説「評論壇の昂揚」(一九三三・三)でこう述べる。[27]「評論の専門化、技術化、[……]局部的進化の著しい発展」が観察される。テクニカルで局所的な論議ばかりがジャーナリズムに増殖する。そこに「技師はあるが思想家はない」。不足しているのは「思想家」だ。「全体性においてとらへ」る思想家である。室伏はこの「全体性」に執着した。

不満の所在ははっきりしている。吉野作造や長谷川如是閑に代表される思想家、すなわち総合的知識人たち——大正期のいわゆる文明批評家とそれはおおむね重なる——によって構成された言論空間への回帰を希求しているのである。かつては、言語の圧倒的な力能が満ちていた。社会全域に指針を与え操舵していくタイプの言葉の力が。そのつど、グランドデザインが描出される。少なくとも室伏にはそう思えた。室伏は大知識人の姿をしばしば「予言者」になぞらえる[28](「ヂャーナリズムとセンセエショナリズム」一九三一・二)[29]。講壇ジャーナリストたちの情報処理の小「器用」さ(前掲林)はまさにその対極にあった。じじつ、講壇批評は静態的分析を基盤としたシニカルな現状追認に陥りがちである。だがそれは、個々の論客の性向というよりは、批評のスタイルやモードに由来している。いまや、時評的な思考様式、つまりレジュメ的知性がジャーナリズムを急速に侵蝕しつつあった[30]。

室伏の不満はこの状況全体に向けられていた。とすれば、さきほどの林癸未夫と同じ不満であるといってよい(ただし、「職業的」の語用と文脈が両者のあいだでまったく異なっている点には注意が必要である)。室伏や林の時評は現論壇への批判という形式をとる。その批判の前提や根拠には、総合的知識人像へのノスタルジーがあった。それを実践倫理的な基準として、論壇の軌道修正を試みている。「技術」から「思想」へ。そして、「局部」から「全体」へ(室伏)。長谷川如是閑の論説「技術を捨て大局に立て——現代評論壇に与ふ」(一九三三・四)はまさにその回帰的な願望を端的に表現したタイトルになっている[31]。ここに見られるのは、《「論壇」とはなにか》という概念規定をめぐる問いの構えではない。《「論壇」とはなにであるべきか》を指し示す嚮導的な態度だ。論壇時評での提言を論壇動向にフィードバックしようとする言説戦略が垣間見える。

以上のように、論壇時評は輻輳的な展開を見せた。要約しておこう。

論壇時評は、一方では情報整理を提供する装置として成熟した(たとえば新世代の講壇批評家)。私たちはそれをさしあたり小物群像によるレジュメ的知性と呼んだ。新聞メディアに包摂されたことで、批評的実践よりも報道の論理に寄りそったディスクールが優先されもする。他方では、論壇をたえず監視・批判する再帰的言説として成熟した(たとえば旧世代の職業評論家)。そこでは、雑誌の編集方針への提言も行なわれる——先述の高橋亀吉の時評の表題はまさに「雑誌編輯者へ」だった。この二方面の機能が混在している。時評担当者によって配分の偏差があらわれるにすぎない。論壇時評は新聞メディアにおいて雑誌メディアのチェックを行なっていた。ここに制度的自意識の萌芽を感知することができる。

これはなにを意味するのか。さらに、いくつか補助線を引き入れていこう。

4　メディア論の予感　相互批評の交叉点

一九三二年四月、雑誌『思想』は「哲学時評」欄を設置する。初回担当者の廣見温はこう書き起こしている。[32]「時評の中心が文壇から論壇へ移されつゝある」。文芸時評の停滞と論壇時評の隆盛とを単純に対照させた印象論だろう。「中心」という語にそれ以上の含意はない。やはり、論壇時評が文芸時評と対で語られる。序章で引用した三木清「批評の生理と病理」(一九三二・一二)もこれと同じ年、「論壇時評や文藝時評」の順にならべて言及していた。[33]そして、本章冒頭の戸坂潤も文芸時評との比較で解説した。私たちはあとでこの点を検討することになる。

ここでは別の現象を絡ませておきたい。先述のとおり、新聞に論壇時評が定着したのは一九三二年のことだ。前後して、哲学時評をはじめ多数のジャンル時評が各種媒体で試行された。映画時評やラジオ時評、演劇時評、学界時評などいくつもあげられる[34](ただし、いずれもこの時期が初出というわけではない)。接合させるべきはそのうちのひとつだ。同年、各種雑誌に新聞時評が定着している。

『文藝春秋』一九三二年四月号に、S・V・C「新聞紙匿名論評」が掲載された。翌月には「新聞紙匿名月評」と改題、連載がスタートする。[35]また、『中央公論』でも一九三二年九月号以降、「新聞時評」が常設された。担当者を毎回交替させながらしばらく継続する(初回は馬場恒吾)。[36]他誌にも類似の新聞批評が頻出する。石濱知行「新聞が批評の題目となつた歳」(一九三二・一二)は見出しが物語っているとおり、この新たな傾向を「一九三二年」の論壇の「特長」のひとつとして明記した。[37]少し先行して、新聞の原理的な考察、新聞論も活性化していた。戸坂潤「新聞の問題」(一九三三・二)は「この一、二年来、急に新聞が人々の問題に、客観的な問題になつて来た」と見る。(38)

ここでたどられた経路は論壇時評のケースと完全に同じだ。馬場恒吾は「新聞時評」の開始にあたって、ある傾向を指摘している。(39)「一般の新聞が同業者間の批評を差控へる」という。新聞批判は新聞メディア上では成立しがたい。その理由については、雑誌掲載の論壇時評が躓いたあのアポリアの説明がここでも有効である。新聞批評はどうしても雑誌メディアで展開されなければならなかった。

事態は単純だ。新聞は雑誌を批評する。そして、雑誌は新聞を批評する。(40)「一九三二年」をひとつの転機として、メディア間における相互批評の構図が完成したのである。ただし、当時はメディア一般を指す語彙＝認識を欠いていた(日本では戦後を待たなければならない)。さしあたり「ジャーナリズム」というタームによってそれは補填される。ジャーナリズムにこの語が氾濫する。一九三〇年前後に、日本のジャーナリズム空間は一定の成熟を遂げた。そして自律運動をはじめた。それはジャーナリズム論や編集論など再帰的な言説の隆盛に象徴される。自律化は内閉化をもたらす。と同時に、内閉化は内部ジャンルの制度確立を促す。そこに、内部での相互交渉が発生するのである。そうした相互交渉のチャンネルのひとつとして、論壇時評と新聞時評は一対で機能した。このメディア間の相互批評について考察を加えておこう。ことは論壇の輪郭の不安定性にかかわる。

三木清はエッセイ「批評の生理と病理」(前掲)のなかでつぎのようにいっている。[41] ほかならぬ一九三二年にこれも発表された。

[本来の「批評」は「公衆」の会話のなかにこそある。それに対して]いはゆる批評家即ち物を書く批評家はそれが読まれるために、だからそれ自身がまた批評されるために書くのである。批評家の書いた批評は話される批評によつて批評されるのみならず、それは再び「論壇時評」や「文藝時評」などの如きにおいて他の著述家的批評家によつて批評されるであらうし、そしてこの批評もまた更に批評されるであらう。批評家といふのは批評する者のことでなく、批評される者のことである、と云はれてよいほどである。

ここには、批評に埋め込まれたプログラムの一端が精確に描き出されている。批評は「書く」ことで成立するのではない。他者に「批評される」ことによって円環をむすび、はじめて成立するのである。三木も述べるように、その他者の批評もまた別の批評の対象となる。そして存在を認知される。それを可能にした批評もまた批評される……。この批評行為の無限連鎖は連鎖の過程においてそのつど空間＝場を出来させる。その空間はときに「論壇」と名指されもするだろう。ならば、空間の外延を規定する審級はどこにあるのか。

私たちはそれを、たとえば論壇時評の動作に見出すことができる。個々の批評は必要に応じて直接的な参照を行なう（明示／非明示を問わない）。相互に参照しあう。参照の交換の連鎖はゆるやかなネットワークを形成するだろう。ところが、論壇時評は参照をはじめから目的に設定している。あるいは、参照の局面こそを批評の対象とする。相互参照の体系＝ネットワークに焦点をあて、それを復元的に転写するのである。そのさきにさらなる連鎖を発見していく。ときに、仮現的に補完することもあっただろう。極端には、批評的な意図をもって捏造さえしてしまう。メタレベルから批評テクスト間のリンク構造を抽出する。そうした間接的で媒介的な機能に特化している。具体的な自己言及を引こう。

経済学者の有澤廣巳は時評「マルクス主義戦争論の検討」（一九三二・一〇）でこういっている[42]。「論壇は一人の評論家ではなし遂げえないことを［……］、全体として完成しつつある」。その一例としてつぎのようにつづける。「［長谷川］如是閑氏が［「戦争の階級性と民族的昂奮」（改造）において］説いて及ばなかつたところを、向坂逸郎氏は「マルクス主義と民族性の問題」（中央公論）で取りあげてくれる」。長谷川如是閑と向坂逸郎のテクストはかならずしも同じ文脈に向けて差し出されたわけではない。それらが論壇時評においては有機的に接合されていく。それによって見とおしがよくなる地平がある。また、笠信太郎「新秋さびし」(一九三三・八)はつぎのように述べた。[43]「諸雑誌は、みな、この眼前にむくむくと盛上つた[「戦争危機」という]情勢を、そのままには取りあげないで、切れ切れにして、それぞれのトピックとして[……]提供した」。「情勢」が「切れ切れに」分割され論じられる。笠は個々の「トピック」を洗い出し、手際よく縫いあわせてみせる。

これが論壇時評の効力だ。個別領域へと分極化した言論を立体的に再縫合＝編集する。そのような場として機能した。そこに論壇が「全体として」(有澤)、仮構的に可視化されていく。言論に関する地政学的な認識の構図があたかも実体化するかに見える。では、こうした「全体」への志向はいかにして作動可能となるのか。いささか図式的ではあるが、これまでの議論を振りかえりながら整理しよう。

まず、雑誌間に相互批評が発生した。それは競合他誌への褒貶を多分に含んでいた。そのため、様々な不都合を引き起こしかねない。そこで、雑誌に関する批評は新聞へと舞台を移した。それと同時に、雑誌では新聞批評が活性化しはじめた。いってみれば、メディア間(新聞/雑誌)で批評の交換が行なわれる。このとき、書き手はみずからのポジションを強烈に意識せざるをえない。すなわち、いま自分がどのような媒体において、どのような媒体を批判しようとしているのかを。それは新聞／雑誌の書き手がかなりの割合で重複したためでもある。媒体に応じた書法の変更が要求される。その意識化の過程で、雑誌性や新聞性といった漠たる観念が相互排他的に構築されていく(雑誌ではない新聞／新聞ではない雑誌)。典型的には、雑誌論や新聞論の隆盛として出力されもしよう。当時、「新聞の雑誌化」／「雑誌の新聞化」と形容される現象が観測された(第5章で論じる)。じっさい、そうした現象の行き着くさきが懸念されていた。その種の議論も両観念の成立を経由してはじめて可能になったものだ。

このように、相互批評は新聞／雑誌という個別メディア相互の差異を図らずも露顕させる。だが、差異の認識は同時に差異の前提や基盤となる上位の同属性への意識をも喚起する。ここではメディア一般を指している。さらに抽象化しよう。

一方向的な批評行為は必然的に主体と対象のあいだに上下の位階差を設定してしまう(垂直関係)。ところが、双方向的な批評行為は同列的な対話の場を生成する(水平関係)。したがいがたがいの対象となる。ゆえに、上下の落差が発生しない。この平面が認識のプラットフォームとなって、下位区分としての雑誌メディア／新聞メディアを包摂する。ただしくりかえしておくと、当時の人間は「メディア」という語彙をもたなかった。それは「ジャーナリズム」という用語において漠然と思考された。ジャーナリズム論の隆盛はその証左にほかならない[44]。

私たちはここにメディア論の萌芽を認めることができる。可能態としてのメディア論、未完のメディア論を。この段階では、雑誌論や新聞論が断片的に披瀝されるにすぎなかった。しかし、それらはいずれ融合を見せるだろう。そのとき、本格的なメディア論が現出するはずである。新聞時評もおおむね同様だ。有澤や笠の論壇時評は雑誌メディアの「全体」を措定するにとどまった。その上位のメディア一般に言及することはない。当時のジャーナリズムに不在だったもの、それは全体性を志向する超越的な発話の位地だ。その志向を支える枠組も書法もまだ出そろってはいなかった(だから、メディア論的要素の過剰な剔出行為は遠近法的倒錯にすぎない)。時代的な限界が看取される。

この限界は同時代にもいくらか自覚されていた形跡がある。たとえば、茂倉逸平「新聞学藝欄時評」(一九三四・六)はこう述べる[45]。「新聞が毎月雑誌を対象として批評して来たやうに、今後雑誌が新聞の学藝欄を継続的に批評の俎上に乗せるといふことになれば、相互の向上に資するところは多い」。メディア間に発生した「相互」批評の「継続」を期待する。注目すべきはそのあとだ。茂倉は「最う一段専門化する必要」を付言する。この「専門化」のさきに未到のメディア論が胚胎していたはずなのだ。「最う一段」上位の思考が。そして、「批評の俎上」にのった「雑誌」と「学藝欄」の交点に論壇が仮構されていく[46]。

いましばらく、当時のメディアをめぐる思考の限界と可能性の狭間に拘泥してみよう。『文藝春秋』一九三三年一月号のS・V・C「新聞紙匿名月評」は、『東京朝日新聞』の論壇時評を取りあげている。その論評にかなりの紙幅を費やす。[47]つまり、雑誌掲載の新聞時評が新聞掲載の論壇時評を批評している。そう、論壇時評も「更に批評される」のだ。まさしく三木が述べていたように。媒介的中間項に終わらない。メタ言説までもがオブジェクトと化す。そして媒介される。この事例は「批評」の主体が新聞時評であることでさらに錯綜する。

じつはこれにとどまらない。この月評と数日ちがいで、『東京朝日新聞』に馬場恒吾「新聞時評を評す」(一九三二・一二)が発表された。[48]そして、『読売新聞』には新居格「新聞批評の批評」(一九三二・一二)が。[49]内容はともに表題が物語っている。新聞掲載の論壇時評において雑誌掲載の新聞時評を批評している。

論壇時評/新聞時評は雑誌/新聞を交叉的に批判=監視する。それらをめぐって、当の時評間でさらなる相互批判=監視のメカニズムが発動している。より上位の審級獲得を目指したメディア間抗争と解釈してもよい。メタレベルの言説をさらに高次(=メタ)の視位から観測し尽くそうという錯雑した欲望。この欲望はなにに由来するのか。源泉は論壇時評や新聞時評の本来的な対象設定と密接にかかわっている。すでに触れたように、論壇時評は一次的な現実を対象としない。二次的な言説を批評対象に据える。いうなれば、三次的な言論形式を備えている。新聞時評も同様だ。このメタレベルの昂進性が合わせ鏡のように相互へと向けられたとき、最終審級の無限背進が起こる。

とすれば、論壇の空間画定が論壇時評によって担保されたとする断言はまだ正確ではない。少なくとも、事態の半面しか捉えてはいない。ふたつ(あるいはそれ以上)の時評ジャンルが対峙線を描く、その等距離の批評態度において「全体」の地平が構成される。私たちの認識はそう更新されなければならない。論壇はこの折り重なるメタ性や媒介性を動力として出来する。だからこそ、論壇時評は意図せずしてメディア論的な思考へと接近しえたのだ。

本書において私たちは、この予感や萌芽にとどまったメディア論を当時の文脈のなかから析出し、それを使って当時の言論状況を解析するという自己循環的な回路を進むことになる。

5 消滅と転生　自己準拠的なシステム

論壇は自律分散的な言説ネットワークの集積からなる。ただし、そのネットワークの存在や形状はかならずしも自明ではない。そのため、自己準拠的な統制システムを内蔵させる必要があった。論壇が準 - 制度化していく過程で、論壇時評という装置が導入された。雑誌メディアと新聞メディアの交叉点に。論壇時評は論壇の不定形な輪郭を規定する。そのつどのメンテナンスを期待されるメディアである。その期待が時評を延命させた。規定の当否は問われない。なにより、「論壇」に特化した時評の存在自体が意味をもつからだ。むろん、その境界は非固定的である。複数の内部評者によってたえず調整される(交替制による評点の複数化)。境界を画定する行為の連鎖と集計が場を存立させる。そのため、論壇の自画像はどこまでも相対的で暫定的なものにとどまるだろう。前提と化すことから逃れつづける。

まとめよう。論壇時評は言論の網羅的な点検を代行する。と同時に、言論の動向をたえず監視・批判する再帰的な言説でもある。したがって、論壇の実在を前提として選別や批評を展開する機関ではない。そうではなく、時評を遂行する、まさにその営為によって論壇を言説的に存立させていく装置なのである。場や文脈をそのつど可視化させていく。空間に対して構成的に作用する。すなわち、論壇時評の対象は論壇時評そのものによって発見・生成される。ありのままをスケッチするのではない。そもそも無形なのだからそれは不可能だ。なにが論壇的事象か。誰が論壇構成員か。それは事後的にしか決定しえない。この決定機能によって論壇は構築される。私たちはこの転倒関係をめぐって進んできた。

ところが、ひとつ問題が残る。本章冒頭の戸坂潤による論壇時評の自己言及だ。じつのところ、戸坂はあの時評で特定のテクストにほとんど言及していない。若干存在する言及箇所も例示の手段以上ではない。奇妙なことだ。論壇時評でありながら、「時評」が主眼ではないかに見えるのだから。ならば、そこではなにが実行されているのか。戸坂は論壇時評というフォーマットそのものの可否に最後まで議題を限定しつづけている。ほかならぬ論壇時評において。ここまでの議論に照合するならば、いささかイレギュラーな現象だ。なぜ、そのような時評は書かれなければならなかったのか。

　戸坂は論壇時評の「困難」を説いた。本章はこの発言を出発点としている。そこでいう「困難」には、じつは二重の文脈が溶かし込まれている。ひとつは、論壇時評それ自身のもつ内因的な「困難」。それは形式論理から導かれる。すでに詳述した。では、もうひとつは。それは、論壇時評をとりまく環境の変化に随伴する外因的な「困難」だ。時代状況とつきあわせて考える必要がある。新聞メディアは「大衆的な普及性」をもつ。[50]それゆえ、雑誌以上に「制限」がかけられた。とりわけ、「政治的意見」に対して。時局にかかわる発言が制縛される。ときに直接的に。とうぜん、時局進展に応じて、政治や経済、外交など現実領域の政策決定に言及する論説をあつかう論壇時評も無関係ではいられない。おのずと萎縮せざるをえなくなる。戸坂はその状況も含めて「困難」と名指したのだ。

　戸坂の時評が発表されたのは一九三六年九月のことである。その段階において、新聞での論壇時評はすでに相貌をかえていた。なにより、毎月の連載ではなくなっていた。『東京朝日新聞』の「n月の論壇」欄と『読売新聞』の「論壇時評」欄は、そろって一九三六年四月に常設を停止する。この符合は偶然ではない。経緯は時期からも察知されよう。二・二六事件後の情勢急変に即応している。以後、論壇時評は間歇的な不定期掲載へと切りかわる(さらに、一九三七年七月の日中全面戦争の勃発と、その混迷化を受けた翌三八年九月の新聞用紙制限令の実施以降は、紙面の物的制限のためにほとんど存続不可能となる)。戸坂の時評はこうしたコンテクストに向けて差し出されていた。

そう、一九三六年当時、「論壇時評」は論壇時評にもっとも相応しいトピックにほかならなかった。戸坂は時評を放棄したわけではない。論壇時評が直面した「困難」を提示する行為に仮託して、ある認識を黙示している。すなわち、閉塞した論壇ジャーナリズムを現実空間へと再接続する必要を。しかし、それは直截的には語られない。語る行為を封鎖する言論環境が存在した。それは前提である。二重底的に示されるのは論壇の現在だ。日中開戦を目前にして、言論の構造は転形を余儀なくされはじめていた。

さて、この時点でもうひとつ興味深い現象が起きる。総合雑誌に論壇時評が復活するのだ。再度の転位が起こる。『日本評論』一九三六年八月号に、S・O・S「論壇時評」が発表された[51]。匿名形式だ。匿名化のゆえんは自明だろう。以降、同誌は論壇時評を長期連載する[52]。目玉記事のひとつだった(一九四〇年以降は、匿名による批評行為が許容されなくなり、実名・短期交替制にかわる)[53]。『中央公論』も短期的に「論壇月評」欄などを開設した[54]。他誌にも類例が確認できる。だが、私たちの関心はもはやその内容の詳細にはない。重要なのはやはり形式である。時局進展により新聞内に存続できなくなった論壇時評がふたたび雑誌メディアへ還流したという、その運動の軌跡だ[55]。

論壇時評はメディアのあいだを回遊する。自分の居場所を探索するかのように。その航跡は生態的でさえある。そして、転変するメディア状況を陰画的に随時反映している。そのつど、メディアの臨界点を指し示した。転位の要因は時評のメタ性に集約される。

再言しよう。論壇時評は現実を直接の対象としない。現実(＝一次)を扱った言説(＝二次)に照準は設定される。二次的な言論形式を備えている[56]。このメタレベルの昂進性が入り組んだコミュニケーション構造を招来した。文芸時評との相異はこの昂進の度合いにある。文芸時評の批評対象は文学作品である。作品が一次的現実に相当する。時評はそれをあつかう二次的な言論形式になっている。文芸時評と一般的な文芸批評は並列的な布置関係にある(前者は後者を例外的にしか取りあげない)。そこには現実が欠落している。現実社会をいったん消去した自律的な内閉空間で議論が成立する。閉鎖系へと内向していく。その自己完結的な空間は文壇とおおむね重なる。なにを「現実」と見做すか。それは条件に応じて相対的に決定されるだろう。留意すべきは、論壇時評と文芸時評のあいだに存在した位階関係の相異だ。批評のもつメタジャンル性こそが正しく検証されなければならない。

　私たちはあえて線形的な履歴＝物語をたどってきた。ジャンルとしての論壇時評に主体的な意志を透視するようにして。いうまでもなく、仮視されたその主体性は同時代のジャーナリズム空間に内在するほかの様々なシステム群との差異関係から消極的に炙り出されたものにすぎない。とすれば、つぎに着手すべきは、その図と地を反転させた別の履歴＝物語たちの精査だ。それらは相互排他的に構成しあう関係にあった。特定ジャンルの論理と変容の軌跡とを解明すること。周囲のほかのシステムにも同じ作業を施すこと。そして、一連の成果を逐一つきあわせて全体の確保を試みること。そうした作業を経ることで、ようやく一九三〇年代のジャーナリズム空間の漸近的な恢復は可能となるのだろう。以降、作業を順次遂行していく。

　まずは、論壇時評と対照させるべく、それに先行した文芸時評の検討に取りかかる。

補論　時評の公平性について

　河合栄治郎は「非常時局特別評論[57]第一回」(一九三七・七)のなかで「文藝時評」と「論壇時評」の双方に言及している。ただしそれが本筋ではない。該当箇所はごくわずかだ。いわく、「之らは筆者を批判し、読者の批判力を高める使命を持つ」。一見素朴なこの定式を梃子に議論を補綴しておこう。

ここで、時評にはふたつの機能が期待されている。ひとつは、月々の膨大なテクスト群を「批判」＝監視する機能。それは本論で触れた。おもに「筆者」に宛てられる。間接的には、周辺の文壇・論壇構成員、さらには編集者らにも向けられるだろう。だが同時に、時評の一般「読者」にも受容される。公表された文章なのだから当然だ。では、どのようにして。「批判」の振るまいそのものが影響力をもった。すなわち、誰の、どのテクストを取りあげ、どのように批判しているのか。叙述態度が全的に理解される。評者は《誰のどのテクストをいかに読解すべきか》を遂行的に示す。それが時評のもうひとつの機能だ。一般読者の批判的な読解力(リテラシー)の底上げに貢献した。時評にはこの二方面の「使命」が課せられている。

引用箇所はこうつづく。「様々の傾向や流派を経過した視野の広汎な、公平と寛容と落付とを備へた大家」が時評を担うべきである。新人は「狭隘な党派心」に陥りやすい。ゆえに、時評担当には適さない。とりわけ、「公式主義を振り回す一派の人々の登場は禁物である」、と。時評は啓蒙装置としても機能する。そのように期待される(第二の「使命」)。それゆえ、「公平」や「寛容」が求められる。多くの場合、「公平」の実現は「大家」によって可能となる。河合はそういう。

しかしここには、ふたつの水準が混淆している。意識的な操作かもしれないし、無意識ゆえかもしれない。ともあれ、現実／理想という別次元の問題を安易に合流させてしまっている。現実の時評には、公平でない批判機能が観察された。あるいは、公平でないリテラシー養成機能が。そのため、河合は公平な批判と公平な啓蒙を切望する。理想モデルを常識として語る。その所作をとおして、時評の現状を間接的に批判した。時評にはある傾向が確認される。とりわけ、河合が直接関係する論壇時評において。そこには個別の「党派」性を帯びた論客たちが頻繁に登場する。ときに、彼らは特定のイデオロギーを表明してはばからない。そうした時評から河合自身の論説が酷評を受けもした。その批判は公平ではない（と河合は感じる）。たしかに、大学論や自由主義論などを主題とした時評のなかに河合への言及はいくらでも見つかる。「使命」発言の背後には河合個人の私的利害が絡んでいる。

とすれば、私たちは以下のように整理しなおさなければならない。河合の行論において時評は、公平なリテラシー養成装置たることを当為とし、その前提から公平さが要請されたのではない。逆である。自身も不利益をこうむる時評の現状を転轍する必要に迫られ、そこで公平さが導入された。そして、導入の根拠として啓蒙的であることが措定されたのだ。

すべては、時評担当者のセレクションへの疑念に端を発している。ならば、具体的にどういった論客たちが担当したのか。ここでは、別途行なった作業の諸成果を参看しよう（大澤聡編『戦前期「論壇時評」集成』[58]）。記事一覧からはある傾向が浮かびあがる。

まず、『中央公論』の「論壇時評」。それはあきらかに担当再任を避けている。一九三一年三月号から順に、石濱知行、佐々弘雄、住谷悦治、大森義太郎、高橋正雄、阿部勇、杉森孝次郎、林要、平貞蔵とつづく。社会や言論の複雑化に対応すべく観測点の分散化が試みられた。しかし、重複の回避は短期間(九ヶ月)の連載に終わったからこそ実現したにすぎない。『東京朝日新聞』『読売新聞』の連載は六年以上におよぶ。しだいに書き手がかぎられてくる。再用は不可避だ。いささか粗暴な手続きではあるが、両紙の論壇時評のデータを統合し、担当回数の多い論者をピックアップする。こうだ。

6回　向坂逸郎(朝4／読2)、戸坂潤(朝3／読3)
5回　大森義太郎(朝2／読3)、室伏高信(朝1／読4)
4回　佐々弘雄(朝1／読3)、石濱知行(朝1／読3)、長谷川如是閑(朝2／読2)、山川均(朝3／読1)、栗生武夫(朝1／読3)

＊(　)内は合計回数の内訳
「朝」＝『東京朝日新聞』／「読」＝『読売新聞』

向坂や戸坂、大森、佐々、石濱らが上位を占める。いずれも本書に頻出する批評家だ。彼らは早い段階で官学アカデミズムから排斥され、論壇ジャーナリズムに活路を見出した。マルクス主義を理論的な備給点としつつ、膨張したジャーナリズムの要求を先取的に汲みとる。たちまち論壇の寵児となった。準備の煩雑さゆえ、既存の書き手は時評の執筆依頼を受けたがらない。だが、新人の彼らはそれに対処していく。卓越した情報処理能力をもって。一方で、上位には室伏や長谷川ら年長世代も食い込む。彼らは大正期の文明批評家の系譜に列なる。そうした感性を基盤に時代診断を提示した。本章で整理したとおりだ。

前者は河合のいう「公式主義を振り回す一派の人々」に該当する。後者は「公平と寛容と落付とを備へた大家」に。この上位の構成はそのまま一九三〇年前後の論壇の明快な縮図にもなっている。細部に拘泥した静態的分析に終始する前者(＝講壇批評家の勃興)と、時代全体を見とおし牽引していく思想を理想とする後者(＝文明批評家のリバイバル)と。後者の論客たちは旧来型の批評理念を尺度に前者スタイルの卑近性をしばしば批判した。これもすでに見たとおりだ。しかし、批判も虚しく、論壇のヘゲモニーは着実に移行していく。後者から前者へと。むしろ、だからこそ後者は執拗に批判したのである。この移行は不可逆だ。転機にあって、時評の担当は前者に傾斜した。この傾向は論壇ジャーナリズム全域のヘゲモニーシフトを促進する原動となったはずだ。なぜか。

序章で見た三木清「批評の生理と病理」(前掲)の議論をここでも想起したい[59]。一般読者のあいだで、時評類が手軽なマニュアルとして活用される。彼らは原典にあたらない。ときに、専門的読者(「批評家」や「プロフエッサー」)までもが積極的に利用している。

その結果、特定の個人的な判断が拡散し、しだいに公共性を獲得していく。効率化を優先する読書環境が「精神のオートマテイズム」をもたらしてしまう。三木はそのようにいっていた。

時評には言論空間全体の趨勢をも少なからず規定する力能が備わっている。これは過大評価ではない。ならば、特定の立場に依拠した論客たちが連続的に時評を担当する、その態勢の効果はあきらかだろう。知的公共圏の集団的心性は彼らの思想に誘導されもするはずだ。それは評者自身の意図するとしないとにかかわらず生じる。河合の苛立ちはそこにある。だからこそ、「公平」を求めたのである。あるいは、それを実現する「大家」による担当を。

河合にかぎらない。公平さの要求は広く吐露された。たとえば、見多厚二「大森義太郎氏の時評」(一九三四・七)は、「社会時評」の条件として「社会現象を公正なる眼で批評」することを掲げる。[60] そのうえで、大森の時評の偏向性を批判する。「社会時評を大森義太郎に書かせることは無益にして有害」とまでいいきる。時評の現状を強く否定した。その常套として、やはり「公正」「公平」という尺度が召喚されるのだ。

むろん、ここで重要なのは、公平な言論の不可能性をことさらにいいつのる応対などではない——単独の評者に社会／論壇全域を監視させること自体がそもそも難題にすぎる、といった論議はつねに存在した。そうした水準で議論を進めるならば、肝心な部分を捉え損ねてしまう。そうではなく、なぜかくも「公平」という理想が叫ばれるのか、この点に照準を設定しなおす作業が不可欠となる。
この点を次章以降の副次的な課題として申し送りしておこう。

第2章 文芸時評論

1　問題消費の時代　第二の課題設定

一九三五年末、文壇では批評課題の空洞化が連呼されていた。批評課題の空洞化が批評課題になりさえもした。ある無署名記事がこんなことを報告している。[1]「文藝批評界に主流を貫く問題なきを嘆ずるひとは多い」(「文壇時言」一九三五・一二)。とにかく「問題」が渇望されていた。

ところが、この嗟嘆は転倒を孕んでいる。当該時期の文壇は「問題なき」状態などではなかったからだ。それどころか、未決の批評テーマに溢れかえっていた。いくつもの論争が継起する。間断なく。

もちろん、つぎのように解釈することは可能だ。「問題」の横溢は正しく把握されている。ただし、その「問題」群は連続的に発生しては消えていく。内容的にも瑣末である。いつまでも「主流を貫く問題」が形成されない。問題視されているのはこの「主流」の不在なのだ、と。しかし、つぎつぎと発生する「問題」を時系列順にならべて、つぶさに検討してわかるのは、そうと指摘されないだけでそれらがひと続きの関心から導かれているという事実である。そのことは当事者たちもあきらかに認識している。

「問題」問を連結する整理的な議論がいくつも見出せる。では、なぜ「問題なき」といわなければならなかったのか。

一九三〇年代前半をとおして、日本の文学領域には大量の課題が提出された。試みに、一九三三年をふりかえってみよう。「不安の文学」論、「自由主義と文学」問題、「文藝復興」現象、文芸誌の創刊ラッシュ、「批評無用」論、大衆文学の再検討、「社会主義リアリズム」論……。いくらでも議題＝「問題」は拾える。いずれも短期的に流行した。そしてまもなく終息していった。大半がいまとなっては想起されない。文学史や文壇史でさえ記述しないものも含まれる。この年が特別というわけではない。前後するほかの年度も大差ない。複数のテーマや論争の同時進行が常態化していた。そのサイクルはただちにジャーナリズムの原動に組み込まれ、前提と化す。

かくして、課題や論争がたえず創造されつづけなければならなくなる。論争は飽和状態にあるにもかかわらず、つねに欠乏感が吐露されるという奇妙なねじれが発生したのはこの帰結である。各個トピックの短小化に起因してもいよう。その短小化もサイクルの加速に由来する。あるいは、議題のほんのわずかな減少や停滞がすぐに枯渇をイメージさせた。スピードが優先される時代、判断の根拠となる対象の時間的なスケールが極端に狭っている。以前とはデフォルトが異なる。それにしても、こうしたテーマ簇生の起点はどこにあるのか。

いくつか複合的な環境因が想定される。当時の文芸ジャーナリズム周辺で進行していたのは、たとえば以下のような事態だ。第一に、プロレタリア文学の退潮と、それにともなう文学場の全面的な流動化。つかのまの開放性は「文藝復興」をもたらした。第二に、ジャーナリズムへの大学人の流出と、そこに後接する文壇と論壇の相互浸透。それは人的配置の再編成として表出した。他領域の書き手が文壇に参入し、文壇人が社会批評の領域へと侵出していく(私たちは終章でこの問題にたどり着くことになるだろう)。そして第三に、書評や各種時評、座談会をはじめとする批評メディア群の確立。それらは討議をインフラ面から促してやまない。一九三〇年前後に隆盛したジャーナリズム論の成果が編集実践にフィードバックされた結果でもあった。三つの現象は相互に連動している。

こうした再編後の文学環境は討議テーマの投入を求めつづける。もはや、統一課題への共時的なコミットメントという共通体験くらいしか文壇を維持する要素が存在しないからだ。流動的な空間が擬似的に凝集される。これに加えて、テーマは不断に更新されなければならない。出版大衆化状況の到来がそれを要求した。移り気なあの消費的読者を相手にするとはそういうことなのだ。あらゆる言説は商品として流通する(序章参照)。文学といえど例外ではない。むろん文芸批評も。消費社会の現実がいたるところに露顕していた。主題の終わりなき置換に商品価値が宿る。つねに新しさが期待される。大衆の消費を前提とした言論生産は知の枠組をも確実に変成させていくだろう(従来の文学史／文学研究的な視座から決定的に抜け落ちていたのはこの枠組転換への目配りだ)。つまり、論争の頻発は内因的というよりも、外因的な要請に規定されていた。問題はテーマの質ではない。係争中の最新の批評課題がそこに、ある。その端的な事実それ自体だ。議題の有無(＝形式)が議論の経過(＝内容)に優先される。生成しつつあったのはこうした転倒的な言論構造である。

そうなると、個別のテーマや関連論者を逐一追跡する分析態度は二義的であらざるをえない。なぜなら、後世の人間にとって論争テーマなど、原理的には無限に発見、というより捏造しつづけていられるものだからである。膨大なアーカイブやデータベースの束から徴候的な文言やテクストを複数抽出し再配置する解釈学的な操作を経由して。潜勢態としての未発の論争はいくらでも読み出せてしまう(間テクスト概念はつねに歪曲的に利用される)。とすれば、私たちがまず向かうべきは個別の論争の内実ではない。当時の批評の現場が多岐にわたるテーマ群を産出した、そのメカニズムである。課題を整頓しよう。

批評テーマが簇出する。それは消費財として捻出される。当時もその言論構造は感知されていた。素朴な批判も存在した。小林秀雄は一九三三年(ママ[た])の多彩な主題群にこう言及する[2](「文藝批評と作品」一九三三・一二)。「どの問題もほんとうに解決されてはをらぬ」、と。真に「解決」されることなく、「問題」だけがつぎからつぎへと出現する。小林は一例として「批評無用」論(もしくは「批評無能」論)を再検討している。《批評は無用か否か》をめぐって論争状況が組織される。小林によると、論争は彼自身のある発言への「誤解」に端を発していた[3]。だからこそ、小林はこの問題に触れざるをえなかった。

小林の議論は誤解された。これはたしかだ(後述)。しかし、私たちにとってより重要なのは誤解の事実ではない。誤解に誘発された議論の蓄積のほうである。どういうことだろうか。

議論は《批評は無用か否か》への回答にとどまらない。文芸批評というジャンル総体の根源的な検討をともなうはずだ。しかもそれは批評や時評というフォーマットのもと遂行される。かならず。自己言及的な円環をむすぶ。とすれば、一連の議論からは、当時の文芸批評の自己認識や自画像が析出可能になると考えられる。ちなみに、論争に先行して一九三二年末あたりから、文芸批評を主題とした文芸時評が増加している[4]。小林秀雄の精力的な活動の衝撃がこの傾向に影響を与えているのはまちがいない。自己言及の横溢は当該ジャンルの制度的な自意識の確立を意味する。それは上述した場の解析に不可欠の資材となる。

こうした仮説を本章の前提としよう。そのうえで、一九三三年の批評無用論争を分析対象に設定する。くりかえす。批評無用論という個別テーマの詳説に最終目的はない。

論争はあくまで手がかりにすぎない。しかし、優秀なサンプルではある。当時の文芸時評なり文芸批評なりの存立機制を捉えかえすこと。考察の重点はそこにおかれる。

文芸時評は明治後期、一九〇〇年前後に誕生した。[5]早々に形状を整えて定着していく。新作の内容紹介と価値判断を主要な責務とする。担当者には反射能力が問われた（速報性の優先）。評定によって、反応や承認に飢えた作家たちを一喜一憂させる（名誉などの象徴的報酬）。のみならず、作家の行く末をも現実的に左右する（生殺与奪権の掌握）。おのずと権威機関と化した。序列による閉鎖空間を形成していればこそ、権威付与や相互認証の機能が要諦をなす。大宅壮一「文壇ギルドの解体期」（一九二六・一二）は、作家が「互に褒め合ひ、問題にし合つて「有名」を維持して行く」文壇の慣習を摘出した。[6]「内輪褒め」が「内輪」の境界を画定する。その漠たるシステムを洗練させ制度化したものが文芸時評だ。評価行為は正負両系の互酬的循環を起動させるだろう。褒めれば褒められ、貶めれば貶められる。その贈与性のために、文壇の社交ツールとして時評が運用されもした。集団内部の人間関係のメンテナンスに使われる。そこにいわゆる文壇政治の力学が発生する。特殊閉鎖的な利益集団とむすびつく可能性も十分にあった。対象が新人であれば、リクルーティング機能が働く。こうした共同体の形成と維持に必要な作法の成長は文壇が長期間かけて成熟したサークルであることをそのまま意味している。

それがこの時期、前述の環境変化を梃子に新たなフェーズへと移行していった。すなわち、これら以外の諸機能が前景にオーバーラップする。批評というジャンルの自意識はその変化自体を問いつづけずにはいないだろう。

2 アリュージョンと多重底 批評無用論争

はじめに小林秀雄「文藝時評」(一九三三・八)があった。これが批評無用論争の発端だ。劈頭、アンドレ・ジッド『背徳者』の言葉が引用される。[7]「実際の処を言へば、藝術の領域には、作品がとりもなほさず問題の充分な解決でない様な問題は無いのだ」。これを受けて小林は以下のように展開した。[8] 作品はそれ自身で完結している。ならば、批評家はなにをすればよいのか。新たに「問題」を捻出する以外にない。だが、それはあまりにも歪んだ作業だ。

誰も空論はしたくない、批評家は出来るだけ実相に即して、文学の理論を編まうとするが、出来上つた処は、作家には直接な何ん(ママ)の利益も齎さぬ実際制作といふものからは掛け離れたものを書き上げて了ふ、これはいかにも奇怪な事である。

「いかにも奇怪」――。小林は自身の批評行為が「何か空しい事」であるとさえ感じる。批評家は作家に「何んの利益」も付加しえないのだから。とりわけ「理論」がそうだ。えてして、実作者の当惑を引き出すだけだろう。けれども同時に、それ以外の固有の価値が批評には備わっている。小林はそう考える。もしくは、別の価値基準の意図的な導入を構想する。だから、批評を「無用」だとは記さない。もちろん「無能」とも。記すはずがない。にもかかわらず、結果からいえば、小林の発言は「批評無用」論を大量に誘起してしまった。発表直後から「無用」「無能」の文字が文壇を躍る。そして、論争へと進展していく。なぜそのような事態は生じたのか。

小林の時評からほどなく、杉山平助が「月評果して不用か」(一九三三・八)と題した時評を発表した。つぎのような観測にそれははじまる。[9]「月評が文学に加へる効果に何がある？　といふやうな言葉をしばしば耳にする」。そうした懐疑の「言葉」に向けて、杉山は月評の積極的な「効果」や「役割」を提示する(後述)。月評は「不用」ではない。この一点に紙幅は費やされる。数日前の小林の「利益」発言を意識していることはあきらかだ。じっさい、行文はその暗示に満ちている。ただ、「小林秀雄」という固有名や上記時評への明示的な言及だけがそこには、ない。この周到なる欠如は、文芸批評の基本フォーマットと密接に関係している。整理しよう。

文芸批評(なかでも文芸時評)の構成素は三つに集約される。①創作月評、②文壇展望、[10]

③文学論。これらが調合され[11]、その配分率に応じてバリエーションが生まれる。[12]創作月評は対象作の表題と作者名のもと順次披瀝される。言及したという行為の事実そのものが意味をもつ。だが、文壇展望と文学論のパートでは、通例として参照典拠の書誌データなどは明記されない。「ある批評家は……」「作品によっては……」といったごく曖昧な文言が多用される。引用も概略処理の傾向にある。なぜそのような振るまいが許容されたのか。

書き手たちの文章構成上の美学からくる厳密さの敬遠、あるいは確認の単純な怠慢などを別にするなら、原理的にはこう考えるほかない。詳述を要さぬ読者の存在が一定数見込めたからだ、と。では、それは誰なのか。ここで、前提知識やコンテクストを十全に共有し、文壇事情を知悉した読者(多くは文壇関係者)の存在が浮上してくる。そうした読者は相応の文壇リテラシーを発揮する。読者のもとで、欠落情報がなかば自動的に補塡される。記述の深層＝暗示的意味(コノテーション)を了解しつつ読み進む。なぜそのテーマや語り口が選定されたのかといった遂行的な位相までをも解読していくだろう。[13]他方、情報を共有しない読者(多くは一般読者)はどうか。極端には、表層＝外示的意味(デノテーション)に局限して受容する。そのほかの読解態度を選択しようがない。もちろん、一般商品である以上、それでも支障なく読めるよう配慮されている。むしろ、一般読者にとって書誌など煩雑で無用の情報にすぎない。別の意味でこちらも「詳述を要さぬ読者」なのだ。

ふたつの読者像は理念型として析出される。いきすぎた単純化だろうか。しかし、この種のモデル化を経由してこそ、文芸批評の一般的構造は把握可能となる。そう、以下のように。

テクストは読者を限定しない。双方の読者に差し出される。二重化した読解可能性に開放されている。いうなれば、文芸批評は二重底構造を備えている。[14] それだけではない。ふたつの読解モデルを両極として、その中間帯には無数の読者像を想定することができる。たとえば、大宅壮一「「純」文藝小児病」(一九三四・四)は、文学読者をつぎの三種に類型化した。[15] (i)「文学を職業とする作家、もしくは作家志望者」、(ii)「文学に対して相当の理解と関心をもつてゐる一般インテリ」、(iii)「文学に対して何等特殊な教養も関心ももたないで、たゞ娯楽として漫然と読んでゐる人々」。(i)は前提知識を共有する読者に重なる。(iii)は共有しない読者に。ここで、(ii)は両者の中間(やや前者より)の読者に分類されよう。

三種の各中間帯にもそれぞれまた中間的な読者が想定される。読者の理解度に無限の偏差が発生する。それに対応して無限複層的に分岐した読みの階調が描かれる。なかんずく文壇展望や文学論の部分において。メッセージとその宛先は幾重にも複数化するだろう。ひとつのテクストが分裂的に消費される。つまり、時評要素の強い文芸批評は、読み手の関心と所有知識の度合いに応じた多元的な理解を引き出す。それを本書では「多重底構造」と呼ぶことにする。

いましがた見た杉山の文章の読者を例にとろう。この時評は月評要素を欠いている。文壇展望と文学論だけで構成される。ある読者Aは、雑誌『改造』最新号に掲載された小林の文芸時評も既読である。そのため、『読売新聞』掲載の杉山時評の前提条件に想到する。字義どおり暗黙の前提として。このとき、Aの脳裡に〝杉山平助が小林秀雄に反論している〟という構図が結像する。こうした非言及がしばしばあてこすりとして批評的に機能することも私たちは経験的に知っている。暗示引用、アリュージョンによる効果だ。場合によっては、読者Aは文芸批評界で進行中のヘゲモニー闘争に照応させもするかもしれない。当時、水面下では現象批評スタイル(杉山や大宅)と私批評スタイル(小林)が拮抗していた。[16] Aはその文壇政治的な文脈を享受する。いわば業界裏目読みである。

別の読者Bは小林時評を未見である。読者Cは既読だが小林時評に連想がおよばない。BとCは杉山のテクストを内部完結的に消費する。そうする以外にない。つまり、月評不用を唱える不特定の論者の存在をひとまずは了解する。書き手が「しばしば耳にする」といっているのだから。そのうえで一般的な文学論として読み進む。

いかなるメッセージを引き出し、受けとるのかは読者の個別の条件や環境にゆだねられている。もちろん、このたぐいの説明はあらゆる文章表現に適合してしまう。にもかかわらず、ここで多重底構造をことさらに剔出するのは、文芸批評においては対読者局面こそが肝要だからである（従来の読者論の系譜は批評読者という課題を放置してきた）。本書全体の関心のひとつもそこにある。もっとも、多重底構造を意識的に攪乱する試みも多く存在した。たとえば、宛先のミスマッチを意図的に引き起こすことでなにがしかの効果が期待される。そのような批評作法を想定せよ。意図された誤配だ。しかし、多重底を手際よく適正に配備することが文芸批評の優位的な「芸」のひとつとして評価基準に組み込まれていたのだし、そもそも書き手の意識はここでは問えない。多重底性はテクストが複層分岐的に読者に受容される、そのアスペクトこそを焦点化した概念にほかならない。

時評的な文芸批評は単体では触知不能な情報によって議論を組み立てる傾向にある。上述のとおりだ。とすれば、批評の読解は不確定性の連鎖を遡るようにテクスト群を再縫合しつつ読み進める行為を意味する。そこにはかならずエラーがつきまとう。その結果、コミュニケーション連環をしばしば錯綜させる。ここで批評無用論に戻ろう。当該論議をあつかうテクストの多くは「小林秀雄」という名を明記しなかった。たとえ記すにしても、小林が「無用」を宣告したとは言明しない。むしろ逆だ。翌月発表された唐木順三「批評無能の声」（一九三三・九）は小林秀雄の名をあげてこういう。[17]「氏は決して批評自身の無能を書かうとしたのではあるまい」。小林を痛烈に批判する矢崎弾「「批評」は狗に喰はすべきか?」」(一九三三・九)も同様である。[18]「決して氏は批評無用論を説いたのでもな」い。律儀に留保を示す。小林時評を契機に「批評無用」の「声」(唐木)が沸き起こった、その状況を不問の前提とする書きぶりになっている。厳密な記述はいっさいない。

私(唐木/矢崎)は小林の真意を了解した——私だけは。私以外の人間は誤読を犯している。だからこそ、まずは訂正しなければならない。小林批判はそれからだ。ふたりのスタンスはそう理解するよりほかない。[19]

ところが、問題はさらに込み入ってくる。実際のところ、小林時評を批評無用論と同定した発言などほとんど見当たらないのだ。[20]そもそも、唐木や矢崎は小林の時評発表から一ヶ月と経たないうちに——つまり、「誤解」を孕んだテクストが多数公表される時間的な余裕もないままに——さきの叙述を行なっている。その意味で、阿部知二「振はざる作品 賑やかな評論」(一九三三・一〇)の「批評無能などと誰がいつたのか知らぬが」という挿句を私たちはリテラルに受けとらなければならない。[21]そう、「誰がいつたのか」は不明なのだ。

春山行夫「谷川・小林・河上」(一九三四・四)は、誤解の原因を小林独特の文体に求めた。[22]小林は「極く単純なものを、却つて複雑にし神秘化」する。それゆえ、読者に「混乱」が生じる。今回もそうだ。「第三者が小林秀雄氏自身が批評無用論を称へてゐるといふ印象を受取るにいた」った。しかし、誤解するのはここでも「第三者」だ。春山は誤解の圏外に立つ。「誰か」が批評無用論として過剰解釈した。私ではない、ほかの「誰か」が。

かくして、批評無用言説をめぐる言説ばかりが広範に流通する。「声」＝起源の所在は不明のままだ。あるのは、批評無用論の活性化を界隈の常識として伝言する報告と、〝小林秀雄は「批評無用」を説いたわけではない〟といった理解のある訂正の言葉ばかりである。だが、後者のような否定の身振りが増殖すればするほど、〝小林秀雄は「批評無用」を説いた〟と論断した議論が席巻しているかのような空気が醸成されていく。そして、前者の報告も相乗し、《批評は無用か否か》が渦中の討議テーマとして仮構される。いや、仮構ではない。現実に議論されてしまう。

これは時評の連鎖から生成したメディア的現実だ。問題は誰がその言辞を提出したかではない。人物の実在／不在ですらない。小林の立論を誤釈した人間が一定数存在する事態を前提とした言説が流通し、それによって現時点で「批評無用」が活発に論議されているという共通了解が立ちあがった、そして実際に膨大な発言を呼び込んだ、この構造こそが重要なのだ。つまり、指示対象(レフェラン)なき言説の連鎖によって、討議の空間が組みあがったのであって、その逆ではない。

私たちはジャーナリズムのいたる場面にこれと同型の現象を追認することができる。この年、一九三三年の「文藝復興」現象もそうだ。矢崎弾「作家的文学と随筆的小説」(一九三三・一二)はリアルタイムでこう観察している。[23]「十月から新雑誌簇出で再び純文学の更生期に入るなどと呼声ばかりは迷ひ疲れた文壇に賑はつてゐた」。当初は「復興」と並行して「更生」という表現も頻用された。いずれにせよ「呼声ばかり」が氾濫する。青野季吉「文壇とその人物」(一九三五・四)は時間をおいてつぎのように分析した。[24]「文藝復興の呼び声が、その[現象の]気運をつくつたといふ事実は蔽ふことが出来ない」。「文藝復興」もテクストに織り込まれた「呼び声」によって構成される現象の典型だったのだ。[25]現実がメディアと言語行為によって構築、ないしは捏造される。これを谷川徹三「果して文藝復興か」(一九三四・四)がこれ以上ないほど的確に表現している。[26]「文藝復興はむしろヂヤーナリズムの作つた一つの伝説であつた」。この「伝説」を現実へと変成させる批評の諸力が見定められなければならない。

批評無用論の隆盛。いかにも文壇的な現実が前提となる。空無化された起源である小林秀雄自身もその現実へと呑み込まれていく。さらには介入を余儀なくされる。これを機に、批評の原理的な考察に取り組むようにもなった。周囲の批評家たちもそれにつづく。本章冒頭に触れた論説「文藝批評と作品」で小林は、「僕はあの時評で批評有用論を述べたのであつた」と釈明した。[27]「批評無用」発言をみずから否認する。だが、小林が「批評無用」を説いたか否かはもはや問題ではない。それどころか、説いたわけではないことは多くの論者によってすでに弁護されていた。杉山にしても、小林の議論から「月評」無用の主張を読みとったにすぎない（前掲「月評果して不用か」）。「批評」全般の無用までは見出していない。ところが、言説がリレーされていく過程で変化した。

ここから、つぎなる課題が導かれる。ひとは「批評無用」と記す。たとえば符牒として。だがそのとき、「批評」という語はなにを指しているのか。内実の精査に進もう。

3　後発者たちの憂鬱　自律した批評の誕生

一九三三年末、杉山平助は「論壇文壇総決算」（一九三三・一二）を発表している。一年間の論壇・文壇を回顧した記事だ。月単位で特筆事項が整理される。四月の項で、谷崎潤一郎「「藝」について」（一九三三・四）に触れる際、「批評無用論に油をかける」と解説した。[28] 杉山は一九三三年の「批評無用」論争の震源をこの随筆に特定する。じっさい、谷崎はこう書いていた。[29]「文藝批評家の評論は、評論そのものとしての価値は別として、作者を啓発し、或ひは首肯せしめると云ふ点では全く無力であ」る。この「無力」発言はすぐにいくつかの反応を誘発した。たとえば、唐木順三「批評の倫理」（一九三三・六）は時評ながら紙幅の大部分を谷崎の提言の検討に費やす。[30] ただし、本格的な盛りあがりは八月を待たねばならなかった。この月、くだんの小林秀雄「文藝時評」が発表される。この時評も谷崎への間接的応答と見るべきなのだろう。確定できないのは例によって暗示引用になっているからだ。

谷崎は批評を「無力」だと断じた。小林は断言しない。にもかかわらず、「批評無用」という主題でより大きな反響を呼んだのは小林のほうだった。これはなぜなのか。

両者の属性の相異(作家/批評家)が理由のひとつとして透かし見える。従来、批評無用論は作家側から提起されてきた[31]。自作が好き放題に批評される。その被寄生的ポジションへの不満を想像するとよい。谷崎の問題提起はこの定型にすっかり合致する。他方、小林のケースは変則的だ。批評する側から発議されたのだから。例外性ゆえの目新しさ、それが過剰な反応を引き出した。川端康成「批評への懐疑」(一九三三・八)が事態をきれいに捉えている[32]。いわく、一九三三年の批評無用論のポイントは、それが「批評家から生れ」たことにある、と。そして、「忽ちにして批評家の間に拡まつた」。これは常識的に理解しやすい。旧来の批評無用論争は《作家/批評家》という対立構図を描いた。これは常識的に理解しやすい。ところが、今回は《批評家/批評家》なのだ。

批評家同士の対立。ここに着目しよう。その過程で、前節末尾に浮上した課題も順次遂行されていくはずだ。

問題の時評のなかで、小林は「批評の自律性」の不確かさに言及している。[33]「批評は作品を追ひこす事は出来ない、追ひ越してはならぬ」。そこには決定的な「主従関係」がある。小林はそれを「宿命」と呼んだ。周知のとおり、この批評の屈折した出自を何度も問題にしている。そのつど、「宿命」というタームが反芻されもした。

文壇デビュー直後の一九三〇年四月から一年間、小林は『文藝春秋』の「文藝時評」欄を担当している。時評が新進批評家の通過儀礼として機能しはじめるのはこのころだ（ちょうどそのタイミングで誕生した論壇時評が、開始当初からそうした傾向を帯びていたことは前章に縷説した）。最初の五回分はすべて「アシルと亀の子」と題された。この表題には小林の批評観がしっかり畳み込まれている。第六回「文学は絵空ごとか」（一九三〇・九）の冒頭で前回までの題意を「アシルは理論であり、亀の子は現実である」と自解してみせる。[34]「アシルは額に汗して、亀の子の位置に関してその微分係数を知るのみだ」。

「理論」と「現実」。その関係性がゼノンのパラドクス「アキレスと亀」になぞらえ説明される。アキレス＝「理論」は、先行する亀＝「現実」に追いつかない。決して。ひたすらその差分運動の計測に専念するだけだ。「理論」を下位範疇の「批評」に、そして「現実」をそれに対応する「作品」にそれぞれ局限すれば、一九三三年の小林の言葉にそのまま重なる――「批評は作品を追ひこす事は出来ない、追ひ越してはならぬ」。

つねに先行する作品を担保としてのみ、批評は存在する(根源的な二次性)。批評は解消不能な絶対的懸隔に苛立ちつづけるだろう。当然だ。仮にその懸隔が解消されるならば、そこにあるのはもはや批評ではなくなってしまうのだから。小林は批評が構造的に抱えもつこの「苛立ち」に苛立ちながら批評活動を開始した。極端な自己嫌悪が批評のベースにはある。そして、既存の文芸批評のフォーマットを可能な範囲で更新していく。その試みはついにはある帰結をもたらす。批評そのものが作品として流通するという新たな境地である(批評言説の一次化)。

一九三一年七月、小林の第一評論集『文藝評論』が刊行された[35]。収録文の大半は前記連載を中心とした時評的テクストだ(収録時の改変作業はまた別の重要な問題として検討されなければならない)。ときをおかずして、当該書への毀誉褒貶がメディア上に繁茂する。文芸時評で構成された単行本が文芸時評で論じられる。そのおびただしい二次言説の存在にこそ私たちは嘱目しなければならない[36]。批評が批評や鑑賞の積極的な対象となる。新しい批評の時代が到来していた。

こうして、文芸批評はひとつの文学ジャンルとして自律する。そして、批評対象から独立した作品としての地位を奪取するかに見える(そもそも『文藝時評』の収録文の多くは文学論パートが極度に肥大した時評だ)。このとき、文芸批評家は鑑賞者の位地におさまらない。表現者へと押しあげられる。そう、無数の読者の手によって。ここには批評への批評を書いた書き手たちも含まれる。批評に対する批評の存在が事後的に批評を自律化させる。ここで前章に引用した三木清の言葉を想起してもよい――「批評家の書いた批評は話される批評によつて批評される」「批評家といふのは批評する者のことでなく、批評される者のことである」[37]（「批評の生理と病理」一九三二・一二）。小林の批評はたんなる「鑑賞」ではなく、独自の「表現」として受容される。

そこでは、批評家の底深い内面が――じっさいの有無と無関係にいわば仮構的に――焦点化されもする。だからこそ、多くのフォロワーが発生したのだ。板垣直子「停滞と闘争」（一九三五・一二）は小林秀雄と河上徹太郎の批評の読み方をこう指南している[38]。「思索の糸のたぐり方そのものをみるべき」、と。彼らのテクストで重要なのは事実如何ではない。解釈と論理展開だ。「個性と思索そのものが独立的な魅力となつてゐるために、追従者を既に少なからず持つてゐる」。メッセージの妥当性以前に、文章のフレーム・メッセージの新奇さが読者や「追従者」に転移する。ここに、「批評文学」なるジャンルの萌芽が看取される[39]。進行していたのは批評家の作家化である。

文学作品と文芸批評が同列に並ぶ。序章で言論商品説を通過した私たちにとって、このことはすでに前提ではある。しかし、それはいかなる事態なのか。議論は批評にプログラムされた階梯関係の問題（「現実」／「理論」）へとふたたび接続される。

前章の末尾でこう整理した。論壇時評は「現実」を直接の対象としない。「現実」（＝

一次)をあつかう「言説」や「理論」(＝二次)に照準を定める。いわば三次的な言論形式をとる。それがメディア特性だった。他方、文芸時評の批評対象は文学作品だ。そこでは作品が「現実」に相当する。時評はそれを俎上にのせる。二次的な言論形式になっている。ここには現実空間が欠落している。現実社会をいったんキャンセルした自己完結的な空間の確たる存在、文壇の成熟がそれを可能にする。本章の課題はこのさきだ。

批評の来歴はこうした内閉性への認容／抵抗の両極間をたえず揺動する軌跡にほかならない(たとえば、プロレタリア文学の理論闘争のほとんどは、この一次に措定すべき位相、つまり「現実」を優先するか否かが決定的な争点となった)。唐木順三「批評の倫理」(前掲)はつぎのようにいう。[40]

創作を現実の批評とすれば、文学批評は第二の現実たる創作の批評に外ならぬ。[……]批評家は第二の現実を通して、或は越して、第一の現実にも突き入らねばならぬ。

批評が創作と同一平面に立つ。そのためには、直接「現実」に接触しなければならない。唐木はつづける。「第二の現実を越して第一の現実へ、そこは作家の体験と批評家の体験とが相摩するところだ」。批評家が作家と拮抗する。そのために、創作＝「第二の現実」への従属の解消が求められる。あるいは、従属しつつも従属先と対抗しうるアクロバティックな態勢が。小林の文芸批評はいつもオリジナル化への欲望に突き動かされていた。折り重なるメタ化の昂進に駆動された論壇時評とのベクトルの相異をここに見ることができる。(41) みずからが「第二の現実」になるのだというロマン的な投企がいっそうフォロワーを惹きつける。

この志向は究極的には作品の度外視を意味した。だが、くりかえせば、それは文芸批評と呼ばれうるのか。文芸批評の哲学化や社会批評化の突端はここにある(後述)。〝文芸についての批評〟が〝文芸としての批評〟の相貌を主張しはじめていた(凡百の小林秀雄論はここですぐに仔細なテクスト読解へとむかってしまう。しかも、対象のくりだすロジックやジャーゴンをべっとりなぞりながら。そうやって小林秀雄の引力圏にいとも容易く絡めとられていく。リアルタイムの人間であれ、時差が確保された後世の人間であれ、それは大差ない)。かくして、文芸批評の新しい姿態が徐々に像をむすぶ。ただし、あくまでテクスト受容面でのことだ。書き手、つまり小林秀雄の主観的意図はこのかぎりではない。ここに注意しよう。

小林の認識において、創作／批評の「主従関係」という前提は一九三〇年と一九三三年とで変化していない。それは前述のとおりだ。だからこそ、小林はこの間に新たな創作ジャンルの開拓も試みたのである(「おふえりあ遺文」[一九三一・一一]、「Xへの手紙」

[一九三二・九]など)[42]。完全に一貫している。にもかかわらず、あるいはそれゆえに、その間に誕生した批評家たちには後退と映った。彼らは失望する。反発さえする。批評が創作と同等に消費される現実を——みずからは一読者として——ほかならぬ小林のケースにおいて体験してしまったからだ。その布置を自然化された制度として踏襲しようとする。そこから批評活動を開始した。メタテクストでありながら、同時に単体でも完結するテクスト。その彫琢を目指す。

こうして、先行者と後発者のあいだに齟齬が発生した。後発者の典型例に矢崎弾をあげよう。論説「「批評」は狗に喰はすべきか?」(前掲)では、批評を「独立の思考表現の形式」と定式化している[43]。その基準から一九三三年の小林の態度を酷評する。「思考衰頽」、あるいは「争闘意欲の衰弱」、と。この論説にかぎらない。当時、矢崎は小林批判の急先鋒に立っていた。毎月のように痛烈な批判を展開する。そのことでプレゼンスを示しもした。ところが、矢崎のいう「独立」という標語は本来、小林の批評スタイルにこそあてられてきたはずだ。どこかでねじれが生じている。奇妙なねじれが。

あきらかに矢崎は理念化された小林秀雄の位地にみずからを立脚させている。そのうえで、現実の小林秀雄を批判している。これがねじれの正体だ。思えば、一九三三年は矢崎が批評家業を本格化した年に相当する[44]。あくなき批判は成功願望を抱く後発批評家の不満に駆動されていた。その不満は、作品に従属する批評の「宿命」をあらためて宣告されてしまった事実に起因する。先行成功者である小林秀雄の宣告だ(と受けとられた)からこそ、同年の批評無用論はスキャンダラスな広がりを見せたのである。論議の行方は新進批評家たちの死活問題へと直結していた。

では、先行者と後発者は真に対立しているのか。もちろん、そうではない。小林はくだんの時評にこう記した[45]。いかなる文芸批評家であれ、「文藝時評文藝月評のまはりにたかつてゐる」ことこそが問題である、と。本来であれば、「文学史とか古典の研究とかを選ぶのが当然であり、文藝時評の如きは余技と心得て然るべきではないか」。「名作」を読まされるとはかぎらないからだ。新しい作品を追いつづけさせられるかぎり、「古典」や「名作」には向かえない(多くの名作は歴史的に事後にのみ発見される)。そう、小林は文芸批評を総体として否定したのではない。「文藝時評」の切断を提案したのだ。とりわけその月評要素の切り離しを[46]。

「現場主義[47]」をとる月評は、前月の雑誌掲載の創作に対象が限定される。偶然同月に発表された、ただそれだけの作品の集まりだ。にもかかわらず、反射的な価値判断を連ねたそのさきになにがしかのフレーム付与も期待される。そこでは「自分の批評能力[48]」など十全に発揮できない(小林秀雄「ドストエフスキイに関するノオト」一九三四・七)。それどころか、少なからず「広告」としての役割まで強要される――「匿名評はけしからんの、月評などうるさい許りで何のたしになるのといつてゐる。広告係の気も知らないで、何をいってやがる」(49)(小林秀雄「単行本の冷遇」一九三五・一二)。いつまでもそれではだめだ。批評家はコンテンポラリーな対象から解放されなければならない。

たしかに、批評は創作に従属する。それは原基的なプログラムだ。しかし、従属先の選択範囲を拡張して主体的に課題設定することで、独自の批評性を確保する方針の実現は不可能ではない。超時代的な主題へ向かえ。谷崎が「「藝」について」(前掲)で「別として」と除外した「評論そのものとしての価値」のほうを、むしろ小林は突きつめていく。創作との拮抗はその延長線上に予期されている。

さきに確認した文芸批評の三要素で検討しよう。創作月評と文壇展望と文学論と。三つのうち「文学論」の最前景化、それが小林の批評の生存戦略だ(非即時性の選択)。他方、杉山平助や大宅壮一といった批評家たちはその戦略を批判する。彼らにとって批評とはリアルタイムの分析・解説以外ではない。「創作月評」に重点をおく(即時性の選択)。とすれば、以下のように再整理できる。文芸批評は文壇ジャーナリズムの商品として差し出される。そうである以上、程度の差はあれ、なんらかの「文壇展望」作業を下敷きに書かれることになる。それを中軸として、大きくふたつのタイプへと分岐する。ひとつは、「文学論」に特化した批評(＝いわゆる自律した批評)。もうひとつは、「創作月評」に力点をおいた批評(＝おもに文芸時評)。小林は前者を発展させるべきだという。(50)その場合、思考は文学の範疇にとどまらない。哲学や歴史、社会をめぐる諸課題へも自在に接続していくだろう。

すでに小林はその当為的理念を実行に移しはじめていた。その後、長年の課題となるドストエフスキー論への着手がそれだ(『永遠の良人』を論じた「手帖」〔一九三三・一〕など)[51]。しかし、その振るまいもたちまち追従者を生んでしまう。小林の発想法と語彙体系の近傍で複製的な思考が増殖をはじめる。だから、当初は非文壇的であったテーマ選択も、時間の経過とともに文壇的に見えてくる。が、それは遠近法的に倒錯した事後の観測にすぎない。

批評の領域における関心の共有はかつて以上に進んでいた。業界全体の規模はまちがいなく拡大しながらも、個々のアクター間の距離は極端に縮小していた。密度が高い。その結果、模倣のペースが加速する。そのことはひとつの問題に対する消費の速度を吊りあげる。本章冒頭で確認した批評課題の空洞化という体感はこうしたところからもきている。舟橋聖一「文藝時評」(一九三四・八)は、小林の影響によるドストエフスキー論の「流行」を報告している[52]。春山行夫「裁断なき文学」(一九三四・二)はその法外な影響力を害悪視する[53]。詩人で詩論家の春山も矢崎同様、やはり一九三三年ごろから新鋭の文芸批評家として広く認知されはじめた。いわく、「人々が彼〔＝小林秀雄〕の進路を追跡することはこのあたりで中止すべきである」。深田久彌や雅川滉(＝成瀬正勝)といったエピゴーネンの存在を「犠牲」とまで表現している(ここに古谷綱武を追加してもよかった）。

春山の立論を要約しよう[54]。短期間ながら、プロレタリア文学や新興芸術派文学が文壇を圧制した時期があった。それらは「形式」重視の流派だった。そうした状況で、小林は実存に根ざす「人間論的立場」を導入した（この対立図式は発言者とジャンルをかえて第4章で変奏されるだろう）。それはあまりに反動的な所業だった。言論の勢力図を一挙に塗りかえるインパクトをもった。それは評価されてよい。しかし、「残念ながら小林秀雄氏の役割はそれだけで終了してそれ以外にはない」。文学環境が急速に変容したからだ。いまや批評の主流は「人間論」に回帰している。現状において、小林の振るまい（の模倣）は機能しない。「氏の影響力が大きければ大きい程、小林秀雄その人の存在は無意味さを加へてゆく」。追従者の増殖によって、オリジナルの特性が埋没してしまう。

精確な観察だ。一九三二年に杉山平助は、「氷川烈」名義の論説「文藝評論家群像」（一九三二・一二）でつぎのように分析していた[55]。「今のままでは、彼［＝小林］はすでにその役割を果して行きつまつてゐる」、と。例によって詳細は記されない。忖度すればこうだ。デビュー時の小林は既成諸流派を完膚なきまでに解説し尽くした。登壇作「様々なる意匠」（一九二九・九）が典型的だ[56]。すべてを類型化する作業において批評主体のメタ性が確保される。そこに居場所を切開し、自身の「立場」を打ち出した。だが、その戦略的作業＝「役割」は一回しか有効性をもたない。登場時のただ一度だけ。杉山はこの陥穽を正しくつかんでいた。だから、「行きつまり」を予見したのである。春山の叙述は、杉山の予測がいよいよ現実となった段階に対応している。

小林への全面的な追従や帰依は批評空間の矮小化を帰結する。だからこそ、春山は「小林秀雄の影響から脱せねばならない」と周囲に警告したのだ[57]。この点、矢崎弾も同じ認識に立っている(小林からの距離設定の表明によって新進批評家が登場するパターンはこの時期に確立された。批判にせよ模倣にせよ、小林への従属を認めることにしかならない)。それは批評シーン刷新の宣言でもあったはずだ。春山は批評家の「新陳代謝」(＝世代交代)をつぎのように説明する[58](「十月の月刊雑誌」一九三三・一二)。新人批評家は「文学的な新現象」の解説役にむかえられる。しかしそののち、文壇残留のためには「毒にも薬にもならぬ月評家」になる以外にない。そうしなければ、さらなる「新現象」を解説する次代の批評家にたちまち「駆逐」されてしまうだろう。批評家たちは交換可能性という不断の淘汰圧に脅迫されている。商品化の帰結の一症候がここにある。

だが、春山や矢崎は「月評家」に堕したくはない。小林がロールモデルなのだから。それと同型の受容のされ方を望んでいる。そのためには、批評の社会的な機能とイメージから組みなおさなければならない。「月評家」ならぬ「批評家」の地位確立へ。この認識において、小林と春山・矢崎らとのあいだにはいささかの隔たりもない。むしろ完全に一致している。少なくとも現象としては。しかるに、世代間闘争という単純なストーリーでも片づけられない。

見るべき対立は他所にある。それはどこか。

supplement――時評の対象限定の問題について補綴しておこう。たとえば、杉本鉄二「新聞と文藝批評」(一九三五・三)は新聞の文芸時評を簡潔にこう評した。[59]「儀礼的、堕[=惰]性的」だ、と(本章冒頭で触れた互酬的循環もここで想起したい)。その要因を二点に絞っている。すなわち、担当者の限定と言及対象の限定とがそれだ。人選については、「縄張り的に固定」され、「マンネリズム」に陥っているという。「前線に躍るスタア批評家は十指、二十指の内に数へられる」。そこで、杉本は「新人」の登用を要求する。弊害の所在とそれに対する批判の論理との組み合わせにおいて、論壇時評のケースと完全に同じだ。他方、対象選択については「雑誌掲載作品評」に終始する点を指摘している。「単行本」もあつかうよう提案した。ここで私たちの関心は後者にある。

「雑誌掲載作品」は中篇／短篇小説を意味する。杉山平助「「貞操問答」の魅力」(一九三五・五)もこう述べる。[60]時評対象から長篇小説を除外するという不文の「出版界の約束」が存在している、と。背景には「批評家側の事情」、すなわち負担の問題もあるだろう。一九三五年、文壇では長篇待望の声があがった。片岡鉄兵「文藝時評」(一九三五・三)の報告にある「長篇小説の機運」もそれを後押ししたはずだ[61]——この「機運」には、島崎藤村「夜明け前」(一九二九・四—一九三五・一〇)の長期連載完結も深く関係している[62]。この潮流にあわせるようにして、同年中盤、長篇や単行本の批評の必要性をめぐる議論が沸き起こった。私たちはこれを批評無用論争の派生系として位置づけてみてもよい。というのも、たかだか短篇一本で作家の価値を決定しようという批評の粗雑な所作に批評不信の出所を定める意見も散見されたからだ。時評は柔軟に対象をピックアップすべきである。そう杉本はいう。同じ理由で、古典や翻訳の刊行の機会を捉えて、重要な成果は無差別的に批評・紹介すべきだとも提言している。そうやって時評の対象の拡張を促す。

この点で、川端康成「文藝時評」(一九三五・一二)の主張はあまりに明快で合理的だ[63]。新聞掲載の文芸時評と雑誌掲載のそれとの分業を提案する。後者を単行本ベースの作品評に切りかえよという。だが、この直後に、書評およびブックレビューという批評様式が隆盛する。それによって問題のいくらかは解消されるだろう。そして、文芸時評と書評とのあいだで棲み分け(雑誌掲載／単行本)がなめらかに成立することになるのだ。

4　複数化する宛先　文壇村という読者集団

小林秀雄は「批評無用」を説いたわけではなかった。唐木順三や矢崎弾はそのように訂正した。だが、訂正されるべき当の対象は不可視のままだ。というより、存在しないに等しい。ならば、訂正の必要はどこにあったのか。

さきに私たちは、《作家／批評家》ではなく《批評家／批評家》という対立構図を検討した。ここに第三項を導入しよう。読者だ。これにより、訂正する論理的必然の一斑が浮かびあがってくる。彼らは読者による誤読の回避を試みたのではないか。そう、先回りして。批評無用論はこのときはじまったものではない。すでに定番化した未決の論争テーマだった。そのため、小林の「利益」発言は即座にパターン解釈され、「批評無用論」という定型枠へと回収される蓋然性が高い。自省的論理からなる小林の晦渋な文章であればなおさらだ。訂正行為はこうした事態への未然の牽制だった。だが、いつのまにかそうした読者の存在が前提に定位されてしまう。既成事実化する。この転倒現象をさしあたっての仮説としておこう。ともあれ、読者の読解能力をかくも意識せざるをえない環境がそこにはあった。

河上徹太郎「批評無能論に関して」(一九三三・一〇)は、「読者の批評に対する鑑識眼」の欠如を指摘する。[64] ここでいう「鑑識眼」はふたつの水準で使用されている。ひとつは、

「自分のために書く批評と他人のために書く批評と」を識別する能力。《純文学／大衆文学》に相当する「区分」が批評には不在だという。もうひとつは、「どの程度迄自分のいひたいことをいつてゐるか、どこから先づおつき合ひでものをいつて[ゐ]るのか」を判読する能力。コンテクスト把握に必要なリテラシーが一般読者には欠落していた。ふたつの能力の欠如が批評無用論の遠因となっている。河上はそう見た。そして、予防的言説ではない方向へと議論を展開していく。読解スキル向上の必要を説く。テクスト内で対処するのではない。そうではなく、読者の能力のほうを改善せよと処方箋を提示している。これは読みの一重底化(への漸近)を意味する。だが、この啓蒙のロジックは機能しないだろう。啓蒙行為そのものも批評テクストとして提出されるほかないのだから。議論は循環してしまう。

文芸批評の届け先には多様な読者集団が存在した。区々の条件を抱えた読者に応対しなければならない。おのずと多重底構造がとられる。だが、あらためて読者はどこにいるのか――本書は何度もこの問いに立ちかえることになる。対読者の平面に焦点をあてよう。

一九二〇年代後半、劇的な構造変動が文壇ジャーナリズムを囲繞していた。論述形式としての多重底はこの動向に由来する。変動はふたつの局面に大別できる。両局面は密接に相互連関している。序章の議論を再編集しながら確認しておこう。

第一に、文壇人口の増大。一九二〇年代後半には硯友社以来の徒弟制度的な文壇の崩壊が漸次進行した(文豪の時代の終焉)。一九二六年に大宅壮一「文壇ギルドの解体期」が予測・観測したとおりだ。[65] その「文壇ギルド」にとってかわったのは、数年後の大宅に倣えば「ギャーナリズム文壇」と呼ぶべき空間だった[66](「「第三期」文壇論」一九三三・七)。このシステム移行は文学場への参入障壁を押し下げるという帰結をもたらす。そこへ、新たな書き手が大量に流入した(それを経済的に可能にしたのはつぎの第二の局面である)。内部構成員が急増する。創作/解釈共同体は内閉性を温存したまま規模が拡張される。「文壇村」なる文壇用語がそれを象徴している。[67] どこまでも「村」という閉域なのだ。青野季吉「匿名批判の流行について」(一九三四・五)はこう観測する。[68]「今日の文壇はその範囲が非常に広くなり、さまぐ\な文学上の主張や流派も入り乱れてゐる」。青野は「群雄割拠の時代」という定句をあてがっている。論壇における「小物群像の時代」(第1章参照)への移行にちょうどそれは対応しよう。その結果、小説や批評の書き手に少なからず態度変更が生じた。すなわち、一般＝商業テクストでありながら、前提や文法を共有する読者(いわゆる「文壇人」[69]＝村民)の存在を想定した記述が可能となった。たとえそれが「流派」ごとの棲み分けに帰着するにせよ。玄人読者共同体が一定のボリュームをもつ。その存在感は記述スタイルに影響をおよぼさずにはいない。

第二に、一般読者の増大。同じく一九二〇年代後半には出版大衆化が進んだ。いわゆる「円本ブーム」が中心にはある。そのなかで新たな読者層が大規模に発見・開拓されはじめていた。大衆が読書空間へと呑み込まれていく。ここにマスとしての読者が誕生した。追って一九三二年、東京では市域拡大が敢行される。同様の再編は相前後して全国的に進行した。都市が広がる。言論発信を司る諸機関は新市民層＝中間層の増幅への対応を迫られる。商圏拡大を見据えた編集方針がとられる。そして、書き手たちは——編集側の依頼条件もあっただろう——新たな読者も享受可能なテクストを慎重につむがねばならなくなる。

かくして、一方では、適度に閉鎖的で成熟したサークル内部の同業者を強烈に意識しつつ、他方では、広範におよぶ無数の一般読者へも伝達可能な配慮をなす、そのような分裂的な叙述が暗黙裡に要求される(70)。複数の読者集団や拡散した諸コンテクストへの一括対応。それは本書の用語法でいえば多重底構造として出力された。書き手は自覚するとしないとを問わず、おそらくはほとんど本能的に、そうした文体を洗練させていく(71)。でなければ、一般読者不在の地平で超越論的な真理を探究するという選択肢しか残されていない(小林はその種のテクスト実践も試みた)。批評テクストを分析するのであれば、私たちはそこに貼り込まれた複数の宛先の存在(や不在)を一度丹念に洗い出してみる必要がある。

たとえば、小林秀雄「文藝時評」(一九三五・一)はこう指摘している。[72] いまや、文芸時評を作成するには最新の「文壇的問題」――それはめまぐるしく入れかわりつづける――の掌握が不可欠になる、と。文壇内部で通有されるメタ・メッセージ＝「楽屋話し」こそが空間維持の要件と化したからだ。これは第一の変動の帰結としてある。メタ化したゲームの盤上に立つある系統の批評家たちは誰よりも上位で文壇動向に常時接続していなければならない。「三月も雑誌を読まないでゐると人が何を喋つてゐるのかわからなくなる」[73] のはその具体的な表われにほかならない。かくして、文壇にハイコンテクスチュアルな言説が瀰漫する。[74] 規模は拡大したのに閉鎖系が形成されるという逆説が生じる。そして、文壇独自の不文のルールが日々更新されていく。批評家はそれへの不断のキャッチアップを余儀なくされるだろう。

春山行夫「十月の月刊雑誌」(前掲)は事態を別の角度から表現した。[75] 批評としていかに優れたテクストであっても、それが「文壇的に翻訳されない以上は通用しない」、と。そう、「文壇的」な言葉づかいへの変換が不可欠だった。文壇の「地方主義的信念」が場を差配している。谷川徹三「文学と社会性」(一九三六・三)はそれを「文壇でなければ通用しないやうな方言」と形容した。[76]「方言」が「通用」する圏内一帯を「文壇村」と表現することもできただろう。この直後、小林秀雄「文藝時評」(一九三六・四)は、「文学的専門語としての普遍性」も「文壇的方言としての現実性」も両方ともにもたない任意の「新語」が論争を複雑化するのだと指摘している。[77] 偏った「文壇的方言」ですらない、まったく共通理解をともなわない「新語」が厄介視されている。「文壇的方言」に「現実性」が見られていることに注目したい。

ここにおいて、先述の「声」「呼び声」「耳にする」といった一連の比喩の系列を私たちは文字どおりに受けとることができる(このさき、匿名性と「声」をめぐる第5章へと一時的に議論を移動させてみてもよい)。つまり、活字化されない「声」＝世評が届いてしまう、そうした限定的空間が確実に存在した。空間内部のネットワーク密度が上昇する。それにともない、どこまでも文脈依存度は吊りあげられていく。小林はそのことに「疲労」を感じていた。[78] 小林だけではない。多くの批評家が「文壇的」な任務(おもに月評)を「余り愉快な仕事ではない」と位置づけた[79](谷川徹三「批評家の傲慢と謙遜その他」一九三四・六)。ところが、この徒労感の充満こそが文芸批評の原理的な再考を促し、成熟へと導いていく。

ことによっては、創作も自己の基準に照らした完成度の追求を保留する。かわりに、「文壇性」の巧妙な扮飾に心血を注いでしまう。序列上昇のルールが変形している。その結果、大宅壮一「文壇クーデター論」(一九三五・八)が指摘するように、「非職業的な一般読者は、かへつて純文学から遠のいて行つた」[80]。当然の結果だろう。ところが同時に、それと対極にある読者の動性も観察された。正宗白鳥「編輯者心理と作家心理」(一九三三・二)はこう印象を記す。[81]「小説を読まなくつても、小説批評だけを、ゴシップ的興味で読む人が少くないだらう」。文壇村特有のメタ解読に同調する一般読者が増加していた。それは、杉山平助「論壇文壇総決算」(前掲)が指摘する一九三二年から三三年にかけての集中的な文芸批評ブームの一帰結でもあったはずだ[82]――「作品を読まずして批評のみを読むといふ変態現象」。文芸批評の自己解析はそのさきに「反動」として成立した。そこで自問される項目はじつに率直だ――《なんのために批評は存在するのか》。

谷川徹三「文藝批評概説」(一九三三・一〇)はつぎのように述べる。[83]「あらゆる批評が作家のためにあると考へるのはまちがひで、多くの批評[……]は読者のために――しかも実際に作品を読まぬ読者のためにあるのである」(ある座談会で批評無用論の流行を話題に振られた谷川は、そこでもまったく同じ発言をしている。[84]したがって、この箇所が批評無用論争への応答であったことはまちがいない。だが、やはりそうとは明言されない)。[85]第二の変動、一般読者層の増幅に目配りした認識である。文壇内部では「作家のため」の批評が常識とされていた。そのため、一方では批評への作家の過剰適応を生み出し、他方では作家のやはり過剰な批評家不信の表明を誘発する。前者の適応は文壇性の内面化を促進する。後者の不信は容易く批評無用論へと転化するだろう。

既述のとおり、谷崎や小林は「作家」に対する貢献(＝文壇的意義)を問題にした――もちろん本人の主張は他所にあったが。しかし、宛先はかならず複数化する。谷川も指摘しているように、一般的な「読者」への貢献（＝公衆的意義）を優先する批評態度もありうる。正宗白鳥「編輯者心理と作家心理」（前掲）はこう述べた。[86]「小説月評にしろ、実は当事者を反省させる効果は極めて稀薄であつて、読者を啓発させるために存在価値がある」。そう、月評には読者「啓発」という「価値」が備わっている。私たちは前章補論で、論壇時評に「読者の批判力を高める使命」を確認しておいた[87]（河合栄治郎「非常時局特別評論」一九三七・七）。同様の機能と「使命」がここにもある。唐木や矢崎の訂正行為はこうした「価値」の召喚によって測定可能となる。

では、読者はそれをどう受容したのか。深田久彌「四月の創作から」（一九三三・四）も「作品は読まなくとも月評だけは読みたがる」読者の群れの存在を指摘している。[88]消費場面を戯画的にこんなふうに描く。私たちはすでに序章において、これと酷似した時評や月評の消費風景を見たはずだ。

> 朝電車の吊革にブラ下つてあわたゞしく新聞を拡げる読者には、こみ入つた抽象論は読み飛ばして、たゞ何誰の作品が評判がいゝか悪いかだけを知りたがる。つまり彼等には及第落第かさへわかればいゝのだ。

あの移り気で浅薄な読者がここにもいる。彼ら彼女らは批評に購読ガイドの機能を求める。本質的な啓蒙など期待してはいない。そもそも、正宗白鳥「文藝時評」(一九三三・七)がいうように、「多数の読者に何の興味もなささうな片々たる雑誌小説の批評が、毎月の新聞に掲げられるのは合点の行かないこと」なのであって、みずから時評にアクセスしている時点で、むしろある水準をクリアした読者と見るべきなのだ。[89] 必然的に、文学論的要素(=「抽象論」)は興味の対象から除外される。求められるのは創作月評や文壇展望のエレメント(=「評判」の良し悪し)だけだ。そこでは「及第落第」の判定がなされる(ここで、第1章に登場した講壇批評家たちに期待されたレジュメ作成めいた立ち振るまいを想起してもよい)。杉山平助や大宅壮一といった一群の批評家たちはその作業に従事しつつ、並行して価値判定のメカニズムを解明するメタ批評も量産した。批評行為が多重化する。これが〝ジャーナリズムの時代〟たるゆえんでもある。

すでに見たとおり、杉山は小林時評に即座に反論した。その際、自身が以前に発表した論説「批評の敗北」(一九三一・一〇)を援用している。通例に則って、「私は曾て[……]」と記すのみで典拠明示はない。同論で杉山は批評家を文学作品の「鑑定人」に見立てた。[90] 批評は一方で読者(=「消費者」)に対して作品(=「商品」)の価値の解説を提供する。他方では実作者(=「生産者」)に読者の要求を代表して伝達する(序章で引いた大宅壮一「バラック街の文壇を観る」[一九二九・六]が「消費者若くはその代表者」というときの「代表者」の一定部分はこの文脈で捉えるべきだ)。[91] 仲介機能に特化する。批評はそうやって発生したのだと杉山は解説している(詳細は第5章にゆずろう)。すなわち、価値規範の(再)生産に批評の役割があると見ている。だからこそ、「文藝時評」(一九三四・二)ではこう断言するのだ。[92] 批評は「決して第一義的な存在たり得ない」、と。杉山は仲介機能のうち読者への貢献に力点を置く。[93] それは「鑑定人」という譬喩からもうかがえる。深田が通勤通学電車の光景として描いたように、読者は批評にジャッジメントとガイダンスの機能を期待する。とすれば、読者優先の態度が行き着く先はあきらかだ。月評重視へと着地しなければならない。杉山の認識はつぎの言葉に尽きている。[94]「月評を高く正しい位地におくといふは[……]相当に重要なことである」(「高踏的月評を求む」一九三三・八)。

文芸批評というジャンルは、自己認識をめぐって何重にも交錯する対立をその内部に潜在させていた。前節で要約したふたつの批評類型の対立(文芸時評と自律型批評)はそれを代表する。

5　職業としての批評　文芸批評のプロトコル

パースを拡張しよう。貢献先の分裂の遠因は近代批評が誕生した瞬間まで遡る。だが、詳細な通史叙述は本書の任務ではない。ここでは、大雑把な見取図の素描にとどめる。

日本の文芸批評のプロトタイプはつぎの二系に集約できる。ひとつは、初歩的な文学理論の定礎。坪内逍遥『小説神髄』(一八八五・九―八六・四)や二葉亭四迷「小説総論」(一八八六・四)を嚆矢とする。[95] もうひとつは、良書選定の規格化。こちらは、雑誌『出版月評』(一八八七・八―九一・八)に代表される。ともに明治二〇年前後に出来し、それぞれに影響力をもった。ただ、まだいずれも「批評」とは名指されない。

ここまでの議論を以下のように接合させてみてもそれほど誤りではないだろう。自律した批評の確立を企図するスタイル(小林秀雄や次代批評家など)はおもに前者の流れを汲んでいる。むろん径庭はある。かたや、読者の読解力の補塡やガイダンスの機能を重視したスタイル(杉山平助や大宅壮一など)は後者に対応する。ごく乱暴にそう理解しておこう。

文芸批評がジャンルとして成熟していく。その過程において、出自を異にする二系がしだいに合流する(月評は文芸批評の派生態などではない)。ただし、本来的な通約不可能性を温存した融合ではあった。そのため、目的の相容れなさを内包している。一九三三年の批評無用論争は、まさにそうした軋轢の現前化として浮上したのだ。すなわち、一度は合流したはずのふたつの系統がふたたび分岐しはじめていた。

では、なぜこの時期なのか。ことは一九二〇年代後半に文壇ジャーナリズムを囲繞した前述の構造変動にかかわる。

一九二〇年代前半まで、本格的な専業の文芸批評家の数はごくかぎられていた。批評作業の多くは実作者によって兼業的に担われた[96]。たとえば、広津和郎や佐藤春夫、正宗白鳥などがそうだ。自身の経験に基づく実感的な批評が横行する。一九二〇年代全般をとおして、プロレタリア文学運動が興隆した。批評による論争(理論闘争)を運動の動力としていた。連接する諸論争のなかで平林初之輔や青野季吉らが輩出する。彼らは専業の批評家として定着していった。社会批評も手がける。大宅壮一もそのひとりだ。同時期には、モダニズム文学陣営の川端康成らが批評家としての地歩を固める。時評様式を確立した。新居格をここに加えてもよい。そして、一九三〇年前後には、それらを各々継承もしくは相対化するかたちで蔵原惟人や小林秀雄らが登場した。さらに、次代の若手批評家がこれに後続する。本章では矢崎弾や春山行夫、深田久彌らに触れた。かくして、一九二〇年代から三〇年代前半にかけて文芸批評の専業者の人口は漸増した。批評無用論の盛りあがりは専業批評家が定着するタイミングを、そしてジャンルとしての批評が成熟しつぎなるフェーズへ移行する転換点を証示する現象にほかならなかった。

にもかかわらず、一九三〇年代初頭には批評家不足がしばしば指摘された[97]。たとえば、作家の中河与一は一九三〇年に「専門的批評家の欠乏」を観測している(「批評の欠乏」一九三〇・一〇)。「平林初之輔」「小林秀雄」以外に見あたらないとまでいう。むろん存在しないはずはない。ただ、当時の出版領域における空前の拡張速度に比して、専門批評家が人員数の面で応対できていなかった(第一の変動と第二の変動のリズムのずれ)。そのために「欠乏」の印象が流布したのである。が、それもすぐに解消される。二、三年のあいだに新進批評家が陸続と誕生するからだ。私たちは一九三三年の批評無用論争を追跡する、その裏面ではじつのところ、この年の批評ブームを間接的に描いてきた(ちなみに、小林はくだんの時評のなかで、保田與重郎「『批評』の問題」[一九三三・七]を高く評価している)[98]。ならば、反転させて捉えてみるべきなのかもしれない。「欠乏」感こそがそのブームをもたらしたのだと。

群小批評家の個別の寿命は限定されている。出版大衆化状況が商品としての流通を要求するのは、討議テーマや批評テクストに対してだけではない。批評家という存在に対してしても同じだ。特定領域の活性を維持すべく、帰属商品は常時更新されていかなければならない。杉本鉄二「新聞と文藝批評」(一九三五・三)はこうした傾向を「曖昧なレッテル」の貼りかえにすぎないという[99]。そして、背後に「悪ジアーナリズム(ママ)」を見た。しかしながら、同時に「営利的商業資本」の論理からいえばそれが当然なのだとも補記する。本書もその是非を宙吊りにしたうえで出発点に措定している(序章)。当事者である彼らもその端的な被拘束性を前提として、いかに立ち振るまうべきかをたえず熟慮した。その存在論的な不安から、批評家たちは自己言及的な議論を饒舌に展開したのだった。一連の議論のなかで間接ながらも問われていたのは、批評と「資本」との関係だった。

論争の終息段階、小林秀雄は「文藝時評」(一九三五・一)を以下のようにむすんだ。[100]「文藝時評といふものがなかつたら今日の批評家は食ふに困るのだ」、と。批評家のスタイル自体が市場原理に強く拘束される。小林(たち)は時評ではない別種の批評の確立を画策した。しかしその実現には、批評が商品として独立流通する環境の整備が条件となる。論争前後の小林は、文芸批評を職業に選択することの意味をくりかえし問いなおしている。ほかならぬ時評テクストのなかで。たとえば、一九三三年五月に担当した「文藝時評」の第一回に「寂しい批評商売」という見出しを掲げて、この問題を論じているように。[101]

杉山平助「批評の敗北」(前掲)はこういっている。[102]かつて、「批評だけで飯を食つて行くことは殆ど至難」だった。批評の商品性が焦点化されてこなかったのは、おそらくそのためだ。批評家の多くは翻訳や教育といった別業で生計を立てなければならない。こうした状況が「批評の職業性」を検討させなかった。ところが、小林秀雄が批評家としての自立化に成功する。あるいは、フリーランサーが急激に増殖した。そこで、この種の経済論議が浮上することになった。杉山の論説は批評と市場の関係に解答を与えようとしている。こうして「食ふ」ことが表立って問題化される。周囲では媒体別の原稿料が関心を集めてもいた[103](争議も発生する)。私たちはおそらく、文芸批評(家)をとりまく経済環境の分析へと進まなければならない。だが、それはここでの課題を逸脱してしまう。本書では第5章がそれを部分的に代行することになるだろう。

さて、批評無用論争はさしたる成果を獲得しなかった。成果のないまま終息する。その不毛さの要因はもはやあきらかだろう。争点のゆらぎに由来する。「批評無用」と記すとき、そこには複数のパラメータが内属していた。[104]「批評」が指呼する内実の問題(本章第3節)。それから、なにに「効果」をもたらすのかという貢献先の問題(本章第4節)。

ほかにもいくつかの変数を抽出しうる。たとえば、千葉亀雄「批評界の展望」(一九三三・一二)はこう指摘した。[105]「批評は原則として必要か」という原理論と、「現時の批評家がつまらないから、こんな批評家ならみな捻りつぶせということからの批評家無用論」とがしばしば混合されている。「批評無用」論と「批評家無用」論を分離しなければならない。そして、「原則」適用と「現時」適用とを。コラム「文藝春秋」(一九三三・五)は、論争の震源と見られた谷崎潤一郎の立論をこう解釈した。[106]「原則論としての批評家無能論ではない」、と。「無用」「無能」は批評家一般にむけられてはいない。千葉のいう「現時の批評家」に限定される。にもかかわらず、「原則的無用論」と早合点する論者が一定数存在した。問題は対象の射程だ。論争は本来これらの変数を逐一相互に確認しあいつつ進められるべきだった。だが、事態はそう運ぶはずもない。そこに諸般の要因がある。

ともあれ、個々の批評家(あるいは作家)は自身のスタンスを補強すべく批評論を交換した。雑多な価値体系がせめぎあう。その基底には自己肯定があった。それゆえ、折衝は完結しない。しかも、論争テーマは商業的な理由からも要請されている。だから、結論を見ぬまま一過性の流行として消費し尽くされてしまう。いずれは経緯そのものが忘却される。その結果、間歇泉のように不定期的に同型の論争が噴出する[107](執拗な反復は現在にいたるまで継続している)。解決はつねに先送りされるだろう。その先送りの身振りと自己言及とにおいて批評は命脈を保つ。アンケート「批評無用論に就て」(一九三三・一〇)に寄せた新居格のつぎのコメントが正しい[108]。「批評無用[論]も要するに批評ではありませんか」。

私たちは第1章と第2章を通過するなかで、言論のネットワークの様態——ときにそれは「論壇」「文壇」と呼ばれもした——を時評という営為から照射する作業につとめてきた。時評は言論空間に浮遊する情報群を選別的に収集しつづける。そこに文脈を付与する。いわばキュレーション機能を任務とした。それは特定の意味を帯びた空間の外延をそのつど決定していく行為でもあった。固有名や文脈の配置がつぎつぎと可視化される。内部から場の輪郭を浮かびあがらせる。そのような性能が論壇時評や文芸時評には埋め込まれていた。

この諸機能をより直接的に体現したメディアが同時期に隆盛している。座談会がそれだ。章を移そう。

第3章 座談会論

1 ふたつの欲望 第三の課題設定

2 合評から討議へ 「新潮合評会」の変成

3 劇場化とロールプレイ 行動主義論争

4 擬態する親密圏 『文學界』の文壇政治

5 造語の氾濫 メディア＝形式の一義化

1　ふたつの欲望　第三の課題設定

大宅壮一は一九三五年六月に発表した論説「座談会の流行」の冒頭をこうはじめている。[1]「座談会の流行は、匿名評論の氾濫と共に、近頃のヂヤーナリズム界を特色づけるもつとも著しい傾向である」。

一九三三年ごろから、文壇と論壇を中心としたジャーナリズムに匿名批評ブームが巻き起こる。まさに大宅がそうしたように、それは「氾濫」と形容するほかないほどだった。その隣では「座談会の流行」現象が観察された。そこで大宅は、両者が同時期に活性化した必然性に注意を差し向ける。いわく、そこには「何か知ら真実にふれたいといふ読者心理の反映」がある。[2]匿名批評は「匿名」による叙述であるがゆえに、そして座談会記事は「会話」の記録であるがゆえに、他所では得られない「真実」が書き込まれている。読者はそう「錯覚」[3]する。あるいは期待する。

大宅はこの論説に数ヶ月先行して、ふたつの「流行」の符合の根拠を別の視点から提出していた。「ヂャーナリズムと匿名評論」(一九三五・三)と題されたテクストがそれだ。そこでは、匿名批評の書き手たちがしばしば「座談の愛好者」である事実を指摘する。[4]

一例として、杉山平助、新居格、高田保、青野季吉といった匿名批評の常連と目される論客たちがあげられる(匿名の正体は守秘されていたから「目される」というしかない)。彼らは「座談」も得意とした。じつは、そう整理する大宅自身も例外ではない。担い手が重複する。その結果、両ジャンルはジャーナリズムにおいて必然的に近接した位置を占めることになる。

はたしてこの説明は妥当だろうか。たしかに、両者は形式上の類似点を数多く有する。たとえば、定型化した誌面にバリエーションを加える点。あるいは、論理構成が流動的である点。それゆえ議論が散漫になりやすい点。しかし、だからといって、ふたつのジャンルの流行をただちに接合することはできない。少なくとも留保をともなう。というのも、大宅が提示したふたつの接合根拠にはそれぞれある飛躍が存在するからだ。簡単に触れておこう。

まず、前者論説(「座談会の流行」)が示す「真実」への欲望について。匿名批評には、個人名では流通させがたい真実の流出が期待される。その真実はおもに社会的な領域に属している。だが、座談会に期待される真実は別種のものだ。「舞台姿[＝論文の書きぶり]だけしか知られてゐなかつた人間の素顔」とでもいうべき要素である[5]。この場合、求められる真実は個々の出席者＝固有名に帰属する[6]。「素顔」の商品化という点では、私小説と近似した消費構造を見出すことも可能だ。そう、大宅は社会的真実と属人的真

実とを短絡させている。(7)

つぎに、後者論説(「ジャーナリズムと匿名評論」)が指摘する担い手の重複について。匿名批評家は往々にして座談会を得意とする——この命題は妥当だ。例示された批評家たちの業績リストを作成してみればよい。しかし、その逆はどうか。かならずしも成り立たない。匿名と対極にある人物が座談会参加者の大半を占めることは自明であるからだ。多くの出席者は、程度の差はあれ、その有名性において座談会に召喚されている。

したがって、大宅の説明の有効性は事態のごく一部に限定される。ふたつの文章は、こうした飛躍を無造作に消去するレトリックによって成立している。むろん、意識的な操作などではない。大宅の叙述が孕みもつ「粗雑な論理」(8)(小林秀雄)に由来する。とはいうものの、それだけで済ますことのできない問題がここには潜んでいる。受容=消費の局面に照準を設定しなおすならば、匿名批評と座談会は構造的にむしろ正反対の欲望を志向する場合すらあるからだ。どういうことだろうか。

匿名/固有名との関係で考えよう。座談会にはおそらくつぎのふたつの読みのレベルが存在する。

【a】固有名が後退する読み。ときに読者は、発言ごとに冠された発言者名をほとんど意識しない。各発言をシームレスに読みつないでいく。あたかも単一のエクリチュールであるかのように。このとき、発言者は代替可能な項となる。固有名の条件を失う。

その読者にとって重要なことは、全体としてなにが提示されたかであって、誰がそれを発言しているかではないからだ。いってみれば、個々の固有名は共同制作される「座」というより上位の仮構的主体に溶かし込まれる。大宅のいう匿名批評との親和性はこうした読み方において維持される。[9]

【b】　固有名が最前景化する読み。ときに読者は、発言者名を強烈に意識する。この場合、個々の発言はほかの誰でもないまさにその人物によってなされた点において意味をもつ。それが商品価値にもなる。条件しだいでは、その名前がなんらかの立場や属性を代表する。力点は発言内容（＝なにが）ではなく、発言者名（＝誰が）にある。したがって、匿名批評とは受容のされ方がまったく異なる。

一方に、討議内容という単位に意識を傾注する読みａがある。他方に、個々の発話者という単位に傾注する読みｂがある。同一の座談会記事が、ときにａの作動を要請するものとして、ときにｂを要請するものとして、分裂的に立ち現われる。受容側の関心に応じてそれは変化する。さらには、同一読者のなかでもアクセントをつけながら複層的に読み込まれる。こうした事態は経験的にも了解可能だろう。読みのスイッチングが自在に行使される。だから、平板で線型的な読解経路は想定できない。しかしながら、まずはふたつの読みのレベルをあえて図式的に分離してみる。そこからはじめよう。「座談会の流行」現象をより実相に即したかたちで捉えかえすためにである。

以下では、徹底した固有名(＝有名性)の消費、すなわちbの読みを要請する座談会の商品性に焦点を絞る。とりわけ、そのメディア特性の解明へと向かう[10]。それは匿名批評の特性とは対極にある。したがって、大宅の認識とは出発点からして異なる。だが、私たちは本章と次章を経由したのち、ふたたび大宅の概括と近い地点に戻ってくることになるだろう。だから、これから行なう作業を大宅の「飛躍」の塡補と位置づけてみることもあながちまちがいではない。

本書の焦点は一九二〇年代後半から三〇年代に設定されている。座談会の成熟期はこれとそのまま重合する。ここでは、一九三〇年代前半の座談会記事を中心的な検討対象としよう。近代日本の座談会文化は長きにわたる潜勢期間をもった(対談文化にもほぼ同じことが指摘できる)。文学史上では文芸復興期に相当するこの時期、その潜勢の段落を終え、一挙に昇華した。そこでは独自のスタイルが成熟していく。そして、たちまち普及した。その圧縮的なプロセスがもたらした効果は、陰に陽にのちの日本の言論シーンを呪縛しつづけることになるだろう。

とするならば、当該成熟期の座談会を点検する作業は、とりもなおさず、現在まで連綿と持続(しながら、とうに終焉をむかえたと指摘されも)する〝日本的な文壇・論壇共同体〟の構造的履歴を解明する一助となるはずだ。対象期間を限定しつつも、こうした射程の拡張を視圏に組み込んで私たちの分析は進行する。

2　合評から討議へ　「新潮合評会」の変成

前章の終盤、私たちは日本の文芸批評のプロトタイプを二系に代表させた。すなわち、坪内逍遥『小説神髄』などの文学理論と、雑誌『出版月評』などの時評行為とに。ここに、後者の派生態——だが文芸批評の画期となった事例——を追加しておこう。文芸誌『めさまし草』の連載「三人冗語」(一八九六・三—七)、およびその後継「雲中語」(一八九六・九—一八九八・九)である。匿名合評形式ながら速報性や承認機能など文芸時評の条件をひととおり備えていた。匿名評者は以下のとおり。前者は、森鷗外、幸田露伴、斎藤緑雨。後者は、この三名に依田学海(よだがっかい)、饗庭篁村(あえばこうそん)、森田思軒、尾崎紅葉が加わる。文字どおり文壇の権威機関と化す。後年、田山花袋が当時を振りかえる。「苟くも新進作家といふ作家はすべてやられた。[……]褒め立てられたのは、樋口一葉ひとりぐらゐなものだつた」(『近代の小説』一九二三・二)[11]。絶大な影響力をもった。

この連載だけではない。明治三〇年前後、各種領域で実名と匿名を問わず合評記事が流行した。速記技術が改良されたのもこの時期だ。再現と虚構の度合いにもかなりの偏差がある。つとに知られるとおり、「三人冗語」「雲中語」は江戸期に興隆した各種評判記のフォーマットを意識的に継承している。いわゆる名物評判記は架空対話を活用する特定分野のガイド的批評だった[12]（遊女、役者、戯作者などのトピック別に評定される）。匿名執筆者の主体性がポリフォニックな叙述形式によって相対化される。巷の「評判」＝声を演出する。匿名による言葉はしばしば構造的に普遍性を偽装する（詳細は第5章）。座談会の起源はこの系譜にかぎらない。私たちはいくつかの萌芽を任意に抽出することができる。

もっとも直接的な祖形を考えよう。一九二〇年代前半に隆盛した創作合評会にそれは見出せる。なかんずく文芸誌『新潮』に常設された合評欄が大枠を決定した。[13]「創作合評」（一九二三・三―一二）と、その後継「新潮合評会」（一九二四・二―一九三一・四）だ。集団的に文芸時評が遂行される。前景化するのは創作月評と文壇展望の成分である（前章参照）。そこでは速報的な価値の評定が期待されている。やはり権威化する。その合議スタイルは文壇政治の力学をよりミニマルなかたちで可視化した。

『新潮』で確立されたフォーマットはほかの文芸誌へと急速に拡散していく。さらには、大衆娯楽誌や女性誌、専門誌など他種メディアへも転移した。媒体に応じて適宜カスタマイズされる。このとき、社会や生活など一般的な問題を討議する発展企画が創案された。転移先では文芸に対象が特化されてはいないのだから当然だろう。必然的に創作合評の領分を逸脱する。その新たなフレームは『新潮』へと還流する。最新の文学作品に議題を限定しない「新潮合評会」が増える。それを春山行夫は「合評会 その他」

（一九三三・一二）と題する時評テクストでこう整理した。[14]「文壇の人間が文学についての考へを合評会を通じて他の領域に知らせるといふことから、今日では他の領域の問題を文壇の人間に読ませるといつた［形式へと変化した］風である」。合評会の変成が精確に理解されている。

かくして、月評を第一目的としない合評会が定着していく。それは成立過程に照合すれば語義矛盾にほかならない。最新作の批評の集計から、特定テーマの共同討議へ。主軸がシフトする。問題はそれにとどまらない。この転換は合評記事の受容のあり方をも根底から組みかえてしまう。一九三〇年代前半の座談会に向かうその前に、前提となる環境を確認しておこう。

合評形式から討議形式へ――。この転換を象徴する「新潮合評会」がいくつか存在する。二例あげよう。両合評会の眼目は、新たな作品や作家に対する評価の交換＝「合評」にはない。それよりも、特定テーマに関する各自の意見表明とそれへの応答との連鎖で討議が進行する。

ひとつは、一九二六年七月号の「社会思想家と文藝家の会談記」[15]。表題が示すとおり、出席者は二系統に区分される。「文藝家」側は、徳田秋声、広津和郎、佐藤春夫、中村武羅夫（むらお）。常連の合評者たちだ。「社会思想家」側は、高畠素之、青野季吉、新居格、平林初之輔、藤森成吉。私たちの関心からいえば、高畠以外は「社会思想家」というよりも社会批評家と呼ぶに相応しい。しかも、プロレタリア文学に随伴する文芸批評を数多く発表した。つまり、じっさいのところ出席者の大半が広義の「文藝」領域に属している。対立軸は文学内部の陣営の相異にある。後者側は『新潮』に関与してこなかった。その彼らが同誌に名を連ねる。現象自体が物語性を帯びる。どういうことか。残るもうひとつの事例に即して進めよう。一九二七年一月号の「新人の観たる既成文壇及既成作家」だ[16]。

出席メンバーは、舟橋聖一、葉山嘉樹、林房雄、久野豊彦、蔵原伸二郎、森本巖夫、村山知義、崎山猷逸(ゆういつ)、富澤有為男(ういお)、中村武羅夫。この合評会はどのように受容されたのだろうか。当時、プロ文系統の雑誌『文藝市場』が異例の欄を短期設置している。一九二七年二月号からの三ヶ月間、前月分の「新潮合評会」など合評記事に対象を限定した批評が掲載される(当初は対象をより広範に採集した長期連載を計画していた)。題して「合評会評」。この企画を参照しよう[17]。それが開始したのは『新潮』一月号の合評会の翌月のことである。編集意図はあきらかだ。タイミングからも、この合評会が文壇に与えたインパクトの大きさがうかがえる。形式において新奇さをもった。

まず二月号に、井東憲「新潮合評会を評す」と橋爪健「新年号の新潮合評会」が載る。ふたつの論説の主張はほとんど同じである。いわく、既成文壇の枢軸を担う『新潮』が、プロ文系統の人物を合評会に登用したことは評価に値する。ただし、その評価には留保が付く。「ボル」系に限定されているためだ。「アナ」系も加えないことには「片手落」である、と。[18]両人がそろって使用した表現だ。

評言の完全な一致をどう解釈すべきか。ふたりはともに「アナ」系に分類される論客だった。つまり、自陣に立って評価を遂行したことになる。とすれば、あまりにわかりやすい物言いに見える。しかし、これはそうした人物の属性に回収することで処理してしまってよい問題ではない。合評会記事に対する関心の位相が決定的に変化した、その経緯を素直に示した事例として解釈できる。

従来の合評会は、月々生産される膨大な作品群のなかからどれをとりあげ、どれをとりあげないのかが読者にとって主要な関心事だった。そして、それをどう評価するのかが。出席者はほぼ固定されている。期待されるのは、いわば権威による承認と保証だ。くだん大宅壮一「文壇ギルドの解体期」(一九二六・一二)がその点に直接言及している。くだんの合評会の前の月のことだ。「新潮の合評会(社会思想家等の闖入する前の)の如きは、「ギルド」の利益を擁護するマスタアの最高会議であつて、そこで「素人」と「玄人」とが厳重に篩ひ分けられる」。[19]ここでいう「社会思想家等の闖入」は、まさに「社会思想家と文藝家の会談記」(前掲)の掲載を指している。

問題の合評会へのまなざしはあきらかにそれと異なる。出席者が誰であるかに(のみ)

焦点があてられているのだ。内容以前の形式へと関心が移動する。タイトルが饒舌に語るとおり、「新人」(=おもにプロ文系統の書き手)が文壇の権威的象徴である「新潮合評会」に出席していること、それ自体が決定的な意味をもつ。だからこそ、かえって出席すべくして出席していない人物がほかにいることへの不満を誘引するのである。[20]

こうした認識の転換は、合評会を開催=編集する側も少なからず共有していたはずだ。この合評会に出席した当事者でもある森本巖夫は、『文藝市場』三月号の同欄でつぎのように指摘する。[21]

これまでのところでは、折角の種々の趣向も単なる商業主義的雑誌政策か、世間への申訳けかによるもので、例へば新進作家を集め、社会主義作家を集めてやるのも、自発的な動機からとは見えず、動もすれば既成作家擁護機関と見られ、私器と言はれることを、意識的に避ける手段としてやつてゐるに過ぎないやうに取れば取れさうなところがある。やつぱり一貫した目標は、既成文壇を中心とした合評会で、多くの機会は、既成作家の勢力支持のために利用されてゐるやうな、保守的傾向に陥り、一種のマンナリズムを否定することが出来なくなつてゐる。

「新進作家」や「社会主義作家」は、まさに「新進」や「社会主義」であるその一点において動員される。『新潮』が「既成作家」の「擁護機関」などではないことを誇示するために。これはアリバイ的な「利用」にすぎない。「既成文壇」の権威更新の「手段」として個人の属性が奉仕させられる。じっさい、『新潮』の権威性はいささかも揺らがない（＝「保守的傾向」）。イレギュラーな単発の試みにとどまる。雑誌の度量の広さを示す以外の効果をもたない。だから、森本は「毎回あらゆる傾向の支持者をそれ〲選択して加入させ」よと主張する。問題はその毎回の「選択」の経緯にある。

　提供側も受容側もともに、各々の思惑のもと同じく出席者名（とその属性）に優先価値を置いている。ならば、「新潮合評会」――ひいては合評会という記事様式の全体――におとずれている転質をこう要約することができる。すなわち、《誰を論じるのか》から《誰が論じるのか》へと重点が移行しているのだ、と。出席者の人選にこそ合評会の主眼はある。

　もう少し踏み込んでおこう。それまでの合評会に《誰が論じるのか》をめぐるアングルが欠落していたわけではない。むしろ逆である。大家たる実作者たちが集団で評価を下す。だからこそ、「新潮合評会」は権威として機能したのだ。あるいは、そう認知されもした。ところが、既述したとおり、出席者は固定されていた。そのため新味に欠ける。このことは商品として致命的な欠陥だった。大衆消費社会において、商品は流行の反映をたえず要求されるのだから。そこで、出席者の交換可能性が浮上してくる。たえざる固有名の置換に商品価値が宿る。

かくして、合評会参加者の流動性が上昇した(この事態をさらに徹底させるべく、「合評会評」執筆者たちは自陣参入を注文したのである)。そして、かつての権威もなかば実効性を喪失した交換項のひとつになり下がる。《誰が》が永劫固定することで価値が保証された時代(＝権威の時代)から、《誰が》が常時変化することで商品価値が発生する時代(＝速度の時代)へ。合評会の転質はこのモードの切りかわりを体現している。おりしも、円本ブームを契機とした出版大衆化が到来しつつあった(序章参照)。もはや、あらゆるコンテンツがパフォーマティブな位相において消費される。ジャーナリズムはそうした空間へと変貌を遂げていく。いや、この整理は厳密ではない。ジャーナリズムとはそもそもそのような場所だった。それがここにおいてあからさまな形態で表面化したにすぎない。

雑誌『文藝春秋』が「当代一流の人々を招待して、話を聞」くという趣旨の連続企画を開始するのは、まさにこの時期のことだ[22](一九二七年三月)。菊池寛の発案になるという。ビッグネームを毎回一名ないし二名続々と召喚する。ゲストの発言を中心に記事は構成された。徳富蘇峰や後藤新平をはじめ文芸領域に限定されない。ゲストの発言を中心に記事は構成された。社会や時事に関する状況認識が話題にのぼる。当時、同誌は文芸誌から総合雑誌への転身を画策していた。文芸志向ゆえに読者層拡大の限界につきあたっていた。その転機にあって、この「話を聞」く記事は他領域流入のチャンネルとして重要な意味をもたされてもいたのである。

もはや「合評会」とは呼べぬその空間を、『文藝春秋』は「座談会」と名づける。従来、この試みは「座談会の起源」として過剰に意味づけられてきた[23]。しかしながら、合評会における《誰を論じるのか》から《誰が論じるのか》へ、という編集や消費のアングル転換に還元するならばどうか。その企画立案はあまりに必然的な帰結であった。合評会となめらかにつながっている。切断はない。そう理解したほうが実相により近い。『文藝春秋』の座談会は名づけの行為においてのみ意味をもつ――もっとも、命名とその定着にこそ歴史的な功績があったという見方は十分に可能で正当なものだ(それとて既成語彙の簒奪ではある[24])。固有名を冠した表題も(「新渡戸稲造博士座談会」「堺利彦 長谷川如是閑座談会[25]」)、しばらくすると、討議テーマを打ち出すタイプへと切りかわった(「現代医学座談会」「海軍座談会[26]」)。特定人物の発話を拝聴する空間から、より多声的な討論・交流の空間へと再編されていく。

こうして、「座談会」という名称が定着する。それとともに、対話を誌上再現する記事ジャンルは完成を見た。「海軍座談会」(一九二七・一二)の冒頭第一声、コーディネータ役の菊池寛はこう提案した[27]。「成べく素人に分るやうなお話を承りたい」。専門的な議論を「素人」にも享受可能な水準へ翻訳する。座談会はそれを形態から可能にする。つまり、話し言葉の再現が基本であるがゆえに、ある程度までは自動的にわかりやすさが実現する。まさに出版大衆化状況に見合った伝達様式だった。そして、政治的な有用性や商業的な費用対効果の高さ――「労少くして功多い」[28]（大伴女鳥「八月の雑誌」一九三四・八）――などから、またたくまに多様な場面で運用されるようになる。[29] とりわけ戦時体制下では、指導的地位にある人物の時局問題をめぐる討議記録がなかば公的な発言として影響力をもった。公／私の位階差がキャンセルされ、のっぺりと一体化する。座談会というメディアにはどこかそうした魔術的な力がある。政策論議の公開媒体としても転用される。してみれば、おおまかな流れをつぎのように整理しておくことができる。すなわち、一九二〇年代後半に文芸領域先行で成熟した座談会のフレームが、三〇年代中盤以降は言論空間全域へと急速に転位・拡散していったのだ、と。

とはいうものの、この概観はあまりに性急すぎる。そこで以下では、一九二〇年代後半と三〇年代後半、別の位相でいうなら前者の文化と後者の政治をつなぐミッシングリンクの復元作業を試みることにしよう。見るべきは「起源」にはない。それがつぎつぎと転用を重ねたさきにある。そここそ本質が如実なかたちで浮上する。

3　劇場化とロールプレイ　行動主義論争

文芸復興期の座談会へと議論を進める手筈は整った。

「文藝復興」という汎称は、通用的に一九三三年から三七年までの文壇状況を指している。直前には、マルクス主義に規定されたプロレタリア文学の文壇制圧がある。直後には、日中戦争勃発にともなう文壇の時局的変成がある。文芸復興は本来、ふたつの〝政治の季節〟のあわいに出来した消極的現象であった。[30]文学史的にそう解釈される（私たちはすでに第2章で、「文藝復興」がメディア上に構築されていくメカニズムに触れている）。ならば、当該期の文壇は「政治」を完全に欠いていたのか。もちろんそうではない。政治性の欠落や拒否自体が政治的に機能してしまう逆説を示したいわけでもない。そこでは、政治を支える討議様式が換骨奪胎されながら基底部で持続している。その様式はプロレタリア文学の最盛期に醸成されたものだ。簡単に整理しておこう。

一九二七年前後、日本文学の地政図は大規模な解体‐再編を見せる。文学史上、ひとつの画期と位置づけてよい。象徴的には芥川龍之介の死を抱えている。興隆するプロレタリア文学運動は本流のマルクス主義への傾斜が決定的なものとなった。そして、組織論と原理論の両面で党派闘争を過熱させる。具体的には、共同戦線的な運動体であった日本プロレタリア文芸連盟が一九二六年末には日本プロレタリア芸術連盟へと改組。政治的に先鋭化した。この事態にはじまり、労農芸術家連盟（労芸）結成を含む度重なる分裂のプロセスを経て、一九二八年三月の全日本無産者芸術連盟（ナップ）設立へといたる。ここにおいて、共産党につながるナップ（雑誌『戦旗』）と労農派につながる労芸（雑誌

『文藝戦線』)との対立構図が鮮明になる。

分裂と合同が反復連鎖する。そのつど、マルクス主義を標榜する複数の芸術団体は各々の機関誌上でたがいに自派の正統性を証明しなければならない。そのためにこそ理論を彫琢していく。現状の解釈において相互に差別化が図られる。とはいえ、大局的には総体としてひとつの文学潮流を形成していた。その外側には新感覚派文学が位置する。私小説式の既成文学への理論的対抗からプロレタリア文学と踵を接して発生した(以上は、平野謙の描出した「三派鼎立」状況に相当しよう)[31]。このプロレタリア文学陣営内部の——あるいは外部へ向けた——理論と実践をめぐる闘争は、日本の批評シーンに絶大なインパクトを与える。プロレタリア文学以後の世界において、批評言語はそれ以前のものではありえない。コミュニケーションの質と量が決定的に変化した。

プロレタリア文学(批評)の隆盛現象は、理論内容の成果や蓄積において意味をもつのではない。そうではなく、「論争」に象徴される討議の習慣や空間を文学場に導入した、その形式的位相において意味を見出されるべきものである。この現象を契機として、ある言論形式が急速に一般化した。〝批評の批評〟という運動である。批評の批評はさらなる批評を誘発するだろう[32]。批評の無限連鎖が言論空間にプログラムされる。その意味で、杉山平助「批評の批評の批評」(一九三四・八)はこのうえなく自照的なタイトルになっている[33]。ここで私たちは、第1章で見た三木清「批評の生理と病理」(一九三二・一二)

の要点を想起する必要がある。本来的に、批評は他者に「批評される」ことによって円環をむすび、はじめて成立するのだった。[34]その条件が論争として可視化される。

ポレミカルな発信形式はより広範囲に伝播していった。それはプロ文陣営が大々的に弾圧され、人脈が多方面へ拡散することにも起因している。プロ文の圏域で培われた議論の文法とボキャブラリが先々で活用される光景をイメージするとよい。結果として、文学場全域に討議の常態化が起こった――前章で触れた「問題」の欠乏感はこのさきにあると考えればわかりやすい。その浸透過程が文芸復興期にそのまま重なっている。じっさい、文学論争が頻発した。あとには、いっそうリアル・ポリティクスと緊密に連絡する論争が待つ。

私たちはこう定式化することができる。文芸復興期とは、大文字の政治に前後を囲われながら、小文字の〈政治〉が遍在的に成熟していった時空間である、と。ここではこの定式を立証していく――便宜上、後者を山括弧つきで表記する。その手立てとして、ある論争を検討しよう。行動主義論争だ。それは一九三四年末から三五年前半にかけて展開された。座談会は論争にどう作用したのか。

論争の最小限の情報を確認しておく。[35]議論内容の詳細は問わないが、ここでの進行の妨げにはならない。あくまでモデルとなる構造を抽出することに目的があるからだ。対立関係を主軸に整理する。

行動主義論もしくは能動精神論は雑誌『行動』を中心的な媒体として提唱された。主唱者は舟橋聖一や小松清、阿部知二らである。それに対して膨大なレスポンスが発生する。見とおしをよくするため、ここでは貴司山治「進歩的文学者の共働について」(一九三五・六)を援用しよう。この論説は論争が鎮静しかけた時点で発表された。行動主義論に反応した人物たちをうまく類型化してくれる。(36)

まず、①反動だとして全面否定する「否定論者」(大森義太郎、向坂逸郎、岡邦雄など)。他方で、②全肯定する「肯定論者」(青野季吉、貴司山治、勝本清一郎など)。そして、③マルクス主義理論上の修正を要求する「要求論者」(窪川鶴次郎、中野重治、森山啓、中條百合子など)。むろん、この類別は完璧ではない。たとえば、②と③の中間に位置する戸坂潤や三木清らを加える必要があるだろう。行動主義論争は多様な文脈の人物を大勢巻き込んだ。そして、かねてより論壇の主要テーマとなっていた知識階級論や自由主義論とも合流し、外延は言論界全域へと拡張していく。無規定性が無規定性を呼び連累する。そのため、目下の争点の実態を正確に把握しえた読者はまず存在しなかったはずだ。当事者たちからしてそうだった。論争の包括的な全体図を誰もフォローしきれていない。とうぜん、論争は泥沼化する。およそ生産性をもたない。

狭義の論争は舟橋聖一と大森義太郎のあいだの対立に縮約される。舟橋はつぎのようなガイドラインを立ちあげた。すなわち、それまでプロレタリア文学に抑圧されてきた芸術派文学者の知識階級性を能動化し[37]、それによって文学の社会化を実現する、と。これはプロ文の運動理念と正面から対立する。プロ文は知識階級性の清算により文学社会化を遂行しようとしたのだから。大森はそうしたマルクス主義の時代認識を立脚点にして舟橋を批判する。いわく、「反マルクシズムの路は徹底すればファッシズムにいたる」[38]（「いはゆる行動主義の迷妄」一九三五・二）。

対する舟橋はどうか。反証的なビジョンはおろか、主張の根拠も打ち出せない。大森の要求した「理論体系」も掲げられない。体系不在のまま、相手の立論の根拠を問いかえすにとどまる。大森はその問いの構え自体も問題にする。こうして、そのつど相互に提出される疑念への回答はつねに先送りされる。批判の応酬は平行線をたどった。ほかの論者も程度の差はあれ、この対立軸との距離設定によって各自の立ち位置を決定している。

論議は非生産的でありつづける。そこに座談会という討論形式が活用される。雑誌『行動』は一九三四年七月号から毎号、座談会記事を掲載していた（それ以前は不定期掲載）。社会問題と文学環境とを往還するテーマが採択される。そうした座談会を梃子に誌面傾向が総合雑誌型に接近していく。適宜、相応の論者が数名招かれた。そして、一九三四年一二月号の座談会「知識階級を語る」以降は、毎回話題が行動主義論に収斂していくようになる。論争に座談会が伴走する。

なかでも、一九三五年三月号の「能動精神座談会」と翌四月号の「新動向討論会」はこの現象の要諦をなす。膠着状態が絶頂に達した時点で敢行された。前者には、武田麟太郎、木下半治、阿部知二、舟橋聖一、三木清、戸坂潤、窪川鶴次郎、森山啓、蠟山芳郎、田邊茂一が出席。後者には、大森義太郎、小松清、舟橋、窪川、向坂逸郎、田邊。前述の貴司による整理(①/②/③)を参照すれば、おおまかな構図が把握できるはずだ。ふたつの座談会は論争自体を検討対象に定める。では、この再帰性はなにを引き出したのか。後者の座談会では、舟橋と大森がついに直接対峙する。こちらを見ていこう。

座談中、これまで誌上で先送りされてきた疑念を解消すべく、逐次的な質問がとり交わされる。「その点を御説明願ひます」「ちよつともう一遍言つて下さい」といった具合に、大森は一再ならず議論の明確化を試みている。[39] おもに概念規定のレベルで発されたものだ。[40] その甲斐もむなしく大森は、「さつきから能動的精神の意味がはつきりしない」と吐露せざるをえない。[41] 舟橋らが口頭においてなお、「能動精神」がなにかを精確に説明できないからだ。

舟橋の定義にはかならず、「僕自身に取つては」という条件が付随する。例証もすべて「僕が」という主語で成立している。そのため大森は、「あなたといふ個人を中心にしたものである[……]限りにおいて無内容です」と返すほかない。そして、「客観的な根拠」(＝現状分析)と「明確な認識」(＝指針提示)を要求する。にもかかわらず、舟橋は最終的に「べき」(＝規範論)でしか応答しない。それしかできない。大森はそのことをまた批判する。おそらく、大森の苛立ちの原因は根源的な意見の相違にばかりあるのではない。むしろ、論争としての最低限の形式的な水準さえ確保されない事態にあった。大森はあえて批判的な質疑をくり出している。そう、討議を成立させるために。そのようにに見る以外に、ぐるぐると同じ場所をまわりつづけているこの口論の意味を着地させる方法がない。もちろん、これはポレミカーたる大森の常套でもあった[42]。コミュニケーションの成立には共通前提が不可欠となる。

大森の見解はつぎの発言に尽きている[43]。「あなた方がはじめに[文学に限定せず]社会的にゆかれたといふこは[＝こと]は、[……]可成り不用意だと思ふのです」。大森は「社会」批評の領域から文芸批評に乗り込んだ。その大森が逆方向の志向、文学側からの社会批評を「不用意」だと批判する。既存の境界を挟んで非対称な関係がむすばれていた。それは領域横断的なテーマ設定に由来する陣地戦的な確執でもあった。境界の融解がもたらす過渡期の不幸な対話といってみてもよい。

けっきょく、座談会でも平行線を維持したまま終わる。三段組三六頁にもおよぶおびただしい言葉の堆積は、なんら生産的な成果を示さない。議論は破綻した。ならば、この座談会は価値をもたないのか。否である。ふたつの側面から説明しよう。

第一に、この座談会は内容上の成果をおさめなかった。だが、成果をおさめなかったという、まさにその総体的な形式において一定の成果をおさめる。そこに意味がある。断裂は事前に予期されたはずだ。ならば、なぜ場は設定されたのか。いうまでもない。論文上で激烈に罵倒しあう論客同士が引きあわされ、物理的に対面するというその事実が、文壇の事件として価値をもつからである。[44]討議は必要とされる。が、和解は目論まれていない。『行動』同号の新聞広告では、座談会表題の上に「対決」の二文字がコピーとして大きく掲げられた。[45]この標識がすべてを象徴している。マッチメイクの意図もあきらかだ。雑誌の話題づくりに供される。この座談会記事が結果的にもたらしたもの、それは言論空間の劇場化にほかならない。

そこでは、《誰と誰が論じるのか》が極限的に前景化される。読者はなにより対抗関係にある固有名が連接されていることの意味を解読しようとするだろう。そのとき、討議内容はただちに副次的要件へとなり下がる(ただし、さしたる前提知識をもちあわせていない読者は、匿名的情報として読み進む。レベルａ)。さらには、大森などはこうした見立てに応じて、いわば空気＝期待を先取的に読むことで、意識的に自己演出さえしたはずだ。展開されるのは、もはや本義的には論争ではない。際限なきロールプレイの無限接続である。だが、この国ではそれを「論争」と呼んできた。劣勢に立たされた舟橋は、解消されるはずのないディスコミュニケーションを演じさせられているかのようですらある。いや、じっさいに演じさせられている(後述)。

第二に、この座談会は論争のプロセスを加速化し、一挙に終結を到来させた。その点においても意味をもつ。論文による討議は細やかな意見陳述を可能にする。論理も確保される。だが、時間という障壁をともなう。多くが月単位で公開されるためだ。論壇／文壇ジャーナリズムは月刊誌のサイクルがベースにある。そのことに由来するタイムラグが分流的な議論へと焦点をずれこませる。それだけではない。より厳密には、情報発信の手段は月単位のものと日単位のものとで混成されていた。月刊誌と日刊紙(学芸／文芸欄)が主要なインフラとして存在する。メディアの複数化は時差の発生、つまり時間の多元化へと帰着する。発信される言論はばらばらのリズムを抱えている。こうした事態が論争をいっそう複雑にした。他方、座談会はその分散した時間を一挙に同期させる。対面という状況が時間性の圧倒的な縮減を実現する。現前的に行なわれる即時の応答は、不要な迂回路をあらかじめ封鎖する。あるいは、軌道のずれの随時修正を可能にする。論争を早期終結へと導くだろう。それが止揚と断裂のいずれであれ。

舟橋は大森らとの座談会を終えて帰宅した直後に、漫画家の加藤悦郎の訪問を受けている。人物画をメインとした加藤の記事「舟橋聖一氏を訪ふ」(一九三五・四)のための取材だった(第4章の題材となる人物批評のバリエーションだ)。記事によると、このとき舟橋はこう語ったという(46)。「これ以上の水かけ論は余り意味がないので[論争は]もう打切る考へですよ」。くりかえしておけば、これは座談会から帰ってきたその日のコメントだ。文字どおり座談会の直後に論争の「打切」りを決意したのだ。[47] げんにその後、舟橋は大森への反批判を展開していない。そして大森も批判を停止する。[48]

論争は一九三五年後半を下限として収束した。その幕引きは座談会がもたらしたものだ。象徴的な意味においてだけではない。実質的にもそういってよい。いま舞台裏から見たとおりだ(座談会が導入されなかった場合の結末を想像せよ)。この結果を、活字／対面の差異によるものと捉えるべきではない。あくまで、速度差の帰結として理解しなければならない。時間の最高度の縮減。身体性が希薄である通常の論文には到底なしえない経路の圧縮。それが座談会という空間では自動的に実現する。やはりここでも春山行夫が正鵠を射ている。「作家と作品」(一九三三・一二)のなかでいう。[49]「批評などでいくら手厳しく書いても、相手がそれを読んでくれねば[……]なんの意味もないのだが、ここ[＝座談会]ではいやでもきかねばならないし、返事をしなければならない」。

座談会は以上の二点で機能した。キーワードは劇場化と加速化だ。一九三〇年代、日本の文学領域ではじつに短期間のうちに数多くの論争テーマが続成した。行動主義論争の直後には、それと入れかわるように、純粋小説論争や偶然文学論争が展開されるだろう。[50] この回転の速さはなにに起因するのか。大局的には、社会情勢の劇的変動の反映があげられる。だが、局所的には別の見方も可能である。そう、座談会による加速作用が影響したのだ、と。それにともない論争の揮発性が高まる。本書は議論のモードチェンジを社会変動に還元させる道をあえて封鎖している。あくまでもメディアの問題として捉えよう。

どの論争も近似した経路で消費される。議論の展開の加速化と交換可能な論争の商品化。それは消費社会に相応しい。ジャーナリズムの原動として、劇場型の論争が創造されつづけなければならない。前章冒頭で見たとおりだ。その結果、主題の恒常的な空洞化（という錯覚）が引き起こされる。そして、論争テーマをめぐる構造的な渇望感は言論界全域へと浸潤していく。それは戦時期の日常の討議風景を用意するだろう。岡邦雄「論争に就て」（一九三五・一二）は、そうした論争のあり方を批難している。[51]「高々ジャーナリズムの商品性の為に利用される以上の意味を有たない」。この認識は完全に正しい。岡はそれとは異なる論争空間の出来を希求する。しかしながら、「ジャーナリズムの商品性」の遍在化はもはや不可避だ。そして、直接対峙を実現する座談会メディアは論争の最終局面にかならず導入される。論争というきりのない物語に結末を与えるために。そして、ただちにつぎの論争＝物語がはじめられなければならない。こうした論争のプロセスは知のあり方そのものをも確実に変容させていく。座談会の誕生はそれほどのパラダイム転換をともなっていた。

さて、私たちは舟橋が分担した役回りを「演じさせられているかのよう」と述べた。

では、誰に。

特定の文脈を背負った固有名と固有名とを強引に連接させること。それが座談会のおもな役割のひとつだった。そこには人選を含む編集意図が介在してくる。キャスティングによる操作が加わる。つまり、誰かが場の設計を行なっている。かならず誰かが。そこに着目しよう。本章冒頭で見た論説「座談会の流行」のなかで、大宅は『行動』にも触れていた。[52]「座談会を『新潮』以上に積極的に取り入れ」た雑誌だと観測する。そのうえで、同誌の座談会の特徴として、「編輯者自体が、一つの理論的立場をもつてゐる」点をあげた。ここでいう「編輯者」は、おそらく豊田三郎(編集長)と田邊茂一(発行所社長)を指す。[53]

当時、ふたりは行動主義論者として認知されていた。とくに田邊は毎号、舟橋とともに座談会に出席している。主催者としてたびたび司会進行役を担った。だが、その司会態度は問題含みだといわざるをえない。たとえば、いま見た「新動向討論会」で田邊はあらかじめ、「今日は成るべくさういふ[行動主義論者としての]態度を現はさないやうにして[司会を]やる」と宣言する。[54]にもかかわらず、本題に入るや、自身の確固たる「立場」から決断的に議論に介入してしまうのだ。司会であるにもかかわらず。反行動主義陣営にとって、その座談会は決して公平な空間とはいえない(それでも、反対陣営のほうが優勢だったわけだが)。

なにより、座談会という場の設定＝「編輯」は非対称なアリーナの開設に直結する。そこには不可避的に〈政治〉が流入するだろう。田邊の振るまいはそれを示している。してみれば、公平性を回復すべく、「真剣勝負」であることをことさらに演出する必要が生じる。だからこそ、当該座談会記事の末尾には、ある断り文が付されなければならなかった。[55]「特にこの速記録は諸家の加筆修正を乞はなかつたものである」、と。「編輯後記」でも「訂正を厳禁した」と念を押す。[56]ポストプロダクション段階で討論上の劣位を「修正」「訂正」することは十分に可能だからである――大宅壮一「編輯の技術」(一九三四・四)は座談会記事の編集上の注意点として、「一応各出席者に見せて加筆してもらふのもいゝが、さうすると一番興味ある意見の対立などが抹消されて、ごくお座なりのものになつてしまふ恐れもある」と述べている。[57]それもあって、ドキュメント(＝記録)性がことさらに強調される。しかしながら、この断りは編集権のもつ〈政治〉性を図らずも浮かびあがらせてしまっている。

もう少し厳密にいおう。この〈政治〉性はディレクションというポジションに立つ田邊個人の思想や人格に還元し尽くされない。ある剰余を抱えている。属人的には説明できない剰余を。そもそも、『行動』のモチーフとなった「行動主義」自体、じつのところ他誌差別化の必要から相対的に要請された項目でも、あった。座談会の〈政治〉性は、そうしたより広範な思考・言説の布置連関のなかで作用する。それは他者との実践的なかかわりの技術という意味での政治＝倫理の集合態でもあった。

これではまだ正確な説明になっていない。別の事例をとる。座談会の〈政治〉機能を逆手にとって最大限に活用した雑誌がある。『文學界』だ。同人制を採用するこの雑誌では、《誰が場を設計しているのか》がいっそう希薄化していく。〈政治〉は不可視化される。はじめに場が設定されてしまう、その不可避の出発点が無人称的に〈政治〉を呼び込む。『文學界』にはこうしたプログラムが端的に表象されている。

そこを展開しよう。

4　擬態する親密圏　『文學界』の文壇政治

一九三五年九月、『行動』は廃刊した[58]。おもに経済的な理由による。その直後、行動主義論の主唱者だった舟橋聖一と阿部知二は『文學界』同人となる。このとき、中心メンバーの林房雄は『読売新聞』に「文学者の文学雑誌」(一九三五・一〇)という記事を書く。そこで、早々に「改組」の内幕を公表してしまう[59]。年長世代の同人(宇野浩二、里見弴、広津和郎、豊島與志雄)を「勇退」させ、新たに村山知義、河上徹太郎、阿部、森山啓、島木健作、舟橋を加入させたという。この同人再編は文壇内の話題をさらった。

創刊以来、『文學界』は同人相互の思想的な不統一が指摘されてきた。芸術派(川端康成や小林秀雄）とプロレタリア派（林房雄や武田麟太郎）が合同する。それが「呉越同舟」「寄合世帯」という常套句で批判されつづけたのだ。[60] 今回、プロ文系の人物が拡充された。そして、同誌と対抗関係にあると見られた行動主義論者が新たに加わる。二年後、青野季吉「文学民衆化論」（一九三七・五）が回顧するとおり、プロ文にせよ行動主義にせよ「文壇の編成替へを目論んだ」文学運動であった。[61] ここにいたって、その「編成替へ」が折り重なり多元化していく。反目しあうはずの三つの陣営が一所に共存する。

板垣直子「停滞期文壇の現はれ」（一九三五・一二）は改組の背景をこう分析した。[62]「各種類のスターを集めて雑誌の商業性を増さうとしてゐるだけのこと」である、と。同人側の意図はどうあれ、現象の受容面を的確に切りとっている。「各種類」の文脈に帰属する「スター」＝固有名が「目次」や「同人一覧」の上で連接される。大宅壮一「文學界の新同人に問ふ」（一九三五・一〇）は、これを「オール・スター・キャスト」と形容した。[63] どこまでも劇場的にしつらえられる（第5章で見るように、この劇場化のさきにスターシステムがある）。そのこと自体がエンターテインメントとして読者の消費対象となる。批判も含めて多くの関心を呼んだ。この点だけとってみても改組は成功した。「商業」的な成功だ。だが同時に、「思想的無節操」[64]（板垣）といったネガティヴな印象が強化されもした。矢崎弾「同人雑誌の現状」（一九三六・四）がいうように、「雑誌を一丸とした［……］積極的なテーゼの邁進は感ぜられない」[65]。雑誌としての統一性がなおのこと問われる。そこで、同人拡大と踵を接していくつかの工夫が施された。そのひとつが座談会記事の導入だった。座談会はどう機能したのか。

改組直後の号に、「文學会[＝界]同人座談会」が掲載される。全一三名の同人のうち一一名が参加したこの座談会はテーマを事前に決めていない。放談風の対話で進行する。周囲から『文學界』参入を変節だと批難されていた舟橋や阿部、島木らは、それに対するアピールであろう、そろって「意見をたゝかはす必要」をしきりと強調している。[66] 舟橋はこう発言する。「少しでも意見が違ふなら、それを討議することによつて、狎れ合ひだなぞいふ批評に抗弁したいのだ」。

ところが座談会は、「意見」が一致しないから「討議」が不可欠だ、という現状認識において完全な意見の一致を見せてしまう。最後までさしたる対立を生まない。むしろ終始なごやかに進む。それは、「(笑声)」というト書きの頻用に象徴される。司会役の林にいたっては終盤にかなり酒酔いしている(ように再現もしくは脚色される)。翌月掲載された舟橋聖一「同人雑誌諸君へ」(一九三六・二)は、「座談会だけでは[対立的討議の]徹底を期する事が六ケしい」と申し開きをした。[67] 座談会のあの対面性が思想上の対立を一挙に緩和させてしまう。合評会の時代に、佐藤春夫「合評会批評」(一九二七・二)がこういっていた。「人間にはどうしても社交性と云ふやつがあつて、面と向つて話すと、どうしても思ふことを十分に云へなくなるものだ[68]」。

この座談会は合評形式ではない。テーマ主義でもない。さながら私的な編集会議のごときものだ。じっさい、雑誌の編集方針や抱負、たがいの作品の感想や宣伝などで構成される[69]。内輪の会話といってよい。それは、次号の「文學界同人座談会(第二回)」、次々号の「文學界同人座談会(第三回)」でもかわらない[70]。内輪話が商品になる。ならば、その商品性なりエンターテインメント性なりはなにに担保されるのか。端的にいって、それは各同人の有名性にほかならない。有名性こそがローカルな発語を商品たらしめる。そして板垣の指摘どおり、それらが連接することで商品価値は倍加する。ここに、固有名消費を優先的な駆動因とする一九三〇年代日本のジャーナリズムの成熟と閉塞が見てとれる(詳説は第４章)。

内輪という印象は、巻末の「同人雑記」欄によってさらに強まる。以前からつづく同欄には、各同人の身辺雑記や短信が併置される[71]。文中、同人相互の名が(しばしば呼び、捨てで)書き込まれる。個々の断片的な雑記が固有名を交換しあう。贈与を内々で反復することで、読者に不可知な人的交流の親密さを垣間見せる。小説や論説からは表出されにくい要素だ。その累積は、読者——多くは文学青年や作家志願者——のあいだに〝「文壇」らしきもの〟を共同幻想的に仮構していくことにつながるだろう。

たとえば、第一回座談会の最後に村山知義はこんな発言をした[72]。「今日の合評会は大変雑駁だけれども、その雑駁さの故に却つて色々の名言が出た。(笑声)是は非常な収穫だから読者諸君も我慢して、そのいいものを掘り出してもらひたい」。コンテンツ自体は「雑駁」で冗長な楽屋話にすぎない[73]――「スター」や「劇場」には「楽屋」の比喩が相応しい。散漫な放言がだらしなくつづく。しかし、読者はそのなかからなんらかのメッセージを抽出する作業(=「我慢」)を強要される。なにがあるのかはわからない。わからぬまま、なにか「いいもの」があるという前提のもと、読者は投企的読解を遂行するほかない。それはほとんど信仰めいた行為に近づく。かくして、内輪話は神聖性を帯びていく。ここに、商品性＝公共性獲得のもうひとつのメカニズムが露呈している。

約言すれば、この時期の文壇はすぐれてメディア的な構築物であった。序章と前章で、私たちは大宅壮一の複数の観察を縫合することで地図を作成しておいた。すなわち、一九三〇年前後の日本の文学場では、ある決定的なシステム改変が進行しつつあった、と。「文壇ギルド」から「ギャーナリズム文壇」へ。大宅のタームを借用してそのように要約できる。重層的に移行が進んだ。この場合の「ギャーナリズム」は雑誌ジャーナリズムを中心的に指す――「現在の日本文壇の発表系態(ママ)の主なる場所を占めるのは雑誌である」[74](福田清人「ジヤアナリズムは文学者を殺すか」一九三六・四)。参入障壁は低下し、新たな書き手が大量に流入した。弱体化した「ギルド」になりかわって、彼らを回収し束ねあげる機関として雑誌メディアが効率的に機能する。各種雑誌を母体に人工的な文壇共同体が構築される。それがしだいに実定性を獲得する。『文學界』による固有名の過剰包摂(＝過度の同人拡大)は、この状況の意識的な反映にほかならない。そのとき、座談会記事なり同人雑記なりは出自や系譜の異なる固有名同士を接続する集線装置として存在した。あるいはこういってもよい。座談会の出席要員としての自覚と資格くらいしか、同人としての同定指標が存在しないのだ、と。これは〝ギルドなき文壇〟のコミュニケーション・スタイルから導かれた必然的な帰結である。共同性が仮装的に担保される(座談会政治)。

『文學界』座談会の様態は変化しない。なぜなら、討議内容が問われているわけではないからだ。合評形式(「「夜明け前」合評会」一九三六・五)やテーマ形式(「純粋小説座談会」一九三六・六)が投入されようと基本構造は同じである。[75] つまり、討議形式すら問題ではない。座談会を開催し、それを掲載しているという端的な事実だけが意味をもつ。ある号の「後記」(一九三六・四)はこう記す。[76]「何か座談会のテーマでいい思ひつきがあつたら読者から知らせて欲しいものだと思つてゐる」。そう、「座談会のテーマ」＝内容はつねにとりかえ可能である。もはや、あ、り、さ、え、す、れ、ば、そ、れ、で、よい項にすぎない。「何」でもよいと自白してしまっている。

徒弟制的な「ギルド」が解体して以後の文学場にあって、座談会だけがほとんど唯一、直接対面をともなう。そして、親密圏的な連帯性――もちろん擬態としてのそれ――を可視化する。きわめて例外的に。だからこそ、呉越同舟の『文學界』は座談会を誌面上に維持しつづけなければならなかった。たとえそれが、理論的な強度をまったくもたないものだとしても。ならば、さきの図式を応用してこう再整理してもよい。文壇の存立動力は、〝ギルド的な求心力〟から〝座談会的な包括力〟へと完全に移行したのだ、と。

　同誌はその後も数度にわたる同人拡大を試みる。部分連合にとどまらない。三木清や亀井勝一郎、青野季吉といった批評家までもがつぎつぎととり込まれていく。その精力的な拡張は、ある無署名コラムが評したように「文壇外に文壇を作る」プロジェクトにさえ見える[77](「文壇時言」一九三六・四)――後続世代の高見順からは「文壇に横行する強者連盟」と批難された[78](「『文學界』解消を望む」一九三七・三)。毎号のように同人たちは座談会で顔をつきあわせる。それが誌面に載る。そして、しばしば掲載号の目玉記事と化す。座談会に象徴される雑誌メディアを柱礎として、文壇の人的配置が再編成されていく。してみれば、座談会は単なるサロンの社交用のメンテナンス・ツールにとどまらない。マクロな政治性を発揮していた。より上位で作用する排除と包摂の論理にしたがって場が組織される。

　武者小平「小林秀雄」(一九三六・一〇)は、度重なる『文學界』再編の原動を当時の編集代表であった小林秀雄のキャラクターに見る[79]。すなわち、その「政治家的素質」に。この評言は小林個人の文壇政治的な志向性を指している。たしかに、ある時期以降の小林は、旧来の文脈の求心力衰退により非属領化された固有名たちをそのつど回収する場として『文學界』を再起動させた。そうすることで、文壇領有化の実現に邁進した[80]。それは事実だ。が、事態の一面にすぎない。むしろ、メディアの組織性が不可避的に孕む微細なポリティクスのほうにこそ再編の原動を認めるべきである。その〈政治〉性は雑誌が固有名の交錯場であることに由来する。小林個人が主観的に統御しうる文壇政治上の意志とは次元が異なる。属人化しえない〈政治〉の駆動。それを端的に表象したのが座談会という雑居空間だった[81]。

座談会は本来、多様な価値観の交渉を多様のままアマルガムに再現する。その意味では、「雑-誌」というインターフェイスの特徴をもっとも如実に体現した空間であった。しかし、同時にその多様性こそが〈政治〉的な諸機能を帯びていく。私たちは編集がなかば意図せずして担ってしまう、この政治性にどこまでも留意する必要がある。

一九三〇年代なかば、図らずも、文壇運営を支える〈政治〉的力学が座談会において凝縮的に現前した。三〇年代後半には時局の進展とともに、大文字の政治を語る論理へとそれは転態していく。社会情勢の対立軸がそのまま表現されることもあった。読者はアングルを透かし読む。終局的には、「文化綜合会議　近代の超克」に象徴される言論空間の出来へと帰着するだろう[82]。悪名高き――という枕をかならずともなって戦後に語りつがれてきた――その座談会はほかならぬ『文學界』に掲載されたのである（一九四二年一〇月号)。

5 造語の氾濫　メディア＝形式の一義化

本章冒頭で見たように、一九三五年に大宅は「座談会の流行」を述べた。じつは同時期に小林秀雄も座談会メディアに言及している。「再び文藝時評に就いて」(一九三五・三)で以下のようにいう[83]。座談会は「意見の交換をするといふが、事実意見は少しも交換されてはゐない」。「新造語」がしばしば場を支配する。造語は一般的な共通了解が未成立である。ならば、読者が対話内容を追跡することはおよそ不可能だ――谷川徹三はそれを「文壇でなければ通用しないやうな方言」と形容した[84](前章参照)。では、読者はなにを読めばよいのか。小林はこう指南する[85]。新語を創出せざるをえなかった発言者の「観念的な焦燥」を捉えよ、と。すなわち、読むべきは発言内容の意味ではない。理解しがたい用語が徘徊してしまうこと、その現象自体の形式上の意味を受容するよう説くのである。

じつは、この処方箋は進行中の行動主義論争を下敷きに書かれている。くだりはつぎのようにむすばれる。「新語を支へるものは、現実的根拠といふより寧ろ各自の観念的焦燥にある[という]事実を顧慮しないならば、徒に奇怪なる座談会を開催し、判じ難い速記を読者に強ひる[……]だけである」。これは、「現実的根拠」を要求してやまない大森の態度を否定し、「観念的焦燥」に陥った舟橋をどうにか理解しようとする発言に見える(翌月、大森は小文「雑篇」でこう述べた。[86]「僕は、それ[=能動精神論]が[作家の]内的苦悶の表れであらうとなんであらうと、その理論的内容にのみ興味をもつ」)。もしくは、論争が泥沼化した要因をはたからつきとめんとする客観的な態度にも見える。

ともあれ、小林の懸念をよそに、『行動』はまさにこの翌月、能動精神をめぐる「奇怪なる座談会を開催」してしまう。本章で見たとおりだ。断裂が予期されながらも、そこには「意見の交換」=討議の可能性が賭けられていた。むしろ、だからこそ破綻したのだ。他方、小林らの『文學界』座談会はどうか。はなから「意見の交換」を目指さない。それが幻想にすぎないというあくなき自明の前提のもとに企画されている。だから破綻はありえない。このちがいは大きい。思えば、ふたつの雑誌はともに一九三三年一〇月に創刊された。その同時創刊は「文藝復興」の到来を象徴する出来事となった。[87]にもかかわらず、一方は二年で終刊。他方は文壇のヘゲモニーを急速に獲得していく。対照的な末路を迎える。そのことは座談会の相貌が予告していた。

この分岐は各々の主題のちがいに条件づけられていた。しかし同時に、座談会というメディア(に対する認識)の成熟の度合いの落差に導かれてもいる。つまりこういうことだ。『行動』座談会における討議内容の二義化は結果でしかない。前提としては、あくまで内容＝メッセージの伝達が第一義であった。他方、『文學界』座談会は内容の二義化をはじめから前提とした。自覚的にそれが選択されていた。そこでは、内容は徹底して空虚である。とりかえ可能だとさえあけすけに表明された。それだけに、メディア＝形式じたいが一義化され、伝達すべきメッセージとなる。そう、そこではメディアこそがメッセージだ。

とはいうものの、消費構造において両者は近似していた。内容的水準でいかなる物語をつむごうと、異文脈の固有名が連結されたという形式的事実は共通する。およそ調停しえぬ認識の相違を抱えた論客同士が同席することさえあった。固有名と固有名を出会わせる糊代として機能する(88)。そうした《誰と誰が論じるのか》というアングルの前景化において商品価値をもったのである。極端には、その接続はもはや捏造であってもかまわない。そこまで行く。じっさい当時の雑誌には、架空の座談会や対談が数多く掲載されていた(89)。雑文ジャンルのひとつのフォーマットとして定着していた。たとえば、石垣蟹太郎「テラス愚論判の一夜」(一九三四・一)。この創作座談では杉山平助と林房雄が対面をはたす(90)。そのころ、両者はテクストを介してあたうかぎり激烈な悪口雑言の応酬を繰り広げていた(91)(杉山平助「虫唾の走るチンピラ先生林房雄に答へる」一九三三・一〇)。そのことが文壇内の話題となっていた。不倶戴天の敵同士の直接対峙が待望されたのである。同作は現実にさきがけてフィクションとしてそれを実現してみせる。

このたぐいの記事の存在はあまりに示唆的だ。求められている要素が、著名人物のじっさいの発言ですらない可能性を垣間見せるのだから。重要なのは固有名である。そして、フィクションに移設されてもなお、リアル空間との同一性を維持しうるその強度だ(必要であればそこにキャラクター化を見てもかまわない)。そうした架空記事にさえ惹かれてしまう「読者心理」——本章の冒頭に出てきた言葉である——を剝き出しの固有名消費といってもよい。くりかえす。このかぎりにおいて、座談会の提供/受容には、固有名消費を優先的な駆動因とする一九三〇年代日本のジャーナリズムの成熟と閉塞が凝縮的に露顕していた。本書の作業のいくらかは一貫してこの事態の検証に差し向けられている。

さて、本章冒頭の大宅の議論にいま一度戻ろう。

私たちが「座談会の流行」とまず接合させてみるべきは匿名批評の流行ではない。では、なにか。人物批評や実話ものの流行である。(92) あるいは、アンケート記事の流行、(93) さらには、文学者の講演会など誌外イベントの流行など。それらも当時のメディア消費の環境を色濃く反映する現象だった。いずれも、固有名消費の現場を如実に指し示す。かくして、議論は「座談会」論の範疇を急速に逸脱していく。次章に引き継ごう。

第4章

人物批評論

1 人物による時代診断　第四の課題設定
2 横断性と大衆性　普通選挙時代の批評
3 固有名消費　有名性生成のメカニズム
4 複数の表象様式　記号的身体とキャラ化
5 有名、匿名、無名　現実的権威の発動

1　人物による時代診断　第四の課題設定

向坂逸郎に「石濱、大森、有澤、山田、平野」という論説がある。五つの名字を並べただけのいささか奇妙な表題をもつこのテクストは、『中央公論』一九三一年九月号に掲載された。ほかならぬその五つが併置されていることによって、しかもそれを向坂が書いていることによって、同時代の読者に、本文を読む前から以下の二点を了解させたはずだ。五つの姓が、「石濱知行」「大森義太郎」「有澤廣巳」「山田盛太郎」「平野義太郎」を指しているであろうこと。そして、一連の社会批評家の人となりや来歴、業績に関するコメンタリとして成立しているであろうこと。はたして、そのような文章になっている。

導入部では大森義太郎の論文での態度が描かれる。論争時の「罵倒ぶり、毒舌ぶり」が目につく、と(1)。前章を経由した私たちにはただちに首肯できる。論敵の片言隻語を捕まえては入念な「罵倒」をくりかえす。それが大森の論法だった。しかし、そこで中心的に綴られるのは活字を介して観察されるそうした性向ではない。「大森義太郎」という人物そのものだ。向坂はつぎのような経験を披露する。

雑誌や新聞でしか大森を知らなかった者が本人と対面をはたす。すると、あとでかならずこう感想をもらすというのだ。「大森さんて少しもこはくない、面白い人ですね」。向坂は感想の正しさを保証するように、「将棋に勝つてエヘラ喜ぶ」姿や、「安物の新奇な文具を買つて来ては、喜んでゐる」姿をユーモラスに描く。[2] 当人と親しい間柄にある向坂ならではの証言だ。一般読者は日常の大森がいかに「毒気のない」人間かをテクスト越しに追体験することになっただろう。ギャップに驚く。この叙法は巷間の認識を転覆させる効果をもっている。既知／未知の落差がある場所で情報はその価値を増幅させる。通俗的には舞台裏話と解釈できる。残りの四人についても同様だ。

この記述様式は、「人物評論」「人物論」「人物批評」と総称されたジャンルに該当する。そこでは、あらゆる分野の著名人が批評の対象になる。当時、雑誌や新聞に不可欠な記事として流行した。人物から時代状況が診断される。「人物論時代」と。大宅壮一「人物論の構成」(一九三四・九)は、この流行現象を指してこう呼んだ。[3] 大宅の批評行為は「時代」相(＝流行)を俊敏に捉えたこの種のネオロジズムに一貫して支えられている。

さて、前章で私たちはある申し送りをしておいた。座談会記事の商品性は、多くの場合、出席者の有名性とその配列法の妙に保証される(第3章の読解経路b)。しかし、大宅壮一は「座談会の流行」を匿名批評の流行に照応させた。これは奇異なことに思える。よりによって有名の対極にある匿名と接続させているのだから。論理的な飛躍を孕む。そこで、私たちの当面の課題はその埋めあわせにあてられている。おそらくは別の現象を中継しなければ説明がつかない。たとえば、ここで取りあげようとしている人物批評の流行を。座談会と同型の消費のアングルが析出されるはずである。固有名に依存した言論や批評の商品化。別の角度から追認されるのはそのメカニズムだ。

人物批評を本章の検討対象に設定しよう。大宅が「人物論時代」と名づけた一九三〇年代前半に時期を限定する。人物批評の歴史は長い。明治期にはすでに政治領域を中心に一般化していた。[4] 解釈しだいでは、さらなる遡行も可能だ(座談会の源流のひとつといってよい江戸期の評判記は、同時に人物批評のプロトタイプでもあった)。それが昭和初期に多方面へ拡散していく。量的拡大は質的転換をもたらす。より可読性の高い読物として定着した。

一九三〇年代前半の日本。そこでは、一九二〇年代なかばに起動した出版大衆化のプロジェクトが絶頂をむかえていた。ジャーナリズム内部の成熟と内閉化とが同時に観察される。ここまでに見てきたとおりだ。状況は特定人物の有名性に依存した出版編集の態度をさらに強化する。その傾向が人物批評のテクストには凝縮されていた。といっても、同型の編集原理はあらゆる場面に埋め込まれている。人物批評の標準書式(後述)を備えているか否かは副次的な問題にすぎない。あくまで典型事例として人物批評の流行は顕現したのである。したがって、その解析作業は特定のジャンルや様式、あるいは個別具体的なコンテンツの精査にとどまるものでは決してない。より汎用性の高い理論的考察を可能にするだろう。

　人物批評のテクスト群とそれに関連する二次的言説の数々、それらの分析を媒介として、有名性をめぐる表象／消費システムの基礎構造とその力学を解明する。本章のミッションはこれに尽きる。

2　横断性と大衆性　普通選挙時代の批評

　あらためて人物批評とはなにか。

　文芸批評は「文芸」を論じた批評である。政治批評は「政治」を論じた批評である。同様に、人物批評は「人物」を論じた批評である。では、「人物」はなにを意味するのか。多くは対象が事物ではなく人間であるという程度の広義の用例だ。ところが狭義の使用も散見される。そこに人物批評の定義のしがたさがある。こちらの用法は価値判断を内包している。たとえば、「人物」が傑物や大物、名士などを指すケース(文例「あの男は人物だ」)。これら広狭複数の意味が込められている。さしあたっては、佐々弘雄

「分らない偉人」(一九三五・一)が公約数的に記したように、「人物とは、取柄のある人間と云ふ位の意味」で緩慢に捉えておけば足りる[5](ただし、佐々自身は定義を意図していない)。批評対象はなんらかの「取柄」を最低要件とする。

この定義の厄介さは準拠する分類法にも起因している。ほかの批評ジャンルと尺度が異なる。そのため、私たちの以下の分析作業は応分の迂遠を承知のうえで、定義問題への目配りをたえず織り込みつつ進まざるをえない。条件の確認をテクスト分析へと循環させることになる。まずは、形式面を整理していこう。

文芸批評や政治批評は領域を分類の基準としている(縦割りのジャンル分類)。他方、人物批評は領域を問わない。「人物」という観点に基準を設定する(横割りのテーマ分類)。文芸批評は文学作品や文壇状況、文学者など、文芸領域にまつわる事項全般を広汎にあつかう。同じく、政治批評は政治論文や政治情勢、政治家、政治学者など、政治領域全般をあつかう。それに対して、人物批評は文学者や政治家など人物に特化する。各批評ジャンルには人物を主題としたテクスト群が散在している。それらを横に貫通させる。その総称として「人物評論」「人物批評」は貼られた。

人物批評は領域を横断する。そこでは、あらゆる領域の人物が並列化される。属人的分類であるため、属事的分類からこぼれ落ちる要素を掬いあげることも可能となる(ただし、分類法としては前近代的な思考への退行を意味した)。向坂の事例でいえば、経済批評家ではなく、ひとりの人間としての大森義太郎の日常が記録される。大方は猥雑な情報だ。この「雑」性が人物批評を研究対象の地位から隔離してきた[6]。時間性に耐えない読み捨ての雑文というわけだ。政治批評や経済批評、文芸批評などが各専門分野の検討対象として、また真正な参照項として召喚されてきた事態とはあまりに対照的である。しかし、この総合性と雑多性と適時性こそが当該ジャンルの特徴にほかならない。

横断性に由来する無規定性は、書式や表題の定型化によって着地する。便宜上、三タイプに分類しておく。すべての記事はいずれかのバリエーションとして説明可能だ。

単体評型　一人の人物を多面的に論じたもの。典型的には、「○○論」「△△のこと」のように対象人物の固有名を冠した表題が付される[7]。

対比評型　二人あるいはそれ以上(五人程度まで)の人物を論じたもの。典型的には、「○○と△△」のように対象人物の固有名を併置した表題が付される[8]。なんらかの共通項のもとに人物が選定され、意識的に対比される傾向にある。冒頭の向坂の論説はこれに該当。

列伝体型　特定の領域や団体、あるいは特定の属性を共有する人物を網羅的に列挙し論じたもの[9]。当時の表題としては「××総まくり」「××に躍る人々」「××のぞ記」「××の陣営」などが定型[10](××にはテーマや団体名)。紙幅に応じて寸評形式がとられる傾向にある。

執筆者の傾向も一瞥しておこう。新居格「現代批評家の文章」(一九三四・五)は批評ジャンルを一二に分類している。あわせて、各種のおもな担い手を列挙する。「人物批評」の項は、馬場恒吾、阿部真之助、杉山平助、佐々弘雄、御手洗辰雄の五人に代表させた[11]。ジャーナリスティックな目配りの利く新居の選定だけに、当時の言論状況の一断面を人物の選定によって的確に切りとっている。

ここに補助線を引き入れよう。鈴木茂三郎「現代政治評論四人男」(一九三三・六)は、馬場、佐々、阿部、御手洗の四人を「政治評論界の四人男」と概括する[12]。これに教わるまでもなく、杉山以外は有力な政治批評家だった。文芸業界でキャリアを開始した杉山も、この時期には政治を含め分野不問の批評を量産するようになる。すなわち、人物批評は政治領域に集中していた。しかし、それはなぜなのか。

新居は馬場恒吾の人物批評をこう賞揚している。「平明な筆」であり、「誰がよんでも分る」、と。一方、佐々弘雄については「馬場氏ほどの大衆性がない」と評した[13]。佐々当人も馬場の人物批評の「親しみ易い大衆性」に「魅力」を見出す[14](前掲「分らない偉人」)。つまり、人物批評の評価軸には「大衆性」が措定されている。背景を整理しよう。

一九二〇年代後半、出版大衆化状況が到来する。経緯は序章で縷述した。新たな読者層が開拓される。出版市場の規模拡大が加速していく。新規読者の多くは、前提となる教養の体系や高度な知識を共有しない。にもかかわらず、雑誌読者としてカウントされてしまう。彼ら彼女らがかろうじて関心をもちうる多少なりとも知的なトピックはごくかぎられていた。国政を担う人物の話題くらいしかない。ここには、一九二五年の普通選挙法公布が深く関係している。一九二八年二月、最初の普通選挙が実施された(出版大衆化の象徴でもある円本の成功を普選とのアナロジーで捉える解釈も存在する。[15] 一冊一円の予約金で階級問わず平等な知識の享受が可能になるという幻想)。一般大衆が有権者となる。その結果、いやでも政治に関心＝利益を抱かざるをえない層が膨化した。この前後から内閣交代劇も頻発している。政権の不安定化それ自体が大衆民主主義の帰結でもあった。そのつど、各種の人事に世間の興味が殺到する。

そこに解説や紹介、批評の需要が発生した。極度に大衆化したジャーナリズムは、一般読者の知的欲望＝欠如に対応しなければならない。この条件に最適化された記事様式として、政治領域の人物批評は流行したのだ。読者にとっては、同じ雑誌の別のパート(および近似する別の雑誌)に掲載された高度な論説群を読むためのオリエンテーションにもなっただろう。基礎情報の供給源として機能する。河合栄治郎「人物評論の論」(一九三〇・一)は、人物批評の真価を「特定の人に対する公衆の鑑賞眼を高めること」に見た[16](第1章補論で触れた河合の時評論と同型の認識だ)。時事ニュースに即応した分析的論説と人物批評とが併載される。「公衆」の手元において、それらは擬似的な参照関係をむすぶ。知的な雑誌の享受に必要なリテラシー(=「鑑賞眼」)を、当の雑誌内部で涵養する(もちろん、この機能は人物批評の一断面にすぎない)。「大衆性」の要請はこうした成立条件に基づいている。

あくまで国民的娯楽の対象としての政治を前提としている。このエンターテインメント性ゆえ、文中には卑俗な情報を大量に盛り込む必要があった。天下国家を論じた明治期の硬派な人物批評との決定的な差異をここに見てもよい。容姿やファッションにそれは代表される。杉山平助「現代人物スケッチ」(一九三五・七)は表題からして象徴的だ[17]。現行内閣の大臣、ジャーナリスト、力士、実業家……分野不問の二一人を容姿と言動だけで批評する。すべての対象に同じ手続きがとられる。その無差別性は、人物批評が横割りであることを如実に物語っている。人物の断片情報化が進む。その合成は極度の身体性を負荷された描写=「スケッチ」に仕上がる。通常の批評や論説であれば、執拗な対物描写はことごとく排除するだろう。だが、人物批評はそうした末節情報こそを優位的に配備する。

一般読者に不可知で私秘性の高い情報であるほど商品価値は増大する(暴露的な欲望

が累進するとゴシップに帰着する)。そのため、重要人物とのコンタクトを有する書き手が重宝された。二一人のうち半数以上は、別の機会に取材を行なったか元々面識があるかのいずれかであると杉山は断っている。杉山自身も自任したように、「消息通」でありつづけることが人物批評の執筆者の条件となる[18](「彼等はどうなつたか?」一九三五・四)。笹本寅「雑文家評判記」(一九三四・六)は、「時間の許す限り、相手を訪問」するそうした杉山の「誠実さ」を評価した[19](そうすることで、ジャーナリズムの荒くれ者として煙たがられがちだった杉山に関する評価をひっくりかえす、これまた前述の定義にかなった人物批評の一典型である)。

馬場は元新聞記者で、政治家たちと接触しやすい環境にいた。しかも、好意的な評価を最大の特徴(=売り)としたため、政治家側からのアプローチも多い。「あらゆる政治家が、馬場に論評してもらひたがる[20]」と杉山平助「現役政治評論家を批判す」(一九三四・一〇)はいう。世間の印象をマネジメントすべく作為的に利用されることさえあった。理論水準の難点がたびたび指摘されたにもかかわらず[21]、馬場が政治人物批評の第一人者たりえたのはこうした事情にもよる[22]。

擬悪的な政治家評が人気を博した阿部真之助とちょうど対蹠的なポジションに馬場はいた[23]。木村毅「「人物評論」の歩める道」(一九三五・四)は両者を「人物評論壇」の「両輪」と表現する[24]。「馬場氏の批評は「好意の批評」だとの定評がある」事実との対比で、

「阿部氏の「悪意」の批評」に言及した(杉山も前掲の論説でやはり馬場と阿部を対比させ、「偽善者型」／「偽悪者型」にそれぞれ分類している)。

ちなみに、政治家もの以外も見ておけば、学者ものでは大森や向坂、新聞人ものでは伊藤正徳[25]、財界人ものでは鈴木茂三郎、文学者ものでは大宅壮一や青野季吉といった批評家たちが、それぞれ領域を往復しながら頻用された。

射程を拡張しておこう。たとえば、追悼記事のたぐいにも同じような期待がかかる。私的情報が開示されるからである。本来はごく限定された空間に囲い込まれるはずの情報だ。しばしば無名の身内によってそれは実現する[26]。彼ら彼女らは文章を公表する習慣がない。そのことがかえって剝き出しのリアリティを演出する。それが価値を生む。おりしもこの時期、明治・大正期の人物をめぐる回想記事も急増していた。近過去の歴史化が進むタイミングにあったのだ。追悼記事や人物批評との親和性が高い。これらはゆるやかに相関しあって、ヒューマンドキュメント型の批評の系譜を形成していた(ここに文芸領域の作家論を追加してもよい)。もちろん、そうとは意識されないままに。

いずれの記述もローカルな接触を察知させる。おのずと交友記の様相も帯びた。本章冒頭の向坂論説で考えてみよう。なにより、五人のプライベートに属すデータ(＝内容)が重視される。しかし同時に、向坂が五人をどう描くのか(＝形式)にも注目が集まる。記述から交流やその距離が浮かびあがる。それは批評主体と対象人物に関するメタデータ（＝関係）に相当する。人間関係というコンテクストをめぐる諸問題、この国ではそれをしばしば「議論」と呼んできた。すべてが人間関係へと矮小的に還元される。前章で座談会を素材に見たとおりだ。そこには、かならず小さな〈政治〉が作動する。いつのまにか議論が〈政治〉とすりかえられてしまう。

かくして、人物批評を読む者の関心は二重化する。つまり、人物批評の存在意義は人物情報の提供にとどまらない。情報提供をするその形式において、論壇や文壇のネットワークを垣間見せる。そのような覗き窓としても機能した。この点でゴシップを誘発しやすい。場合によっては、「素破ぬき」[27]などスクープ機能が稼動した（金剛登「壁評論」一九三四・六）。結果的にスキャンダル・ジャーナリズムの一端を担うことすらあった。

当然ながら、親密な間柄が可能にする批評ばかりではない。一般化しよう。書き手たちはどのようなアプローチを選択したのか。

大宅壮一「人物論の構成」（一九三四・九）は、人物批評を「二つの型」に大別する。[28]ひとつは、「人間としての好き嫌ひや善悪や偉大さを評定する」タイプ。もうひとつは、「人物が演じた時代的、階級的役割を検討する」タイプ。大宅はそれぞれを常識的に、「主観的、非科学的」／「客観的、科学的」と要約区分する。そして、前者が現在の主流だと分析した。そこにはジャーナリズムからのマルクス主義の撤退という状況が透かし見える。そうした動向と逆行するように、大宅は後者の重要性を説く。小林秀雄系統の批評スタイルへの対抗意識が言外にあったはずだ。[29] じっさい、「気ちがひじみた暴騰ぶり」[30]を見せるドストエフスキーの再評価の機運(第2章を参照)には「主観的、非科学的観点」しかないと批判している。「人間」性の析出に終始する前者タイプを大宅は「人間論」[31]と呼びかえて棄却する。本質論ではなく環境論へ。この発想は大宅個人のキャリアと密接に関係している。すでに触れたように、一九二〇年代後半、大宅はプロレタリア文学運動に随伴した。その際、作品の評価基準を社会的な効果に再設定せよとくりかえし主張していた。この主張は自身の属す組織原理に直結する(だが、これよりさきは大宅壮一論の範疇に突入してしまう)。

佐々弘雄「人物評論の科学」(一九三四・一二)も二分法を用いている。大宅の構図と同じだ。ところが、結論だけが真向から対立する。佐々は大宅の否定した「人間論」の側に立つ。[32] 発表月の近さから見て、大宅論文を意識した可能性は十分に考えられる。ただ、例によって明示的な言及はない。

かれ[=対象人物]個人をば、かれを囲む周囲(ウムゲーブング)または環境(ミリユー)のみからばかり観察しようとするのは、科学的のやうに見えるが実はそうではない。[……]こうすると、生物としての人物が把握できないで、その時代の客観的諸情勢の機械として、他動的に動かされた個性の一面しか映像されて来ないのである。

最終的に、「人物論の目標する所は、個人にある。断じてその周囲ではない」と断言する。[33] 佐々はこの理念を実践に移す政治人物批評を多数発表した。順次、『人物春秋』(一九三三・七)や『続　人物春秋』(一九三五・五)などの自著に再録していく。[34] 嘉治隆一「散文詩的人物論」(一九三三・一〇)は、二冊のうち前者を「読物」としてひとまず肯定したうえで、叙述が「主観的に流れ過ぎる懸念」もいそいで指摘する。力点は批判にある。そして、「背後の制度や基礎の事実に(ママ)[=を]掘り下げ」る必要を提言した。[35] 佐々の人物批評論はそのあとに書かれている。対象の「意識の根柢を掘りさげ」[36] る分析を過剰に擁護する佐々の見解は、嘉治らによる同時代評へ宛てた反論だったのだろう。

人物批評はいかにあるべきか。この問いをめぐって、ふたつのスタンスが対立している。ひとつは、人物の主体性や意識を捉えるべきだとする態度(佐々)。もうひとつは、環境から人物を批評し尽くそうとする態度(大宅・嘉治)。後者は前者の主観性や恣意性を批判する。前者は後者の画一性や機械性を批判する。両者の主張はクロスしない。いま見た間接的な応酬がそうであるように。

文学領域では一九二〇年代中盤に、正宗白鳥と青野季吉のあいだでこれと同型の対立が観察された。いわゆる文芸批評方法論争だ。以降、何度もこの構図は反復される。あるいは私たちは、ここで第2章の議論に想到してみてもよい。春山行夫「裁断なき文学」(一九三四・二)はこう整理していた。[37]「形式」重視のプロレタリア文学や新興芸術派文学が文壇を圧制した時代に、小林秀雄は実存に基づく「人間論的立場」を導入することで登場した、と。

当時の人物批評論は例外なくどちらかに収斂する。そして、大半は人物批評の書き手によるものだ。ここでもやはり批評は自己定義を再帰的にくりこみながら展開されずにはいない。しかも相互に他方を批判する、その所作によって自身のスタンスの条件が確定していく。相互排他的な定義構造に絡めとられている。この種の論争はどこまでも生産的ではありえない。そもそも、大宅は佐々の批判する「他動的に動かされ」るモメントこそを一貫して重要視してきた。そこに、「有名性」「人気」といった諸概念が立ちあがる契機を明察していた。

ここに踏み入ろう。

3　固有名消費　有名性生成のメカニズム

嘉治隆一は佐々弘雄の人物批評を批判した。「制度」や「事実」に記述の重点を移すべきだ、と。でなければ、「「時の問題」解決の参考書としたいといふ虫のいゝ注文をもつ読者」を満足させられない。[38]「時の問題」は進行中の政治や経済の諸課題を指す。時代のキーパーソンを特定し、社会動態における当該人物の位置価を正しく測定したうえで、選択すべき解決策のハイライトを摘記してほしい。まさに「参考書」だ。そうした「注文」を読者が突きつけてくるのだという。この「虫のいゝ」即俗的な要望はもちろん出版大衆化の進展が招いた。大衆読者のひたすらに効率を求める消費行動(「誰をチェックしておけば大丈夫か?」)、ジャーナリズムはそれらを含んだあらゆる読書動機に応対しなければならない。人物批評はまさにその典型様式として流行したのである。

では、それはどう受容されたのか。やはりここでも精査されるべきは消費の局面だ。とはいえ、読書実態を直接的に確認しうる手段など原理上は存在しない[39]。したがって、リアルタイム読者が実際に目にした誌面の様態を材料にしよう。そこから消費現場を理念的に再構成する。あくまでも理念形としての読者像だ。それを読み解く。この分析方法は、読者たちの集団的な期待・欲望が誌面にある程度まで忠実に反映／先取されることを前提としている。序章で引用した中井正一「文壇の性格」(一九三二・二)がいうように、編集主体は「紙面の体裁を大衆の要求を目標として、予め設計して割当てる[40]」。

大宅壮一「人物論の構成」(前掲)はつぎのように述べる[41]。当時、荒木貞夫と平沼騏一郎が世間の話題の的となっていた。両者のあいだには、当然ながら「理論」や「思想」の差異が存在する。しかし、それは「一般的[な読者の]興味の対象」にならない。「いづれがより有力」かという水準だけが注目される。「問題になるのは、行動の理論的背景ではなくて、誰が行動するかといふこと」だ。前章につづいてここでもまた「誰が」が「問題になる」のだ。

一般読者の認知構造が端的に示されている。すなわち、「理論」(=内容)ではなく、「誰が」(=主体)を焦点化する表層的な認識回路が。ある主体は「一般的興味」を集中的に吸いあげる。そのことによって、有名性を太らせていくだろう。有名人という存在が成立するには、その人物への関心を供給しつづける無名の一般大衆の集合的意識が不可欠となる。この一般読者の知的水準に対応すべく、人物批評は対象人物の人間性や嗜好性に関する瑣末なデータを差し出す。決して思想性や政治性ではない。人物の有名性に駆動された受容形態。前章の議論を引き継いで、それを「固有名消費」と呼ぶことにしよう。なぜなら、消費・蕩尽されているのはテクストの内実ではなく、有名性を帯びた人物の固有名そのものであるかに見えるからだ[42]。

対比評型や列伝体型のテクストで検証しよう。そこではほとんどの場合、対象の氏名の文字列だけが組版加工を施される(圏点、枠囲い、書体・号数の変更など)。なにかしらのビジュアル・コノテーションを抱え込む。それが紙面にアクセントを生む。結果として、固有名の群れが視覚的に浮上する。同時期に隆盛した論壇時評や文芸時評も同様の傾向にあった。もちろんそれらは、インデックス機能を念頭に置いた慣習的な編集上の工夫以上のものではない。が、象徴的にはこう読みかえることもできる。特定の人物＝固有名にアクセスしたいという読者の欲望のまったき可視化である、と。じっさい、少なからぬ読者がこの可索的な標識を利用することで、行をスキップしながら興味ある人物のくだりだけ効率的に拾い読みしたはずだ。あたかも、カタログ状の記述の束から目当ての固有名を採集するようにして。そのショートカットの感覚は私たちも経験的に共有している。多くの場合、逐次的には読まれない。こうした読書行為において固有名消費は具体的に現象した。

固有名が前景化する。読者はそれを崇拝なり羨望なりの対象としてフェティッシュに享受する。あるいは、蔑視や罵倒の対象として屈折的に馴致する。もちろん、これは新たな消費モデルを意味しない。読者に元来備わっていた欲求だ。それが人物批評テクストによって、あからさまな形態で可視化されたにすぎない。その瞬間、固有名は思想や言動の内実から自律する。商品的記号と化す。そして言論空間を流通する。現実世界への紐づけや過度の従属はいったんリセットされ、ジャーナリズム固有の論理にもとづいて消費される。

多くの論説は高度なリテラシーを要求する。それに対して、人物批評は可読性が圧倒的に高い。そこでは、専門的知識をもちあわせていずともそれなりに――あくまでも「それなりに」という条件付きで――知的領域に接触することが可能になる。山崎謙

「思想批判と人物評論」(一九三三・五)の指摘がまとまっている。[43] 思想内容に関する批評は読者を限定してしまう。ある水準以上の前提を共有する人間にしか意味をなさないからだ。だが、その思想の持ち主に関する批評はそのかぎりではない。「アイロニーの論理」によって万人に効力をもつ。山崎はそう述べた。知的領域がエンターテインメントとして消費される。事態は当時の言論環境とも相即する。出版インフラが完備され、知的言説の商品化が急速に進行した状況と。ジャーナリズムは通俗大衆性に緊縛されていた。もはや、そうした被拘束性のただなかにおいてのみ成立しうる領域と化していた。

向坂逸郎「櫛田民蔵論」(一九三一・六)を例にとろう。櫛田民蔵は経済理論家だ。そのプロフィールや人柄を好物や服装と絡めて紹介・批評した単体評になっている。業績の価値評定はしない。末尾でこう断る。[44]「氏の学問的業績は最初からこゝで述べるつもりではなかつた。そしてその事は中央公論の注文でもなかつた様だ」。向坂の意図のみならず、依頼条件としても事前の限定があったことをうかがわせる。ただし、暗黙裡に。それを向坂は「様だ」と表現する。求められているのは櫛田の「理論」や「思想」ではない。対象が理論家であるにもかかわらず、そうなのである。

当該テクストには、ほかにも多くの固有名が配されてある。そして、私生活圏での党派関係が語られる。思想上の同盟や対立を言論のレベルではなく、あくまでフィジカルなレベルで説明してしまう。その結果、向坂が通常の論考で発揮する理論的な尖鋭感はいきおい減退する。期待(＝「注文」)されているのは向坂の主張ですらない。たとえば大森義太郎「人としての美濃部達吉博士」(一九三五・四)が表題に明記したように(これも定型題)、対象の「人としての」側面の解説だ。[45]

病理的に「人」へと興味が集中する。この形勢は実話ものの流行とも符合した。実話ものと人物批評とをメインコンテンツとした大衆雑誌『話』(文藝春秋社)の刊行もこの時期に相当する[46](一九三三年三月創刊)。半端な創作や深遠な論述よりも、剝き出しの事実のほうに読者の関心は向かっていた。

たとえば、一九三四年の出版界に関するレビュー記事は当該年の特筆事項として小説や戯曲類の刊行点数の不振をあげる(『出版年鑑』一九三五・七)。それと対比させるかたちで、あわせて随筆類の盛況も報告している。原因をつぎのように推測した。[47]「実生活に遊離した小説などよりも、まだしも、内容もあり、身近くもあり、時には知識欲さへも満たしてくれる随筆物の方に読書家を牽引する力があつたからであらう」。似たような視点から、戸坂潤「局外批評論」(一九三五・一一)は「フイクションに対する新しい時代の不信」をあげている。[48]加工された二次言説ではなく、素材＝現実が再発見されたのである。

たとえば、文芸復興が到来するまさにその直前、浅原六朗「休火山的創作欄」(一九三三・二)は雑誌界をこう観測していた。[49]「創作欄で雑誌を売るといふようなことは、過去の思ひ出になりつゝある」、と。尾崎士郎「創作壇の印象」(一九三三・一二)のつぎのくだりはその傍証になるだろう。[50]「去年[一九三二年]あたりは綜合大雑誌の有力な編輯者のあひだにさへ、創作欄をぬきにして編輯してみたらどうかといふやうな途方もない意見が、冗談ではなしに堂々たる編輯会議の席上で提出された」。かつて雑誌の花形だった小説の居場所は総合雑誌のなかから消滅しかけていた。げんに、文芸復興をもたらした文芸誌創刊ラッシュの背景の一角にはこうした事情が横たわっていた。

文芸復興が現象として到来しようと、それとは別に出版界全体を創作不振のムードが覆っていた。木村毅「「人物評論」の歩める道」(前掲)はこう述べる。[51]一九三五年の論説だ。「創作の魅力が往日程華やかでない今日、雑誌の読者が一番に食ひつく頁は[……]人物論である」。不振つづきの創作のマイナスを補塡するアイテムとしても人物批評や実話ものは流行した(刑事法が本来の専門である大森洪太は犯罪関係の実話的な軽読物を総合雑誌に多く寄稿したが、それはどこか探偵小説に近い感覚で消費された可能性を垣間見せる)。だから、馬場恒吾『現代人物評論』(一九三〇・九)の誌面広告はこう謳うのだ。[52]「下手な創作より面白い」、と。創作と人物批評が対比され、同一平面で語られる。ここには、実在人物が作品上のキャラクターのように表現/消費される可能性が瞬間的にひらかれている(後述)。「人」に関する言説の横溢。そして、消費の一極集中。この組み合わせの連鎖が対象人物の固有名の強度を更新しつづける。あとはどの「人」がフックアップされるかだ。

批評記事を書く向坂や大森なども人物批評の積極的な対象にくり込まれていく。序章で触れたジャーナリズムによる自己言及の一環だ。たとえば、杉山平助「論壇花形評伝」(一九三五・一)や、勝本清一郎「現代文藝批評家論」(一九三五・六)。いずれも列伝体型をとる。[53] 論壇(前者)や文壇(後者)で活躍中の批評家たちが標本化、サンプリングされていく。杉山のスタイルについて、新居格は「ヂャーナリストのヂャーナリスチック・スタアを批評するに適してゐる」[54] と評した(前掲「現代批評家の文章」)。ジャーナリズムは各領域の著名人を商品化する。のみならず、それを論じる批評家たちをも呑み込みはじめていた。対象を「スタア」(＝「花形」)に仕立てあげ、ジャーナリズム空間に差し出す。この人物批評のサイクルが彼ら自身をも固有名消費の対象に変成させるのは必然だ。空間の成熟と内閉化のロジックがここにも見出せる。

こうして、批評する側までもが固有名性を強く帯びていく(第2章の小林秀雄はその極北に立つ)。こうしたメディア環境は編集者による依頼先の選定を確実に拘束する。特定の書き手のネームバリューに依拠した目次ができあがる。向坂にしても前述の櫛田論と本章冒頭の論説を含め、一九三一年下半期は毎月のように『中央公論』に人物批評を寄稿している。[55] とうぜん、言及の蓄積も特定の有名批評家へと集中する。その結果、それらの有名性がさらに増幅する。同じ業界的な構造はかねてより小説家の登用の場面に見られた。一九二五年の文壇を総括した記事はこう記録している[56]（『文藝年鑑』一九二六・二）。「「改造」「中央公論」等の一流雑誌はもとより、凡ての商売雑誌が、その商売政策のために、揃ひも揃つて、有名作家の名前を並べようとした」。「新進」作家の「生気潑溂たる作品」よりも、「既成作家」の「間に合せ式な作品」が優先されてしまう。そうした保守的な編集実態はどの時代でも見られる。

この優先のあり方は不満を誘発する。中井鉄「有名と無名と」（一九三二・一〇）は以下のように強調した[57]。有名性が雑誌の売れ行きを保証するものとして作用している。そのため、有名作家はメディアでの露出機会が増える。より多くの言及や依頼を引き寄せるだろう。有名性が再生産されていく[58]。他方、無名作家はどうか。発表のチャンスすら与えられない。そもそも認知されていないのだから。優れた作品を制作したところで、注目を集めることはまれである。本書が再三参照する大宅壮一「文壇ギルドの解体期」（一九二六・一二）は事態をこう表現した[59]。「流行作家の書いたものでありさへすれば、どんなに馬鹿々々しいものであつても、無名作家の心血を注いだ傑作よりも、比べものにならない程高い市場価値（マアケット・プライス）が発生する」。私たちはこの「市場価値」発生のメカニズムをこうとあるごとに問題にしている。ごく感覚的に表現するならば、テクストに固有名が貼りついているのではない。固有名にテクストがぶら下がっている。

ここには、「有名」／「無名」の決定的な断絶がある。分岐のさきに用意された正／負のスパイラル。そのスパイラルは歯止めがきかない。中井が指摘するのはこの呪縛だ。まさに無名側に属する当事者として、有名性という桎梏を告発している。無名者にとって有名性は抑圧的に機能するもの以外ではない。したがって、正宗白鳥「無名作家へ」(一九三三・六)の「知名の作家だつて、つねに自作の発表に悩んでゐる」という真摯な発言は、しかし白鳥の「知名」性のために「無名作家」にはまったく響かない[60]。では、分岐を決する有名性はそもそもどこで調達されるのか。

大宅の「人物論の構成」(前掲)に戻ろう。この論説によれば、荒木貞夫と平沼騏一郎の思想上の差異は問われない。少なくともジャーナリズムにおいて、それは消失してしまう。現象として両者は入れかえ可能な存在だ。脱主体化されている。だからこそ、読者の興味は「いづれの背景[＝人脈や条件]が大であるか」へと向かう[61](ただし、この大宅の論理展開はいささか恣意的ではある)。支持対象の決定は偶然に左右される。大宅はこの「背景」に着目せよとくりかえす。なぜなら、それこそが有名人を有名たらしめる源泉だからである。

「背景」について、大宅は論説「文壇的人気の分析」(一九三五・四)のなかでシンプルな解説を与えてくれている[62]。映画業界を例にとる。「一人の素人娘から一人の新しいスターができあがるまでの過程は、必然性よりは偶然性により多く支配されてゐる」。同程度の容貌や技能を備えた「素人娘」は無数に存在する。にもかかわらず、ある特定の娘だけが「スター」へと転身していく。ほかの娘は「スター」にならない。なぜか。「スター」は「バックをなしてゐる資本」によってつくりあげられるからだ。彼女に半神的な資質(=天才性)が備わっているためではない。大宅はこれを「人気の他律性」という言葉で要約した。

こうした認識は、同時期に大宅が着手した一連の作業の主調低音を構成している。出版界をはじめ各種業界の舞台裏をつぎつぎと白日のもとに晒した。たとえば、論説「『平凡』の廃刊と大衆雑誌の将来」(一九二九・四)では、雑誌『平凡』の「経済的成績」を「解剖」する。[63]原価や原稿料、宣伝費など雑誌製作に必要な基礎コストの計上にはじまり、発行部数と返品率などを勘案した結果、採算分岐点を割り出す。具体的な数値の披瀝をとおして、雑誌編集の現実や内幕を読者に開示する。製作プロセスの情報公開が、秘匿的な文学神聖性の剥離という目論見に導かれていることはいうまでもない。文学の脱神聖化という大宅のプログラムは具体的には文学生産過程のマニュアル化として表出する。それは天才性の否定と一直線につながっている。こうしたオープンソース化の一環として、有名人生成のからくりも浮き彫りにされていく。

一九三三年、大宅はみずから人物評論社を設立する。同社から雑誌『人物評論』を発行した。批評で培った理念やノウハウを自前のメディアにすべて投入する。たとえば、創刊号の「編輯後記」が編集方針を掲げている。[64]「偽りの看板を引つ剝がし、[……]偶像を破壊する」。「偶像」視される社会的存在も、環境によって「偶然」に生成したにすぎない。そう断言する。すでに確認したように、佐々弘雄は環境分析を「他動的に動かされた個性」の析出だとして棄却した。しかし、大宅はそれを反転させる。その「他動」性や「他律性」によってしか有名性は分析しえない、と。

後記はもうひとつ方針をあげている。「隠れたる新人を発見し推奨する」というのだ。じっさい、『人物評論』は無名の小説家や批評家を精力的に登用した。あわせて、「新人推奨」欄などで紹介も行なった。新人や無名者に正のスパイラルへの端緒を与えられるのは「発見」「推奨」の行為だけである。誌面にローカルな名が記入される。それが度重なれば固有名性がしだいに添加される。公共的存在へと変成していく。場合によっては、ポピュラリティを獲得する。固有名生成装置として雑誌は有効活用された(新人のリクルーティングおよび承認の機関として作用した同時代の論壇時評や文芸時評についてはすでに第1章と第2章で見た)。有名性をめぐるシステムにすぐれて自覚的な同誌が新人発掘につとめるのはあまりにも理にかなったことだった。

前掲の勝本清一郎「現代文藝批評家論」は発表当時、文壇で少なからぬ反響を呼んだ。烏丸求女「壁評論」(一九三五・六)はその理由をこう分析する[65]。人物批評の「リング」(=現場)は長らく「文壇の流行的なフイギユア」に占領されてきた。そこに勝本は新人文芸批評家たちを登記した。これが功績なのだ、と。雑誌は定番の「フイギユア」=固有名の商品価値に依存した編集スタイルをとる。しかし、それを全面的に継続する以上、批評対象はいずれ枯渇するだろう。著名人物の情報へのアクセサビリティの向上にともなって消費周期が加速する。他方、人材流動性の低下はジャーナリズムの停滞を意味する。したがって、たえず新しい固有名が供出されつづけていなければならない。ジャーナリズム全域が固有名消費に駆動されていた。

大伴女鳥「豆戦艦」(一九三四・三)は、この状況を「人物登落時代」と呼んだ[66]。人物たちの「登落」——普選時代に相応しい形容だ——こそが興味の対象となる。登落の差分や変動に商品価値が宿る。佐々はその劇場的なメディア産業構造を指し、「人物市場」という表現をさりげなく記してもいた[67](前掲「人物評論の科学」)。すべては単一のパラメータに還元される。人物の有名性という優位的な変数に。だからこそ、統一的な「市場」は成立した。そして回転しつづける。人物批評の流行はその原理をもっともあからさまなかたちで体現する現象だった。

だが、「統一的な「市場」」というには、私たちは対象を限定しすぎている。ここで、人物批評の外延を拡張させなければならない。

4　複数の表象様式　記号的身体とキャラ化

一九三〇年代前半の人物批評の流行現象を象徴する事例が二つある。ひとつは、前述した大宅壮一主宰の雑誌『人物評論』だ。もうひとつは、『中央公論』の長期連載「街の人物評論」である。それぞれ、有名人の「フイギユア」性を複層的に追求している。前者は、ひとつの雑誌に人物批評の多様な下位様式を詰め込むことによって。後者は、ひとつの記事に複数の共振する人物表象の様式を組み込むことによって。これではあまりに漠然としている。順に具体的に見ていこう。

『人物評論』は一九三三年三月に創刊した。翌年三月の終刊まで毎月発行される。社会領域を「人物」という切り口から評し尽くしてしまおうとするユニークな試みだった。狭義の人物批評はもちろんのこと、人物表象を共通要素とした多種多様なコンテンツで全目次が構成される。その総合性は当時隆盛していた総合雑誌の模倣として選択されもしていた。パロディ化のアイロニカルな意図をそこに読み込んでもよい。

総合雑誌がそうするように小説作品も掲載された。ただし、ここでも「人物」にからめる必要がある。そこで「人物小説」と銘打った。おそらく、ネーミング先行の企画だろう。結果的に、有名人物を題材とした実話風小説にそれは仕上がる。たとえば、立野信之「片岡鉄兵」(一九三三・四)。片岡周辺の日常の出来事や会話が小説化される。対象と親しい立野だからこそ活用できた素材だ。本章冒頭の向坂と大森の関係に相当する。

小説の体裁をとるぶん、批評的な成分がさらに剝落している。といって、創作として高水準の出来ともいえない。だから、その作品を読者は「片岡鉄兵」（あるいは「立野信之」）という固有名にのみ惹かれて読み進める以外に読みようがない。「人物小説」はテクスト外部への依存や参照が極端に強いフィクションだ。現実世界の片岡鉄兵と逐一リンクさせる解読行為を要求する。つまり、人物批評のように読まれることを前提としている。完結した作品としての巧拙がほとんど問われないのはこのためだ。

ノンフィクション（人物批評）とフィクション（小説）のあいだをゆらぐその奇妙なテクストは、ともすれば虚構度の了解に関する齟齬を生むことにもなる。とりわけ、事実誤認やプライバシー（当時その概念は存在しない）の侵害への異議申し立てにそれはつながりうる。たとえば、『人物評論』に「人物小説」として掲載された江口渙「芥川龍之介とおいねさん」（一九三三・四）について[68]、「おいねさん」こと窪川稲子が時間をおいて苦言を呈している（「女流作家の文壇人印象記 その五」一九三五・三）。「私はそんなことを、しやべつた覚えはない」というのだ[69]。窪川は実話として読まざるをえなかった。このとき窪川の身体性は、小説の登場人物と人物批評の当事者とのあいだでゆらいでいる。創作の度合いは作品によってばらばらで、どの部分がどのくらい虚構なのかについては正しく理解されるはずもなかった。それどころか、作者自身もたいていの場合、自分の書いたものの位置を正しく把握してはいなかっただろう。キャラクター化をめぐる全方位的な戸惑いがここには垣間見える(この点は後述する)。

巻末には「人物内報」欄が毎号設けられていた。文壇や政界、財界など分野ごとに見開き頁で話題の人物の消息や動向を随時レポートする。第二号の「編輯後記」に、「文壇[、]思想界、ヂヤーナリズム界のガイド・ブックとしての本誌の役割」とあるように[70]、同誌の「役割」として、業界案内が自覚されていた。

つぎに、「街の人物評論」。一九三三年一二月から四〇年一〇月までのおよそ七年間にわたり『中央公論』に常設された――この連載期間の長さゆえ、人物ドキュメントのライブラリとして多面活用できるはずだ(が、やはり放置されている)。その時どきに世間(=「街」頭[71])で話題の人物が分野不問で取りあげられる[72]。ゴシップ混じりに紹介・批評したテクストに、対象を模したイラストが添付される(初期には肖像写真で代用する場合もあった)。テクストとイラストのコラボレーション記事が毎号三から五名分ほど並列掲載される。このフォーマットは連載終了まで維持された。『中央公論社七十年史』(一九五五・一一)も記すとおり、同誌の「恒例的読物」となった[73]。一度も欠かすことなく掲載はつづく[74](創刊以来、同誌は人物批評に注力してきた経緯がある。当時も、馬場恒吾「政界人物評論」と正宗白鳥「文壇人物評論」が二枚看板として長期連載中だった[75])。反響は大きく、他誌も模倣した。たとえば、競合誌のひとつ『文藝春秋』は、「街の人物評論」連載開始から半年後、一九三四年六月号に類似する「一頁人物評論」欄を設置。一九三五年一二月号まで継続する。のち、「人物紙芝居」と意匠をかえて、一九三六年三月号から四一年二月号まで五年にわたって連載した[76]。

「街の人物評論」各文末尾に付された担当者名はすべて匿名だ。管見のかぎりでは、一九三六年末までは文芸批評家の杉山平助と政治批評家の阿部真之助による分担執筆だった[77]。

文章中央部に挿入された大きな漫画には、同欄全体をモダンかつ平易に見せる効果が期待されたはずだ。題字にも毎月異なった漫画風の装飾が施される。デザインから他頁との差別化をはかる。高度で生硬な論説群が中枢を占める総合雑誌にあって、イレギュラーな雰囲気を漂わせている。あの「大衆性」が前景化する。すでに見てきたように、人物批評は一般読者による固有名への欲望を喚起し、吸引する。そのような装置として運用された。視認性の高いイラストはこの機能をさらに増強させるだろう。顔やバストショット以外に、ファッション込みのフルショットを描くパターンも多い。デフォルメされたポーズが人物にまつわるエピソードや人柄を捉える。それ自体が批評的なまなざしに裏づけられていた。テクストとイラストのユニットによって複層連結的な人物表象が実現する。

一九三〇年代前半、雑誌・新聞ジャーナリズムでは漫画メディアが幾度目かのブームをむかえていた。杉山平助「漫画家総まくり」(一九三四・四)はそれを「漫画洪水時代」

と表現している。[78]「人物論時代」(大宅)と並行する。「街の人物評論」はこのふたつの「時代」の交点に生まれている。

作画は堤寒三と麻生豊が担当する(一時期は宍戸左行も)。ともに当時の代表的な人気漫画家で、『東京朝日新聞』の専従だった。一九三二年に近藤日出造や横山隆一ら若手漫画家が結成した新漫画派集団をはじめいくつかの業界団体も存在する。[79]漫画家の職能性が強く意識されはじめた時期だった。

描き手が増加する。それにともない、ジャンル全体が成熟へと向かった。活況を呈したのは文壇漫画だ。明治期以来つづく伝統的な政治諷刺漫画も健在だった。描き手の重複もあって、両スタイルが融合しはじめる。政治家に対して文壇漫画のボキャブラリが転用される。その結果、メディア現象としては政治的事象が文学と地つづきになる。政治家も文化領域に包摂され、文壇人と等価にあつかわれる。かくして、政治が文学と同様に文化事象のひとつとして懐柔される。進行している事態は複数領域の平準化にほかならない。一九二〇年代における政治優位の「政治と文学」パラダイム(前章参照)がここにおよんで局所的に解消されたと見ることも可能だ。これもメディアが生み出した現実である。「街の人物評論」はその象徴例だった。誌面がジャンルの並列状況をつくり出すのであって、その逆ではない。人物表象のクロス・ジャンル性をこの時期の特徴としてあげておこう。

頻繁に描かれる人物は、データの蓄積によって服装やポーズのお決まりができる。反復される構成素のサンプリングとリミックス。その過程で描法が確定していく。描き手がかわろうと同じだ。申し送られたかのようにタッチは脈々と再生される。この定番化はじつは漫画にかぎらない。文章で人物を表現する語法も固定していく。描写のテンプレート化が進む。私たちは、極度に可視的な漫画表現の定型化プロセスをモデルに、人物批評の存立機制を検討しなおすこともできる。デフォルメとはまさに現実が孕む複雑性を縮減する作業にほかならないからだ。取得した膨大な情報に優劣をつける。そこになかば恣意的な表象編成を中継させる。この情報の取捨選択や加工処理の手つきがジャーナリズム内部で共有され、描写が一定の方向に収斂していく。先行記事の模倣や引用の連鎖によって造形が完成する。こうして確立された固有名はコミュニケーションの最小単位として機能するだろう。日本の論壇や文壇における「議論」とは、この固有名に代理させたコミュニケーションの謂である。

他方、読者側はどうか。定型化された記号的身体を呼びおこす回路の定着が進む。定着の度合いは被言及回数にほぼ比例する。読者の集合的解釈がこれに加わり(世間による記号への意味付与)、メディア・イメージが立ちあがる。擬似人格といいかえてもよい。イメージが共有される。それを梃子に擬似的な共同体意識が仮構されもするだろう。それが「論壇」や「文壇」を支えた。成員は特定のサークル内部で一定の知名度を抱えた人物に限定される。だとすれば、その輪郭はたえず追認的に再構成される可能性を胚胎している。

ここでいう読者に対象自身が含まれることすらあった。つまり、バーチャルに造成されたキャラクターに本人が便乗し、呑み込まれてしまう。そこに私小説的サイクルが見てとれる。メディア空間において、オリジナルである当人とそのコピーたる言説的表象とのあいだの境界が溶融していく。そして、自律的な位置を獲得する(場合もある)。ここに、漫画研究で議論される「キャラ化」現象を指摘してみてもかまわない。(80) 戯画化された表象が現実世界からの遊離をはじめる。リアリズムの意識が希薄化していく。本人とは異なる物語＝虚構を固有名が生きる(さきにあげた「おいねさん」の例をここで想起するとよい)。では、この事態はなにをもたらすのか。もはや問題は狭義の人物批評にとどまらない。

『人物評論』には、著名人(物故者を含む)の架空談話など高虚構度の読物も多数掲載された。第3章で見た架空座談会とほぼ同じ編集意図による。たとえば、「インポシブルインタビユウ」欄の記事(「楠正成と直木三十五」〔一九三三・三〕など)は、登場する有名人物がいかにも発言しそうな内容と言葉づかいだけで成立している。文章によるカリカチュアの極みといってよい(漫画も併用)。実際にはその発言はなされてなどいないのだから。私たちはこれを広義の人物批評として捉えよう。ことは固有名消費にかかわる。読者は人物の定型化された話しぶりなどフレーム・メッセージこそを消費するだろう(だから、むしろ過剰に事実を装ってはならない)。あるいは、現実の文壇事情を暗示した発言から謎解きの快楽を享受する。そこには多重底が作動している。この享楽に必要なのは、もはや有名人自身が実際に行なった言動ではない。その固有名の強度だけである。現実空間へのたえざる折りかえしすら前提としない。借用する固有名に一定の商品価値が備わっていさえすればよい――このタイプの創作読物に無名の人物を召喚することのナンセンスを仮想せよ。

『文藝春秋』は創刊時より、固有名消費を前提とする編集が売りだった。座談会記事の隆盛の端緒も同誌にあった(第3章参照)。文壇人の私生活にまつわる情報が商品化される。その種の企画記事を数多く考案した。そして、埋草的なスペースである六号雑記欄には、虚実混濁したゴシップを大量に配備する。真偽の定かではない情報までも消費したがる読者の心性。それは固有名への欲望にのみ支えられている。しかもその欲望はきわめて移ろいやすい(序章)。新しい固有名の投入が不可欠だ。固有名性とゴシップ性に依存した編集方針は、同誌附録である雑誌内雑誌『文壇ユウモア』(一九三一・六―三三・七)として凝縮的に結実した[81]。文壇地図のパロディが誌面の大部分を占める。「文壇人を野球選手に見立てたなら?」(一九三一・五)、「文壇水上競技大会」(一九三一・八)といったタイトルが並ぶ[82]。この「見立て」の批評性や趣向を読者は読み解く[83]。

その後、『文壇ユウモア』は分離独立する。一冊すべてこの路線に則った雑誌『文藝通信』(一九三三・一〇—三七・三)へと発展した。作家志望の文学青年向けという性格規定を打ち出す。文壇人への同一化願望を掻き立てる(ことにのみ目的があるかのごとき)記事で埋め尽くされた。他誌では埋草用に分類される記事だ。それをメイン・コンテンツとして配す。実例を見ておこう。

たとえば、大縞発覚「文壇殺害事件」(一九三三・一二／三四・一)という創作読物[84]。物語は「文壇街」を舞台に進行する。批評家の高田保と武野藤介が「文壇警視庁」の探偵として、大宅壮一が「民間の名私立探偵」としてある殺人事件を解決すべく街中を巡廻する——警察的な批評と探偵的な批評、この見立てがすでに批評的だ。調査の過程で著名文壇人が多数登場する。やりとりのひとつひとつが人物や文壇状況を巧妙に揶揄したものになっている。読者は暗示されたコンテクスト(=ネタ元)を想起するよう仕向けられただろう。登場人物は実在する。しかし、設定や出来事はまったくの虚構だ。固有名だけで現実空間とかろうじて接触している。現実と虚構の対立や階序が攪拌される。その内奥に広がる事実性の領域を作品化する。

「文壇名犬物語」(一九三四・二)のように、文壇人を特定トピックのなにかに見立てた記事(多方面に論争をけしかける杉山平助は「アイリッシュテリア」だ)、あるいは、「純文藝派　大衆文藝派　対抗ラグビー」(一九三四・三)のように、文壇内の布置関係をスポーツ競技の順位やポジションに見立てた記事なども同様に消費された。[85]見立てを鳥瞰図化した伝統的なイラスト記事も再流行した。どれもこれも凡庸きわまりない創作物ではある。だが、商品価値はその(文学的な)技術上の巧拙とは関係がない。文中に散乱した固有名群の度しがたい力が価値を決する。限定されたモジュール(定番のフレーズやエピソード)の組み合わせと配列交換とによって、この種のテクストは無限に自動作成されうる。そこに書き手の力量はほとんど問われない。じっさい、大半は無名者による匿名の他愛ない作品だ(書き手の試用場や副業先としても機能しただろう)。とすれば、高い費用対効果が期待できる。だが裏を返せば、それらは万人が享受しうる読物ではない。読者を選ぶ。

この種の記事は、借用される固有名の周辺情報に習熟した読者だけが楽しめる性格のものだ。コードを共有しない読者に「見立て」は意味をなさない。外挿情報を適宜補完しつつ読み進む。そのようなステップを要求する。ならば、情報はどこで獲得されるのかといえば、前提知識を提供するのが狭義の人物批評やゴシップ記事だった。だが、この説明は転倒してしまっている。こういうべきなのだ。人物批評のいわば二次創作として見立て記事は存在した。一次テクストは実体概念としての有名人ではない。それを表象する各種テクスト群だ。イメージの自己増殖運動が二次創作を触発する。

戯画化された文壇人は、個々の記事ジャンル(人物批評、ゴシップ記事、漫画……)において成型加工される。先述のとおりだ。その定型化の流れはジャンルを越境し、つぎつぎと転移していく。前出の漫画家、堤寒三は随筆「顔は変る」(一九三四・九)でこう述べた。[86]「ゴシップの類は平常心掛けてゐて、知らずの間に顔の造作を粉飾する」、と。貴重な告白だ。描画がゴシップ記事の影響のもとにある。こうしたジャンル間の重層的な連絡関係は随所に確認された。現実と虚構の界面を融解する記述や描写、それらの堆積に支えられイメージが安定していく。その結果、有名人は一般読者のあいだで確定的なアイコンと化す。そして馴致される。

このとき、現実との接続を遮断することも可能となる。特定の文脈から切断し、別の架空世界へと移植する。事実を装う虚構ではない。虚構を虚構として享受する空間が立ちあがる。さきに「キャラ化」と述べたのは、まさにこの可操的な自由度の高さを意味していた。[87]現実の対応事象が不在であっても、固有名の固有名たるゆえんにおいて架空の舞台設定は成り立つ。同一性を維持したまま複数世界間の横断を許容する。

固有名が虚実の皮膜を浮遊する。キャラ化は文学にとどまらない。政治や経済、軍事、スポーツあるいは大学といったほかの諸領域にも積極的に同種の文法が転用されていく。そして、メディア・イメージはただちに実像をも侵襲しはじめるだろう。メディア・パフォーマンスとその記号化とのあいだの無限の円環運動を導く。人物たちはメディア上においてパラドクシカルな記号的身体を生きている。

5 有名、匿名、無名　現実的権威の発動

人物批評は人物情報の処理様式として多元化と最適化を突き進めた。メインコンテンツとなることはない。にもかかわらず、一般読者のあいだでも業界内でもじつに広く読まれた。一方では、大衆の通俗的な欲望にぴたりと付き添い、他方では、作家や批評家が目配りする無視できない存在だった。そして、執筆内容に多分に影響する。情報共有の有力なソースとなっていた。それゆえ、コミュニティ形成の面で人知れず強く作用していた(そこに、ポピュリズム的なコミュニケーションの可能性が胚胎していたこともまた確かだ)。コミュニティ内部での特定人物の受容像が確定していく。そして、同調的な消費サイクルが組織される。

進行していた事態は人物表象のインフレだ。固有名消費の構造はあらゆる場面に組み込まれていた。人物批評に限定されない。あらゆるジャンルの記事から剔出することが可能である。ときに情報の確度よりも有名性の高さが優先されてしまう。生身の書き手とテクストとがあわせてパッケージ化される私小説型の消費回路が前提にある。言論場全域がヒューマンインタレストに駆動されていた。

内外の危機に規定された一九三〇年代日本。その思想状況を捉えなおすとき、知的言

説を消費するそうした環境の全体像にも注意を差し向ける必要がある。政治や経済、外交の諸課題にまつわる思想や言論を交換する討議空間と併走するようにして、渦中の人物のプライベートな情報を詮索する猥雑な商品空間も間断なく起動していた。真面目な議論と不真面目な戯言、その両方の印象をキャンセルして、あわせて読み解かなければならない。

大宅壮一は「1934年鳥瞰図」(一九三五・一)という年間回顧記事でこう述べた[88]。現代は「どういふ理論が正しいかといふことよりも、誰が現実社会を支配するかといふことの方が、ずつと重大なる関心事である」。「誰が」(=主体)が「関心」を集める。「理論」(=内容)ではない。杉山平助「現役政治評論家を批判す」(前掲)も「人間的現実が最も重要視される」時代だと断定する[89](それゆえ、「人物論」が求められるとも)。この決断主義的な心性は「財界、政界、軍部等といつたやうな現実的な方面」に限定されない。「文化的分野」にも波及する。かくして、一九三四年を特徴づける「人物評論の流行」現象が確認された。一九三五年に入っても、「流行」は沈静化することなく継続した。

とはいえ、変化も浮上する。時局の進展とともに、異なる論理がジャーナリズム空間に流入しはじめる。それを大宅は予言的につぎのように展開した。人物批評は特定人物がその人物たりうる「秘密」を暴く。暴露の効力がその文字を商品として成り立たせる。しかし、そこにひとつの障壁が発生する。対象人物の「現実的権威」が発動するのだ。

暴露行為が間接的に妨害される。そのさきには自粛の横行が待っているだろう。

そのとき、批評主体はいかに応接するのか。[90] 結論だけ摘記しよう。大宅はそこに「「匿名評論」流行の必然性」を看取した。匿名批評を「現実的権威」に対抗する手段と位置づけるのだ。本章で言及した事例にもいくつか含まれていたように、人物批評と匿名批評が結合するケースは多い。それは「必然」だった。そもそも、こと人物批評においては《誰が書いているか》よりも《誰を書いているか》が重要となる。そのため、批評主体が匿名であることの損失が生じにくい。

さて、私たちは前章で大宅の理路に疑義を呈していた。すなわち、座談会の流行現象と匿名批評の流行現象を直結させる説明には幾段もの飛躍がある、と。そこで、座談会の流行に人物批評の流行を接続させる必要を述べたのだった。それは本章で実行された。私たちはいま、人物批評の流行に匿名批評の流行を接続しようとしている。こうした迂回路を経て、大宅の立論はようやく正当性が担保されるはずだ。

匿名批評の検討へと進むことにしよう。

補論　内容と形式について

内容／形式をめぐる理論的闘争について補綴しておく。本書全体のフレームワークにもかかわってくる問題だ。

私たちは第3章でプロレタリア文学をこう評定した。それが意味をもつのは理論内容の達成ゆえではない。討議の習慣を定着させた、その形式的位相においてだ、と。しかし、誤解してはならない。あくまでそれは運動が結果的にもたらした効果の水準の話だ。陣営の主張自体は当然ながらこのかぎりではない。むしろ、力点は形式にはなかった。内容に価値をおく。社会にいかに影響を与えうるのか。作品に盛り込んだ内容こそが問われた。ここにおいて、文学は目的に従属する。

プロレタリア文学周辺の組織的な再編過程にあって(やはり第3章参照)、創作や批評をめぐる種々の見解が提出された。多くは論争という相互交渉のチャンネルに投入されたものだ。大宅壮一はその論争状況を俯瞰的に逐次整理する。整理しつつ現場へと介入する。たとえば、形式主義文学論争、あるいは芸術的価値論争といった論争へと。いずれも、議論のポイントは作品の「形式」面の位置づけに収斂する。

新感覚派の中河与一や横光利一らは形式を最重要視している。その新しさこそが評価基準である、という。そうした立場を前面に打ち出した(形式主義文学論)。大宅はこれを痛烈に批判する。典型的には、「形式論と形式主義論」(一九二九・三)や「新しい化粧法としての「形式論」」(一九二九・四)などの論考にそれは表われた[91]。「形式」よりも「内容」を重視すべきだと明言する。「多元的文壇相」(一九二九・三)では、「形式は何だつていゝ」とまでいいきる[92]。正反対の理論的根拠に基づいていた。とはいえ、この論争自体は曖昧な概念規定に起因してもいた。同時代的な生産性に乏しかったと見る通説は正しい。

形式非重視のロジックは、もちろん大宅独自のものではない。芸術大衆化論争における蔵原惟人らの「形式論」の転写といってよい。当該論争は先行してナップ内部で展開された。大宅の正当性の備給点は完全にナップの公式的見解の圏域にある。それはあきらかだ——のち一九三〇年に大宅はナップに加盟する(ただし積極的活動は展開しない)。にもかかわらず、大宅の手によって量産されるテクストに独自性があったとすれば、それは公式論理を多方面へと応用するその挙措の手ぎわのよさをおいてほかにない。大宅にとって形式は技術的な処理が可能な領域だった。その方針が随所で反復的に示される。続々と発表される大宅の論考群の結論はこの一点に集約できてしまう。対象やテーマがなんであれ。それは本書でくりかえし触れられているとおりだ。

大宅によれば、文学生成は「天才」的な「インスピレーション」をかならずしも要求しない[93](「知的労働の集団化に就て」一九二八・六)。そこに不可欠の要素は、非先天的に習得可能な「単なる技術」だ。本章で見た「スター」誕生に際して才能は不要だとする論理と同型である。それは文学作品がシステマティックに創造されうることを記述する欲望へと直結していく。

たとえば、論説「三上於菟吉の因数分解」(一九二八・一)。そこでは、三上於菟吉(おときち)の小説『日輪』[94](一九二六・六/八)を題材に「通俗小説の諸大家に共通する最大公約数」が析出される。[95] 物語の構成素としての登場人物や挿話など諸「因数」の基本類型をチャート化する。そして、こう結論するのだ。[96] 作品の(質の)差異は「因数の相違ではなくて、単に絶対値の相違」にすぎない、と。この表題が如実に示すとおり、文学作品は類型化された構造的情報へと「分解」できてしまう。してみれば、作品の固有性は固定項としての形式や構造にはない。そこに盛られた変数＝内容に宿る。この図式は実践的な創作論へと帰着する。すなわち、パターン化された物語を獲得し複製すれば、誰にでも創作行為が可能となるという発想に支えられた指南へ(ここに素朴なナラトロジーの萌芽形態を認定してみてもよい)。

その一例が制度的な創作教育のアイデアである。「単なる技術」である以上、創作原理はマニュアル化が可能だ。この点は終章で触れることになるだろう。ともあれ、「文学改造論」(一九二九・八)で述べるように、文学は「改造」される必要がある。「文章」の技巧に膨大な創作時間を費やし寡作を美徳とする「島国的な、盆栽的な、箱庭的な「日本文学型」」からは離床しなければならない。[97] 文学に覆いかぶさる神聖性を剝奪する。このスタンスが大宅の批評を貫く。

さて、大宅は形式に注入される内容についてはどう考えていたのか。容易に想像がつくだろう。文学を平板な「技術」的諸情報へと還元していく大宅の思考は、ひとつの極限的な帰結を見る。内容は端的に「事実」で済むという認識がそれだ。「事実と技術」(一九二九・五)では、「文学的加工を経ない」実話ものの流行を紹介している。[98] 大宅の整理によればこうだ。社会構造が安定した時期には各層の生活が平均化する。そのため、文学創作の現場では「如何に描くべきか」が問題となる(「如何に」＝形式の重視)。他方、社会的変動期には「何を描くべきか」に評価軸が移行する(「何を」＝内容の重視)。というのも、時々刻々と変化する現実の出来事がそのまま情報価値をもつからだ。したがって、変動期にある現在は、社会情勢を反映する「事実」を内容にそのまま搭載すればよい。大宅の一連の現象批評スタイルもこうした認識のひとつの出力だった。

「煩さな「技術」といふ仲介を経ないで、事実が読者と直接取引を始めだした」——。もはや「形式＝技術」的位相は透明化している。いわばマニュアルとして。とすれば、停滞した文学を賦活する道は、「形式＝技術」のたえざる差異創出のプロセスには存在しない。つねに変容する現実空間の「事実」を文学空間の「内容」に反映させる製作意識にある(ただし、「形式＝技術」の透明化を目的とした大宅のテクストは、皮肉にも形式言説の前景化という反転的な事態を招く。その一方で、重要とされる内容には具体的に触れられない。そこに誤解の生じる余地がある。そしてこのねじれに大宅的批評の系譜の臨界点は見出される)。

大宅は「一九三〇年への待望」(一九二九・一二)でこう予測した。[99] 近い将来、「ニユウス・ヴアリユウのある文学が発達」する、と。そこにおいて、文学は情報伝達の機能に特化される。この水準でもまた固有名性に回収されていくのだった。

第5章 匿名批評論

1 スターシステム　第五の課題設定
2 精神か経済か　フリーランサー論争
3 声と批評　輿論・社会化・カタルシス
4 責任の所在　学芸／文芸欄という例外圏
5 固有名化する匿名　名をめぐる四象限

1　スターシステム　第五の課題設定

社会全域を見とおす大知識人によって全体性が代表される時代は終焉をむかえた。無数の群小批評家たちが下す局所診断、その集計が仮構的な全体性を担保する時代へ――。到来したのは小物群像の時代だ。移行の経緯は序章や第1章で要説した。小さな固有名の濫立と相互差別化、その割拠状態はどのような着地を見せたのだろうか。行方を追跡しよう。

大宅壮一は論説「『中央公論』批判」で事態をこう概括している。[1] 一九三五年三月の段階の記述だ。

フリー・ランサーといふよりはむしろ『中央公論』『改造』向き執筆者群といつたやうなものが、二三十人もゐて、今月は『中央公論』へ、来月は『改造』へ、流行りつ子は両方かけもちで、といつたやうな調子でお座敷をつとめてゐるのである。

読者の集団的な固有名消費の欲望を先取り、もしくは後追いした誌面が追求される。

書き手のネームバリューに依拠した目次が反復的に組織される。その過程で特定の「執筆者群」に原稿依頼が集中していく。あたかも、暗黙のリストでも存在するかのように。いや、実際に作成されもしたはずだ。一連の執筆者たちはある傾向を共有している。すなわち、ジャーナリズムの要求を過剰に汲みとることができるという傾向を。日々の膨大なミッションを迅速に処理していく。もちろん彼ら彼女らは個別にばらばらの活動をしている。だが結果として、単一の市場をゆるやかに形成してもいる。たとえば、『中央公論』『改造』向き」とでも形容するほかない批評家のクラスタが存在した。かくいう大宅自身がもっとも典型的な存在だった。

執筆陣の固着は定期的に批判を招く。林癸未夫は論壇時評「二・二六事件」(一九三六・四)の冒頭、言論界の現状についてこう苦言を呈している。[2]「所謂高級通俗雑誌に出る論文の筆者は毎号殆ど同じ顔触で、編輯者の眼界の狭さを思はしめると同時に、筆者の思想や論調も分り切つて、標題さへ見れば内容は読まなくても知れてゐるやうなものが多い」。限定されたいつもの固有名たちが誌面を占有する。とすれば、言論界の「論調」の膠着化は不可避だ。それは書き手たちが各個の役割期待に応じた結果でもある。どこまでも言語化されない諸条件に最適化したアウトプットを供給しつづける。『中央公論』『改造』向き」の議論が量産される。この傾向性において、「論壇」という擬制的な共同体(＝「お座敷」)は構築されていったのである。そして、共同体の暗黙のリストに登録されることがいわゆる「論壇人」の必須要件となる。

このサイクルはいくつかの連鎖的な反応をもたらした。現象は言論ジャーナリズム全域にわたる。本章にかかわる範囲で三点あげよう。

一点目は、新規媒体の誕生。「お座敷」の確立は境界線の設定を意味する。線外(＝選外)の書き手を弾き出す。「流行りっ子」以前の書き手は瞬時に識別されてしまう。にもかかわらず、当人は自分自身を発信したいと願うだろう。そのとき選択肢はかぎられる。みずから場を創設する以外にない。そう、一九三〇年代前半の創刊ラッシュは偶然の同時多発現象などではない。「ヂャーナリズム文壇」(大宅)の飽和状態から導かれる必然的な帰結だった[3](後述のとおり、発言内容の自由を確保するという別の側面もある)。同時代のある無署名記事は、「「文學界」をはじめ有象無象の同人雑誌が氾濫する」背景をこう分析している[4](「文壇時言」一九三六・四)。「結局市場に溢れた新人がジヤーナリズムの御座敷を待つてゐては消えてしまふといふ焦慮の窮策ではないのか」。

二点目は、編集技法の進化。同系雑誌間で執筆者が重複していた。「かけもち」は雑誌相互の差異を縮減させる(序章参照)。差別化の必要が生じる。たとえばこの時期、発行日の前倒しが進んだ――「内容がほゞ同じで執筆者の顔触れに大して相違がないとすれば、早いもの勝ちの市場の法則に支配される」[5](金剛登「壁評論」一九三四・五)。だが、横並び志向によってそのわずかな差分もたちまち解消されてしまうだろう。差別化と模倣の攻防がくりひろげられる。「内容」を盛る形式の差別化に残りの精力は注がれることになる。各誌は競いあうようにオリジナル企画を考案した(ただし、それも他誌の模倣が後援し、いずれはコモディティ化する運命にある)。雑誌のカラーはもはや寄稿者の特異性からは醸成されない。ひとえに編集の妙にかかっている。固有名を配置するその手つきが競われる。異種混淆型の座談会のキャスティングに象徴されよう(第３章参照)。たとえば、さきの論考で大宅は、各誌の偏差を「編輯ぶり」に見出した[6](それから「営業方針」にも)。多彩な工夫が誌面のうえで誕生しては消滅していく。どれも固有名の商品価値を瞬間的に最大限引き出すべく発案されたものだ。本書が見てきた記事様式やそれらの変奏形態が無数に派生した。

そして三点目は、他種媒体への影響。雑誌寄稿者の傾向は他種メディアへも波及する。新聞の学芸欄や文芸欄にいちじるしい。各紙当該欄は雑誌ジャーナリズムと緊密な連動関係をむすんでいた。新聞内部に雑誌的な空間をねじ込む(後述)。一九三〇年代前半には、主要な言論場として再評価が進んだ。時局上の制約に呻吟する新聞メディアにあって、相対的に自由な空間として同欄があらためて発見されたのだ。茂倉逸平「新聞学藝欄時評」(一九三四・六)の見取図が正しい[7]。「往時の新聞の立物が政治関係の人々であつたのに対して、近時はむしろ学藝関係の人々の方に移動しかけてゐる」。おもに同欄の動向を観察する新聞時評の誕生にもそれはうかがえる[8]。たとえば、『文藝』は一九三四年から不定期で「新聞学藝欄展望」を掲載していたし、『新潮』はＱＱＱ「新聞学藝欄批判」を一九三六年一月号から翌年一一月号にかけて連載した。新聞と雑誌が相互に監視しあう。たがいに補完し、言論空間のプラットフォームを立体的に構成していた。そこにも固有名消費の原理が貫徹される。

しかし、新聞紙面には雑誌の場合とは異なった文脈が負荷されてもいた。課題となるラインを整形しておこう。本章では、この三点目が中心的に解剖される。

一九三四年五月のＳ・Ｖ・Ｃ「新聞匿名月評」はこういう。[9]「東朝はアカデミックで読売はジヤーナリズム的だといふことが一般の定評である」。『東京朝日新聞』／『読売新聞』に与えられた「アカデミック」／「ジヤーナリズム的」という評価。それはあくまで「ジヤーナリズム」内部での相対的なカラーの印象にすぎない。しかし、的を射ている。この傾向はとりわけ両紙の学芸／文芸欄に凝縮的に検出された。

たとえば、同月評の前月、別の匿名記事は『東朝』学芸欄の編集スタイルをこう鑑査していた[10](Ｐ・Ｑ・Ｒ「新聞学藝欄展望」一九三四・四)。「「ペダンテイツクな有名病」に陥つている、と。「有名病」とはなにか。前章を経由したいまなら容易に推察されよう。「有名な名前さへ持つてくれば感心して読者も読むだらう」という発想が透かし見えるのだという。『東朝』一紙にかぎらない。程度の差はあれ、各紙の学芸／文芸欄が一律に抱えた問題だった。そこにあるのは目的と方向の若干の相違だけだ。「名前」を「ペダンテイック」に機能させるか、それとも「ジャーナリズム的」に機能させるかというだけの。新聞メディアだけではない。前述のとおり、『中央公論』『改造』も「有名な名前」で溢れかえっていた。あらゆる空間が同じような傾向を示す。無批判にそれが「感心」される場合もたしかにあった。当然だ。読者の要望に忠実に配慮した結果なのだから。けれども配慮はえてして過剰化していく。その結果、編集方針に巣食う「有名病」が見透かされ、そのマンネリが批判されもした。

この傾向は究極的にはあるシステムへと結実する。有名な、あるいは有能な書き手の囲い込みである。この時期、各紙が社外の批評家や小説家を専属雇用するケースが続発した。大瀧重直「全国新聞学藝欄展望」(一九三四・三)は、『東朝』学芸欄が作家の山本有三に「他紙に書かぬ約束だけで五百円づつ毎月やつてゐる」という噂をリークしている[11](傍点原文)。この手の契約は広汎に確認できる。より直接的には入社という形式が選択された(明治期の二葉亭四迷や夏目漱石にまで遡行可能[12])。合理的に考えて、書き手の調達方法はいずれ社内育成へと行き着くはずだ。大宅壮一「一九三〇年への待望」(一九二九・一二)はいち早くそれを予見していた[13]。「巨大なる資本を擁する出版社は、その専属作家を映画のスターのやうに養成して、次から次へと社会へ送り込むであらう」。

囲い込みと「養成」。一連の運営方針は「スターシステム」と概称された。同時代の映画産業に見られる制作スタイル(ハリウッド経由)との類比による。一九三五年の『文藝年鑑』(一九三五・一二)は、それを二、三年来の顕著な現象としてこう解説した[14]。「ヂャーナリズムが著名な作家、評論家と特別な関係を結び、これに多くの執筆の機会を提供する一方、他への執筆を拘束する」システム、と。同種メディア間の販売競争の過熱化から導かれた対応策であることはあきらかだ。一九三四年の回顧特集「昭和九年の豆年鑑」(一九三四・一二)のうち、「出版・新聞・雑誌界」の項を担当した大宅は、見出しを「新聞雑誌界のスターシステム」として、同年の新聞ジャーナリズムの特筆事項に「スターシステム」をあげている[15](ちなみに、雑誌界の特徴としては「人物評論」と「匿名の寸評」の流行を)。私たちは、文芸領域のパラダイムシフトを説明するにあたって、〝「文壇ギルド」から「ヂャーナリズム文壇」へ〟という図式を使用してきた。後者は広義の「スターシステム」に支えられている。とすると、こうもいいかえられる。「ギルド」から「システム」へ。ギルドが確保していた出版資本への相対的な自律性はそこでは完全に失われてしまう。

見定められるべきは、直接的な契約関係の詳細や実態ではない。それはジャーナリズムの動勢を象徴する現象のひとつでしかない。このシステムを梃子として空間全体の構造変容を捉える必要がある。大半の書き手は特定の組織や団体に属しているわけではない。だが、実質的には特定業界に帰属している。同系メディアに反復的に登場する。そうした書き手たちは、大宅も指摘したように、もはや「フリー・ランサー」とは見做しがたい（当時、演劇をはじめ各種領域でこの語が流行していた）。市場の要請が優先的に順守される。その範域を逸脱した議論や文言は提出されにくくなる。「拘束」されるのは「執筆の機会」だけではない。発言内容も強く制約される。してみれば、書き手たちは「論壇」という組織に専属しているようにさえ見える。さきの「新聞匿名月評」（一九三四・五）が的確に切りとっている。[16]「スター・システムの拡充」である、と。スターシステム型の論理が遍在する。私たちはこの広義のスターシステムを問題にしている。

S・V・Cは各紙頻出の固有名群を大量に列記していく。まさにリスト化だ。かくして、固有名たちは論壇という（制度なき）制度に馴致されていく――新聞時評のたぐいはその動向全般を可視化する機能も帯びていた。他方、社内スタッフから「商略的にスターを自己生産する」[17]ルートも拡大した。新聞記者の有名人化現象は前述した「養成」の派生型のひとつである。

じつは、問題はこれにとどまらない。このとき、S・V・Cは各紙常設の匿名コラム欄もあわせて整理し、寸評を加えている。『東朝』「豆戦艦」、『読売新聞』「壁評論」、『東京日日新聞』「蝸牛の視角」、『都新聞』「大波小波」があがる。ここに、『東朝』「赤外線」や『都新聞』「狙撃兵」、『大阪朝日新聞』「文藝晴雲」、『報知新聞』「速射砲」などを追加してもよかったろう。いずれも、一九三〇年代前半に立てつづけに開始された。

各紙学芸／文芸欄の「呼びもの[18]」と化す。当時、匿名批評は論壇・文壇ジャーナリズムで隆盛をきわめていた[19]。

それにしても、なぜ「有名」と「匿名」なのか。この取りあわせは矛盾ではないのか。以下の課題はその解明に集約される。あわせて、これまでの四つの章で放置された諸問題も適宜回収していこう。

2 精神か経済か　フリーランサー論争

一九三〇年代前半、新聞界再編が加速する。各社学芸部(学芸課)の大幅な梃子入れが相ついだ。一九三三年から三五年にかけてのことだ。

『東京日日新聞』のケースが特筆されよう。同紙は本社版に相当する『大阪毎日新聞』とともに陣営弱体化が進行していた。一九三三年八月に勃発した内紛(いわゆる城戸騒動)の余波もあった。そこで一九三四年、学芸部顧問に菊池寛を迎え入れる。前後して、高田保や大宅壮一、木村毅、平野零児といった批評家が続々入社した[20]。部長の阿部真之助による画策だった[21]。ある業界記事は人事の意図をこう概括している[22](無署名「東日の三嘱託」一九三四・一)。「調査物では木村毅、足で書くものでは高田保、文壇人との交際と何でも間に合ふ書き手としては平野零児」。各々の得意分野が買われた。このあと、同紙は「再建」[23]と拡充を見せていく。[24]

彼らは社会や文化全般を批評対象としてきたキャリアをもつ。また、現象批評型のディスクールに特化してもいた（後世の感覚では批評家よりもライターに近い）。新聞記事との親和性が高い。この批評的系譜が学芸欄に吸収されたわけである。こうしたところでも批評場の再編が進行する。同じころ、『東朝』論説部に佐々弘雄が、同学芸部に杉山平助がそれぞれ入社している。また、『読売新聞』論説部に小島精一。いずれも、「フリー・ランサー」として各分野で活躍中の批評家だ。その彼らが一斉に新聞社に抱え込まれる。それなりの好待遇で。

が、この待遇が論議を惹起する。「批評と経済」が批評的な課題として急浮上する。私たちは第2章の末尾にこう書きとめておいた。批評や批評家をとりまく経済環境の分析へと進む必要がある、と。その課題にこれから着手する。とはいえ、報酬額など数値情報の逐一の解明に目的はない。構造解析に関心の過半を注ぐ。

一九三三年の批評無用論争をふたたび例にとろう。詳細はすでに検討した。同人誌『麺麭』が関連アンケートを実施している（「批評無用論に就て」一九三三・一〇）。論争の早期段階でのことだ。林房雄はこう回答した[25]――ここでもやはり、出所不明の「こゑ」が問題となっている。

批評は有用です。多くの「批評」が小遣ひかせぎのためになされてゐるから批評無用のこゑがあがるのです。鑑賞力と心のない雑文家に「批評」がまかせられるとき、批評は無用どころか有害になります。われわれはかれらの逆を行へばい丶のです。

これが全文だ。林は「小遣ひかせぎ」の「雑文」を批判する。仮に批評が本来の機能を発揮していないのだとすれば、それは金銭的なインセンティブを介在させているからにほかならない。経済問題を切断せよ。林はそう嚮導する。正統な「批評」の理念が反転的(=「逆」)に炙出される(その正統性は否定神学的に叙述される以外にない)。この論法はほかの回答者分とはずいぶん趣が異なっている。金銭面から意見を組み立てたのは全三五人のうち林だけだ。

一方に、「雑文家」=商業的批評家の「かれら」がいる。他方に、それとは分離されてしかるべき正統的批評家の「われわれ」がいる。林の念頭には自分たちの『文學界』があったはずだ。このアンケートと同時期に創刊した。林は小林秀雄らとともに同誌のプラットフォーマー役を担う。その小林は批評無用論争の着火点にいた。『文學界』は同人制をとる。二年目からは無稿料で運営した[26]。商業主義の「逆」を行く。林の回答を雑誌運営の実践が裏づけていく。引きつづき、執拗に文学と経済の断絶を訴えることになるだろう。

これに杉山平助が何度も反駁する。[27] それも名指しで(テクストの指定はない)。たとえば、「文藝時評」(一九三四・二)ではつぎのようにいう。一般的に、「文学を経済的立場から見る」行為を「邪道視」する傾向がある。しかし、文学者も「職業」だ。清貧はロマン主義でしかない。ならば、「報酬の問題」は重要事項に含まれてよい。にもかかわらず検討されない。これは批評として「手落ち」ではないか。杉山は文芸批評に経済的な観点を全面導入していく[28]――矢崎弾「杉山平助論」(一九三四・三)はこうした姿勢を「批評の実用化」、あるいは「プラクチカルな効用価値」説と評している。[29] 並行して、批評家の生活実態に関してもことあるごとに分析を加えていく。なにより、杉山自身が商業的な批評家であるだけに、それは切実な課題だった。あらためて杉山の批評原理を確認しよう。

杉山平助「批評の敗北」(一九三一・一〇)は批評の社会的な位置を丁寧に解析している[30](第2章でも部分的に触れた)。その際、商業主義のロジックを徹底させる。小林秀雄らの自律化した批評への対抗的な目配りもあっただろう。杉山の分析はシンプルだ。いわく、批評家は「鑑定人」である。商品の価値を査定する。これはあらゆる批評ジャンルに適合する。産業として未発達の領域の「消費者」は各自の鑑識眼に依拠し消費行動を決定している。ところが、商業化の昂進につれ、行為選択に困難がともなうようになる。

端的に物量として選択肢が増大するためだ。なかんずく、「品質の判定に鋭敏な専門的能力を要する商品」の場合にいちじるしい。そこで、「品質の判定」の負担を代行すべく「職業的批評家」が出現する。それは一定のフィルタリングとして功利的に機能するだろう(正当な評価を提示してくれる批評家をもたない消費者たちはメディアに幻惑されるしかない)。こうした一般論から杉山は議論を説きおこした。そして、この構図を自分の住む文芸業界に援用していく。

文芸批評家は読者(=消費者)に文学作品(=商品)の解説と適正なジャッジメントを提供する。と同時に、読者を代表して作者(=生産者)に要望を伝達する。ここに、《作者-批評家-読者》の三者関係が形成される。ところが、実際には出版社が介在してくる。杉山はそれを「仲買人」になぞらえた。四者関係がある(書店や取次など物流に関与するエージェンシーは勘定していない。戦時期に入ると杉山はここに「国家」を書き足す)。議論は出版社と批評家の関係に絞られる。というのも、両者はともに「第一義的要素ではない」からだ。作者と読者のあいだに余剰として後発した。出版社は作品の「交換価格」を決定する。批評家は「質的優劣」を決定する。[31]

ただし、両者の機能は相互侵犯的でもある。出版社は優劣の識別能力をもつからこそ、「価格」を決定することができる。プライシングをとおしていわば批評性を発揮している。他方、批評家は作品の「優劣」に言及することで価値を示し、品質保証を行なう。

市場の価格変動に影響をおよぼしもするだろう。ときにプロモーションに貢献する(批評の広告化)。両者は機能的に近接している。ゆえに、対抗関係におかれる。結論からいえば、批評家はこの対立に「敗北」する。なぜか。批評もまた出版社を介して商品となる以外にないからだ。出版社は自社の利益に反した批評テクストを排除する。そのような権利を有している——大宅壮一「文学の時代的必然性」(一九三〇・二)が極論するとおり、見方しだいでは、発表機関の「社長が最高の文藝批評家だといふことにな」ってしまう。[32]自身が批評家でありながら、杉山平助はこうした身も蓋もない見取図を導き出してしまう。

では、「批評の敗北」を「勝利」へと逆転することは可能か。その回路もテクストの末尾に挿し入れられてはいた。[33]いわく、「発端」に戻れ、と。「作者と読者の直接的関係の恢復」が促される。中間集団(＝出版社や批評家)の消失。そして、作者と読者の直接続。それを「最高の理想」と見る。その一ヶ月ほど前、杉山は論説「商品としての文学」(一九三一・九)でも同様の議論を開示していた。こうむすぶ。[34]作者と読者が「より合理的な新しい社会機関を通じて結びあはされる時代」が到来しなければならない(くしくもここで杉山は、イデオロギー的には相容れないプロレタリア文学陣営の提起する「プロレタリア・ジャーナリズム」論に近づいている)。だが、具体策の提出にはいたらない。「理想」を実現するテクノロジーが存在しなかった。直販の一般化は不可能だった[35](限定的な空間での例外なら散見される)。いささかアクロバティックなこの論理展開はいずれの論考でも詳説されない。紙幅の都合だけが理由ではない。

杉山は自職否定のジレンマに絡めとられている。ことによっては、批評無用論へとそのまま着地する可能性さえあった——むろん、二年後の論争時に杉山は無用論批判の側に立つ。別の機会には、毀損された整合性を回復する方途の模索を自身の「評論の絶えざるテーマ」だとしている[36](「文藝時評」一九三四・二)。くりかえせば、批評はこうした自己言及の問いとともにあるほかない。

批評家にはふたつの道が開かれている[37]。「批評家たる義務を守つて飢えるか[、]或は一般需要者の利害を代表すべき任務を拋棄して一定資本団の利害の代表者となつてパン屑を拾ふ」か。先述のとおり、杉山は一九三五年に『東京朝日新聞』学芸部の嘱託に就く。「パン」(=経済)を選択したわけだ。現象としてはそう見做さざるをえない。本人の意図がどこにあれ。新居格「文壇フリーランサア論」(一九三五・一二)はそれを強く批判する[38]。「フリー・ランサア性の拋棄」にほかならない、と。新居は批評の「独立不覊」や「無所属」の重要性を説く。この点、新居はかねてより一貫している。だからこそ、『東京日日新聞』人事をはじめとするスターシステム・ブームへ冷ややかな視線を送り、疑義を呈した[39]。特定機関への帰属は、「無意識のうちに[……]思想を牽制させないまでも遠慮させる」ことにつながる[40]。かならず雇用側の「イデオロギー」に拘束される、と。大宅壮一「講談社ヂヤーナリズムに挑戦する」(一九三五・八)がいうように、その意味では「専属化、といふよりも隷属化」という表現が相応しい。[41]

新居は石濱知行と佐々弘雄を対比する。一九二八年、ふたりは九州帝国大学の教授職を辞した(第1章参照)。交流も深い。論壇ジャーナリズムにおいてもごく近傍に位置した。だが、現在の生活条件はすっかり異なる。佐々が『東朝』論説員になったからだ。こう結論する。[42]「石濱君にはフリー・ランサアの自由さと物質生活に多少の不安定が伴はないでもないのに反し、佐々君は生活に安定をもち、自由の上に遠慮をもつと云ふことである」。「自由」と「安定」が背反する。この場合の「安定」は被雇用により実現するそれだ。精神的「自由」と経済的「安定」の対立。新居は前者を重視している。そして、これこそが「文学」的な問題にほかならないのだと断言する。

この立論は批判を招いた。当然だろう。大宅や杉山が各々の立場から反論を展開する。論争へと発展した。ただし、歴史的にはおよそそれと気づかれない、小さなスケールで——。精神的自立と経済的自立の相関性に論点は収斂する。[43]新居論文を受けた「壁評論」(一九三五・一二)はこう指摘した。[44]「フリー」ゆえに批評活動がままならないケースも存在するはずだ、と。清貧の不可能をいう。言論発信の場=回路をいかに確保するのか。課題はここに集中する。

解はかぎられる。短期的な解のひとつはこうだ。他所で経済的「安定」を獲得しつつ、並行して自前のメディアを用意する。一九三三年前後、文芸誌の創刊ブームが観測された(本章冒頭の一点目)。第3章で見た『文學界』や『行動』、あるいは文藝春秋社『文藝通信』や改造社『文藝』などがそうだ。いずれも一九三三年秋に創刊している。いわゆる「文藝復興」の機運を醸成する。あるいは、円本ブームを遠源とする文芸復興の情勢に後押しされ現出した。(45)

そのさなか、正宗白鳥「文藝時評」(一九三三・一二)が現象のコアを剔出している。(46)「商業雑誌では、編輯者の注文によつて書かされるので、稍々もすると、自由を束縛される傾きがあるが、これ等の雑誌では、論者も作家も思ひ〳〵のことを自由に書いてゐるらしい」。「注文」を起点としない執筆、それは批評内容の「自由」を確保するひとつの条件である。序章で引用した中井正一「文壇の性格」(一九三二・二)は、言論の「被注文性」を指摘していた。(47)同様に多くの書き手がこの構造的な課題に気づきはじめていた。だからこそ、すでに執筆の場所や資格を有する批評家たちまでもが新規メディアを続々と立ちあげたのだ。『文學界』はそれを象徴している。小林秀雄は後年こう回顧した(48)(「文藝春秋と私」一九五五・一二)。「『文學界』が出る様になると、私は自分の一番好きな仕事は、専ら其処で書く様にした」。じっさい、初期小林の代表的連載「ドストエフスキーの生活」(一九三五・一―三七・三)は『文學界』再建に貢献する(連載は小林編集体制期に相当)。

『文學界』は経済的自立を特長とする――はずであった。ところが経営は難航する。資金不足とそれゆえの度重なる刊行中断。紆余曲折を経て、一九三六年七月に同誌は文藝春秋社の傘下に入る。編集権は引きつづき同人側に担保された。同月号の「同人雑記」欄に林房雄はこう記している。[49]「同人が後顧の憂ひなく活動できる確固とした支持者が欲しいと思つてゐた時に、たまたま菊池寛氏の理解ある後援が約束された」(そう、ここでも菊池寛である)。「後援」による「安定」の道を彼らは進む。

ほどなく、その選択への批判が噴出した。もはや、批判の方向性は推察されよう。高見順「『文春』の不幸な影」(一九三七・三)が一典型を示している。[50]「編輯は独立を守りつゝ」も、経営を委託したことによって「微妙な影を受けざるを得ない」。オーナーやクライアントの意向が内容面に「影」を落とす。間接的であれそれは不可避だ。こう喝破した。「孤高凜々の精神は曇るであらう」。「精神」的自立が問われていた。それは「編輯」権の明示的な制限の有無とは別の問題である。高見は最終的に同誌の「解消」まで要求する。自主独立という初発の意義がこれで消散したのだから、というわけだ。

林のいう「支持」や「後援」は経済的な援助を意味する。しかし同時に、精神的なそれとして作用せずにはいない。どういうことか。この前年末、『文學界』は同人再編を強行した。大宅壮一は文芸時評「文學界の新同人に問ふ」(一九三五・一〇)で即座にこう反応する。[51]「馴れ合ひの連合チームから何を期待しえよう」。そのうえで、各人への疑念を逐条的に投げかける(ちなみに、第3章で見た「文學会同人座談会」で舟橋聖一の発した「狎れ合ひだなぞいふ批評に抗弁したい」という焦りの言葉は、大宅の批判にあるこの「馴れ合ひの連合チーム」などの言葉が意識されていたのだとわかる)。激烈な批判だ。板垣直子「停滞期文壇の現はれ」(一九三五・一二)は、この大宅の「俊敏さ」を評価する。と同時に、つぎの留保を付すことも忘れない。[52]「[大宅]氏がこのやうな腹の据つたことをいひえたといふのは、『日日』といふ一つの温床に腰を据ゑてゐるからである」。力点はむしろこちらにある。大宅の時評は『東京日日新聞』に掲載されている。前述のとおり、この時点で大宅は同紙の社員だった。「温床」(=精神的な「後援」)が批判を可能にしていると板垣は見抜く。強固な後盾に強気な発言が支えられる。「自由」の内実をめぐって複数の変数とレイヤーが混線していた。

さて、高見順は前出記事の執筆経緯を当の記事のなかでつぎのように暴露している[53](「強者連盟の害毒」一九三七・三)。それ自体が主張の論拠となる。電話による依頼趣旨は『文學界』批判だった。その際、記者は付帯条件を提示してきたという。「匿名でもいいですよ」、と。高見はこう分析を進める。『文學界』は有名な作家や批評家を取りそろえている。「文壇各派のほとんどすべてを集めてゐる」と大宅は観察した。[54]しかも、文藝春秋社の傘下に入ったことで実質的にも権威機関化する。「その有力さは、迫害を覚悟せずして公然と悪口をいへない位である」。文壇に新しい権力が発動する。そこで、「迫害」回避のために「匿名」の使用が自動的にメニューに組み込まれる。「匿名でないと、いいひたいこともいへない事情もあるのだ」。匿名は「強者」の存在を前に手段として要請された。したがって、林房雄「匿名批評撲滅論」(一九三七・三)のように匿名批評を「撲滅」せよと強弁するのであれば、[55]なにはさておき林自身もその中心メンバーである『文學界』のごとき「強者連盟」を解体することが先決である。その強権こそが匿名を必要とさせるのだから。高見はそう論理を組み立てる。

この時期、ジャーナリズムには匿名批評が大流行していた。精神的自立を確保するためのイレギュラーな方法として。政治的な圧力を回避すべく匿名が選択される。ここでいう「政治」は、ときに文壇政治であり、ときに時局上の政治でもある。私たちは前章末尾で、「現実的権威」に対抗する手段としての匿名批評を召喚しておいた。ここでようやく議論を接続することが可能となる。だが、それだけではない。ことはスターシステム型の編集力学全般にかかわる。特定の固有名が重宝された。その有名性ゆえに。他方で、無名者の叙述は商品価値をもてずにいる。そうした局面においても匿名が利用される。というのも、匿名は有名／無名の差異をキャンセルする手段としても有効に機能するからだ。言論をとりまく場のエコノミーを全面的に組みかえることすらある。劣位を優位へとかえるような。

匿名批評に課題を移そう。

3　声と批評　輿論・社会化・カタルシス

前出のS・V・Cによる整理を受けた茂倉逸平はつぎのようにいう[56](前掲「新聞学藝欄時評」)。学芸／文芸欄にはスターシステムの運動法則が内蔵されていた。それは別段いまにはじまったことではない。「フリー・ランサアの中から絶えずスタア的な執筆者を選択して、紙面の商品価値を高めるといふ方法を探つて来た」。フリーランサーの多くは商業誌を主戦場とした。そこで知名度を獲得する。そうした書き手たちが新聞へもフックアップされていく。「フリー」から「スター」へ。

この回路が強化されることへの懸念も存在した。たとえば、斎藤龍造「雑誌に追従する新聞」(一九三四・四)は新聞の「追従」性を批判する[57](あとで詳説しよう)。新聞社は「雑誌に大きな広告で名前」が載る書き手を「高級社員として傭入れ」る。前章で見たいくつかの議論が固有名性を表現するのに「フイギユア」の比喩を用いたのと同様に、ここでは「人形」という語が使用された。「ヂヤーナリズムに踊る俗名」を「高い月給」で買う。そう、「名」を買うのだ。固有名消費型の編集論理から導出される必然的な帰結である。かくして、新聞紙面に有名な名前が溢れかえる。そして、それらは通「俗」的に消費される。

『東朝』の「有名病」を喝破したくだんの記事は、その具体的な弊害も証言していた[58]（前掲「新聞学藝欄展望」一九三四・四）。「題名と筆者を見ただけで僕などはああさうかと合点して、そのまま頁をめくることも少なくない」。さきに引用した林癸未夫も、顔触れがいつも同じで「標題さへ見れば内容は読まなくても知れてゐる」といっていた。固有名が記述内容を自動連想させてしまう。たしかに、「有名な名前」は「紙面の商品価値」（茂倉）を高める。しかし、その紙面構成はいずれ停滞するだろう。執筆者の固定は受容態度をもパターン化させ、動きを生まないからだ。評者はそれを「動脈硬化」と表現している。新たな書き手の補充が要請されるのはここにおいてだ。とはいえ、有能な新人の発掘は容易ではない（「懸賞評論」などリクルーティングのチャンネルはいくつか用意されてはいた[59]）。

見多厚二「ヂヤーナリスト変名時代」（一九三六・一）を参照しよう[60]。ジャーナリズムに頻出する「変名」を実名と対応させる一覧作成の試みだ。厳密には、筆名と匿名は区別されなければならない。しかし実際には、たとえば「匿名の正体」（一九三五・九）と題した同趣旨の無署名コラムがそのふたつを混同せざるをえなかったように[61]、境界は明確ではない。おそらく、「変名」はそのグラデーションを統合的に表現する語として選択されている。リストに記載された変名は五〇を超える。正体の大半は実名が広汎に流通した著名人だ。ならば、「本名を用ゐる方が有効である筈」。にもかかわらず、変名が多用された。なぜか。見多は原因をこう解釈している。現代の商業ジャーナリズムは「変化を好む」。本書はこのオブセッシブな嗜好性を大衆消費社会の不可避の条件と位置づけてきた。あらゆる項の常時入れかわりが要求される。ところが、「優秀な筆者」の数は限定される。つねに「不足」する。そこで、特定「筆者」の複数化が検討される。それを可能にするのが「変名」だ。文字どおり「変」化を生むための「名」。しかも、一人の書き手が使う変名は一点とはかぎらない。むしろ、ころころと「変」わる。

あるコラムは、一九三四年の段階でこう報告していた[62](「文藝春秋」一九三四・五)。「匿名批評の蔓延と、その害悪とが評論界の問題になりはじめた」。理念と現状の両面に目配りした匿名批評論が増殖する。それらは批評の原理論へとたえず折りかえされることになるだろう。そこには、批評全般のプロブレマティックが凝縮的に詰め込まれている。順次それを開封していこう。

一九三〇年代前半、匿名批評は新たな商品性を獲得し、ブームへと転じた。同時代的にも、「匿名批評時代と云はれ」た[63](新居格「匿名批評史の一断面」一九三四・四)。ここでも、「云」うのは新居自身ではない。不特定の伝聞表現が使用される(第2章)。それにしても、なぜこの時期なのか。匿名批評欄の代表例のひとつ「壁評論」(『読売新聞』)が分析している(一九三四・六)。署名は「金剛登」——青野季吉の匿名だ[64]。必然的に自己言及性を帯びるほかないそれは、数百文字のごく短いコラムながら、要所を押さえた叙述になっている。これを大幅に敷衍しつつ、匿名批評がおかれた環境を確認しよう。ここで重要なのは匿名批評のテクストそれ自体ではありえない。匿名批評ブームを自己診断するなかで思わず露呈した批評の臨界点だ。

金剛いわく、「匿名批評の流行」の背景にはふたつの要因が想定される[65]。ひとつは、大衆読者の理解と批評行為との水準上の乖離。「極主観的な」批評や「アカデミックな」批評、あるいは「ペダンチックな」批評が跋扈する。前者は小林秀雄系統の私批評(第2章)を指す。後二者は大学人の流出に起因する講壇批評やマルクス主義批評(第1章)を指していよう。一般読者の読解能力はそれらに追いつかない。序章を経由した私たちは、その理由を批評文の高度化という一点に集約させることはできない。むしろ、別の場所に認めるべきだ。たとえば、当時進行していた読者たちの理解度の偏差拡大のほうに。それは急速で大規模な批評読者層の開拓(出版大衆化)に由来する。

ともあれ、大衆の関心＝利益に即応した通俗性の添加が要求される。極端には、ゴシップ要素を多分に搭載した批評テクストの増殖として表面化する。とはいうものの、実名で通俗的な批評文を量産する行為は書き手自身のキャリアや威信を破損しかねない(ブランディングの問題)。しばしば「軽評論」と揶揄された。そのため、狭義の批評家たちは新規読者に照準設定した批評を書けずにいる。それどころか、反対に高度に洗練させていく。結果的に、メタコメンタリの交換場と化した内閉的な批評空間が出来してしまう。その空間は大衆読者をどこまでも排斥するだろう。出版大衆化状況の到来とは裏はらに、こうしたねじれが発生していた。書き手の威信を維持しつつ、同時に大衆向けエンターテインメントとしても成立する批評テクストは不可能なのか。ここに匿名という装置の機能する条件がひとつ存在した。しかも、匿名は娯楽としての暴露行為やスキャンダリズムを昂進させる。

金剛登の整理に戻ろう。「匿名批評の流行」の背景だ。二点目として、批評様式の固着があげられる。当時、批評の態勢をめぐっていくつかの対立構図が浮き彫りになっていた。複数のパラメータが立体的に組み合わさる。たとえば、「主観批評」／「客観批評」、もしくは「個人的批評」／「社会的批評」といった棲み分けがそれだ。対他的に自己規定が行なわれる。そのため、対立は揺るがない。そうした固定状況は空間の不活性化をもたらすだろう。そこで、対立軸を意図的に攪乱する必要が生じる。その種の役割を担う様式として匿名批評は出現した。そう理解しておいてもあながち過誤ではない。

以上の二点を総合すると、各種系譜の布置が明確になってくる。別の論者の地図をここに透かし重ねてみよう。勝本清一郎「匿名批評への二三」(一九三五・一二)だ。匿名批評をこう位置づけている。[66]「従来の印象批評とか私批評とか云ふものの個人的境地を、マルクス主義的批評とは別の側から、やはり一種の客観的社会的批評にまで揚棄した」、と。

一九二〇年代中盤、プロレタリア文学系の文芸批評が隆盛をきわめた(「マルクス主義的批評」)。小林秀雄の創造的な批評はそれに対抗するかたちで登場している(「私批評」)。その後、一九三〇年代に入りプロ文が衰退。それにともなって私批評だけが突出した。おのずと、空無化した対立項を補塡する力学が作動する。そう、席巻する私批評のカウンターパート、「社会的批評」として匿名批評は流行したのだ。無署名コラム「文壇寸評」(一九三六・四)によるつぎの警告は至言である。[67]「匿名批評の氾濫しつつある責任の何分の一かゞ小林流の高踏的踏(ママ)[＝韜]晦批評にあつたことを彼は今こそハッキリ認識すべきである」。文芸領域はそうした形成と消失と補塡の連鎖的なサイクルにより延命してきた。

私批評と匿名批評。ふたつの系統が言外に対立しあう。『文學界』陣営が執拗に匿名批評の「撲滅」キャンペーンを展開したことはこの構図を証示してもいよう[68](前掲の林房雄「匿名批評撲滅論」)。まず、『文學界』に代表される私批評の磁場が存在した。それに抗して、有象無象の匿名批評の群れが立ちあがる。むろん、特定のグループが形成されるわけではない。こうして、文壇再編の運動が再組織されていった。

だが、問題はここにはない。このあまりに理解しやすい対立構図のさきにある。青野季吉「匿名批評論」(一九三六・五)が一連のプロセスを見事に概説してくれる。[69]同時にそれは青野自身が匿名批評にコミットする「動機」でもあった。いわく、「「私批評」[の隆盛]によつて生じた大きな空虚を埋める」べく、「社会感覚や大衆感覚に立つた街頭批判的、路上批評的の評論」が要請された、と。匿名批評は「社会性、大衆性」の部分を担う。ここに踏み入ろう。

一九三六年を転機として、小林秀雄にある変化が起こった。一散に匿名批評の肯定を表明するようになるのだ。この変化は大きい。それまで林房雄らと一緒になってさんざん匿名批評を罵ってきたのだから。肯定するだけではない。自身でいくつかの匿名コラムを(無名時代以来ふたたび)担当しさえする。[70]私批評の代表とされる小林が、である。矛盾ではないのか。この時点の「文藝時評」(一九三六・三)で小林は、文芸時評の「本来の機能」に言及している。行論はおよそつぎのとおりだ。[71]一方に、「作家の感想文たるところ魅力がある」時評が存在した(正宗白鳥や川端康成)。他方には、「文学理論的饒舌」で埋め尽くされた時評がある(小林秀雄)。「印象の建設」と「理論の建設」。あろうことか小林自身を「理論」側に仕分けてしまうのだから、これ自体が「感想文」めいた、あくまで相対的な感触にすぎない。いずれにせよここには、「社会的感覚の建設」がすっぽり抜け落ちている。匿名批評はこの「欠陥」を補塡すべく「流行」した。「印象」でも「理論」でもなく、「社会」につく。ちなみに、この整理は長谷川如是閑「新聞紙に於ける社会的感覚の欠乏」(一九三六・三)へのコメントから派生して書かれた。[72]

小林はこうむすぶ。「もし匿名批評が、健全に発達したなら、文藝時評の如きは要もないものとなるだらう」。むしろ、そう「ならなくてはならぬ」、と。これは時評不「要」論のバリエーションにほかならない(第2章参照)。批評からの時評要素の剝離がここでも周到に強調される。つづく論考「文藝時評のヂレンマ」(一九三六・四)も同型のロジックで構成された。[73] じっさい、翌月の「文藝時評」(一九三六・四)では、時評機能(=「文壇の監視人」役)は匿名批評に一元的に担わせればよい、とまで極言している。[74] 小見出しはまさに「批評の独立について」だ。文芸批評は「独立」しなければならない――「僕等は文藝時評といふものにいぢめられ過ぎた」。三年前に首尾よく理解されなかった批評と時評の分離説が、ここでは匿名批評の流行現象を踏まえた論議へと変奏される。戦略の組みかえにこの間の批評環境の推移が凝縮されている。守備範囲を拡大させ、無視できなくなった匿名批評に時評パートを肩がわりさせる。小林の真意がいくらか明確になった。

それでも、批判が殺到してしまう。小林は再論せざるをえない。こうだ。[75] 本来、文芸時評が正常に機能するには「文学の社会的評価」が定着していなければならない。時評の存在理由を考えれば当然だろう。だが、日本ではそれが実現していない。未定着のまま文芸ジャーナリズムの成熟にいたった。そのため、文芸時評には二重のミッションが課せられる。すなわち、時どきの時評を遂行しつつ、同時に「文学の社会化」を促進するという、アクロバティックな作業だ。が、結局ここでも「変態」的に作用する。時評が新規の「文学理論や批評方法」の試運転の場と化すのだという。小林はそれを「文藝時評の研究所化」と形容した。作家の「自由な創造性」の発揮が時評に阻害される。時評によりかえって「純文学は難しいものといふ印象」が世間に与えられてしまう。こうした各所の欠陥を匿名批評は補う。理念的にはそうした作用が期待できた。したがって、「社会の一般常識を嫌悪して自由に飛躍しようとする文学本来の強い力を、社会の一般常識から監視する強い視力が匿名批評家には最も大切」な資質となる。

小林はその「視力」をたとえば杉山平助に見る。[76] それまで、小林は杉山(的な存在)を痛烈に批判してきた。批評スタイルも対極にあった。杉山は「私」を後退させる現象批評に特化している。だとすれば、小林一流の文壇政治がここで発動したと解釈すべきなのかもしれない。[77] すなわち、固有名の戦略的な過剰包摂を目的とした多様性の容認を。評価の変化のタイミングは、ちょうど『文學界』大幅改組の時期と重なってもいた(第3章参照)。

「社会の一般常識」に立脚した批評。そして、批評の社会化。戸坂潤は先行してこの点をクリアに剔出していた。たとえば、論説「匿名批評論」(一九三四・六)。批評全般にかかわる戸坂の基本認識が披露される。きわめて圧縮的に。たとえばつぎのように。[78]

［……］批評する方の人間は、必ず自分の背後に社会人の通念や輿論や常識といふやうな何か一般的普遍的な力を意識してゐて、この自覚によつて批評される側の人間よりも一段高い立場に立つてゐることを意識してゐるのである。［……］もはやたゞの一個人ではなくて、かうしたもつと一般的な普遍的な社会的背景を代表してゐる代表者に他ならない。

批評は「社会の立場」に与する。それを「一般的な、無記名的な立場」と戸坂はいいかえている。「名を持つた個人の立場」を超越する。そこでは評者の「名」はさほど意味をもたない。戸坂はこう議論を導く。「元来匿名的な意義を有つてゐるといふことが、批評の特色だつたのである」。そもそも批評は究極的には匿名批評に帰着するはずなのだ。有名の対極にある。

たとえば、川端康成は『文學界』のコラム欄「同人雑記」（一九三五・二）でつぎのようなことを述べている。[79] 政治面や三面の記事の批判性が読者に許容され、そして信用されるのはなぜか。「誤報」が多いにもかかわらず。それは「匿名のため」にほかならない（厳密には「無署名」というべきだろう）。「本名だと一人がものを云つてゐると受け取る。匿名だと十人か百人がものを云つて［ゐ］るやうに受け取る」。匿名や無署名の文章は個人（「一人」）の解釈ではないかのような印象が醸し出される。「一般」性や「常識」

性を仮設的に背負う。匿名批評の第一人者たる杉山平助がことあるごとに(過半は揶揄する文脈で)「常識批評家」と評された理由もここから了解されよう。[80]

匿名の背後に「輿論」を透視する。杉山自身もまた、「学藝上の問題に対し批判を加へ輿論を反映し代表する」のが匿名批評である、と公式化している[81](「昨今の新聞学藝」一九三五・一二)。小林秀雄の匿名観もだいたいこの枠内に収まる。さきの時評から一年後の「文藝時評」(一九三七・三)では以下のように指摘した。[82]本来、文芸時評や社会時評は「輿論の代弁者として売るべき」だった。すなわち、匿名批評として。しかしながら、現状はそうなっていない。時評類でも「個人の名」が先行してしまう。「個性の面白さで売る」。それは止めて、軌道を元に戻す必要がある。あらためて各種時評に匿名制が導入されはじめたのはそのためである。この時期、複数分野の匿名時評欄を併載する媒体が急増した(第1章を参照)。『日本評論』が典型だ。

座談会もジャンルとしての源流に匿名批評の記憶を抱えもつ。私たちはそのことを第3章で確認した。たとえば、明治期の文芸誌『めさまし草』の「三人冗語」(一八九六・三―七)。この新作合評の連載記事には、出席者として三つの匿名が掲出されていた――「鐘礼舎」「脱天子」「登仙坊」。森鷗外、幸田露伴、斎藤緑雨が該当する。それは周知の事実だった。しかしながら、一つ一つの発言に冠されるのはじつはそれらの匿名ではない。かわりに、「頭取」「贔屓」「悪口」「理屈」「真面目」といった膨大な数のキャラクター名が貼付される。評言に即応した役割名が逐一あてがわれるのだ。梗概紹介の「頭取」、肯定評価の「贔屓」、否定評価の「悪口」といった具合に。これが江戸期に興隆した評判記の基本フォーマットの意識的な継承なり転用なりであることは贅言するにおよばない。現実の対話の忠実な記録・再現ではない。全面的な編集加工が施されている。実際の発言は放縦なまでにシャッフルされ、全体として「座」を虚構的に再構成する[83](毎回、鷗外が単独で整序したという理解が定説だ)。フィクション度が高い。だから、発言者の特定はおよそ意味をなさない。不可能だ。

　集団批評という形式の採用。それによって批評主体は複数化する。発言内容の分岐のたびにキャラクターは加算的に創造され、無限増殖していく。それらに仮託するかたちで種々雑多な作品解釈が合成される。仮構された弁証法が多声的な場を編成する。近代的な批評主体とは別の発話構造を再帰的につくり出す。それは読者に世間の縮図を想起させただろう。そこでの架空対話は理想化された市井の噂話に相当する。不特定無名の声＝「輿論」として演出される。読者はそれを側聞する。擬似的に場に参画する。そうやって仕立てあげられるのは、いわば読者に寄り添う批評だ。すべては匿名の導入によって実現した(ただしこれには留保がともなう。安定的な実名署名による近代的な批評が確立する以前の様式だからである。そこに進化を見出すのは遠近法の倒錯でしかない。匿名は実名が前提条件となってはじめて問題化されうる)。私たちはそのつど変奏させながら、章を越境して声と批評の関係に注目している。

三木清「批評の生理と病理」(一九三二・一二)は、サント・ブーヴ『月曜閑談』の引用をベースに理路を組みあげていく。[84]「パリの真の批評は談話において作られる」というう有名なフレーズだ。三木はこう接木する。「書かれた批評は独語的になり易」い。ゆえに、「批評は、本来、会話のうちに生きるものである」。そこにおいて、専門の批評家は「公衆の輿論を再現」する日々の「書記」役のごとき存在にすぎない。ひとはそれを原義に即して「ヂヤーナリスト」と指呼するのだろう。

近代批評の創始者と評されるサント・ブーヴ。小林秀雄も彼に対して過度の敬意を幾度も表明している。そのつど、同じ定言が執拗に引用された――「パリに於ける真の批評は座談から生れる」。小林によるその引用は一九三〇年代中盤に集中している。とすれば、匿名批評肯定論への転轍の理論的な素地はこのあたりにあったと見てよいはずだ。論考「再び文藝時評に就いて」(一九三五・三)では、当該箇所に格別重要な位置を与えている。[85]いわく、フランスの優れた批評テクストの根柢には「日常座談への信頼」がある、と。この場合の「座談」はなにも「文学者仲間の文藝談」を意味しない。もちろん、公開の場でなされる著名人たちの座談会も。そうではなく、一般の「パリ人の座談」を指す。そして、「文壇苦言集」(一九三四・一二)ではこう断言するのだ。[86]「文藝時評の魅力か[=や]説得力は、その座談的な性格から来る」。小林はひるがえって「アカデミツクな批評家の書く文藝時評が薄弱」なものにしかならないことの原因の一斑もここに見る。無名の「談話」(三木)や「座談」(小林)は「輿論」へと合流する。批評はそれを貪欲に組み込むべきだ。小林はこの立論につづけて座談会論へと移行している。一連の議論の運行はなにを意味するのか。

大宅壮一「ヂャーナリズムと匿名評論」(一九三五・三)は、匿名批評家の多くが「座談の愛好者」だと指摘していた。[87] はたしてそうか。私たちはそのように問う地点から第3章を説きおこした。匿名と座談(会)は対極に位置する。座談会は有名人を招集するものなのだから。無名人の対話の記録が商品化することなど、特殊なケース――一般人の意見を参照する機会(学生座談のたぐい)など――を除いてありえない。だからこそ、固有名が最前景化する局面に限定して座談会を取りあつかった(読みのレベルb)。第4章で人物批評の流行に接合させたのもそれゆえだ。しかし、私たちは座談会のもうひとつの位相を放置している。すなわち、固有名が後退する局面を(読みのレベルa)。ときとして、読者は発言ごとに冠された発言者名をほとんど意識しない。この場合、発言者は代替可能な項となる。まさに、「三人冗語」で乱造されたキャラクター名のように。固有名の条件は失われ、匿名化する。座談会の濫觴に保有されていた匿名性への志向はこうした位相に残存する。それが「輿論」への通道をギミックとして用意する。このかぎりにおいて、座談会は匿名批評と親和性が高い。「座談」＝声がそれをかろうじて支える。

匿名が本音を引き出す。名和潜「匿名評論家評論」(一九三五・八)は、「私憤を公憤の型に変形する」と表現した。[88]「私憤」が発露する。と同時に、匿名批評は世間の声の代弁としても機能した。代理的なガス抜きの作用をもたらす。毒舌の匿名批評が読者に「爽快」感(杉本鉄二「新聞と文藝批評」一九三五・三)を与えるのはこのためだ。[89]カタルシスがある。しかし、その毒舌ゆえに、匿名性は無数の非難を引き寄せる要素にもなる。たとえば、「近刊のめざまし草」(一八九六・九)と見出しを付した雑誌評は、「雲中語」に宛ててこう提言した。[90]「本名を名乗り出で」よ、と。当該合評は匿名による集団批評であるにもかかわらず、強権を発揮する承認機関として文壇の中心に君臨した。字義どおり生殺与奪権を有していた。ことは責任の所在にかかわる。だからこそ、《誰が》が詮索の対象となったのである。

さて、戸坂は「匿名批評論」(前掲)の劈頭、こう断っていた。[91]新聞への「批判」はとりもなおさず「本当の意味での匿名批評の問題」でなければならない、と。当時、匿名はどこまでも新聞的な課題だった。

学芸／文芸欄に焦点を差し戻そう。

少しだけ迂回する。

一九三四年末、大宅壮一は「昭和九年の豆年鑑」(一九三四・一二)にこう記した。[92] 冒頭部だ。「今年度のヂャーナリズム界のもつとも著しい特色は、新聞の雑誌化、雑誌の新聞化である」。新聞と雑誌の相互乗り入れの現象を報告している。以下のとおりつづく。本来、新聞はニュース報道を任務とする。それを解説・批評する作業は言論誌の領分だ。ところが、満洲事変(一九三一年九月)以降は社会情勢の急変により、単なるニュース提供では新聞読者の満足を維持できない。変化の速度に理解が追いつかないからだ。ここでも問題化するのは大衆読者の理解度だ。解説や批評の付載が求められる。その結果、新聞が雑誌のスタイルに接近していく。「雑誌化」が進む。他方、雑誌も激変する東アジア情勢を随時反映せざるをえない。最新の時局情報を存分に取りあつかう(この傾向が結果的に新聞人の雑誌界進出も招来した)。「新聞化」の所以だ。

この年の出版事情を総括した『出版年鑑』を参看しよう。そこにはこう記される。[93]「高級雑誌すら今日の如く新聞ジャーナリズムを追ひ馳けるに止まる状態は、余りに不見識であり、早晩清算することが必要」である。「高級雑誌」は知的な総合雑誌の総称として当時広汎に用いられた(序章参照)。そこには社会問題を分析した高度な論説が多数掲載される。ところが、その種の媒体でさえ適時性や報道性を優先するようになった。非人称的で中立的な言語が少なからず要求されもするだろう。腰を据えた理論化作業は後手にまわる。そもそも、雑誌が速報の点で新聞を追い抜くことなど原理的にありえない[94](月刊・週刊／日刊)。にもかかわらず、スピード重視の時代は矛盾を強いてくる。あらゆる局面で加速が要求されてしまう。それを当該記事は「不見識」と表現したのだ。「雑誌の新聞化」を批判する。新聞との再差別化を促す。それぞれの役割があるのだから。

これを反転させるとどうなるか。「雑誌の新聞化」ならぬ「新聞の雑誌化」。直示的なタイトルをもつ山田一雄「新聞の雑誌化」(一九三五・六)はおあつらえ向きだ[95]。「月刊雑誌は日刊の新聞には追従できない。しかし反対に、新聞紙の方は雑誌の領域を犯すことができる」。山田は新聞に雑誌の領分を「侵略」せよと奨める。「学藝欄拡充案」の一項目に「新聞の雑誌化」を掲げる。いまや、学芸／文芸欄は政治や経済、社会、文芸、芸術、自然科学をはじめ多彩なジャンルを包摂する。「学藝」の範域が同欄によって着々と可視化されつつあった。しいて形容するならば論壇的なコンテンツがそこには搭載される。そうした総合的な言論プラットフォームとしての機能をさらに発達させるよう山田は呼びかける。いわく、「一つ一つの記事を系統的に纏めこれを問題として解釈し批評」する媒体は読者の理解をアシストするはずだ。それは進行中の「新聞の通俗化」とも整合する、と。

まず、「問題」を析出ないし捻出する。それを「系統」にまとめる。そして、「解釈」

「批評」する。第1章で吟味した「論壇時評」はまさしくこうした大きな文脈のもと学芸欄に移設されたのだった。課題は言論が受容される際の形式の独自性にある。速度だけではない。したがって、水澤澄雄「読売の紙面を評す」(一九三五・一)が指摘するように、「雑誌の後を追掛けてゐるようでは新聞の記事として愚劣である」[96]という問題は形式面のことをいっている。そこで、「新聞の雑誌化」は新たなメディアスタイルの創出として推奨された。その実験場が紙内の学芸／文芸欄だった。[97]

『日本学藝新聞』(一九三五・一一―四三・七)や『日本読書新聞』(一九三七・二―八四・一二)の創刊はこの議論の延長線上に実現する。一九三〇年代中盤以降の逼迫したメディア状況において、新聞の学芸／文芸欄を分離・独立させ、そこに言論の拡張可能性を見出すという斬新な試みだった(各種大学新聞もこれと似た感性で紙面拡充を推し進めていく。なお、「論壇時評」はこれらの媒体でも延命する)。戸坂潤は前者創刊号に「多忙な現代人に必要なもの」(一九三五・一二)と題した一文を寄せた。[98]言論理解の効率化の観点から同紙の存在意義を内外にアピールする。機能性が追求される。

学芸／文芸欄は雑誌ジャーナリズムと密接に連動していた。固有名消費の原理が編集を貫き、論壇という擬制的な共同体がそこに仮想された。しかしそれゆえに、新聞内部に異質なシステムを持ち込むことにもなった。匿名の問題はここにかかわる。

匿名批評は「輿論」を体現している。「客観性、社会性」なり「常識」性なりがそこにはある(戸坂)。世人が広く共有していながらも公表がはばかられる認識をあけすけに記してしまう。偽悪的な文体がそれを可能にする。そこに検出されるのをオリジナリティといってみてもよい。このとき匿名は個人性の発露として機能している。つまり、匿名批評は一見相反するふたつの方向性を内蔵している。社会性と、個人性と。一般を装いつつ特殊を提示する。特殊に立脚しながら一般を確保する。この分裂的な形式が批評として成立させる。しかし、それは責任の放棄として受けとられかねない。

じっさい、匿名批評への批判の多くは無責任性の指摘に集約される。茂倉逸平「新聞学藝欄時評」(一九三四・六)はつぎのようにいった。[99]「無署名の社説のやうなものには、[新聞]社として責任を持つ」。他方で、「署名入りの学藝記事には社は責任は持たぬ」、と。「署名」の有／無が、新聞社の「責任」の無／有に直結する。この問題は主体の所在を示している。「学藝欄の場合は、掲載した記事の中に新聞社の意志は含まれてをらぬ」。他面種の構成原理と完全に異なる。

新聞紙面は通常、「無署名」記事で構成される。記者の個人的見解が透かし見られることはない。期待もされない。かわりに、読者はそこに「新聞社の意志」を措定することになるだろう。おのずと社に「責任」が発生する。だが、例外域が存在した。それが学芸／文芸欄だ。そこでは「署名入り」が基本となる。個々の寄稿者の「意志」が汲み出される。しかも、社外の人間だ。ゆえに、新聞社総体の「意志」とは切り離される。「責任」は個人に帰す。茂倉は学芸／文芸欄の特長を「個人的な自由主義」に見た。[100]いわば、特例空間としてそれは紙内に存在している。考えてみれば、慣例的に「学藝欄」は「学藝面」とは呼ばれない。

問題はこれにとどまらない。学芸欄という特区にあって輪をかけて例外的な圏域が存在した。それが匿名批評欄である。いわゆる「囲いもの」として固定枠と欄題を与えられる。スペースの定常的な例外性が可視化される。実名署名制＝有名性に支えられた学芸／文芸欄の只中に匿名記事が混在する。二重の例外性がこの欄を相対的に浮き立たせる。であればこそ読者の関心を集めたのだ。無署名空間のなかの記名空間のなかの匿名空間。三重の枠構造をイメージしておこう。このとき、匿名欄の「責任」はどう捉えられるのか。

杉山平助「昨今の新聞学藝」（一九三五・一一）が用意した回答はいたってシンプルだ。[101]「匿名批評の責任は結局社が負はなければならない」。匿名批評は辛辣を特徴とした。無根拠の断言に傾く。そのために、言及対象とのあいだにたびたびトラブルを惹き起こした。数件は訴訟問題にまで発展する（鈴木茂三郎が「青木陽平」＝木村毅の文章に関して『東京日日新聞』を告訴した事件など）。被告は不定の執筆者というわけにはいかない。論理的には掲載主に負託される。「責任」の所在を極端なケースが示す。とはいうものの、現実的には内容上の問責は困難をともなうだろう。身軽織助「タンク問答」(一九三六・四)が「朝日新聞がどうして文学上の匿名批評に責任をもつことが出来るか」と指摘したように[102]。

杉山もこうつづける。新聞社の総意を表明する装置としては「社説」がある。だから、「匿名批評は執筆者の責任も大いにある」[103]、と。ただし、この認識は飛躍を孕んでいる。時間を置いて杉山はこう展開しなおした(「匿名批評論」一九三七・五)。匿名の「正体」を「編輯者だけは知つてゐる」。そして、「執筆を委嘱」するのも彼だ。ならば、そこにも「責任」が発生する。つまり、執筆者にせよ担当編集者にせよ、「責任を負ふが如く負はざるが如く、微妙な関係」が維持される。「責任」のこの宙吊りこそがすべてを物語っている。匿名批評は曖昧な「運用自在」性が重宝されたのだ。「社説」や他面種では発揮されない融通性が。

視角を変えよう。あらためて、執筆者にとって匿名の利点はどこにあるのか。たとえば、杉本鉄二「新聞と文藝批評」(前掲)は、「いろ〳〵なさしさはりや縁故一応顧慮なくズバリとものが云へる」点をあげる[104]。田中惣五郎「評論家診断」(一九三六・三)も同様だ[105]。「批評するものとせられるものとの人的関係を一擲して[、]あるがまゝに裁断し得る」。実名原稿には現実空間での「縁故」や「人的関係」が作用せざるをえない。他方、匿名原稿は書き手を諸々の拘束から解き放つ。表述を躊躇われる案件がそこでは可能となるだろう。実名空間の「顧慮」やプロフィールが匿名空間ではキャンセルされる。そして、「あるがまゝ」(＝真実)が露出する(第3章冒頭で私たちは匿名批評を「個人名では流通させがたい」真実の発露様式だと位置づけておいた)。それは正負の両面で機能した。匿名に乗じた人格攻撃やデマゴギーの散布、無責任な放言などは負の効果だろう。当時、「覆面」「卑怯」「蔭口」「辻斬り」「闇討ち」などの惹句が匿名批評に対して頻用された。とはいえ、そうした「個人的動機」に由来する「毒々しい憎悪」こそが匿名批評に対して期待されたことも事実だ[106](「文藝春秋」一九三六・六)。

かたや、青野季吉「匿名批判の流行について」(一九三四・五)は正の効果に特化して立論する――青野は金剛登名義の「壁評論」で展開した匿名批評論とほぼ同じ時期にこれを書いている。文芸領域を事例にこう掘り下げる。[107]文壇の成熟は「帰属の色分け」を鮮明にした。その結果、異なる「流派」や「グループ」の言葉は端的に「無視され終る」。「それが他へ帰属するといふ理由だけで」。棲み分けが成立していた。青野は「分裂したまゝで固定した文壇」とそれを形容する。「ポレミツクらしいポレミツクの殆どない事実」の原因にほかならない。残るのは内輪褒めだけだ。それが現在の文壇を成り立たせてもいる。不健全といわざるをえない。ここに匿名が導入された。むろん、「均衡を乱す」ために。内輪の論理を食い破る異分子として匿名が機能する。そこでは、実名にまとわりつく「先入の空気」が解除される。「批判が批判として聞かれ」、オープンで匿名的な議論の連鎖をそのさきに前提することができるようになる。こうして、論争成立の条件として匿名が新たに評価される。名前に紐づけられたパターン解釈──前述した「題名と筆者を見ただけで[……]さうかと合点」してしまうような態度──から逃れるための方策だ。

ほんとうだろうか。反対方向から、論争と匿名の問題を捉えなおしておこう。たとえば、岡邦雄「匿名批評論」(一九三七・五)は、戸坂潤の匿名批評肯定論(前掲「匿名批評論」)を「理想」論と喝破した。こう展開している。[108] 批評の背後には「輿論」が横たわる。それは了解できる。だが、そうならば、「批評される側も亦輿論代表性を有つてゐる筈」だ。「両者の論戦の展開を通して初めて輿論の本質が明かにされる」のではないか。ところが、匿名批評は「一方的」である。反論の宛先を特定できないからだ。「覆面では反駁の仕様がない」。

これは「個人倫理」や「モラルの問題」などではない。「討論、論争」のアングルをとること。それによって、「大衆の輿論に訴へること」。それこそが戸坂の重視してやまない「批評の客観性、科学性」の確保につながる。岡はそのようにいう。「批評は批評され、また批評して繰返」すことが重要なのだ──こうして私たちは三木清「批評の生理と病理」(前掲)の「批評家といふのは批評する者のことでなく、批評される者のことである」という公理を何度でも想起することになる。[109] したがって、批評は「記名」を原則としなければならない。「大衆監視の裡に、公然と顔と顔を合せ」ることこそが必要なのだ。新聞のなかでも学芸／文芸欄が積極的な批評対象になるのもこの問題と関係している。

戸坂潤と岡邦雄はともに唯物論研究会の中心人物だった。自他ともに認める盟友といってよい。言論ジャーナリズムにおいても近傍に位置した。その両人の手で、批評と「輿論」の関係をめぐる二様の対立する見解が提示されている。ひとつは、批評は「輿論」を反映・代表すべきであるというもの。戸坂は論説「「輿論」を論ず」(一九三七・五)で、ルソーの「一般意志」に着目している。[110] もうひとつは、批評は公共的な論争によって「輿論を働かせ、生かす」べきだというもの。[111] 第3章で触れた論説「論争に就て」(一九三五・一一)で、岡は「ジャーナリズムの商品」に回収されない討議的コミュニケーションの意義を強調していた。[112] 二方向の批評理念が匿名批評論に圧縮される(意見の多様性が寛容される点では共通している)。

さて、新聞メディアの三重枠構造にはもう一点検討すべき問題が潜んでいる。無署名と匿名の関係だ。紙面全般は無署名を原則とする(一重目の枠)。例外的に記名する学芸／文芸欄にあって(二重目の枠)、特定の囲み記事だけは匿名制をとっている(三重目の枠)。「責任」の所在がそれぞれ「微妙」(杉山)に異なる。いましがた見たとおりだ。では、無署名と匿名の差異はどこにあるのか。匿名欄はおもに外部の書き手への委託で成り立っている。だが、そうした人的要因だけではないだろう。事例を使って考えよう。「豆戦艦」だ。一九三〇年代前半の匿名批評ブームはこの欄に端を発した。経緯を急いで確認しておく。

まず、『東京朝日新聞』学芸欄に「n月の雑誌」欄が設置された。一九三一年六月のことだ。月々発行される諸雑誌をジャンル横断的に連日寸評していく。月末から月頭にかけての数日に跨る分載形式だ。各回を総合することで、雑誌ジャーナリズム界隈の最小限の網羅的点検が可能となるよう設計されてある。当初は無署名だった。この常設欄に同年一二月末より「豆戦艦」なる表題が追加された。「豆戦艦――n月の雑誌」と。前月には「論壇時評」欄が同紙に開設されている。雑誌短評に収納しきれない本格的なレビューが分離独立したのである。第1章で縷説したとおりだ。なによりそれは「論壇」に対象を限定している。ならば、「豆戦艦」ということさらの命名は「論壇時評」との差別化の表明だったと解釈してまずまちがいない(この解釈は「論壇時評」欄の起源を雑誌短評欄に定位する理解の妥当性を補強する)。一九三二年一月分以降は文末に署名が添付されるようになる。「(氷川烈)」と。どこか匿名らしさを漂わせる署名だ。担当者は杉山平助である。(113) ここにおいて、「豆戦艦」特有のスタイルが確立する。

問題はこのさきだ。「n月の雑誌」欄は無署名制から匿名制へと移行した。その時期から論壇・文壇での反響が急速に高まる。内容上の変化はほとんどないにもかかわらず。

とすれば、私たちは無署名／匿名の効果の相違に要因を見出す以外にない。もしくは、表徴的な固定題(「豆戦艦」)の有無に。匿名であれなにかしらの署名は付される。無著名とのちがいだ。指示可能性が向上する。それによって、話題にのぼりやすくなった。また、読者は背後に主体を想定することが格段に容易になる。名和潜「匿名評論家評論」(前掲)は、「特別に其名を秘するから、匿名なのである」という。[114] そう、匿名には〝名を匿す〟という意志が埋め込まれている(記名前提の周囲の環境がそうした意志を相対的に仮視させると解釈することもまた可能だ)。とりわけ、特定の署名が反復的に使用された場合、主体のイメージが塗り固まっていく。それを匿名の顕名化といってもかまわない。しかし、無署名の場合はどうか。同様の経路は想定できない。差異は指示可能なフックの有無に起因している。かくして、匿名が機能的に固有名にかぎりなく近づく。

じっさい、「氷川烈」は瞬時に言論ジャーナリズムの話題をさらった。奇妙なことに有名性を獲得する。当該名義で評論集が刊行されもした[115](『春風を斬る』一九三三・五)。じつのところ、収録テクストの多くは元々「杉山平助」名義で発表されたものなのだ。匿名使用がペンネームと化している。そして、実名の存在感を凌駕してしまう。それに紐づけされるかたちで――正体は周知の事実だった――実名「杉山平助」の知名度も上昇していく(上記論集の再刊版『愛国心と猫』〔一九三五・一〕は杉山名義に切りかわる[116])。「杉山平助」という固有名はずいぶんとイレギュラーな流通のプロセスをたどった。

ほどなく、類似の匿名寸評欄を他紙も常置するようになった。そして、「豆戦艦」は一九三二年七月分より「(横手丑之助)」に署名をかえる。しかし、三三年五月にはふたたび「氷川烈」に戻す。その際には文末ではなく題字下に添えられた。あつかいのこうした変化が固有名化の徴候を示唆している。十返一「文藝時評」(一九三三・九)が「豆戦艦こと横手丑之助こと氷川烈こと杉山平助」と訳知り顔で表記するとおり[117]、終始、杉山に同定された[118](もちろん多重底性が機能したはずだ。同定の知識をもたない不案内な読者はいくらでもいる)。この揶揄めいた表現(「××こと杉山平助」)はもはや杉山に言及する際のテンプレートと化してさえいた。にもかかわらず、匿名は使用されつづける。いわば、虚構のペルソナや人格の束をまとった擬似固有名としてジャーナリズム空間を縦横無尽に流通していく。匿名が自律する。

supplement――「新聞の雑誌化／雑誌の新聞化」について簡単に補綴しておこう。戸坂潤はそれ以前にも、「新聞の雑誌化」という表現を使用していた[119](「新聞現象の分析」一九三三・二)。一九三〇年代前半、号外の発行や新聞社系週刊誌の創刊が連続する。それを指して「人々」がこのフレーズを用いるという。「広義の文藝欄の延長又は拡大」としてのそれだ。一九三三年初頭の発言だから、「新聞の雑誌化／雑誌の新聞化」言説はもう少し早い時点で定式化されたと考えられる。

じっさい、前方に遡ることは可能だ。たとえば、一九三二年のE・L・M「新聞紙匿名月評」(一九三二・八)はこう観測する。[120]「雑誌が新聞の後を追ひ、新聞が雑誌化する」。管見のおよぶかぎりでは、この定式の頻用は一九三二年前後にはじまっている。もちろん、初出の物証捜索はここでの関心事ではない。ともあれ、この時期、雑誌と新聞の布置関係が真摯に検討すべきアジェンダとして浮上していたことは確かなのである。とりわけ、言論を司る総合雑誌と学芸／文芸欄との関係が。さしあたり、この事実を確認しておけば足りる。ここでも、転機としての「一九三二年」が析出可能となる(言論史に影を落とす「一九三二年」の意味については第1章を参看のこと)。

ただし、このメディア分析は飛躍と詐術を孕んでいる。「雑誌の新聞化」は、雑誌記事のあつかう事象が時事的な要素に傾斜していく現象を指す(内容の問題)。他方、「新聞の雑誌化」は、新聞記事に解説や批評の要素を含む叙述様式が増加する現象を指した(形式の問題)。あるいは、そうした記事の分離独立を意味してもいた。両者は変化の位相が異なる。それらを並列的に定式化してしまっている(内容／形式の混合)。もちろん、この種のキャッチフレーズは俗耳に入りやすいように単純化が優先される。厳密性は追求されない。だが、それにしても――。

ここには、当時のメディア分析の水準がはからずも露呈している。本書が想定する目的のひとつは戦前期のメディア論の萌芽と限界とを同時に洗い出すことにある。そのうえで、感覚的に比喩を用いて語られた理論的分析を、時空を超え代行・補完してやる。

そこに課題を見出している。

5　固有名化する匿名　名をめぐる四象限

匿名批評の周囲を経めぐるなかで、私たちはいくつかの概念や語彙をくりかえし使用してきた。無規定のままに。それらは相互に部分的な重複を見せる。そのため、理解の混乱を招きかねない。整理の必要がある。あえて大雑把な図式で考えよう。

便宜上、二つの軸に代表させる。両者は混合されるべきではない。ひとつは、実名／匿名の対立軸。後者は先述したように、〝名を匿す〟という自己隠蔽的な意志をもつ。変名も含む。が、固定的に用いられる筆名は実名とほとんど等価に機能しはじめる。極言すれば、署名をともなうかぎり、実名／偽名は制度上の程度差にすぎない。無署名との懸隔を想像するとよい。そして、ここでは無署名はあらかじめ整理から除外する。もうひとつは、有名／無名の対立軸。ここでは、社会的な認知の有／無に限定する。日常生活での知名の有無は問題としない。前章まで私たちはこちらの軸に照準を設定してきた。そこに主体の選択的意志が介入する余地はない。有名／無名な状態はなろうと決意してなれるものではない。

さて、二つの座標軸を直交させると、四類型が析出される。四象限マトリクスで考えよう。以下のとおりだ。（Ⅰ）「実名＋有名」、（Ⅱ）「実名＋無名」、（Ⅲ）「匿名＋無名」、（Ⅳ）「匿名＋有名」。

固有名消費の中心的な対象は類型（Ⅰ）である。名が商品価値をもつ。それゆえ、スターシステムにおいて厚遇された。反対に、類型（Ⅱ）はジャーナリズム上の商品価値が低い[121]（ときに育成対象となる）。このさき、匿名化の志向は二系ある。ひとつは有名人による匿名化。もうひとつは無名の人間による匿名化だ。各々効果が異なる。前者、つまり類型（Ⅳ）については幾度も言及した。コントロール可能な架空人格を捏造する。目先の転換はジャーナリズムの先決の要請だった（もしくは、寄稿者を水増しし誌面の活況を偽装すべく複数の変名が併用される）。さらには、現実空間の諸々の制約から解放された発言を実現させる。他方、後者の類型（Ⅲ）は無名性のキャンセルを可能にする。有名性を優位的な基準とした空間に価値転倒を導き入れる。書き手は象限間を随時移動する。たとえば、杉山平助／氷川烈は、マトリクスを（Ⅱ）→（Ⅲ）→（Ⅳ）→（Ⅰ）の順で反時計回りに一周したことになる。

実名にせよ匿名にせよ、署名は指示対象の一意的な同定可能性をかならずしも保証しない。代筆や偽署名を想定するとよいだろう。あるのは、強固な同一性か脆弱な同一性かという差だけだ。現実空間に投錨点をもっているか否かももはや問題ではない。それらはジャーナリズムにおいて端的に指示する。個別の実体から切り離された記号的存在として言説空間を流通する。

私たちは「有名」と「匿名」の取りあわせへの疑念から本章を出発した。ようやく、ここに焦点を絞ろう。

「大戦艦時代」から「潜水艇や軽巡洋艦を主力とする時代」へ――。大宅壮一「流行性匿名批評家群」[122](一九三四・三)は、当時の海上戦術のパラダイムチェンジを「論壇や文壇」に当てはめる。私たちは第1章と本章冒頭で、当時の批評空間の変化をこう概括しておいた。すなわち、「大知識人の時代」から「小物群像の時代」へ、と。大宅はさらにそのさきの変化を予見する。記名的で非流動的な言論環境から、匿名的で過剰流動的な言論環境へ。一九三〇年代中盤に進行しつつあった変化の一面をそのように整理してみてもあながちミスともいえないだろう。

じっさい、「既成大家の名に大衆は最早や、つ、ら、れ、な、く、な、り出した」[123](傍点引用者)。見多厚二はそれを「名よりも実力への喜ばしき動向」と評価している(前掲「ヂャーナリスト変名時代」)。なかんずく、匿名批評は「名」を匿す。根拠を名前や立場に託せない。必然的に「実力」が唯一の評価基準となる。商品価値は「名ではなく、小手先の切れ味」に宿る[124](名和潜「匿名評論家評論」前掲)。杉山平助もこう整理した。[125]「ポスター・バリューで売るのではなく、言論の力そのまゝで売つて行く」、と(前掲「匿名批評論」)。杉山＝氷川の自負でもあったろう。「名」の「バリュー」(＝有名)から「言論」の「実力」(＝匿名)へ。しかし、本当にそうなのか。

匿名批評には「真実」の露呈が期待される。第3章でもそう述べた。現実空間では不可能な暴露が価値をもたらす。あるいは、リテラルに忌憚なき批判が評価される。目的は露悪に傾斜する。ときとして、言明内容の真偽すらもはや問題ではなくなる。歯に衣着せぬパフォーマンス(「切れ味」)が求められた。匿名批評家もその期待にエンターテインメントとして応えるだろう。こうした事情も手伝って、読者たちの関心は一点に注がれた。すなわち、匿名の背後の存在へ。

正体探しの探偵的欲望が匿名批評の消費サイクルに組み込まれている。匿名によるゴシップ記事が、その匿名を暴こうとするさらなるゴシップ記事を誘引する。場合によっては、固有名以上に匿名が商品価値をもつ。名和が徴候学的に指摘している(126)(ちなみに「名は潜む」を暗示するこの名和潜は阿部真之助に同定される)。たとえば、「問題の選び方」や「議論の進め方」、「表現の筆触」、「筆癖」といった痕跡の集積が「推測する手がゝり」となる、と。そのため、セルフリファレンスによるアリバイ工作が巧妙に行なわれもした。大宅壮一「匿名の鑑別法」(一九三四・三)が指摘しているように、「中には、わざと自分の名前をもち出して、大いに悪口をいつて、それですつかりカムフラージしたつもりでゐる人もある(127)」。それでも有名なものについては、あらかた個体認証されてしまう。霊体のように著者性＝同一性が残存するからだ。正体は公然の秘密であるケースが多い。その典型が「横手丑之助」＝「氷川烈」＝「杉山平助」だった。[128] 杉山にかぎらない。内実が判明した有名批評家の匿名批評に読者の関心が集まる。その傾向を小林秀雄は「問題」視したのだ。

匿名越しに固有名を透かし見る。詮索的なその態度はまさに固有名消費そのものだ。対象は匿名だというのに。それだけではない。大津伝書「匿名批評界のこと」(一九三六・四)はつぎのように指摘している。[129]「匿名者の正体を無理矢理にも想定してしまふ読者の心理」がある。しかし同時に、「その匿名にいつのまにか親しんでしまふ読者」の心理も共存する。後者の読者心理はいつしか著者本人に逆感染するだろう。「自分の選んだ匿名を大切にする」というのだ。とすれば、名和潜が指摘するとおり、匿名も「恒久性を持たないペンネームの一種」と見做せてしまう[130](前掲「匿名評論家評論」)。「匿名」／「ペンネーム」の境界はきわめて曖昧だ。このさきのメカニズムを戸坂潤「匿名批評論」(前掲)が剔出している。[131]

匿名やペンネーム(世間ではこの二つの言葉を交々使つてゐるが)であつても、例へばいつも使つてゐる名前はやがて匿名やペンネームの意義を失つて了ふ。世間の人達が一々筆者の顔や資産状態を知らなくてもその筆者は立派に署名入りの筆者であることを失はないやうに、通用した旧ペンネームは本名の主人公とは独立に、そのペンネームの主人公を造り上げる。その後ではこのペンネームはもはやペンネームではなくなつて、さういふ一人の人間の本名に他ならぬものになる。

ジャーナリズム現象としては、「本名」も「匿名やペンネーム」も機能的に等価だ。議論に無名性を中継させれば納得がいくだろう。「どんな本名でも、誰も名も知つてゐない人間の本名は新しいペンネームと何の選ぶ所もあるまい」。広汎に「通用」することで、匿名署名のもとにひとつのペルソナ（＝「顔」）が組織されていく。「筆者」の実体からは「独立」した仮の人格を読者に想像させる。読者が集団的に匿名の人格をつくりあげる。匿名が固有名と化す。したがって、真の匿名は「完全な無記名」以外にありえない。これはどこまでも「署名」の有無の問題なのだ。

「氷川烈」は「豆戦艦」用に誕生した。同欄に帰属する。そこで評価や有名性を獲得した。その結果、ないはずの我がもの顔で他メディアにも進出しはじめる――『文藝春秋』掲載の論説「書齋マルクス主義者の一群」（一九三二・一〇）や『新潮』の「文藝評論家群像」（一九三二・一二）を皮切りにして。[132] それは「氷川烈」という署名に自律的な商品価値が付随したからにほかならない。競合紙『読売新聞』にまで寄稿する始末だ[133]（「田吾作文壇人」一九三二・一二）。「豆戦艦」からの離陸のタイミングが「横手丑之助」と交替した直後である点にも注意したい。あたかも別主体であるかのようなあつかいを受けている。いや、メディア上ではたしかに別人格として存在しているというべきなのだ。特定媒体からの着脱可能性、それこそがキャラとしての存在を証示する。再説しておけば、本来、匿名筆名は特定記事や特定メディアに従属するローカルな存在である。

個別のコードの差異を超越し、媒体間を自由に移動する。非限定的な使用に耐える。それだけの一貫性と強度とが備わる。かくして、匿名が公共的存在と化していく。とりわけ極度に露悪的である様子が読者に実在を印象づける。もちろん、それは擬似的な実在性でしかありえない。

これは「氷川烈」なる文字列が多少なりとも人名らしさを備えている点にも由来しよう。だが、それだけではない。というのも、非人名的な記号筆名「S・V・C」の場合にも同種の現象が観測されたからだ。本来の舞台である『文藝春秋』「新聞紙匿名月評」から遊離する。たとえば雑誌『モダン日本』で単独インタビューを受けてさえいる[134](「新聞座談会」一九三三・九)。これこそ、バーチャルな身体性を獲得した証左にほかならない。そう、「ペンネームの主人公を造り上げる」。それは読者の認知の積分によって生成した。「氷川烈」も「S・V・C」も当該名義で単行本を出版する。[135]『読売新聞』文芸欄の匿名欄「告知板」を担当した「世田三郎」[136]など同種事例はほかにもいくつかあげられる。複数メディア間を横断しつつも同一性が維持される。前章につづいてここでもキャラ化といってみたくなる。

固有名的空間と匿名的空間とが入れ子状に折り重なる。交錯するコミュニケーション原理を複層的に構成していた。異なったパラメータがいくつも併存する。多くの批評家たちが複数の身体と人格を適宜使い分けていた——ここに転換期特有の両義性を見出してもよい。

こうして、匿名までもが固有名消費の渦に呑み込まれていく。

終章　批評環境論

1　速度　編集的批評／批評的編集
2　綜合　アカデミズムとジャーナリズム
3　再編　境界条件の壊乱と地殻変動
4　局外　いまはそれと名指されぬもの
5　集団　全体性はいかにして可能か

1　速度　編集的批評／批評的編集

新居格の論説「一九三三年の新感覚」(一九三三・二)は本書の考察に適当な枠組を与えてくれる。[1]「一九三三年」を見送るなかでそれは書かれた。数年間の日本社会をこう振りかえる。

近代人々はスピードの持つ感覚を愛した傾きがあつた。快速調が時間の上にも、空間の上にも、また心持の上にもひたすらに迎へられた形があつた。

「スピード」に価値がおかれる。最優先の価値が。それが大衆消費社会に顕在化する普遍的な「傾き」だ。この「感覚」はあらゆる局面で共有された。言論や文芸の領域ももちろん例外ではありえない。たとえば、大宅壮一や杉山平助、青野季吉、大森義太郎といった批評家。私たちは彼らの議論を執拗に参照してきた[2]──本書の労力の相当部分はその発掘と解析とツール化に投資された。彼らの適時的な批評テクストは多岐にわたる。量も膨大だ。が、あるモードを分有している。この文脈に差し戻すことで理解可能となる。情報の圧縮化と分類化。その序列化。そうした一連の手続きに支えられた整理する文体。すなわち、カタログやレジュメとしての批評。どの作業工程も時代精神に正しく調律されていた。「快速調」を歓迎する心性(＝「心持」)とかろやかに共鳴する。ここに、ひとつの批評系譜を捻出してみてもよい。新居もまたその先駆的中心に位置した。

本書の各章が分担した記事様式群も「感覚」を共有していた。論壇時評や文芸時評には即時反射が要求される。文字どおり、「時」評として。座談会では喫緊の課題があつかわれる(回顧ものもその瞬間にこそ語られる必要があるという意味では同じである)。対面ゆえに討議のリズムが極限まで圧縮される。人物批評は時どきに世間で話題の人物を俎上にのせる。そして、匿名批評の雑文傾向はそうした「輿論」性に由来していた。これらの諸特性は「雑誌の新聞化」を促進した(第5章)。メディア空間全体が速報性を優先してやまない。状況論的なディスクールへと記述の重点は移行していく。速度が言論の商品性を高める。

それだけではない。個別の分野において議論の加速に奉仕した。技術がそれを可能にする。一九三〇年代に観察された論争の群発現象はその帰結にほかならない(第3章参照)。勝本清一郎「文藝批評の貧困」(一九三五・四)はいっている。[3]「流行現象」全般はその「内容に本来適切であるべきテンポ以上のテンポで、人意的に、あはたゞしく廻転させられて行く」、と。批評家はめまぐるしく切りかわる「流行的題目」に常時拘束されている。そして、「廻転」速度を追究すべく、固有名やテーマはつぎつぎと交換可能な項に転じていった(固有名を優位におきながらその固有名性を剝奪するというねじれがここにはある)。これも本書でくりかえし確認したとおりだ。

新居の別のテクストから引証しておこう。論説「文壇レビユー」(一九二九・三)ではつぎのように断言する。[4]

> 社会のテムポが急速になるにつれて、人間の心理の上にもその急速な速度のリズムを反映する。緩やかな無変化のうちに細かく味ふ心理的咀嚼に堪へなくなつて、変化を求める。意味の深かい無変化よりも、意味のない変化を愛する。その場合、変化そのものが意味だからである。

新居は「社会」全体の傾向を述べている。だがそれゆえに、やはりここでも商業ジャーナリズムの説明としてそのまま適合する。重要なのは固有名や論題の「変化」(=形式)それ自体だ。「意味」ではない。その「変化」はメディアに内属する(「メディアこそがメッセージだ」というマクルーハンのプローブは本書で二度ほど引いた)。あらゆる項のたえざる置換に商品価値は宿る。「変化」は必然性=「意味」をともなっていなくともよい。ただ、「無変化」が忌避された。先述の勝本は「流行は凡そ無意味に空廻りして行く」と洞察している。[5] たとえば、「豆戦艦」(一九三五・九)はこう記す。[6]「欄をきめて、数ヶ月に及べば、固定化の恐れがあらう。雑誌編輯は、もつと流動性を心がくべきではあるまいか」。「雑誌編輯」は「流動」的でなければならない。本来、固定と持続を前提とするはずの「欄」にまで「変化」が要求される。

当時、雑誌の点数が急増し、同系誌が競合関係をむすんでいた。模倣と差別化の連係が反復的に組織される。偶発した様式や企画を他誌がたちまちのうちに模倣する。媒体数の増加は伝播速度の向上をもたらす。「固定化」へいたるプロセスを短縮した。転位の過程で偏差が紛れ込む。かくして、キメラのごとき二次的な記事様式が大量に自己増殖しては消失していった。[7] そのプロセスにおいて無数の記事ジャンルが生み落とされる。様式に付随するようにして、新たな思考がたまさか起動することもあった。交換の連鎖に現生する「急速な速度のリズム」。それこそが重要なのだ。新しさは「リズム」に従属していた。一般読者はどこまでも「変化を求め」つづけるだろう。そう、あの移り気で身勝手な読者たちなのだから(序章)。言論の産出構造は即俗的な「心理」に拘束されていた。各章でくりかえし証示されたのはこの言論の被拘束性にほかならない。

すべては出版大衆化に起因している。まず、「出版革命」(大宅壮一)が発生した。[8] 円本の発明とそのブームに象徴される。それに「読書革命」が応接する。[9] 一八世紀に西洋で進行したそれが圧縮されるかたちで(ロルフ・エンゲルジング)。「革命」以前、ひとは、新居がいう「緩やかな無変化のうちに細かく味ふ心理的咀嚼」を重視した。読むべきものは極端に限定されている。読者はそれを何度も読み込む。精読や熟読を基調とした読書態度だ(エンゲルジングのいう「集中型読書」に相当する)。ところが、技術革新が大量生産‐大量販売を実現させるや、事態は一変した。あらゆるイノベーションは既得権益を解体する。必然的にテクストが多様化していく。商品にバリエーションと速度が要求されるのはその結果だ。とうぜん読書のあり方も変容する。多読的で速読的なスタイルへ(「拡散型読書」に相当)。主軸が移行した。

ひとびとはつぎからつぎへと新たなテクストを巡廻する。もう反芻などしない。やはり新居の言葉を援用すれば、「意味の深かい無変化よりも、意味のない変化を愛する」。そうした心性は、適時性を追求してやまない新聞や雑誌と相性がよい。ジャーナリズムの時代が到来する。私たちが検討してきたのは、この拡散型読書に対応する編集理念だった。求められるのは速度だ。そして、変化であり効率だ。

速度が言論に商品価値を添加する。この公理にしたがってメディアは編纂された。その点でもっとも能力を発揮した編集者として春山行夫をあげることができる。

春山は詩作や詩論の方面でキャリアを開始した。フォルマリズムを標榜する。その志向性は活動のすべてを貫通している。一九三〇年代には、文芸批評家としての旺盛な執筆活動も展開する(その一端は第2章)。と同時に、雑誌編集者としてシーン形成に寄与した。モダニズム詩の牙城となった季刊誌『詩と詩論』(後継『文学』)の単独編集は周知の話題に類しよう。そこで試行された斬新なエディトリアルデザインのボキャブラリは、月刊誌『セルパン』の編集刷新に余すところなく投入された。これも「綜合雑誌」のひとつだ。春山は三代目の編集長を担当する(一九三五年一月号―四〇年九月号)。同誌の特異な誌面構成は戦後の雑誌界にまで影響をおよぼす。

徹底したダイジェスト主義とトピック主義。このふたつを全面導入した。海外の思想や文学の動向をつぎつぎとリアルタイムで要約する。紹介しつづける。そこでは、内容上の厳密さ(＝全訳)よりも、情報伝達の迅速さ(＝部分訳・要約)が優先された。一連の方針はみごとに成功する。「春山行夫氏の新鮮な編輯技術により、若き文化層に進出したと評される」[10](『出版年鑑 昭和十一年版』)。購読者が一気に増大する(私たちが序章で早々に棄却しておいた出版物のマテリアルな位相――大熊信行のいう「工藝的価値」[11]――の設計においても春山は抜群のセンスを示した)。

ここには、当時の言論モードの実情がきれいに折り畳まれている。伝達速度を重視した言説や知性がジャーナリズムの主流の一角を占めていた。本書が用いた「レジュメ」や「カタログ」や「ダイジェスト」といった形容に象徴される。春山は新時代の批評家としての自身の使命をそこに見出していた。具体化しよう。

当時、「編輯批評」の重要性が感知されていた。序章で確認したとおりだ。新居格や杉山平助も再三強調している。ジャーナリズム論の時代に「編輯」がトピックとして急浮上する。幾人かの批評家はその種のテクストをリアルタイムで量産しつづけた——本書はそれらを随時発掘し、参照してきた。春山行夫はさらに議論を突き詰める。たとえば、論説「ジャーナリズム雑感」(一九三五・四)。そこではジャーナリズムが便宜的に二相に区画される。[12] ひとつは、「作家なり批評家なりとしてジャーナリズムに踊る、乃至は踊らされる場合」。もうひとつは、「作家なり批評家なりをジャーナリズムに踊らせる場合」。春山はそれぞれを「作家のジャーナリズム」／「編輯者のジャーナリズム」と呼ぶ。両者は高度に「職業化」した。その結果、大きく「懸絶」してしまった。しかし、本来、両相は重合していたはずだ。

ここから、春山はひとつの提言を導き出す。「新しいジャーナリズム」に向かえ、と。いま必須の工程は両者をふたたび「一致させること」だ。言論ジャーナリズムは一定の成熟を達成した。つぎなるステージへと飛躍する段階にあった。その実現には、編集者が批評家として振るまうこと、そして作家や批評家が編集者の機能も果たすこと、そうした両生的な態勢が要求される。春山は「編輯者の標榜する綜合的な思想や文化的役割を自覚すべき」という規範的な表現を挿入している。[13] 編集者的批評／批評家的編集の構想が披瀝される。とりもなおさず春山当人の真摯な態度表明でもあったはずだ。春山はさきんじてつぎの言葉を残していた[14](「通話管」一九二九・三)。「わたしは詩人で、批評家で、そして編輯者だ。鶏以上のふしぎなものではない」。

　言論の商品化が極限に達する。そうした環境にあって、ジェネラリストたらんと志向すること。そこに未開の批評の姿が触知された。その意味では、一九二九年の『改造』「懸賞文藝評論」の当選結果はあまりにも象徴的だ[15]。「一等当選」が宮本顕治「「敗北」の文学」で、「二等当選」が小林秀雄「様々なる意匠」だったことはよく知られている[16]。だが注目すべきは、「選外佳作」に春山行夫「現代文学の技術的進化」が入っていた事実のほうだ[17](「選外」のため論文は不掲載)。春山が「鶏以上の」云々といった五ヶ月後のことである。

　この並びは期せずして一九三〇年代前半の批評地図を手際よく縮約したものになっている。すなわち、プロレタリア批評(宮本)と私批評(小林)と編集的批評(春山)と。そして、じつは最後のひとつこそが一九三〇年代に内部から空間全域を操舵しつづけていた。そう、「編輯」の批評だけではない。「編輯」による批評がたしかにあったのだ。「編輯といふ仕事がどういふものであるかといふはつきりした限界もきまつてゐない[18]」(春山行夫「編輯に生きんとする人に」一九三五・一〇)。「過渡期」だと春山はいう。それゆえ、「編輯」に批評の拡張可能性が開放されていた。

　春山はこうも確言する[19](前掲「ジャーナリズム雑感」)。「作家はジャーナリズムのマネキンたることを恥ぢねばならない」。作家や批評家はその固有名性ゆえにジャーナリズムに遇される。「マネキン」の比喩はこれまでに出てきた「フイギユア」や「人形」とほぼ同じと考えてよい。春山はこうした待遇の解消を主張した。商品(＝「マネキン」)の並びは日々流行を反映する——「作家と批評家が月販売の商品と化してゐる」[20](板垣直子「中堅作家論」一九三五・九)。あるいは、配列じたいが流行をつくり出す。そのため、高速度で交換されつづけている。しかし、「マネキン」にも人生はある。長期的な展望をもった仕事もある。いいかげん、「マネキン」自身が交換項としての境遇から脱却しなければならない。そのためにも、書き手の「編輯」的思考が問われる。すなわち、トータルでものを捉えることを可能にする「綜合的な思想」が。

では、春山のいう「綜合的な思想」とはなにか。もしくは、序章で見た同年の新居格「綜合雑誌論」(一九三五・一一)にある「綜合雑誌の綜合性」[21]という言葉でもよい。「綜合性」とはなにを指すのか。

2　綜合　アカデミズムとジャーナリズム

やはり雑誌で考えよう。

杉山平助は論説「「現代の雑誌」總評」(一九三三・一〇)で「綜合雑誌」の定義を試みている。[22]もちろん、暫定的なものだ。すなわち、「各方面の研究論文、指導論文、娯楽、文藝等を第一流の意味に於て綜合」したメディアである、と。レイアウトも複数パートに区画される。論文(論説)、中間読物、創作の三ブロック編成が定型だ。編集工程の都合上、ブロックごとにノンブルがリセットされるケースも多い。それら各部を「綜合」する方法、すなわち「編輯」が問われる。それが優劣の判定基準となる。「第一流」か二流以下か。

大宅壮一「編輯の技術」(一九三四・四)が「編輯技術におけるいはゆるモンタージュの研究」の必要性を強調している。[23]各種の記事様式をどう組み合わせるのか。どのように配置するのか。現場の「技術」的課題の要諦はそこにある。これを広く「研究」せよと大宅はいう。誌面全体のバランスを最適化するために。『中央公論』の編集者である雨宮庸蔵の論説「雑誌記事モンタァジュ論」(一九三〇・一二)は好例だ。雑誌ジャンルごとに「記事配合」の様態の傾向をスケッチしている。[24]分析に際して雨宮は述べる。成否の分岐点には編集者の「プランの選択綜合」というモメントが存在する、と。原稿の取捨「選択」は重要である。が、それだけでは「綜合」は実現しない[25](たとえば、『経済往来』が各ブロックにおいて高水準の記事を揃えていながら、『中央公論』『改造』に劣るとされるのは、「綜合」の拙劣さによる)。

とりわけ中間読物に「綜合雑誌」の「綜合」性が凝縮される。[26]当時、このブロックのバリエーションとボリュームが急激に拡大していた。本書が引証してきた記事の多くはここに属す。木村毅「新人椋鳩十」(一九三三・六)は中間読物欄をこう位置づけた。[27] 論文欄や創作欄に比べて「有益でなく、品位がない」。それゆえ、「最も軽蔑せられてゐる」欄だ、と。しかしながら、他方で、その「多様性(バライティ)」が独自の魅力を放ちはじめてもいた。リーダビリティも高い。序章で見た「新しい読者心理」[28](室伏高信)と相即する——これも本書各章を通底するキーワードだ。同欄にこそ編集の巧拙が顕著に表われる。アカデミズム内部では実現されがたい知の「綜合」化の可能性が、ときとしてそこに垣間見られもした。

不揃いの内容と形式を抱えたコンテンツ群、それらが同一雑誌に併載される。執筆者も多彩だ。誌内に「多様性」が確保される。とすれば、つぎにそこに要求されるのは「調和」(雨宮)である。[29] とはいえ、どれを選出し、受容するのかは最終的に読み手に委ねられている。「多様」ゆえに。異なる文脈で提出されたテクスト群は、読者の手元において放縦なままでに編集しなおされるだろう。送り手のみならず受け手にも選択＝編集権がある。そのようなコミュニケーションモデルを典型的に表わしていた。雑誌は読者の志向(嗜好)に応じて、異なった相貌＝文脈を出来させる。そのつど無際限に。

ひとまず、「綜合」はこの点で説明できる。幅広い読者層にリーチすべくとられた戦術だ。「綜合雑誌」スタイルの伝播はその成功を雄弁に物語っている。が、これでは不十分だ。なぜなら、雑誌というインターフェイスの「雑」的側面を編集が担保するにせよ、それは「綜合雑誌」以外にもそのまま適合してしまうからだ。「綜合」の一断面しか捉えられていない。言論状況に差し戻す必要がある。ただし、その状況じたいは「綜合雑誌」の流行に規定されたものだ。メディア環境が言論の潮流を生み出すのであって、その反対ではない。

人物批評を例にとる。

そこでは、巷間の話題にのぼる人物が常時ピックアップされる。第4章で詳説した。読者の関心とのインタラクションが理念的に折り込まれている。雑誌のメディア特性を如実に体現した記事様式だ。政治や経済、社会、外交、軍事、芸能、スポーツなどあらゆるジャンルの著名人が文化領域に包摂される。究極的には文壇人と等価にあつかわれた(日本のジャーナリズムが文芸領域先行で進化してきたことについては何度も触れた)。人物批評が開口部となって、多彩な人物がジャーナリズムへと回収されていく。なべて文化的な消費材と化す。それは各ジャンルそれ自体の位置づけにもはねかえってくる。すなわち、複数領域の平準化が進んだ。文化的消費主義が全面化する。明治期より存在した人物批評はこの時期に決定的な変質を遂げる。とりもなおさず、この多様包摂性ゆえに。典型的な現象のひとつがアカデミズムの商品化である。整理しよう。

一九三〇年前後、雑誌『経済往来』は「人物評論」や「大学人物評論」といった連載枠を常設していた。匿名による単体評型や列伝体型の人物批評だ(ともに基本名義は「X・Y・Z」)。全国の大学人がそこでの観察対象となる。当時頻発した大学内部の諸事件の報道に完全に同期していた。一九三三年から三四年にかけて連生した京大滝川事件や法政騒動、長崎医大問題などだ。大学と社会の界面に焦点があう。しかし、一般読者は問題の核心部の理解には到達しえないだろう。前提知識をもたない。必然的に叙述は人間関係に注がれる。政治領域の人物批評が流行したのと同じパターンだ。このころ、同誌の六号雑記欄では「学界聞き書」が考案された。[30] かねてよりつづく「文壇ゴシップ」「政界ゴシップ」などと同列のあつかいだ。「聞き書」が名分となって、虚実混濁した「ゴシップ」の度合いが昂進する。真偽定かならざる情報までも欲してしまう読者の心性。それを私たちは「固有名消費」と呼んだ。かくして、近似したテーマをめぐって誌内全域に縦横の連絡関係が張り巡らされる。

他誌にも類似企画が相つぐ。とくに、『文藝春秋』のE・L・M「当世学者気質」(一九二九・四—一〇)は読者や関係者の耳目を集めた。[31] 匿名の筆者は大森義太郎だ。学問内容や大学人事が操作ひとつで世俗的な情報価値をもちうることを証明した。アカデミズムの構成員の固有名が商品となる。[32] 雑誌や新聞が大学をショーアップする(先駆事例としては、『読売新聞』に連載されて好評を博した斬馬剣禅『東西両京の大学』[一九〇三・二—〇四・二][33]がある)。文化的な娯楽の対象として随時消費される。アカデミック・ゴシップの空間を誌面総体で演出した。複数の様式が総動員的に活用され、立体的に。

かつて、大学は在野の威信獲得に利用された。しかしここにおいて、ゴシップのネタの流出源としても発見しなおされる。後発した論壇が文壇と同じようにできあがっていく。そのとき、人物批評が欠かせなかった。言及されるだけではない。ジャーナリズムは大学人を新たな書き手としても積極的に登用していく。「講壇ジャーナリスト」が簇生した。[34]

一九二〇年代後半、マルクス主義が全盛をきわめる。そのさなか、各大学でいわゆる左傾分子の追放が大々的に執行された。第1章で触れた。大森義太郎や石濱知行、佐々弘雄、向坂逸郎ら(一九二八年)、そして、山田盛太郎や平野義太郎ら(一九三〇年)が在野に流出する。彼らはこぞって論壇ジャーナリズムに侵入した。地滑り的にスライドしていく。各人、マルクス主義を理論的な備給点としつつ、膨張したジャーナリズムの商業主義的な要求を先取的に汲みとる。みな「器用」だ。[35]一躍、論壇の寵児となる。

哲学者の三木清も同様である。早い段階で官学アカデミズムのコースを断念せざるをえなかった。船山信一ら近傍に位置した後続者は、むしろそうした新たな環境を前提に言論活動を開始するだろう。[36]当時盛んに論じられた「大学の没落」問題を起源に据えてみると見取図は組み立てやすい。最初から居場所として大学を勘案できない。大正デモクラシー期に、吉野作造らによって開設されたアカデミズムからジャーナリズムへの連絡路が[37]、この時期、所与の選択肢と化す。彼らはフリーランスの批評家として多方面での活躍を見せる。

戸坂潤もそのひとりだ。一九三〇年代に入るや、官学アカデミズムからジャーナリズムへと旋回する[38](同時に、三木の後任として私立の法政大学に職を得た)。そのタイミングで論文「アカデミーとジャーナリズム」(一九三一・八)を発表している。彼なりのマニフェストだったと解せる。まず、近代日本における「アカデミー」と「ジャーナリズム」の来歴が簡潔に整理される[39]。そのうえで、双方の「空々しい自己独立性」を剔出した。こう述べる[40]。両者の「冷淡な関係」は言論を不健全にしてきた。戸坂の診断によれば、しかしまさにこの時期、棲み分けの状況を融解する「条件」が出揃いはじめていた。つぎのように図式化する。

アカデミーは容易に皮相化さう(ママ)とするジャーナリズムを好意的に牽制して之を多少とも基本的な労作に向はしめ、ジャーナリズムは又容易に停滞に陥らうとするアカデミーを親和的に刺戟して之を時代への関心に引き込む。アカデミーは基礎的・原理的なものを用意し、ジャーナリズムは当面的・実際的なるものを与へる。

相互補完の関係が抽出される。しかし、それはどこまでも「概念的な［……］規定」でしかない。理念型だ。だから、戸坂はすぐさま「現実的な条件」の検討へと移る。アカデミズムを成立させる「大学といふ政治的制度」、およびジャーナリズムを成立させる「出版資本といふ経済的実態」がフォーカスされる。いずれも、「本来」あるべき様態から逸脱している。「曲げられてゐる」。戸坂は言論の正常な再起を期して現状批判を綴った。にもかかわらず最後まで、相互交渉（「牽制」と「刺戟」）の具体的なプログラムは開示されない。「立て直し」の連呼に終始している。それは実践のなかで示されるほかないのだろう。

戸坂や岡邦雄、三枝博音らによる唯物論研究会の創設はこの論説の翌年のことだ（一九三二年一〇月）。大学アカデミズムに抗しつつ、同時に既存の商業ジャーナリズムにも回収されない、新たな空間が企図された。じっさい、各種セミナーやイベントは繁盛し（詳細は隔週発行の『唯研ニュース』で逐次報告された）、会員の層は裾野の広がりを見せる。月刊の機関誌『唯物論研究』（一九三二・一一―三八・三）は商業ベースで一定のセールスを記録した。「唯物論全書」や「三笠全書」など書籍シリーズの刊行も精力的に行なった。[41] 水準や完成度に偏差を含みはするものの、網目状の相互参照を陰に陽に埋め込みつつ、総体として当時の研究と実践の到達点を具現していた。

大学的知性がジャーナリズムへと滲出していく。と同時に、「アカデミーは［……］

益々ジャーナリズムのために蚕食されつゝある」。戸坂はそう観測した。[42] そこに、「紙上インターカレッヂ」を夢想する。大学機関の外部に生成する知性に可能性を見出した。自身の批評スタイルの肯定でもあったろう。戸坂はそれを「理論的ジャーナリズム」と名指す。「理論」をアカデミズムから簒奪する。人的な移動によって、そうした空間が起動しつつあった。着実に。なにより、それは戸坂のキャリアに体現されている。

当然ながら一連の動向の背景には、ジャーナリズムの版図拡大があった。それにともない、原稿料が軒並み高騰していた。各誌、高質のコンテンツを確保すべく連鎖的に吊りあげていく。講壇批評家たちが活躍できたのは、ジャーナリズム側に積極的な利用の思惑があったからこそだ。春山行夫「谷川・小林・河上」(一九三四・四)は指摘する。[43] 「マルクス主義の流行時代から、ジヤアナリズムが大学教授を極度に通俗に利用しようとしたことは事実」、と。状況は両者の利益の合致を前提に成立していた。ただし、「極度に通俗に」。そして、軽薄に。「通俗」性は読者層への目配りから要請される。

『中央公論』『改造』は「マルクス主義の流行」を梃子に部数を伸ばした。とりわけ、後者は出発期に「流行」に便乗することで軌道に乗った。創刊四号目の二大特集「労働問題批判」「社会主義批判」が転機となったこともまたメディア史の常識に類しよう。異なるイデオロギーを打ち出す雑誌までもが商略的に「マルクス主義」を取り込む。たとえば、本来は保守傾向にあった『経済往来』も似たような特集を組んだ。その際、

「大学教授」や出身者が続々と引っぱり出された。その固有名と属性ゆえにである。春山は前述の「マネキン」発言と同様、そうしたアカデミシャンらを「ジヤアナリズムのからくり人形[44]」と形容した。彼らは「利用」されるだけだ。

大宅壮一「現代出版資本家総評」(一九三六・三)が一連の経緯を的確に総括している。[45]

［……］アカデミズムといふのは、謂ゆる学者(それも主として官立大学に養はれてゐる)を中心とする一部有閑インテリの好きさうな特殊な趣味であり、姿態であり、それが昂じてくると信仰になり、終ひには迷信にすらなる。勿論そのフアンも少くない。従つてアカデミズムそのものが、アカデミズムにはひどく嫌はれてゐるヂヤーナリズムにとつて、非常に大切なお得意になるわけだ。そのコツをうまく攫んで成功したのが岩波である。

特定の固有名が世間の関心を集中的に吸いあげる。そして、有名性を肥らせていく。即自的な有名性などありえない。有名人という存在が成立するには無名の一般読者の集合的存在が不可欠である。大宅のいうようにそれを「フアン」といいかえてみてもかまわない。彼ら彼女らはその人物への関心を供給しつづける。ひとはある人物が有名であるがゆえにそれを欲する。と同時に、それを欲することによって有名性を増大させてもいる。そうした読者の知的水準に応対すべく、ジャーナリズムによるアカデミズムの馴致が進められた(「お得意」化)。その「成功」事例が「岩波」書店だった。

相互依存はあきらかだ。もしくは、相互融和の関係が強化される。ならば、官学アカデミズム／商業ジャーナリズムという対立構図はここにきて瓦解し去ったのか。むろん、そうではない。拮抗関係は持続した。であるがゆえに、越境行為に価値が胚胎したのである。流動化の過程で対抗軸は再設定される。そのつど複層的に。第1章で見たジャーナリズム内部における新旧対立を想起するとよい。新たに台頭したアカデミズム出身の批評家たちと、旧世代に属する職業評論家たちとのあいだで軋轢が観察されたのだった。文章スタイルの対立としてもそれは表面化した。後者の典型は室伏高信だ。アカデミックでスタティックな批評の跋扈を幾度となく批判した。矛先は雑誌編集へもおよぶ。論説「綜合雑誌のジャーナリズム」(一九三五・五)では、「千か二千の読者しかもちえないものを麗々しく巻頭にかゝげ」る「綜合雑誌」の基本方針を論難している[46]。それは業界を狭めることにしかならない、と。もちろん、「巻頭」にアカデミックな批評などおくなといっている。

一方に、圧倒的な全体性を代表せんとする大知識人が存在した。思考に全人格が賭される。他方には、膨大な個々の専門知や世界観を網羅的に拾いあげ「綜合」するシステムがあった。前者から後者へ。非人称的なシステムが思考する。進行したのは言論環境の脱人格化だ。巨視的には、室伏はこの新たな「綜合」に抗おうとしていた。

3　再編　境界条件の壊乱と地殻変動

時代のキーワードは「速度」と「綜合」だ。

「編輯」はもっとも強烈にそれを反映した。その可操性が人びとの意識に浮上する。「編輯批評」の隆盛は分かりやすい帰結である（序章）。「編輯」それ自体もまたキーワードだった。「綜合」性は「編輯」の深浅大小あらゆるレイヤーに発見できる。新／旧批評家のあいだに生成した対話と応酬の連鎖。それを可能ならしめたものは「綜合」性にほかならない。異分野の論客同士の接触も増加した。「綜合」化の趨勢はジャーナリズムの下位区分へも転位していく。たとえば文芸批評の担い手をめぐるジャンル交配が進んだ。

一九二〇年代最後の月、大宅壮一「一九三〇年への待望」（一九二九・一二）は、以下の観測を書きとめている[47]。年末恒例の回顧記事だ。

［……］本年度［＝一九二九年］において文藝批評界に進出して来た新人は、経済学者の石濱知行氏、大森義太郎氏、哲学者の三木清氏、谷川徹三氏など、すべてこれま

で他の文化分野にあつて活動しつゝあつた人々で、純然たる文学の畑からは、これらの人々に匹敵するやうな批評家がほとんど出てゐない。

一九三〇年前後の「文藝批評界」の特筆すべきトピックはここに尽きている。「経済学者」や「哲学者」が各自の専門(＝「畑」)を繋留地としつつ文芸領域に参入しはじめた。いずれも、それにさき立ってアカデミズムからドロップアウトした論客だ(先述)。彼らはまたたくまに論壇ジャーナリズムで活躍するようになる。活動範囲も順次拡張していく。より大量の一般読者を有する領地へ。文壇への「進出」は当然の仕儀だった。人材の移動が積層する。その結果、ジャンル間の越境と融合が進む。

商略的な理由だけではない。外部環境の変容もそこには介在している。緊迫した社会情勢のもと、社会・政治領域の批評行為が圧制されはじめていた。新居格「真個の批評精神」(一九三三・一二)はこう吐露する。[48]「評論の自由性」が拘束されている、と。「政治評論」を書く際に「不自由」を痛感するのだという。新居にかぎらない。相対的な「自由」を確保すべく、少なからぬ論客が文学領域も視野に入れるようになる。

では、移動はいかにして可能となったのか。諸般の条件が一九三〇年前後の文壇周辺には整備されていた。おもにつぎの二点に集約される。

一点目は、一九二〇年代後半におけるプロレタリア文学(運動)の隆盛。そして、それによってもたらされたポレミカルな言論スタイルの定着。プロ文は文学場に外部の思考を導入する。一般形式としてそれを常態化させた。人的な移動を促す。当初、大宅壮一の批評はこの一環としても機能した。

そして二点目に、文壇の外延を規定する敷居の降下。川端康成のタームを援用すれば、「文壇の垣」の瓦解現象が徐々に進行していた[49](「文藝時評」一九三四・一〇)。川端は旧文壇の崩壊が一般化したのちになおも残存する伝承的要素を表現する意図でこの用語を使っている。「文壇」は堅持されたままだ。ただし、求心力の減退は恒常化しているそれは出版大衆化の一帰結だった。そのため、参入障壁は押し下げられる。部外者の新規参入が許容されやすい環境が出現した[50]。

二点は相互前提的に連動している。外部からの侵入は仔細な文壇知識をさほど要求しない小林秀雄型の批評の成功と確立によって、さらに促進されることになるだろう。

大宅は一九二六年の論文「文壇ギルドの解体期」(一九二六・一二)のなかで、既成文壇の崩壊の徴候を数えあげていた。そのひとつに「「素人」の文壇侵入」がある[51]。そこには文芸批評の「素人」も含まれる。だが、この時点では具体例が一切記入されてはいなかった。偶発的な事例が散見されるにすぎなかったからだ。それがちょうど三年後の一九二九年時点では、いくつもの固有名をともなって観察しなおされる(前掲「一九三〇年への待望」)。論者たちはもはや「素人」とは呼べない。「新人」文芸批評家として登録される。それほどに圧倒的なプレゼンスを示していた。

人的配置の再編が進行する。ところが、移動はこれにとどまらない。ほかならぬ大宅壮一自身が別のベクトルの移動を示した。「文藝批評界」の変化を大宅が論じたちょうど一年後、新居格「文藝評論界顧瞥」(一九三〇・一二)はつぎのような印象を記している。[52]

大宅壮一氏は本年度[=一九三〇年]は文藝評論ではかなり怠けた観がある。論じはしたが時事的、事件的のものが多く、云はば社会批評の分野に於いてであつた。多才にして経営力ある彼の才能は彼を進んで一種の事業家の如き観を呈せしめた。いや明かに事業家になつてしまつた。

「社会批評の分野」へと関心を拡充した文芸批評家は、複数領域を同時並列的に「経営」する「事業家」へと転態を遂げる——これは比喩だったが、現実においても、この三年後に大宅は人物評論社を立ちあげ、雑誌『人物評論』の編集・発刊と文字どおりの「経営」とにあたることになる。大宅の転回が正確に捉えられている。[53] それも早い段階で、なかば予言的に。さらに二年後、氷川烈(=杉山平助)は大宅の属性を「閃きのあるヂヤアナリスト」と規定した[54](「文藝評論家群像」一九三二・一二)。もはや大宅は純正の文芸批評家として認知されない。これは小林秀雄が文芸批評の主流スタイルを完成させてしまったことの結果でもある。定義が相対的に組みかわっていく。あるものが文芸批評と見做され、別のあるものはそうとは見做されない。だが、ここで見たいのはそのことではない。文字どおり別の路線を大宅は歩みだす。

この転態を把捉するうえで、一九三〇年に刊行された大宅の二冊の評論集の存在はあまりに示唆的である。というのも、両書の編集方針はくしくも転態の前と後の大宅をそれぞれに象徴しているからだ。大宅は文壇デビュー以来の五年間に各種媒体に発表した批評やエッセイを集成する。二月に『文学的戦術論』を、八月に『モダン層とモダン相』をそれぞれ上梓した。[55] 前者には文学を主題としたテクスト群が収録される。他方、後者は文芸批評や時評をいくつか含みはするものの、収録文の過半は同時代の瑣末な社会現象を論じたものだ。つまり、後者において「文学」は、並列する様々な社会現象のなかの一項目になりさがっている。思えば、批評活動の開始時から大宅は、「文学というものを特別に神聖視」する認識の解除をくりかえし遂行的に訴えていた[56](「事実と技術」一九二九・五)。

一九三〇年の大宅壮一は、『モダン層とモダン相』が体現した方向へと舵を切る。社会批評の方へ。この転回はあらかじめ大宅の思考様式に埋め込まれていた。それはあきらかだ。なぜなら、文学テクストの社会的な意味作用を測定するタイプの思考が「社会」そのものの分析へとむかうのは経時的な必然だからである。あるいは、環境に要因を求めることも可能だ。大宅は総合雑誌に占める「文学的パーセンテージが激減した事実」を何度か報告している[57](「「純」文藝小児病」一九三四・四)。理由をこう説明する。すなわち、「文学の二つの機能の中、思想的、指導的、な部分は、社会科学や哲学にとつて代られ、感能的、刺激的な部分は、映画やレヴューにとつて代られたため」だ、と。文学の構成素ごとに対応する競合物が市場で増加した。その結果、「文学」の需要は縮減する(序章参照)。相対的な変化だ。そうした外因も大宅の守備範囲の拡大を後押ししていた。

前掲の論説「一九三〇年への待望」が発表されたのは、この転回直前のことである。そこで決定的な診断を下す[58]。「もはや文藝批評は文明批評乃至文化批評の一部分となつた」。この観測のもと、大宅は上位カテゴリである「文明批評」や「文化批評」、つまり広義の「社会批評」へと自身の活動領域を伸張する[59]。おもなフィールドはおのずと論壇に移った。「文藝批評」はその活動全体のなかでのみ意味をもつだろう。一九三六年になると変位はすっかり完了している。青野季吉「文壇ジヤーナリスト論」(一九三六・二)はこう観察した[60]。「文壇ジヤーナリストとしての大宅壮一は、いまでは、桟敷をかへて、野次つたり「監視」したりしてゐるやうな、「局外者」的な態度を執つてゐる」。内部に位置した批評家が「局外」へと移動する。参入の反転現象が同時に発生していた。

こうした動向は、新たにやって来ることになる志願者たちへも少なからぬ影響をおよぼす。たとえば、三木清「文壇と論壇」(一九三一・九)はつぎのように観察している。[61]

今日文壇に対するひとつの脅威或は不幸は、いはゆる文学青年のほかに論壇青年とでもいふべきものが輩出するに至つたこと、しかも彼等は文壇と同じやうな論壇をめざしそして文壇と同じやうな遣口をしてゐながら、文壇といふやうな存在を程度以上に軽蔑し、排斥することであらう。

「論壇青年が物を書かうといふ連中の有力な部分として現はれてゐる」という。この現象は読者集団のシャッフルと次代の言論空間の磁場が変成することを予感させる。まとめよう。一九三〇年代前半、日本の批評空間に巨大な地殻変動がおとずれていた。固有名の大規模な配置換えが観察される。まず、「文壇の垣」が低下した。それは表裏をなすふたつの現象を誘引する。ひとつは、外部から内部への侵入。もうひとつは、内部から外部への進出。「文藝批評界」の構成員を区画する分界線が融解しつつあった。境界条件が壊乱される。[62] 新たな「綜合」化に向け空間が再編されていった。さきの新居格はこうつづけた。[63]「昨年[＝一九二九年]あたりの彼[＝大宅壮一]の任務を本年では大森義太郎氏が演じている」、と(前掲「文藝評論界顧瞥」)。一九三〇年の大宅と大森の交替劇はあまりに象徴的だ。その交差点を見定めなければならない。

前述の戸坂潤「アカデミーとジャーナリズム」はかつての言論場を以下のように概括していた。[64]

我国に於て、ジャーナリズムが最も目立つて支配的であつたのは、始め主として文藝の領域に於てであつた。そこでは夙く文壇なるものが形成されたが、之に対立したものは文壇外の個々の優れた作家であつて、決して文藝のアカデミーではなかつた。之に反してアカデミーが最も目立つて支配的であつたのは、当然なことながら、始めから主として科学―哲学の領域に於てであつた。そこではすでに帝国大学が建設されてあつたが、科学的・哲学的諸理論の研究に就いて、これと太刀打ちするのはジャーナリズムの柄ではなかつたのである。

相互に独立した複数のパラメータが併存する。それが「空々しい自己独立性」を維持してきた。しかし、ここにおいて分界線の錯綜が現象する。ジャーナリズム／アカデミズム。文壇／論壇。あるいは、各種の専門領域。それらいくつもの境界の融解が一所に重畳した。あらゆる言論シーンにおいてこの種の相互陥入が進行していた。異質なジャンルを出自とした思考や言説、文体がポリフォニックに拮抗／響鳴しあう。そのようなメガリージョンとしての批評空間が出現した。総合雑誌をはじめ雑誌メディアは隣接性の原理においてそれを可視化する。[65] いや、この表現は正しくない。メディアの編集を起点として、そこから新しい現実が立ちあがっていった。

4　局外　いまはそれと名指されぬもの

「文壇の垣」の内から外へ。外から内へ。

侵入した批評家たちは「局外批評家」と呼びならわされた。大宅壮一「局外文藝批評家論」(一九三五・八)などが話題を呼び、用語としても一気に定着する。「文壇的伝統の外に立つて文学を鑑賞し批判してゐる人々」という暫定的な定義を大宅は提出している。[66]「文壇的伝統」の継承意志の有無、それが焦点となる。「局外」という有徴性が刻印される程度には「垣」の残滓はなおも滞留し、部外性が温存されていた。池島重信「現代文藝評論家新論」(一九三五・九)は、そこに「文壇の鎖国主義」の残影を見る。[67]

大宅は当該稿で局外批評家のカタログ作成を試みている。時系列が遡行的に整序される。その際、先行事例として新居格と青野季吉が再発見される。[68] 私たちも何度も参照してきたふたりだ。一九二〇年代なかば、ともにプロレタリア文学運動の一環として文芸批評にのり出した。「社会思想家」として認知されていた彼らが「文壇の公器」(中村武羅夫)たる『新潮』に登場する。そのこと自体が「センセーション」を誘起した。「驚異」と映る。しかしその一〇年後、ふたりは文壇にすっかり順応していた。「専門的文藝批評家」として活動している。

ここには、文芸領域や文壇の生態が如実に表われている。文学はたえず貪欲に隣接領域を包摂しようと企てる。その包摂の連鎖によって蘇生と延命を実現してきた。創作にせよ批評にせよそれはかわらない。伊藤整「文壇的批評と非文壇的批評」(一九三五・九)はこう表現している。(69)

[……]文学の思潮とか機運とかいふものは多く外部から新しく入つて来るものである。それまでの文壇といふものの中では考へられてゐなかつた思考とか、批判方法とか、峻厳な個性とか、さういふ形で新しい文学は起り、そして他に影響し、自らもまた顕現するものである。

いずれ、既存の枠組ではとうてい現実を把握できない瞬間がおとずれる。そう感知するや、新たな「思考」や「方法」や「個性」が召喚される。「外部」から。たちまち吸収され、内部で拡散・浸透する。既成事実化する。外部のシステムと固有名を併呑することで、内部の論理が書きかえられていく。それと同時に、個々の外部性は消散し、脱臭化された従順なスタイルがいつしかできあがってしまう。伊藤もいう。[70]「閥外」の思考も、「いつか文壇はそれに慣れ、またその規範もやがて新しさを失つて、新奇なものでなくなると共に、所謂文壇的批評の内部的なものとなるべき運命を持つてゐる」、と。「刺戟」は一回性のものだ。

大宅は新居と青野に後続する局外批評家として以下の固有名を標本化していく。「哲学的、文化的」方面の三木清や谷川徹三。その影響下に出発した唐木順三や藤原定。あるいは、「唯物論研究会系の哲学的思想家」である戸坂潤や岡邦雄、三枝博音——さきにあげた池島の記事もこのリストを完全に踏襲している。ここに、哲学方面の林達夫や樺俊雄、あるいは経済学方面の大森義太郎や石濱知行を加えてもよかった。これら一九三〇年代中盤の局外批評家たちもいずれ「内部」へと組み込まれていく。それは「運命」だ。じっさい、事態はいくらかそのように進行した。[71]

文芸時評を例にとろう。

この時期、文芸時評は権威による仕事ではなくなりつつあった。むしろ、新人批評家の通過儀礼として機能しはじめる(第2章参照)。戦後、文壇評論家の十返肇はこう回想している[72](「文壇六・三制論」一九六〇・七)。「商業雑誌のうちで、「中央公論」「改造」以外に、当時「経済往来」というのがあり、よく新人の作品を採用していたが、「経済往来」に書いたのでは、まだ文壇へ出たとはいえなかった」。『経済往来』の創作欄はあきらかに格下に位置づけられていた。新機軸を打ち出す必要に迫られる。そうした対策の一環だろう、早くから「文藝時評」欄を専門外の批評家に開放していた（「新人」批評家の「採用」）。たとえば、一九二七年には、既存の「社会時評」や「経済時評」に加えて新設された同欄に（雑誌の性質上、それまで文芸時評がなかった）、経済学者の石濱知行（四月号）や林癸未夫（五月号）、文明批評家の土田杏村（六月号）、社会学者の新明正道（九月号）らを起用している。[73] 出自が経済雑誌であるという最低限度の自己制約が可能にしたキャスティングだった。それが結果的に斬新に見える。

初回の石濱は自身の時評をこう表現する。「題して文藝垣覗」。[74] 局外性が自覚される。外部観察（＝「覗」）にすぎなかった。一九三〇年代に入り、「垣」が急下落する。そこへ「素人」が大量に参入した。一九二九年末の大宅の報告はその徴候を敏感に察知していた。しだいに、「素人」が当事者化する。[75] 本書で何度か召喚した大森義太郎が適例だ。『改造』の「文藝時評」欄を連続担当した。[76] まさに一九三〇年のことだ。それがさほどの違和感を与えない。その程度には文壇での存在が定着していく。千葉亀雄「一九三〇年の文壇を論ず」（一九三〇・一二）は同年の文壇現象を総評してこう書きとめる。[77]「暴露と破壊をちやんぽんにした、ジヤアナリズム気分を十分に堪能さした才人大森義太郎氏の現出も、一つの風景であつた」。大森義太郎の「現出」はひとつの事件だった。すなわち、そのフレームの新しさにおいて。

　文芸関連の座談会にも局外批評家は多数参加する。そうした機会を利用して適性がテストされた。なかでも、哲学系の三木清と戸坂潤は重宝された。論説「啓蒙文学論」(一九二九・一〇)以降、三木は堰を切ったように文学論を続々発表している。[78]純文学領域に「社会とか生活とかに対する時代批評」を接木する必要をくりかえし説いた[79](「時代批評の貧困」一九三四・七)。それを実践に移す。戸坂も同様だ。一九三〇年代前半、哲学と文学をクロスオーバーさせた批評課題が続発したが(「不安の文学」論争や「行動主義文学」論争など)、この事実も両者の活躍の背景をなしている。彼らは文芸領域と他領域の文脈を接続する結節点に位置した。そこにハイブリッドな想像力が立ちあがることもあった。自明視された境界上に侵襲作用を発生させる。そして、複数領域の批評の配置=地図をみずからの動向によって組みかえる。その地点から出発して、徐々に文壇内のポジションを獲得していった。

　たとえば、『文藝』一九三五年七月号の小特集「人物評論」は、岡邦雄「谷崎潤一郎」と戸坂潤「横光利一論」の二編で構成される。岡も戸坂も純然たる文芸批評家ではない。唯物論や哲学をベースとした社会批評(もしくは科学史研究)に従事していた。その彼らが作家論を依頼される。対象と論者のマッチングの変則性に編集のポイントがあったことはいうまでもない。ジャンル間移動を利用した発信の構造的なねじれ。そこに価値が内発する。テクスト内容が仮に同一だとしても、《誰が》それを発したのかによって意味が異なる。

末川博「現代ジャーナリズム漫語」(一九三五・二)は、民法学者である自分にジャーナリズム論の依頼が回ってきたことに言及し、メタ批評を展開した。[80] 論者の執筆ジャンルのシャッフルが自己目的化されている。しかし、そうした「目先きをかへ」る企画にこそ、「ジャーナリズムのジャーナリズムたるゆゑん」があるのだ、と末川はいう。ある匿名批評は局外批評流行の要因をここに見る[81](「赤外線」一九三五・八)。すなわち、「目さきが変つてゐて面白い」というジャーナリズムの論理に。それと同時に、編集者の非内向的な「センス」にも流行の原因を特定した。固着した文壇状況は局外批評にかえって有利に働く。

その結果、わずか数年で状況は劇的に推移する。さきに「文壇の垣」の存在に言及していた川端康成がこう述べるまでに。「「文壇の垣」なんて、あれどもなきが如く、なければどもあるが如きものである。ゴム作りの垣である。伸縮自在である。霧の絵の垣である。出入自由である」[82](「続私小説的文藝批評」一九三六・二)。青野季吉が大宅の「「局外者」的な態度」を指摘した、それと同じ月の言葉だ。川端のなかで「文壇の垣」認識が更新されている。いや、認識だけではない。実態としてもそのように変成した。一九三〇年代は局外批評の時代でもあった。そして、本書があつかってきた題材群と同様、それ自体がやはり再帰的に検討対象にもなっていく。

たとえば、谷川徹三「文藝時評」(一九三三・一)はつぎのようにいう。[83]

古い権威が失墜する時、さまざまの文化の形式が新しい生活条件の衝迫によつて壊されてゆく時、それぞれの領域が閉塞と自律とを不可能とする時、その意味であらゆるものが批判の対象とせられる時、その時ディレッタンティズムは巾を利かすのである。

その一例として、谷川は「哲学や社会科学の領域から文藝の問題に口を出す」所作をあげる。そして、三木清や板垣鷹穂、戸坂潤といった固有名を列挙する。局外批評の基本動因を「ディレッタンティズム」に看取したわけだ。谷川自身もその系譜に連なる。一九三三年前後、ディレッタンティズムの是非は論壇や文壇の潜在的なトピックと化していた。多くの論者がこの概念を読みかえ、そこに積極的な意味を見出そうとする。谷川のほかにも、三木清や戸坂潤、杉山平助らが間歇的に関連する論説を発表した。[84]保田與重郎も別文脈からこれらに先行した。[85]むろん、言論空間の再編動向を受けた結果だった。

三木清「現代に於けるディレッタンティズム」(一九三二・一二)は以下のように展開し

ている。[86] ディレッタントは一般的に「専門家」と対置される。非「専門」的である。その点でジャーナリストの近傍にいる(このアングルがすでに「アカデミズムの影響」によるものではある)。しかし、こう見ることも可能だ。ジャーナリストは「現在」に焦点を定める。他方で、ディレッタントは「過去」に関心をもつ。そのかぎりでは、ディレッタントはアカデミシャンに接近する。三木はアカデミズムとジャーナリズムとの距離においてディレッタンティズムの定位を試みようとしている。ただし、三木自身は肯定的に評価してはいない。極力、中性的な整理に徹する。

ここには、アカデミズム/ジャーナリズムの対立構図を抜け出る可能性が胚胎していた。ディレッタンティズムを外挿し、並列する第三項としてではなく二項関係を攪乱する創発概念としてそれを機能させる。そして、その錯綜した布置連関の只中に各種の思想を位置づけなおしてみせること。そうした見立てが瞬間的にひらかれていた。[87] しかし最終的に、論者間の概念の共有には着地しない。そのため、本格的な論争にもいたらなかった。もっともポジティブに再評価する谷川にしても、試みが成功したとはいえない。ほどなく、ディレッタンティズム論は霧散してしまう。そして、局外批評をめぐる文壇内部のローカルな論議へと局所化していく。[88] 一九三五年のことだ。私たちは局外批評を文壇現象のひとつとしてのみ捉えるべきではない。ディレッタンティズム論の流れのなかにおきなおしてみる必要がある。

他方、領分を護持しようとする力学も定期的に作用した。当然の反発だ。さきに「いくらか」と留保を付したのはそれゆえでもある。既存の文芸批評の陣営から異議が表明される。[89]たとえば小林秀雄。「新しい文学と新しい文壇」(一九三〇・一〇)では、大森義太郎の文芸時評に触れる文脈でこう強調した。[90]「近頃、文学の社会学的批評といふものが、文学の一番まともな批評であるといふ事が、人々の暗々裡の合意となつてゐる」。しかし、まったく「信用」に値しない、と。「信用」は初期小林の鍵概念だ。かねてより、小林は外的な「物指」の導入を批判していた。「屁理屈」「学者的横柄」として痛罵する[91](「アシルと亀の子」一九三〇・五)。そしてブームのさなか、こう述べる。[92]局外批評家の文芸時評は「理屈はともかく甚だ魅力のない文章」になる、と(「文藝時評」一九三五・一)。小林は一方では、文芸時評を強く批判していた(第2章)。しかし他方で、このようにして文芸領域を代表してもいる。アンビバレントな位置に立つ。

批判の急先鋒は板垣直子だ(なお、前記の鷹穂とは婚姻関係)。当時、彼女は文芸批評家としてのキャリアの端緒についたばかりだった。そのタイミングも批判動機に少なからず関係したはずだ。流入過剰への危機感が批判へと向かわせる。「文藝時評」(一九三三・三)の導入部で谷川の批評態度を否定する。[93]「作品を度外視して、理論と着想との叙述に終り勝」ちだ、と。あわせて、その「アマチュア的な試みを許容」してしまう文壇の現状を概嘆する。局外批評家の多くを「アカデミズム系文藝批評家」と一括し、例外なく切り捨てる。[94]「文壇から一つの特異性を抽象してきて」、自身の持ち場のロジックに強引に当てはめているだけではないか。文芸時評にあらず、と裁断した。外部からの流入は「文藝批評界の極度な衰微」に起因している。

板垣はオーソドックスな批評観を固持している――「文藝時評はどこまでも作品本位でなければならない」。これが模範だといわんばかりに、「文藝時評」後半部では各誌前月号の小説作品を愚直なまでに網羅的に逐一点検していく。だが、そうした板垣の姿勢は支持を集めない。たとえば、深田久彌「文藝時評」(一九三三・三)はこう酷評する。[95]「毒にも薬にもならぬ批評」だ、と(板垣は局外批評と同時に、私批評も返す刀で棄却していた。第2章で見たように、深田は小林秀雄に追従する。エピゴーネン的フォロワーのひとりだった。私たちはここに代理的な対立構図を看取してみてもよい)。その際、「一そのこと、甲乙丙とはつきり点数をつけて貰つた方が興味があらう」と極端なあてこすりを付記している。私批評と社会理論の両方の否定は、極端には採点方式へと帰着するというわけだ――私たちは戦後のある時期の文壇に、そのような批評スタイルが成立したこともまたよく知っている。

その後も、板垣はことあるごとに同種の批判をくりかえした。一九三五年夏、対蹠的な二本の局外批評観が差し出された。ひとつは、板垣の「中堅作家論」(一九三五・九)。作家一〇人を順次論評する論文の冒頭、文脈を度外視してなかば強引に局外批評論が展開される。[96] むろん否定論だ。局外批評家たちは各自の専門知識に依拠して文学に「何か議論めいた形」を付与する。しかし、それだけで、じつのところ文学そのものには関心がないのだと板垣はいう。したがって、その活躍は「文藝評論界にとつて幸でない」。もうひとつは、大宅壮一の「局外文藝批評家論」（前掲）。肯定論だ。専門文芸批評家による空間の占拠は「視野の狭小化」をもたらす。[97] とりもなおさず、文学の「社会価値」が損壊してしまう。ここに局外批評家の積極的な「存在理由」を見る。

この二編を機に、局外批評の是非をめぐる大論争へと一気に発展した。[98] 論争は一九三五年をとおして継続した。[99] その渦中で問われたのは、《文芸批評とはなにか》という根源的な課題にほかならない。なかでも、戸坂潤「局外批評論」（一九三五・一二）は恰好のサンプルとなる。批評が対峙すべき要素を再審する機会として局外批評ブームが捉えられている。主張はシンプルだ。既存の文芸批評の外延を拡張せよという。以下の二方面において。[100]

ひとつは「文学的現実」の拡張。「「文学」と名づけられたものにだけ文学を限定」する態度は停滞しか生まない。そうではなく、現時点では「文学」と名指されない事象をも対象に繰り込むこと。そして、積極的に外部にこそ「文学」を発見していくこと。そうした創発性にこそ批評のミッションを見出す（この議論を第1章と第2章で検討した「理論」／「現実」のロジカルタイピング問題に差し戻してみてもよい）。

もうひとつには、「批評」の含意の拡張。批評は「必ずしも文藝批評に限るものではない」。にもかかわらず、この国ではごく限定的に批評が捉えられてきた。この時期、戸坂は日本のジャーナリズムに瀰漫する「文学主義」の弊害をことあるごとに批判した[101](「反動期に於ける文学と哲学」一九三四・一〇)。他ジャンルの批評との拮抗関係や連動性を自覚するなかでのみ文芸批評はそのポテンシャルを発揮するはずだ。とすれば、「専門的文藝批評」は語義矛盾でしかない。戸坂はこの二点を再考する好機として局外批評の流行を解釈している。

同時代の匿名批評「赤外線」(一九三五・一〇)の寸言が正しい。戸坂をはじめ一群の局外批評家の言い分はつぎの認識に尽きている[102]、という。「局外にこそ「批評」がある」。そもそも、批評とは境界侵犯の欲望に支えられた営為であったはずだ。手垢に塗れたレトリックを臆面もなくここで用いるならば、字義どおり、〝臨界(クリティカル)=危機的な思考〟としてそれは機能する。欠落したものへの想像力。現時にはまだ現前していない、しかし未来に生成するであろうものたちへの想像力。あるいは、みずからそれを創出していく生成力。そうした文学的想像力(創造力)の拡張だけが全体性を担保する。

5 集団　全体性はいかにして可能か

内と外の人的移動が本格的に感知されはじめた一九三〇年、青野季吉はあるテクストを発表する。それは「文学批評の全体性のために論ず」(一九三〇・九)と題された。[103]「批評」あるいは「文学」の「全体性」が回復されなければならない。青野はそう強調する。そして、その方途について検討する端緒を準備してくれている。

批評には多種多彩な「基準」がある。その主流は「時代」と「環境」に即して組みかわる。いずれかの「基準」や「尺度」を選択すれば、それ以外を切り捨てることになる。どの批評も「部分的、局部的」でしかない。「部分」ばかりが跋扈する。しかし、それらは同時に「全体的な理解」をつねに希求してもいる。では、いかにして「全体性」は確保されるのか。「部分の算術的総和」は決して「全体」を意味しない。青野はいう。ただ、全体へのオブセッシブな「接近」が存在するだけだ、と。「局部的」な「様々なる意匠」(小林秀雄)を超えて、全体を把捉しようとする意志。その漸近運動の只中に全体が仮想される。青野の回答はあきらかに失敗している。そこには時代的な限界が刻印されている。グランドセオリーとしてのマルクス主義(あるいはその派生態)が想定されていたことは想像にかたくないが、明言は避けられる。

「全体」という言葉が問題含みなのであれば、いささか乱暴に「綜合」をここに持ち出してみてもよい。さきの戸坂潤「局外批評論」は文芸批評を三系に分類した。[104]作家による批評と、専門文芸批評家による批評と、「一般読者の立場に立つた文藝批評」と。

第三のタイプは匿名批評的であり(輿論性)、ときに局外批評的である(非専門性)。前章と本章の議論で検討した。「素人」の批評といいかえてもよい。大森義太郎「局外批評家の立場いろいろ」(一九三五・一二)が指摘するように、局外批評論の争点は「素人と玄人と」を分かつ資格の問題にあったからだ。[105]戸坂はいう。[106]

実は「文藝批評」などもどうだつていい。その代りにさうした普遍的な批評の体系が、綜合的で統一的な批評そのものが、無意識の内にであらうと横はつてゐなければならぬ。作家的文藝批評家や専門的文藝批評家もこの点に来ると、この読者大衆の複合的な生活意識の端的な断層によつて、遂にはね返されて了ふのだ。

分断された各種批評の背後には、「批評そのもの」や「批評一般」が存在していなければならない。「綜合的で統一的」で、「普遍的な」それが。否定神学的に仮視された「綜合」から、「部分」的な批評が演繹的に導き出される。「文藝批評」もそのうちのひとつにすぎない。だから結論はこうだ。「文藝批評たるべきものが、今日の所謂「文藝批評」よりも遥かに広く大きなそしてオリジナルなものであり得る」。

戸坂はそれを実践している。既存の文芸批評や文芸時評の枠組を利用、もしくは偽装しながら、そこに別種のプログラムを埋め込んでいく。ことあるごとにそれを乗り越え、拡張を試みる。文学主義批判の必然的な帰結だった。「文藝時評」(一九三六・六)ではつぎのように宣言する。[107]「文藝時評も社会時評もまた論壇時評も実は一つのやうなものであつていゝ」。そして、その数行後に実践してみせるのだ。自己言及的な円環をむすぶ構成になっている。それをある論壇時評が取りあげた[108](SOS「論壇時評」一九三六・八)。「文藝時評とは云ひながら、在来の文藝時評の他に、社会時評、論壇時評、それに風俗時評[……]までを打つて一丸としたやうな、新しい綜合的な形式で行はれたもので、面白い」。

局外批評の隆盛によって、領域混淆的な批評が一般化した。「新しい綜合的な形式」の批評が誕生しつつあった。だが、この理解は完全に転倒している。かつて、「綜合」的な批評が存在した。ある時期、ジャーナリズムが拡大していき、それにともなって批評の専門化と分業化が進む。その結果、「部分」的な批評が基本となった。そうした状況が局外批評の存在によってあらためて問題化されたにすぎない。したがって、前掲の「赤外線」(一九三五・八)によるつぎの観察が正しい。[109]「局外批評家は一切の文化現象に対する批評を通して啓蒙家としての自分の仕事を果たさうとしてゐるのだ。就中文学の如きは、その為に彼等の見逃してはならぬ領域なのである」。ひるがえっていうならば、所詮「見逃してはならぬ領域」でしかない。新居格が「真個の批評精神」(前掲)で表明した自分自身のスタンスはその典型だ。[110]「文藝批評にたい〔ママ〕しても、その他の批評に対しても常に同一の態度を執る」。[111]

時を同じくして、別経路から「綜合」を確保する方法も模索されていた。岡邦雄「局外批評家の立場」(一九三五・一二)は批評の「綜合」性に触れ、いかにも無防備にこう記すのだ。[112]「一人でできなかつたらみんなで分担して一緒にや」ればよい。集団協働的な批評。そこに宿る「綜合」のモメントが探査される。杉本鉄二「学藝面を活かせ!」(一九三五・一)は、匿名によるオールジャンルの雑誌短評欄――『東京朝日新聞』「豆戦艦」や『読売新聞』「壁評論」を例示――の限界点を指摘している。[113]「個人となると視野の範囲が限られて来る」。論壇時評へも同種の違和が頻繁に寄せられたことは第1章で触れた。特定領域の批評家一人に全域の総点検を委ねる形式自体に設計上の欠陥があるのではないか、と。叙述が「個性的興味」に引きずられてしまう。公正でない。杉本の代案はシンプルだ。「数人の合成力」を利用せよ。「個人」から「数人」へ――。

中井正一「文壇の性格」(一九三二・一)が、大宅のいう「文壇ギルドの解体」現象の行方をうまく表現している。[114]「壇は団へと解体され再組織化される」、と(傍点原文)。内実をこう開示する。「個人的天才的個別性」から「集団的機能的組織性」へ――。「個人」を基本単位とした作家性の神話の終焉が感知されている。それを中井は数年後に、「委員会の論理」として理論的に結晶化させることになるだろう[115](「委員会の論理」一九三六・

一―三)。当該論説においてもすでに「藝術における委員会性」といった表現が見える。近代的な作家性が根底から問いなおされていた。ここでいう「作家」は小説家だけを指すのではない。批評家や記者をはじめあらゆる書き手が含まれる。

この課題に対して、大宅壮一は正面からの突破を試みている。彼の文学脱「神聖」化のプログラムに関しては、本書でも何度か事例を取りかえながら触れてきた。「藝術は経験的習練によつて獲得され、成長するところの単なる技術であるといふ平凡なる事実」の認識にそれは裏づけられている[116](「知的労働の集団化に就て」一九二八・六)。文学の生成はかならずしも「天才」的な「インスピレーション」を要求しない[117]。そこに不可欠の要素は、非先天的に習得可能な「単なる技術」である。第4章で見た「スター」誕生に才能は不要だとする論理と同型だ。大宅はこの理解を過激なまでに徹底させる。実存的契機は極限まで削除される。

「単なる技術」である以上、創作原理はマニュアル化可能だ。そのようなものとして教授‐学習されてよい。そこで、論説「現文壇に対する公開状」(一九二八・六)では「文藝大学」構想を提起している[118]。冗談や皮肉混じりにコースの具体案を解説する。文学制作のプロセスは「形式＝技術」的位相――大宅は「型」と呼ぶ――に縮減される。それを基礎として、作家育成システムを構築する。大宅の文学設計の思想が如実に可視化される。この「技術」的な文学観は、論考「知的労働の集団化に就て」(前掲)で、以下のように変奏されもした。[119]

近代文化の最も重要なる特色の一つは、すべての人間労働が漸次組織化し集団化しつゝあるといふことである。一切の価値の生産に於て個人的労働から集団的労働へ、個人的技術から集団的技術へと、漸次その主権が移動しつゝあるのである。［……］藝術及び文学も、この一般的普遍的傾向から脱却するわけには行かない。

文学も技術一般の「集団化」傾向から逃れることはできない。大宅はここから「文藝作品の多産なプロダクション」を夢想する[120]（あるいは、ヘゲモニー闘争を自陣優位に推進すべく、量産体制を実現しようという功利的な思惑が大宅にはあったのかもしれないが、いまはおいておく）。「今のところはまだやはり一つの空想に近い」と、現況における非現実性を断りつつも、大宅はその可能性を確実に見定めていく。他愛もないプランだ。しかし、それは出版大衆化時代や大量生産時代に即応する。文学生成をとりまく環境は一大転機をむかえていた。じっさい、論説「知的労働の集団化の実例」（一九二八・七）では具体的試案まで掲示する。「知的労働の集団化に就て」の翌月にそれは発表された。さしあたって翻訳に集団作業を導入せよというものだ。「翻訳が一つの産業である以上、その生産方法に関してもつと組織的、科学的に研究」する必要がある。[121]文学作品は商品だ。翻訳作品も含まれる。ならば、その作成行為は「産業」にほかならない。

　このころ、大宅は現実に「綜合翻訳団」を組織していた[122]。論考で言及した「流れ作業」を実践へと移す。下訳、誤訳訂正、用語統一、韻文確認、仕上げの各作業を分業体制化した。フローに即して翻訳が量産されていく。バートン版『千夜一夜』などを翻訳刊行した[123]。作業工程化された自律的システムには、商品を生産する「工場」の比喩が相応しい[124]。大宅はこうした戦術のもと、遅々として進化しない不毛な翻訳業界へと参入していく。翻訳は作品の固有性を原典(＝オリジナル)に委ねてしまえる。二次加工産業の領域を大宅はおそらく戦略的に選択していた。いわば、集団制作の実験場として。

　小説や翻訳の領域にとどまらない。論説「人物論の構成」(一九三四・九)では、人物批評の集団制作も提案している。複数人で対象人物の「思想、経歴、性格、業績等を各自分業的に調べあげて、一つの綜合的な人物論を完成する方法」がそれだ[125]。ここでも「綜合」が鍵概念となる。試案は雑誌『人物評論』で実装された。創刊号巻頭の郷登之助「看板に偽りあり――藤村・有三・義三郎等の仮面を剝ぐ」(一九三三・三)をはじめ、同じ筆名(＝匿名)のもと発表された人物批評テクストの数々はまさにそうした「分業」体制の成果物にほかならなかった[126]。

　複数者が徹底したデータ蒐集に関与する。取材経路の複線化と作業のフロー化によって、個人のリサーチ範囲を大きく超える(戦後の週刊誌を支えたアンカーマン制度までは一歩だ)。より詳細な情報の取り込みと検証が実現する――同誌では読者からもゴシップ情報を広く募集した。個人の手になる批評を質と量の両面で凌駕するだろう。人物批評はそこに埋め込まれた情報の新奇さと豊富さとが評価を決する優位の要因となるからだ。同様の「分業」が雑誌短評や論壇時評にも要求されていた(固定の匿名的筆名の背後に複数者が確認される事例はいくつかある)。

だが、ここには集団批評と固有名をめぐるクリティカルな問題が潜んでもいた。「郷登之助」名義の一連のテクストは、のちに大宅壮一の三冊目の単行本『ヂャーナリズム講話』(一九三五・三)に収録されることになるのだ。[127] 集団性が固有名にたくし込まれてしまう。思えば、雑誌『人物評論』の表紙には「大宅壮一編輯」と明記されていた。集団作業の成果が「編輯」の責任の所在とともに個人に帰す。S・O・S「文藝手帖」(一九三〇・八)が「共同制作」の矛盾を告発している。[128] すなわち、「大宅「翻訳団」」の刊行物も最終的には一個人の名(「大宅壮一」)を冠して発表されるではないか、と。揶揄めいた言葉で核心を突く。大宅の名をクレジットやパッケージにしなければ市場に流通させることができない。「どんな社会になつたつて、「有名」であることが、財産の一種であることに、変りはない」。

この場合、大宅個人の意図は勘定に入れられない。固有名に抗する可能性を秘めた集団性や匿名性や無名性までもが有名性に回収されてしまう。S・O・Sが抉り出したのはその構造的な欺瞞の気配だ。千葉亀雄「評論家風景」(一九三三・七)はこの種の病根をつぎのとおり指摘するだろう[129]。「偉人や英雄が、解消したデモクラシ時代といはれながら、やはり人間の心理の奥には、何か知ら、偶像といふものを立てて置かないと、淋しくてたまらぬもの」があるのだ、と。大知識人は成立しない。非人称的な構造が思考する。しかし、そうした世界にも「偶像」は要求される。固有名の呪縛はどこまでも拭いがたくつきまとう。

第5章でも参看した戸坂潤「匿名批評論」(一九三四・六)は、印象的な比喩でこのことを説明している[130]。批評を読む行為は「ひいきが相撲を取るのを見てゐるやうなもの」だ、と。つまり、「署名入りの個人と個人との取り組み」が商品になる。《誰が誰を論じるのか》がここでも問題になるのだ。いくつかの章を経由してきた私たちにはただちに首肯されよう。「署名入りの」を「有名性に塗れた」と換言してみるとよい。固有名の組み合わせに価値が発生する。戸坂は論説「新聞の問題」(一九三三・二)のなかで、「題と人名」の組み合わせ(=「結合」)にこそ編集の要諦があると看破していた[131]。

「主観的」「主体的」な批評が蔓延する。なかんずく文芸批評には。極端には、「文学的作文」「身辺雑記」と呼ばれるべき言辞へと収斂していく。それらは、「社会的な普遍的背景」に依拠した分析ではない。してみれば、ほとんど《誰が書いているのか》だけが意味をもつ。「必要なのは、批評そのものではなくて、批評者の署名に他ならない」。こうした批評テクストの消費形態はどこまでも「ファン意識」に支えられる。戸坂は批評の固有名消費の構造を剔出している。この社会において、批評はそのようなものとして捉えられてきた。

大宅壮一は論説「人物論の構成」(前掲)にこう記す。[132]「われわれの日常会話の大部分は、或る意味において一種の人物論である」。そう、私たちは固有名を効率的なインデックスとして「会話」を組み立てている。「日常会話」にこそ批評の萌芽があるという第5章の議論をここに絡ませれば、批評の存立機制が浮き彫りになる。むしろ、そのようにしてしか認識をセットアップすることができない。その構造的な限界こそが批評を全的な想像力から遠ざけてきた。

私たちはメディアに関して思考をめぐらせてきた。いまいちど、批評や思想のマテリアルな位相へと議論を差し向けるために。出版大衆化に適応した批評メディアが生成し、それらを意識しつつ言論はつむぎ出された。メディアが批評を生み出す。メディアが思考する。そうしたモチーフに貫かれてきた。それゆえ、本書では幾人かの知識人たちが活躍する固有名の群像劇に仕上げられることを意識的に拒んできた――本書の多くのセンテンスの主語は人名ではなく論文の標題になっているはずだ(が、そんな自己言及はどうでもよい)。固有名ではなくメディア環境を問題とした。

にもかかわらず、この終章の後半において、そうした形式は破綻しかけている。意図は他所にあるにせよ、「大宅壮一」という固有名に素直に導かれ、集団制作や集団批評に関する分析枠組をみさかいもなく組織しはじめてしまっている。意図せざる結果として、特権的な地位が「大宅壮一」に与えられることになりかねない。固有名の誘惑に絡めとられはじめている──それどころか、この一〇〇頁ほどあとには字義どおりインデックスとしての「人名索引」さえ挿掲されてしまうだろう。「人物論」の罠だ。

私たちは別の方法で集団性の理論的な考察に向かわなければならない[133]。しかし、それはおそらく実践のなかでのみ可能となるだろう。大宅壮一や三木清、戸坂潤、小林秀雄、あるいはそのほか多くの批評家たちがそうしたように。したがって、新たな課題を別のプロジェクトへと急いで転送し、このあたりで本書を閉じることにしよう。

註

序章

（1）大宅壮一「文学の時代的必然性」（『文学時代』一九三〇年一月号）、一六一―一七頁。ただし、引用中の「発展」は初出時には「発表」となっていた。ここでは、単行本収録時のより自然な表記を採用した（大宅壮一『モダン層とモダン相』大鳳閣書房、一九三〇年八月）。なお、収録時に「時代色と文学」と改題。

（2）大宅壮一「文壇ギルドの解体期――大正十五年に於ける我国ヂャーナリズムの一断面」（『新潮』一九二六年一二月号）。ちなみに、大宅は一九二六年初頭から『新潮』に無署名や署名入りで寄稿している。それ以前にも発表の経験はあった。にもかかわらず、一般的には、この論考が大宅のデビュー論文であると注記される。それは、文壇に「大宅壮一」という固有名が広く流通する契機となった時点の確定を意味しているにすぎない。

（3）白柳秀湖「商業主義に同化した文壇」（『新潮』一九二六年七月号）は、大宅に数ヶ月先行して文壇に「ギルド」という比喩を使用していた（一二四頁）。この件は、前田愛「大正後期通俗小説の展開（上）――婦人雑誌の読者層」（『文学』一九六八年六月号）によってすでに指摘されている（三二一―三二三頁）。

（4）大宅壮一「文壇ギルドの解体期」（前掲）、七九頁。「「有名」」は原文では当時の活字の関係で「『有名』」と表記されている。便宜上あらためた。
（5） 大宅壮一「「第三期」文壇論」（『経済往来』一九三二年七月号）、一七二頁。
（6） 三木清「文壇と論壇」（『鉄塔』一九三二年九月号）は、つぎのように記す（一五頁）。「或る論者に云はせると、文壇といふものはもはや崩壊し衰滅しつつある。文壇といふ特殊な存在は次第にヂヤーナリズムに征服され或は解消されつつあるといふのである」。いうまでもなく大宅壮一の一連の議論を指している。
（7） 大宅壮一「文壇に対する資本の攻勢（上）」（『読売新聞』一九二八年九月一五日）、四面。
（8） 大宅壮一「文学の時代的必然性」（前掲）、一六頁。
（9） 大宅壮一「バラック街の文壇を観る」（『新潮』一九二九年六月号）、八〇頁。
（10） 大宅壮一「事実と技術（三）」（『東京朝日新聞』一九二九年五月一七日朝刊）、七面。
（11） 大澤聡「脱神聖化する文学領域——大宅壮一の文壇ジャーナリズム論」（『日本文学』二〇〇八年一月号）を参照のこと。
（12） 大熊信行「文学のための経済学（十講）第三講——時間配分の自由」（『都新聞』一九三三年五月二五日）、一面。
（13） 大熊信行「文学のための経済学（十講）第一講——閑暇と文学」（『都新聞』一九三三年五月二三日）、一面。そののちもこの語を反復した。
（14） 大熊信行「文学のための経済学（十講）」（『都新聞』一九三三年五月二三日—六月一日）は、大熊信行『文学のための経済学』（春秋社、一九三三年一一月）に収録。晩年、大熊信行『芸術経済学』（潮出版社、一九七四年七月）に再録するにあたり、「配分」というタームを執拗に「資源配分」と書きかえている。ほかの用語にもかなりの加筆跡が認められる。この事後的な修正ゆえに、いくつかの箇所で叙述上の時代的な齟齬を引き起こしてしまっている。
(15) 青野季吉「現代ジャーナリズムと文学」(『行動』一九三五年八月号)、一一五頁。このあと、「世に認められるといふことは、新聞のチャンネルを通ってでなければ不可能である」とつづく。
(16) 中井正一「『壇』の解体」(『大阪朝日新聞』一九三二年一月一九日朝刊)、六面。
(17) 中井正一「文壇の性格――「壇」の解体について(その二)」(『大阪朝日新聞』一九三二年一月二〇日朝刊)、六面。
(18) ニューメディア脅威論に対する否定的な意見も存在した。民法学者の末川博はエッセイ「現代ジャーナリズム漫語」(『中央公論』一九三五年一月号)のなかで以下のように述べている。たしかに、大半のニュースは新興メディアのラジオから摂取できる。しかし、その際の取捨選択には困難がともなう。時間的拘束も強い。それゆえ、かえって印刷メディアの利点が浮上してくる。「自分で読みたいときに読め、また読むものを勝手に選択できるといふところに、紙に印刷されてゐる物の有り難味がある」(一〇一頁)。末川はラジオと印刷媒体(新聞・雑誌・書籍)は競合しないと見る。中心的な役割が異なるからだ。末川の議論はつぎのことを示唆していよう。すなわち、他メディアの新規登場により既存メディアの輪郭が明確になるという歴史的法則を。
(19) 大熊信行「時間配分の自由」(前掲)、一面。
(20) 先行する成果に、山本芳明『カネと文学――日本近代文学の経済史』(新潮社、二〇一三年三月)などがある。

(21) 先行する成果に、浅岡邦雄『〈著者〉の出版史――権利と報酬をめぐる近代』(森話社、二〇〇九年一二月)などがある。

(22) たとえば、永嶺重敏『雑誌と読者の近代』(日本エディタースクール出版部、一九九七年七月)、同『モダン都市の読書空間』(同、二〇〇一年三月)など。

(23) マーシャル・マクルーハン(栗原裕、河本仲聖訳)『メディア論――人間の拡張の諸相』(みすず書房、一九八七年七月)。当該プローブを考察した日本の良質な成果に、門林岳史『ホワッチャドゥーイン、マーシャル・マクルーハン？――感性論的メディア論』(NTT出版、二〇〇九年九月)がある。

(24) S・V・C『新聞批判』(大畑書店、一九三三年四月)は、序文「匿名出版について」のなかでつぎのようにいう(一―二頁)。「新聞の主張は公正なもの、報道は正確なもの」という誤解が蔓延している、と。しかし、新聞も「商品」にすぎない。新聞批評の「流行」はそのことさらの強調の結果だ。詳細は第1章にゆずろう。

(25) 中井正一「文壇の性格」(前掲)、六面。

(26) 大熊信行「文学のための経済学(十講) 第七講――工藝品としての書物」(『都新聞』一九三三年五月二九日)、一面。

(27) 大熊信行「文学のための経済学(十講) 第六講――文学の代価」(『都新聞』一九三三年五月二八日)、一面。

(28) 大熊信行「工藝品としての書物」(前掲)、一面。

(29) 戸坂潤「新聞の問題」(戸坂『現代のための哲学』大畑書店、一九三三年二月、初出未詳)、二〇二―二〇三頁。

(30)　ロジェ・シャルチエ（福井憲彦訳）『読書の文化史――テクスト・書物・読解』（新曜社、一九九二年一二月）など。

(31)　室伏高信「論壇時評【1】二分の一ジヤアナリズムの横行」（『読売新聞』一九三二年二月二五日朝刊）、四面。

(32)　永嶺重敏「円本の誕生と「普通国民」」（『叢書　現代のメディアとジャーナリズム　第4巻　大衆文化とメディア』ミネルヴァ書房、二〇一〇年八月）は、この現象を「〈プレ円本〉ブーム」と位置づける。

(33)　実証的研究の成果の一例として、庄司達也・中沢弥・山岸郁子編『改造社のメディア戦略』（双文社出版、二〇一三年一二月）をあげておく。

(34)　無署名「世界一の『現代日本文学全集』出づ」（『現代日本文学全集　予約募集／内容見本』改造社）、四頁。配布は一九二六年なかば以降と推定される。同文は『改造』一九二六年一二月号にも再利用されている（巻末広告頁）。

(35)　菊池寛「文藝時評」（『中央公論』一九二七年一月号）、二六七頁。「営利的企画」であるがゆえに、「人選の如きも、文学的名分は第二位であり、市場価値が第一であることは、当然である」と理解を示してもいる（二六六頁）。そして、ここでも「市場価値」がいわれるのだ。

(36)　無署名「世界一の『現代日本文学全集』出づ」（前掲）は、良書を廉価で広範囲に普及させる点において「出版界の一大革命」を自負する（三頁）。

(37)　無署名「文藝春秋」（『文藝春秋』一九二七年三月号）、二一三頁。

(38) 大宅壮一「出版革命の勝利者」(『中央公論』一九二八年一二月号)、二四六頁。

(39) 小林秀雄「様々なる意匠(文藝評論二等当選)」(『改造』一九二九年九月号)は、「大衆文藝」をつぎのように定義している(一一二頁)。「人間の娯楽を取扱ふ文学ではない、人間の娯楽として取扱はれる文学である」。なお、「大衆文学」という呼称は円本ブームの最中、『現代大衆文学全集』全六〇巻(平凡社、一九二七年五月―三二年三月)によって定着を見た。

(40) 「「文藝講座」大要」(『文藝春秋』一九二四年七月号)は、「平易なる紙上文科大学の創設」を謳う(広告頁)。『文藝春秋三十五年史稿』(文藝春秋新社、一九五九年四月)は、こう記載している(五二頁)。「「文藝講座」の名称は菊池寛の創案になるもので「何々講義録」に飽きていた読者に新鮮な印象を与え、以降講義録は姿を消して所謂インテリ向きの講座の名が、その種の出版物を風靡するに至った」。「講義録」から「講座もの」へ。この転換の意義についてはメディア史や教育社会学を含め多角的な検討を要する。

(41) 無署名「本誌の値下げと十倍拡張運動」(『改造』一九二七年二月号)、二頁。

(42) 無署名「編輯後記」(『経済往来』一九二七年四月号)、一八六頁。

(43) 総合雑誌の略史としては、「総合雑誌太平記」(『中央公論』一九七五年一一月号)や「総合雑誌の研究」(『流動』一九七九年七月号)などの特集が存在する。この種の特集や論議が一九七〇年代に集中していることはあらためて注目されてよい。論壇の衰退が連呼されるなかで歴史的検証が要請されていた。その一端をうかがわせる。

(44) 田中紀行「論壇ジャーナリズムの成立」(『近代日本文化論4 知識人』岩波書店、一九九九年九月)が論壇の形成過程をごくコンパクトに概観している。

(45) 三木清「批評の生理と病理」(『改造』一九三一年一二月号)、二二頁。
(46) 同前、二三頁。
(47) ジャーナリズムを討議した座談会記事も急増している。たとえば、「各雑誌評判座談会」(『文藝春秋』一九二九年一月号)、「出版界批判座談会」(『同』一九二九年六月号)など。
(48) 『綜合ジャーナリズム講座』全一二巻(内外社、一九三〇―三一年)。
(49) 大澤聡「雑誌『経済往来』の履歴――誌面構成と編集体制」(『メディア史研究』第二五号、二〇〇九年五月)ではこのプロセスを詳述した。
(50) 新居格「現代高級雑誌論」(『経済往来』一九三〇年一一月号)、一〇七頁。
(51) 無署名「雑誌界の二代表――『中央公論』と『改造』」(『読売新聞』一九三一年一月一日朝刊)、三面。
(52) 平林初之輔「文藝時評　文藝は進化するか、その他」(『新潮』一九三〇年六月号)は、「文学作品が今日完全に商品化してゐることは事実だ」と前提したうえでこういう(九八頁)。「プロレタリア作品も藝術派の作品も出版資本家にとつては、同じ角度から眺められる」。「商品」としての機能的等価性を指摘している。出版社は原則として「営利」にしたがう。こうした「角度」に対して「イデオロギー」批判はおよそ意味をなしえない。
(53) 新居格「現代高級雑誌論」(前掲)、一〇八頁。
(54) 同前、一〇七頁。
(55) 論壇の成立を大正期中盤に認める史的認識は数多く存在する。たとえば、山田宗睦「論壇の機能と学問の役割」(『展望』一九六五年八月号)は、「論壇が形成されたのは、大正デモクラシーの時である」と述べる(一〇九頁)。また、山田宗睦・丸山邦男・松本健一「なぜ論壇は崩壊したか」(『現代の眼』一九七九年八月号)も同様の前提で対話を進行する。ただし、論壇時評が戦後に成立したと誤認している。成立については第1章で検討する。

(56)『日本評論』創刊号の表紙には、大きく「高級大衆雑誌」と印字されている。

(57)関忠果・小林英三郎・松浦総三・大悟法進編『雑誌『改造』の四十年 付・改造目次総覧』(光和堂、一九七七年五月)は以下の定説を記している(一一〇頁)。「「改造」が多くの半インテリを読者に持ったのは、その掲載の論文が難解で、難解ゆえにアクセサリー的役割をはたしたという皮肉な見方もある」。こうした評価は一九九〇年代の『批評空間』にもそのまま適合する。知的なメディアの一面を的確に言い表している。

(58)大熊信行「文学のための経済学(十講)第八講――愛書家と読書家」(『都新聞』一九三三年五月三〇日)、一面。

(59)無署名「出版界」(『出版年鑑 昭和九年版』東京堂、一九三四年六月)、八頁。同記事は「婦人雑誌」や「児童雑誌」、あるいは「大衆娯楽雑誌」の隆盛も数的データとともに記録している。「昭和八年度は近年になく雑誌界は活況を呈し」た。まさに、同年九月の二週間を「雑誌週間」と銘打ち、関連団体が積極的に活動した。そのことも象徴的である(翌年も第二回を開催)。「文藝復興」は文芸領域だけを見ていても説明がつかない。

(60)『出版年鑑』各年度版(東京堂)を利用して、さらに詳細な変化の過程を記録しておこう。一九三〇年から三二年までは各誌とも変化なし。つづく一九三三年の「昭和八年版」の段階で、『文藝春秋』の分類が「政治・社会・評論」と変化。ほかは変わらない。なお、この年から簡易な分類だけではなく各誌の性格の紹介コメントも付記されるようになる。『経済往来』は「財政経済時事問題を主にした評論雑誌」(八三〇頁)、『文藝春秋』は「随筆と文藝を特色に政治社会思想等に亘る一般雑誌」(八二九頁)、『中央公論』『改造』はともに「政治社会思想文藝等に亘る一般的な評論雑誌」(前者＝八二八頁、後者＝八二四頁)。そして、翌年の「昭和九年版」ではすべて「政治・社会・評論(綜合雑誌)」とされる。紹介も四誌ともに「政治財政経済時事文藝等に亘る綜合雑誌」と統一。ちなみに、当該年版の「出版界一年史」欄の「雑誌界」項目は状況をこう整理している(八頁)。「總合雑誌では「中央公論」、「改造」、「文藝春秋」の鼎立してゐること之も変らず、「経済往来」がこれに食ひ込[ま]うと努力してゐる」。

(61)　いくらでも例はあげられる。たとえば、「総合雑誌・週刊雑誌」(城戸又一編『マス・コミュニケーション講座』第三巻、河出書房、一九五四年一一月)、三三二頁。戦前からそう遠くない時期においてさえすでにそうした解説が行なわれていたことに注意したい。起源は早々に忘却される。

(62)　新居格「綜合雑誌論」(『日本評論』一九三五年一一月号)、三四二頁。

(63)　中井正一「文壇の性格」(前掲)、六面。

(64)　新居格「綜合雑誌論」(前掲)、三四二頁。

(65)　杉山平助「文藝時評【二】「文藝春秋」今昔」(『読売新聞』一九三二年三月二七日)、八面。

(66)　この時期、各誌に編集批評が頻繁に掲載された。『経済往来』／『日本評論』は誌名変更を挟む一九三五年をとおして、「雑誌時評」(「雑誌批判」)なる連載枠を設置している。毎回、個別雑誌や雑誌ジャンルがタイトルに掲げられる。大宅壮一「『中央公論』批判(雑誌批判)」(『経済往来』一九三五年三月号)、宇野浩二「菊池寛と『文藝春秋』――主として菊池寛について(雑誌時評)」(『同』五月号)、田町比天雄『主婦之友』はなぜ売れるか(雑誌時評)」(『同』六月号)、A・B・C「「改造」論――雑誌批判」(『同』七月号 *目次では「雑誌時評」)、大宅壮一「講談社ヂヤーナリズムに挑戦する(雑誌時評)」(『同』八月号)、村山知義「週刊朝日とサンデー毎日(雑誌時評)」(『同』九月号)、勝本清一郎「文学雑誌論(雑誌時評)」(『日本評論』一〇月号)、新居格「綜合雑誌論」(前掲)。この翌月からは青野季吉らによる連載「ジャーナリスト列伝」が開始される。各誌の編集方針が分析の俎上にのせられた。『日本評論』が論壇・文壇ジャーナリズム内にポジションを獲得するためのリサーチにもなっている。そのプロセスが自誌記事として公開される。自己言及性に満ちた試みだった。

(67) 大宅壮一「文壇的人気の分析」(『行動』一九三五年四月号)、二六四頁。

(68) 匿名の編集者たちによる座談会である「円卓会議 編輯者の見た作家」(『文藝通信』一九三三年一〇月号)のなかで、杉山平助はこう評されている(四二頁)。「雑誌の編輯なんかをあれだけ見て呉れる人はゐない」。

(69) なかでも、大宅壮一による編集批評は商品化論とも緊密に連絡しあう。そして、「脱神聖化」というひとつの時代現象がありとあらゆる角度から観測されていく。その徹底した多面性において大宅は卓抜していた。ゆえに、大宅の散乱したテクスト群を逐一リンクさせつつ解読する作業は、当時の言論状況の全体像を漸近的に復元することを可能にしてくれる。本書が大宅のテクストをもっとも多く参照する理由でもある。しかし、「大宅壮一」に特権的位地を与える意図はここにはない。言及頻度の高さはあくまでテクストの参照利便性を優先した結果にすぎない。

（70）杉山平助「匿名の流行」（氷川烈『評論と随筆　春風を斬る』大畑書店、一九三三年五月）、一一三頁。

（71）勝本清一郎「現代文藝批評家論」（『中央公論』一九三五年六月号）、二七六―二七七頁。

（72）川端康成「文藝時評【3】信念と若い無謀さで」（『読売新聞』一九三三年一一月一日朝刊）、四面。

（73）矢崎弾「わが批判者に与ふ――「観念」「断定の不安」「行動の文学」について」（矢崎弾『新文学の環境』紀伊國屋出版部、一九三四年一一月）、八七頁。初出未確認。文末の記載によると、擱筆は一九三四年七月六日。同じ趣旨のテクストとして、同「新文学精神の環境に就いて――文藝時評」（『改造』一九三四年七月号）もある。その後も、同「新文学の暗示する問題――専ら現象の環境に忠実に」（『星座』一九三六年六月号）など、「新文学」と「環境」を組み合わせて論じる。「環境」の洗い出しは「新文学」の前提だという認識がうかがえる。そのモチーフは本書も十分共有しているはずだ。

（74）谷川徹三『文学の周囲』（岩波書店、一九三六年一一月）。

（75）大熊信行『文学のための経済学』（前掲）、七二頁。

（76）林房雄「現代文藝評論家総評」（『文藝』一九三四年一月号）は、「雑文」を「フイユトン」＝「新聞雑誌向き興味読物」と定義している（六九頁）。

（77）じつのところ、全集のような体系性を備えたストックメディアでさえ例外ではありえない。円本群もブームの終焉を待たず、さらなる安値で売り飛ばされた。過剰飽和の結果、ゾッキや古書市場にも大量流出する。

第1章

(1) 戸坂潤「論壇時評(1) 批評発表の困難相——論壇時評は疑問であるか」(『読売新聞』一九三六年九月一日朝刊)、五面。

(2) 同前、五面。

(3) 「演藝時評」など他種時評欄も同号以降に設置された。やや遅れて、「経済時評」や「映画時評」も単発で掲げる。それらとの兼ねあいから、ジャンル(=「社会」)の限定を明示する必要が生じた。そのための改題だったと考えられる。なお、「文藝時評」は「内外時事評論」創設時にすでに存在した。担当は基本的に正宗白鳥だった。

(4) 白柳秀湖「社会時評の兄弟分」(茂木実編『高畠素之先生の思想と人物——急進愛国主義の理論的根拠』津久井書店、一九三〇年九月)が、社会時評の起源に言及している(一五八—一六〇頁)。一般的にそれは高畠素之の考案とされてきた——じっさい、広汎に認知させたのは高畠だ。それを白柳は補正する。「僕の発明」だ、と。自身が主宰・編集した雑誌『実生活』(一九一六年一〇月創刊)に「社会時評」欄を設置、「毎号新聞紙の三面記事、若しくは街頭に現はれる種々相に対する自分の観察」を記したという。しばらくして、この試みに共鳴した高畠との匿名「合作」形式へと移行した。後年、高畠は他誌の社会時評で名を馳せることになる。だが、初出をめぐる諸事情は問題ではない。大正期初頭の時点ですでに同欄は存在した。そして、一九二〇年代にはジャンル名として広く定着していた。本章ではその事実だけおさえておけば足りる。

（5）「社会時評」「論壇往来」ともに石濱知行による単独担当である。後者は前者に論壇論的な視線を追加した内容になっている。「論壇時評」という用語が一般化する以前のことだ。それゆえ、欄名の差別化にかえって模倣の意図が透かし見える。なお、序章で触れたように、『経済往来』は、『中央公論』『改造』や『文藝春秋』などに遅れて創刊された。先行他誌の企画やデザインを模倣することで自覚的に「綜合雑誌」スタイルを確立していく。

（6）高橋正雄「論壇時評―政府の整理策をめぐつて」（『中央公論』一九三一年七月号）、一五三頁。

（7）住谷悦治「論壇時評」（『中央公論』一九三一年五月号）、林要「論壇時評」（『同』一九三一年一〇月号）。

（8）佐々弘雄「論壇時評」（『中央公論』一九三一年四月号）、一四五、一四一頁。

（9）室伏高信「論壇時評【1】二分の一ジヤアナリズムの横行」（『読売新聞』一九三二年二月二五日朝刊）、四面。厳密には、この発言は次節で確認する状況を背景としている。

（10）高橋正雄「論壇時評」（前掲）、一六〇頁。

（11）大森義太郎「論壇時評――学術雑誌の正体」（『中央公論』一九三一年六月号）。論争の背景については、竹内洋『大学という病――東大紛擾と教授群像』（中央公論新社、二〇〇一年一〇月）などに詳しい。

（12）平貞蔵「論壇時評――労働党政府の壊滅を中心として」（『中央公論』一九三一年一一月号）。

（13）正確を期するならば、『読売新聞』「論壇時評」は一九三二年二月の室伏担当回のあと半年の不在期間を挟む。そして、八月三〇日から九月二日にかけて掲載された石濱知行の担当回より再開。その後、一九三三年に入って以降は完全に定着した。

(14) そうと宣告せぬまま「論壇時評」が終了した『中央公論』一九三一年一一月号は一〇月一九日に発売されている(『東京朝日新聞』同日朝刊の一面に広告が掲載され、「今朝発売!!」と謳う。『読売新聞』も同日同様)。『東京朝日新聞』「論壇時評」はその二〇日後の一一月八日に開始した。事後的に終了が判明する一二月号(一一月一九日発売)を待ってはいない。したがって、ここに直接の因果関係を見ることはできない。

(15) 大澤聡編『戦前期「論壇時評」集成――1931-1936年』(金沢文圃閣、二〇一四年九月)では、『東京朝日新聞』『読売新聞』両紙の論壇時評記事を完全復刻収録した。また、大澤聡「論壇とリテラシー――付・戦前期「論壇時評」欄一覧」(『リテラシー史研究』第二号、二〇〇九年一月)ではその表題をリスト化した。

(16) 林癸未夫「六月の論壇(一) 自由主義者の占拠」(『東京朝日新聞』一九三四年六月二日朝刊)、九面。

(17) 大津伝書「匿名批評界のこと」(『作品』一九三六年四月号)、四二頁。

(18) 青野季吉「文学五十年 四十六回 二・二六事件のころ――匿名評論の時代という半面」(『東京新聞』一九五七年六月七日夕刊)が「豆戦艦」設置の経緯を回想している(八面)。

(19) 高橋亀吉「論壇月評【二】 雑誌編輯者へ――根本的改革の必要」(『東京朝日新聞』一九三二年六月一日朝刊)、九面。

(20) 高橋亀吉「論壇月評【四】 無批判な焼直し――インフレーションについて(下)」(『東京朝日新聞』一九三二年六月三日朝刊)が行なっているのは文脈の可視化作業だ(九面)。経済方面のガイダンスとしてそれは有益な時評に仕上がる。たとえば、「当面におけるインフレーションの意味につき、より真相に近い理解を得んとする人々は、まづ、東洋経済及び経済情報の社説、高島佐一郎氏（経済往来）の論文等を見て、然る後に、以上を批判する意味によつて、笠［信太郎］氏等の論文を見られるがよいと思ふ」といった具合に。

(21) 大森義太郎「二月の論壇【五】文学的論文」（『東京朝日新聞』一九三五年二月六日朝刊）、九面。

(22) 谷川徹三「論壇月評【三】下らぬ巻頭論文——哲学的論文を採り上げよ」（『東京朝日新聞』一九三二年五月五日朝刊）、五面。

(23) 大森義太郎「二月の論壇【一】学術的な論文」（『東京朝日新聞』一九三五年二月二日朝刊）、一三面。

(24) かねてより、大森はこの主張をくりかえしていた。大森義太郎「十月号雑誌批判（4）」（『読売新聞』一九二九年一〇月三日朝刊）では、文芸誌である『新潮』にまで学術論文を掲載するよう提言する（四面）。

(25) 室伏高信「二月の論壇（1）素人の登場——新しいジヤアナリズム」（『東京朝日新聞』一九三四年二月四日朝刊）、九面。

(26) 室伏高信「二分の一ジヤアナリズムの横行」（前掲）、四面。

(27) 室伏高信「評論壇の昂揚——偉大なる世界観を持つものゝ出現を（下）」（『読売新聞』一九三三年三月一一日朝刊）四面。

(28) 室伏高信「ヂヤーナリズムとセンセエシヨナリズム」（『綜合ヂャーナリズム講座　第五巻』内外社、一九三一年二月）、一六頁。室伏高信「論壇時評【1】時の論理——予言とジャアナリズム」(『読売新聞』一九三四年三月三日朝刊)でも、「雑誌ジヤアナリズムと時代との蔽ひがたい遊離」を嘆く(四面)。いわく、「ジヤアナリズムは常に一個の予言でなければならない」、と。

(29) ただし、批判された当の若手論客たちも現状分析においてはこの認識をそれなりに共有してはいる。たとえば、佐々弘雄「論壇時評【2】ヂャーナリズムの動向を示す現代評論の分野」(『読売新聞』一九三二年一〇月六日朝刊)は以下のように述べる(四面)。批評は四タイプに区分できる。すなわち、「指導的の意味をもつもの」、「批判的の論文」、「解説的の論文」、「興味的読物」の四つに。現在はこのうち「指導的」な論文に乏しい。「デモクラシー時代の吉野博士、無産政党初期の大山、山川氏らの論文の如きは殆どな」い。とはいえ、そうした認識自体が「小器用」な整理に裏づけられたものでしかない、ともいえてしまう。ここに次世代批評家の苦境があった。

(30) こうしたモード変換を前に、室伏の言辞は効力をもてなかった。ところがその後、言論をとりまく環境に変化が起こる。一九三五年一〇月、『経済往来』は『日本評論』と改題する。本格的な総合雑誌へと成長を遂げた。改題のタイミングと前後して室伏は同誌主幹に招聘される。そして、編集に関与していく。最終的に同誌は、『改造』『中央公論』と拮抗するにいたった。戦況の進展が室伏的な批評スタイルをふたたび要請したのだ。室伏は批評のみならず編集作業をとおして嚮導的実践を展開した。

(31) 長谷川如是閑「技術を捨て大局に立て――現代評論壇に与ふ」(『読売新聞』一九三三年四月二七日朝刊)、四面。表題のとおり、長谷川は「技術」偏重に苦言を呈している。

(32) 廣見温「哲学時評」(『思想』一九三二年四月号)、九七頁。なお、「廣見温」は本多謙三が使用した別名義（匿名）。一九二一年一〇月創刊の『思想』における「時評」の初出例である。その後、同欄は一九三三年四月号まで継続した。担当者は廣見のほか、高山岩男、本多謙三、戸坂潤。一九三三年五月号以降は「思想時評」と改題、休載を挟みつつ三六年九月号までつづく。担当者は初回の唐木順三を除いて基本的には高山岩男。

(33) 三木清「批評の生理と病理」（『改造』一九三一年一二月号）、二二頁。

(34) 「医学時評」欄なども一般誌に散見される。たとえば、佐藤秀三「今日の医学」（『中央公論』一九三三年一月号）、同「結核治療の研究」（『同』一九三三年四月号）。

(35) 「S・V・C」は鈴木茂三郎による匿名であった。鈴木は媒体を問わずこの記号筆名を使用した（詳細は第5章）。なお同欄は、担当者や表題に単発的なゆれを含みながらも、基本的にはS・V・C「新聞紙匿名月評」として一九三四年一二月まで連載される（その後は別の担当者により継続）。連載前半は大幅に加筆・再編のうえ、S・V・C『新聞批判』（大畑書店、一九三三年四月）に収録。

(36) S・V・C「新聞紙匿名月評」（『文藝春秋』一九三三年四月号）は連載一年を振りかえり、「此の月評についであちらにもこちらにも新聞批判がおこなはれ」たと指摘している（一七九頁）。

(37) 石濱知行「論壇の動き【3】新聞が批評の題目となつた歳」（『読売新聞』一九三二年一二月一〇日朝刊）、四面。

(38) 戸坂潤「新聞の問題」（戸坂『現代のための哲学』大畑書店、一九三三年二月、初出未詳）、一九九頁。つづけて、「一九三一年の夏以来、諸評論雑誌は期せずして同じく新聞といふテーマを取り上げている」ともいっている。なお、戸坂がそう観察した一九三三年ごろから、新聞論は以前とは異なる文脈を帯びはじめる。やはり戸坂を引照しよう。論説「新聞の本質的批判」(『現代新聞批判』一九三四年三月一日号)では以下のように経緯を説明した(二頁)。一九三三年、社会はファシズム台頭を見た。それに接して、各紙は「見え透いた様々の順応態度」を示した。その結果、一定の「信用」を喪失する。ここに、「新聞批判」が課題として浮上したのだ。ただし、戸坂自身はそうした言説はいずれも「局所的な、悪い意味に於けるジャーナリスト的な」ものにすぎず、「組織的な新聞論」ではないと評定することも忘れない。

(39) 馬場恒吾「新聞時評」(『中央公論』一九三二年九月号)、一八三頁。

(40) じっさいには、ここに「匿名」というもうひとつ別の問題系が絡む。金剛登「壁評論 文藝欄批判」(『読売新聞』一九三四年三月二五日朝刊)はこう伝える(四面)。文学領域では、「新聞と雑誌の匿名批判の対抗競技が始まつた」、と。しかし本章には、新聞学芸／文芸欄および雑誌における「匿名批判」の実態をあつかう余裕がない。第5章を待つ。なお、「金剛登」は青野の匿名。青野季吉「二・二六事件のころ」(前掲)を参照のこと。

(41) 三木清「批評の生理と病理」(前掲)、一四頁。

(42) 有澤廣巳「十月の論壇(2) マルクス主義戦争論の検討」(『東京朝日新聞』一九三二年一〇月四日朝刊)、九面。

(43) 笠信太郎「九月の論壇(1) 新秋さびし――拾ひ忘れた問題」(『東京朝日新聞』一九三三年八月三一日朝刊)、九面。

(44) ただし、当時のジャーナリズム論の多くはコマーシャリズム論に集約されていた。とすれば、経済学方面の大熊信行や大森義太郎、向坂逸郎、あるいは数々のプロレタリア批評家たちがこの論議に着手した理由の一斑も想像されるだろう。が、本書ではそこに踏み込むことはしない。むしろ、コマーシャリズム論から期せずしてはみ出した部分を掬い集める。そこにメディア論の予兆を見る。

(45) 茂倉逸平「新聞学藝欄時評」(『文藝』一九三四年六月号)、三四頁。

(46) 中村光夫「文芸と新聞」(『新聞研究』一九六六年九月号)は、昭和初年代に頻発した文学論争のメインステージとして新聞文芸欄をあげている(一一頁)。文芸誌に載った批評への反駁が文芸欄に掲載される。「新聞と雑誌の間に論争の交流があった」。学芸／文芸欄と各種雑誌とが緊密に「交流」しあい、ひとつの空間を構成していた。それが論壇や文壇のイメージと重なる。

(47) S・V・C「新聞紙匿名月評」(『文藝春秋』一九三三年一月号)、一五六―一五九頁。

(48) 馬場恒吾「十二月の論壇四 新聞時評を評す――小泉氏の西園寺公伝」(『東京朝日新聞』一九三二年一二月四日朝刊)、九面。

(49) 新居格「論壇時評【3】新聞批評の批評――最近雑誌に観る傾向の」(『読売新聞』一九三二年一二月六日朝刊)、四面。

(50) 戸坂潤「批評発表の困難相」(前掲)、五面。

(51) つぎの二点に注意しよう。①四大総合雑誌のなかでももっとも周縁的な媒体に流れついたこと。②それが匿名批評と接合することで可能となったこと。論壇時評は変質している。

(52) 大澤聡「複製装置としての「東亜協同体」論――三木清と船山信一」(石井知章・小林英夫・米谷匡史編『一九三〇年代のアジア社会論――「東亜協同体」論を中心とする言説空間の諸相』社会評論社、二〇一〇年二月)では、当該欄の活用事例にも触れた。哲学系の批評家である船山信一は、一九三七年から三九年にかけて『日本評論』誌上で「匿名論壇時評」を連続的に担当している。その間、記号筆名を「P・C・L」「R・K・O」「B・B・C」の順に変更した。当該時期の同誌は各種時評欄(文芸／新聞／論壇／政治)を編集の中軸とした。無署名「編輯後記」(『日本評論』一九三六年一〇月号)は、「本誌独特の匿名時評は益々異彩を放つて来た」と自負している(五一二頁)。思想界にはたす意義をたびたび強調している。

(53) 担当者は以下のとおり。樺俊雄(一九四〇年二―四月号)、戸田武雄(同年五―七月号)、牧俊一郎(同年九―一一月号)、阿南宏(同年一二月号)、船山信一(一九四一年一―四月号)、清水幾太郎(同年五月号)。同誌の他種時評も匿名の割合が高かった。それらも少し遅れて順次実名へと切りかわっていく。

(54) この時期、『中央公論』は「公論月評」なるコーナーを設置していた。そこには、「新聞」「政界」「科学」「ラジオ」など各領域の時評がそれぞれ四段組見開きで掲載された。その一環として、一九三九年の数ヶ月間、「論壇」もあつかっている。担当は、浅野晃(五月号)、清水幾太郎(六月号)、高桑純夫(七月号)、東條恒雄(一〇月号)。

(55) そして、戦後にはふたたび雑誌評が開始される。それがのちに論壇時評として独立する。そう、本章で見た戦前の経緯を(意識せずして)忠実に踏襲することになるのだ。時評にかぎらない。あらゆる局面に同様の反復が抽出できる。戦後の新聞掲載の論壇時評については、道場親信「「論壇時評」の戦後史——新聞と雑誌ジャーナリズムの交点」(『駿台フォーラム』第一四号、一九九六年七月)が実証的に追跡している。また、辻村明「朝日新聞の仮面——「論壇時評」の偏向と欺瞞をつく」(『諸君!』一九八二年一月号および二月号)は、イデオロギー批判に終始してはいるものの、詳細な情報を一覧に整理している。

(56) 本章で見たとおり、雑誌掲載の論壇時評はその遅延性ゆえの「困難」を抱えていた。だからこそ、発行リズムの異なる新聞へと媒体を移した。ところが、新聞の論壇時評にすら遅延を指摘する声も存在する。一木清蔵「[大波小波]新聞の論壇月評――存在価値に疑義あり」（『都新聞』一九三五年九月三〇日）はつぎのようにいう（一面）。雑誌論説は時事テーマをあつかう傾向にある。しかし、月刊ベースであるために新聞報道の後塵を拝す。誌面と時間の余裕ゆえ詳細な分析が可能になるものの、既視感は否めない。論壇時評はそれをさらに遅れて論評することになる。一木は「存在価値」そのものに「疑義」を付す。この反復と遅延は論壇時評が宿命づけられた三次性に起因していた。

(57) 河合栄治郎「非常時局特別評論　第一回」（『日本評論』一九三七年七月号）、一一一頁。

(58) 大澤聡編『戦前期「論壇時評」集成』（前掲）。

(59) 三木清「批評の生理と病理」（前掲）、一二三頁。

(60) 見多厚二「左翼レヴュー・ガール　大森義太郎氏の時評」（『現代新聞批判』第一六号、一九三四年七月一日）、一一頁。

第2章

(1) 無署名「文壇時言」（『日本評論』一九三五年一二月号）、二四八頁。

(2) 小林秀雄「批評家の悪癖――文藝批評と作品(1)」（『大阪朝日新聞』一九三三年一二月一三日朝刊）、七面。

（3） 小林秀雄「批評無用論――文壇的問題となつた文学的問題――批評と作品（その二）」（『大阪朝日新聞』一九三三年一二月一四日朝刊）、一四面。

（4） 深田久彌「批評の公平について――文藝時評」（『文藝春秋』一九三二年一一月号）など。

（5） 谷沢永一「「文藝時評」ことはじめ」（『新潮45』二〇〇二年一月号）が文芸時評の語史的な発生の経緯を調査している。それにしたがえば、「文藝時評」という呼称そのものは、『太陽』一九〇一年一月号から翌年六月号にかけて掲載された「文藝時評」を嚆矢とする（命名者である大町桂月は最初の六ヶ月分を担当）。その後、『読売新聞』で正宗白鳥「文藝時評」が連載される。一九〇六年五月六日の開始だ。以降、定着を見た。一九二〇年代には様式としてすっかり確立されていた。したがって、本書がカバーする時代においてそれは所与の前提だった。それもあって、本書では通史的概説は行なわない。

（6） 大宅壮一「文壇ギルドの解体期――大正十五年に於ける我国ヂヤーナリズムの一断面」（『新潮』一九二六年一二月号）、七九頁。「「有名」」は原文では「『有名』」。自然な表記に改修した。

（7） アンドレ・ジッド『背徳者』に関しては、当時、石川淳による邦訳がすでに刊行されていた。「現代仏蘭西文藝叢書（6）」版（新潮社、一九二四年一〇月）、「改造文庫」版（改造社、一九二九年八月）など。

（8） 小林秀雄「文藝時評」（『改造』一九三三年八月号）、二一四―二一五頁。

（9） 杉山平助「文藝時評【1】月評果して不用か――その任務と効果」（『読売新聞』一九三三年八月一日朝刊）、四面。

（10） 戸坂潤「反動期に於ける文学と哲学――文学主義の錯覚に就いて」（『文藝』一九三四年一

〇月号）は、この要素の肥大化を批判している（六頁）。「「文藝批評」の大半は拡大された文壇時評に他ならない」（傍点原文）。

（11）『文藝時評大系』全七三巻＋別巻五巻（二〇〇五―一〇年、ゆまに書房）は、「凡例」によれば収録基準を「創作月評」に絞っている。創作の同時代評の蒐集に供するという意図が垣間見える（作品研究的目的）。げんに、同大系により基礎調査は格段に容易になったはずだ。しかしながら、本書の関心からすれば、「文壇展望」「文学論」を主軸とした採録集成こそが期待される（メディア論的目的）。その場合、後述する多重底の傾向ゆえに、索引はおよそ意味をなさない。

（12）たとえば、ここで問題にしている小林秀雄「文藝時評」（前掲）は、文芸批評をめぐる原理的な考察にほとんどの紙幅を費やす。末尾三行で、「今月の大雑誌の作品、殆んど読んだ」と述べ、宇野浩二「子の来歴」（『経済往来』一九三三年七月号）を「づば抜けてゐた」と記すだけだ（二一九頁）。これなどは「文学論」に特化している。

（13）谷沢永一・吉田凞生「〈対談〉批評の変遷」（『俳句』一九七八年三月号）における吉田の発言を援用するならば、「ギルドの隠語で語られた［……］暗号を解読する」（一五八頁）読者といってよい。

（14）吉田凞生・前田愛・谷沢永一・磯田光一「座談会　批評と研究の接点・その後――近代文学研究の現在」（『国文学　解釈と鑑賞』一九八一年一二月号）において、磯田は「新聞で文芸批評をやる資格」として「二重底の仕掛けができること」をあげている（二一九頁）。そのうえで、「二重底」をこう説明している。すなわち、「プロ、同業者」にむけたメッセージを「同じせりふで一般化」する「批評の芸」である、と。「一般論でもあり、プロにはプロとして全部通じる」文章構造はこうして可能になる。

(15) 大宅壮一「「純」文藝小児病」(『文藝』一九三四年四月号)、二九頁。

(16) 大澤聡「大宅壮一と小林秀雄――批評の「起源」における複数的可能性」(仲正昌樹編『歴史における「理論」と「現実」』御茶の水書房、二〇〇八年八月)で詳細に論じた。そちらに譲る。

(17) 唐木順三「批評無能の声――文藝時評」(『文藝春秋』一九三三年九月号)、九一頁。

(18) 矢崎弾「「批評」は狗に喰はすべきか?(小林秀雄氏の懐疑精神に逆艪を用ふ)」(『三田文学』一九三三年九月号)、九三頁。

(19) ありうべき別の可能性を三点ほど想定しておこう。①唐木順三らは杉山時評を念頭においたのかもしれない。しかし、その場合も事態は同じだ。杉山は小林の名を記してはいないのだから。文脈を理解するには、唐木らの時評から杉山時評へ、そして杉山が言外に小林時評を批判したという問題へと不可視のリンクをたどらなければならない。この累進的な可索性の低減を超克して構図を把握する、そうした読者の数はごくかぎられただろう。②あるいは、身近な日常的コミュニケーションを前提したのかもしれない。ひとつには文壇的交流。もうひとつは受注時の編集者とのやりとり(「最近、小林秀雄によって批評無用論が提起されたが……」といった依頼条件を想定せよ)。いずれにせよ、大半の読者はこうした前提から疎外されている。③マイナーな媒体の些細な記述が前提とされた可能性も同様に処理される。

(20) 大宅壮一「(八月の論壇 三)文藝批評不振――後退を示す新人連」(『東京朝日新聞』一九三三年七月三一日朝刊)は、小林時評が「批評の無力」を説くために紙幅の九割を費やしたと紹介する(五面)。同月発表の雅川滉「文藝時評」(『新潮』一九三三年八月号)についても、「「批評無用論」または「批評無力論」から出発してゐる」と分析した。この大宅時評は最速の反応である。とすれば、この時評が誤読と見做されたと推測することも十分に可能だ。ただし、仮にそうだとしても、一本の時評記事を前提に、さも同種議論が多数公開されているかのような説明がなされたという事実に変わりはない。

(21) 阿部知二「[文藝時評]振はざる作品　賑やかな評論――発展性なき心境小説」(『帝国大学新聞』一九三三年一〇月三〇日)、七面。

(22) 春山行夫「谷川・小林・河上――ポオズの批評家とその批評のポオズ」(『文藝』一九三四年四月号)、五五頁。

(23) 矢崎弾「文藝時評―作家的文学と随筆的小説」(『経済往来』一九三三年一一月号)、一六五頁。

(24) 青野季吉「文壇とその人物」(『経済往来』一九三五年四月号)、附録二六頁。

(25) 川端康成「文藝復興とは【2】――問題は自身の文学精神」(『報知新聞』一九三四年一月三日朝刊)は「文藝復興」現象についてこう述べている(五面)。「文壇の現象と見るよりも、[林房雄ら]作家の気持と解する」、と。つまり、実体的に存在する「現象」ではないと分析しているのだ。そして、「気持」や「精神」にすぎないという。

(26) 谷川徹三「果して文藝復興か」(『中央公論』一九三四年四月号)、一四〇頁。

(27) 小林秀雄「批評無用論」(前掲)、一四面。なお、小林秀雄「文学界の混乱」(『文藝春秋』一九三四年一月号)でも、同様の違和感を記している。

(28) 杉山平助「論壇文壇総決算(一九三三年月暦)」(『文藝春秋』一九三三年一二月号)、八一頁。

(29) 谷崎潤一郎「「藝」について」(『改造』一九三三年四月号)、二二九頁。

(30) 唐木順三「批評の倫理――文藝時評」(『文藝春秋』一九三三年六月号)。
(31) 瀬沼茂樹「批評家無用の系譜――作家と批評家との間」(『群像』一九六〇年六月号)が「批評(家)無用」論の来歴を簡便にまとめている。ただし、一九三〇年代の論争にはいっさい触れない。ここでも忘却されるのだ。
(32) 川端康成「文藝時評(1) 批評への懐疑――無風帯のあらはれ」(『東京朝日新聞』一九三三年八月二七日朝刊)、九面。
(33) 小林秀雄「文藝時評」(前掲)、二一五―二一六頁。
(34) 小林秀雄「文学は絵空ごとか(文藝時評)」(『文藝春秋』一九三〇年九月号)、一二〇頁。
(35) 小林秀雄『文藝評論』(白水社、一九三一年七月)。
(36) 大岡昇平・篠田一士・吉田凞生・堀内達夫『論集・小林秀雄 第一集』(麥書房、一九六六年七月)に収集された言説群を一瞥するだけでも事態の一端はうかがえる。
(37) 三木清「批評の生理と病理」(『改造』一九三二年一二月号)、一四頁。
(38) 板垣直子「文藝時評――停滞と闘争」(『文藝』一九三五年一二月号)、一四四―一四五頁。
(39) 小林秀雄の代表的な追従者のひとりである古谷綱武には、まさに『批評文学』(三笠書房、一九三六年七月)という表題の著書がある。
(40) 唐木順三「批評の倫理」(前掲)、九三―九四頁。
(41) 総合雑誌などにおいて、「論壇時評」と「文藝時評」の両欄はしばしば一括りにされた。新聞の学芸/文芸欄においても同枠別日に掲載される。しかし、その形式面での完全な一致とはうらはらに、内実はことごとく異なったロジックで作動していた。

(42)　小林秀雄「おふえりあ遺文」(『改造』一九三一年一一月号)、同「Xへの手紙」(『中央公論』一九三二年九月号)。
(43)　矢崎弾「「批評」は狗に喰はすべきか？」(前掲)、一〇〇―一〇一頁。
(44)　保田與重郎「深さへの探求――三十三年の文学評論」(『行動』一九三三年一二月号)は、一九三三年の批評界を回顧した際、「[矢崎弾]氏の作家論は本年に於ける最も花々しいもの丶一つである」と記す(二六頁)。ちなみに、保田自身が注目を集めはじめるのも同年のことだ。
(45)　小林秀雄「文藝時評」(前掲)、二一七頁。
(46)　春山行夫「作家と作品」(春山『文学評論』厚生閣、一九三四年七月、初出未見、一九三三年一二月発表)は、「たれかは月評は余技だと言つて軽蔑してしまつたが」と議論を切り出す。あきらかに小林の「余技」発言を受けている(二四五―二四七頁)。そのうえで「月評」改善のヒントを示す。たとえば、つぎの二点の習慣を文壇に導入せよと提言する。作家が「批評に対する反駁」をすること、そして「批評家相互に批評し合ふこと」。また、これらの欠如が「批評無用論などの起きる理由」だともいう。たとえば、佐藤春夫「文藝ザックバラン(おしまひ)――文藝時評」(『文藝春秋』一九三五年五月号)には、「月評の月評」と題した節がある。必要だったのはこの種の枠組を独立させ、常設欄として可視化することだったろう。しかしそれは同時に、空間内閉化をいっそう促進する道の選択でもあった。
(47)　平野謙「批評家の運命(下)」つらぬいた現場主義」(『東京新聞』一九六三年九月三日夕刊)、八面。平野は、十返肇(戦前は十返一)の三〇年におよぶ批評活動の一貫性を表現するにあたって、「平(ひら)(ママ)批評家」などとともにこの言葉を使用している。なお、中村光夫「「現場主義」

への疑問——批評の機能について(上)」(『東京新聞』一九六四年一月四日夕刊)はこう述べる(八面)。この場合の「現場」は個別の文学作品の「制作の場所」「生産の場所」ではなく、「消費の場所」=「文壇」的な交際関係を示すようになってしまっている。そこにおいて、批評家は「消息通の解説家に堕」すだけである、と。

(48) 小林秀雄「ドストエフスキイに関するノオト——「罪と罰」」(『行動』一九三四年七月号)、四二頁。

(49) 小林秀雄「最近の長篇小説(1)単行本の冷遇——一般読者の抱く夢」(『東京朝日新聞』一九三五年一二月七日朝刊)、一一面。

(50) 中村光夫『今はむかし——ある文学的回想』(講談社、一九七〇年一〇月)によると、一九三五年一月号より『文學界』の責任編集のポジションに就いた小林秀雄は、中村光夫に文芸時評の連続担当を依頼するにあたってつぎの助言を与えたという(八一頁)。「時評は、文壇的問題を捕えて、それを文学的問題に還元する術だ。そうすれば新しいことを言っているように見える」。

(51) 小林秀雄「手帖」(『文藝春秋』一九三三年一月号)。翌年には小林秀雄「ドストエフスキイに関するノオト(罪と罰に就いて)」(『行動』一九三四年二月号)を発表し、一連の考察を本格始動させる。

(52) 舟橋聖一「文藝時評」(『新潮』一九三四年八月号)、一〇四頁。小林秀雄「ドストエフスキイに関するノオト」(前掲)は、この「流行」についてつぎのように認識している(四二頁)。「僕は流行り出したから書きだしたのでもないし、僕が書き出したから流行りだしたなどとは猶更思つてはゐない。又そんな事は評家の良心にかけて思ふべき事ではないのだ」。
(53) 春山行夫「裁断なき文学」(『新潮』一九三四年二月号)、二〇頁。
(54) 同前、一八―一九頁。
(55) 氷川烈「文藝評論家群像」(『新潮』一九三二年一一月号)、五九頁。
(56) 小林秀雄「様々なる意匠(文藝評論二等当選)」(『改造』一九二九年九月号)。
(57) 春山行夫「裁断なき文学」(前掲)、二〇頁。
(58) 春山行夫「文藝時評――十月の月刊雑誌」(『三田文学』一九三三年一一月号)、一〇八頁。
(59) 杉本鉄二「新聞と文藝批評」(『現代新聞批判』一九三五年三月一五日号)、七頁。
(60) 杉山平助「最近の長篇小説(1)「貞操問答」の魅力――登場する男女の愛と反発」(『東京朝日新聞』一九三五年五月二六日朝刊)、九面。
(61) 片岡鉄兵「文藝時評④ 長篇小説の機運――里見氏の作品再評価」(『東京朝日新聞』一九三五年三月二九日朝刊)、九面。
(62) 島崎藤村「夜明け前」(『中央公論』一九二九年四月号―一九三五年一〇月号)。年四回程度の断続連載。
(63) 川端康成「文藝時評」(『文藝春秋』一九三五年一二月号)、七四頁。
(64) 河上徹太郎「批評無能論に関して」(『文藝通信』一九三三年一〇月号)、四頁。
(65) 大宅壮一「文壇ギルドの解体期」(前掲)。
(66) 大宅壮一「「第三期」文壇論」(『経済往来』一九三二年七月号)、一七二頁。
(67) 山晴太郎「新聞学藝欄時評」(『文藝』一九三四年五月号)は、『都新聞』の文壇ゴシップに彩られた匿名批評欄「大波小波」をこう評した(一三〇頁)。同欄の通読は「文壇村の話題」の最低限の把握を可能にする、と。たとえば、そのような文脈で使用された。

(68) 青野季吉「匿名批判の流行について」(『政界往来』一九三四年五月号)、一五四頁。

(69) 「文壇人」の定義はまた別の問題として重要である。見方しだいでは、当該人口の増加のタイミングは別所に見定められなければならない。

(70) ここでも論壇時評と比較しておこう。論壇は文壇と比べた場合、ジャーナリズムにおける歴史性をもたない。構成員も限定されている。そもそも参入条件が不分明だ。そのため、書き手はサークル内部へむけたメッセージ発信に意義を見出せない。論壇は「村」=世間を形成するにいたっていない。したがって、記述は徹底して「一重底」に設定する必要があった。結果として、状況整理には逐次的な記述が採られる傾向にある。アカデミズムからドロップアウトした書き手はその種のスタイルを得意とした。彼らは時評担当者の相当数を占めた。詳細は第1章で述べた。一重底/多重底の差異は論壇/文壇の成熟の度合いの偏差に起因していよう。そもそも、論壇時評というジャンル自体がこの時期にようやく勃興したこともその証左となる。

(71) しだいに、一般読者への配慮が文壇読者への意識を凌駕するようになる。それがその後の進み行きだった。時評や人物批評、座談会などの中継メディア(ガイダンスやダイジェスト)の頻用はその変化と相即している。もちろん、それらはときとして特定空間内の人間関係や論調をメンテナンスするツールとしても自覚的に使われるだろう。

(72) 小林秀雄「文藝時評——文藝時評論」(『行動』一九三五年一月号)、二六二—二六三頁。

(73) 同前、二五八頁。

(74)　戦前の新聞の文芸時評は複数日(五日程度)にわたる分載が一般的だった。後発した論壇時評もこれに倣う(第1章参照)。他方、戦後には一ヶ月分の掲載回数が減少していく。あわせて、叙述形式の変更も確認される。たとえば、中村光夫「文芸と新聞」(『新聞研究』一九六六年九月号)は戦後の文芸時評に関してこう指摘した(一一—一二頁)。価値評定に先行してかならず「作品の内容紹介」が求められる、と。これはふたつのことを物語っている。ひとつは、文芸読者層のさらなる増幅・拡散。もうひとつは、社会に占める文学の位置の変化。いずれにせよ、広範囲に正しくリーチしなければならないという使命感と解釈できる。と同時に、戦前の文芸時評がいかに一般読者を放置していたか——むろん戦後との相対において——をうかがい知ることもできよう。はたして、中村はこういう。「戦前の文化欄は、はっきりと一般読者から遊離していた」。

(75)　春山行夫「文藝時評——十月の月刊雑誌」(前掲)、一〇七頁。

(76)　谷川徹三「文学と社会性」(『文藝春秋』一九三六年三月号)、六三頁。

(77)　小林秀雄「文藝時評(1)　文藝時評の形式——再び匿名時評について」(『読売新聞』一九三六年四月三日)、五面。

(78)　すでに見てきたように、小林は月評の不毛さを月評のなかに書き入れる。当面はそうするほかなかった。その書式環境にも苛立つ。こうした再帰的なパフォーマンスを小林はデビュー時から反復していた。小林の無用論にいち早く反応した大宅壮一「文藝批評不振」(前掲)は、この種の振るまいを「「月評」の中でももっともナンセンス」と非難した(五面)。むろん、大宅は「月評」肯定の立場にある。

(79) 谷川徹三「批評家の傲慢と謙遜その他」(『新潮』一九三四年六月号)、五頁。
(80) 大宅壮一「文壇クーデター論」(『文藝』一九三五年八月号)、一〇二頁。
(81) 正宗白鳥「雑誌総評【1】編輯者心理と作家心理」(『読売新聞』一九三三年一月二七日朝刊)、四面。
(82) 杉山平助「論壇文壇総決算」(前掲)、八二頁。
(83) 谷川徹三「文藝批評概説」(『日本文学講座 第一巻——概論総説篇』改造社、一九三三年一〇月)、四二五頁。
(84) 座談会「最近の文藝思潮を語る」(『行動』一九三三年一一月号)、三〇頁。谷川以外の出席者は、河上徹太郎、阿部知二、伊藤整、雅川滉、芹澤光治良。該当発言は以下のとおりだ。「批評といふものは必ずしも作家のために書かれるものぢやない。一般読者のためにも書かれる」。
(85) 谷川徹三「文藝批評概説」(前掲)は、「最近この国の若い批評家達に信奉者をもつ批評の立場」という表現まで使っている(四二三頁)。あきらかに小林秀雄を指している。そうでありながら明言を避ける。この手の暗示がいたるところに仕掛けられている。
(86) 正宗白鳥「編輯者心理と作家心理」(前掲)、四面。
(87) 河合栄治郎「非常時局特別評論 第一回」(『日本評論』一九三七年七月号)、二二頁。
(88) 深田久彌「文藝時評③ 四月の創作から」(『東京日日新聞』一九三三年四月一日朝刊)、一四面。
(89) 正宗白鳥「文藝時評」(『中央公論』一九三三年七月号)、一八一頁。
(90) 杉山平助「批評の敗北【上】」(『読売新聞』一九三一年一〇月一七日朝刊)、四面。

(91) 大宅壮一「バラック街の文壇を観る」(『新潮』一九二九年六月号)、八〇頁。
(92) 杉山平助「文藝時評」(『新潮』一九三四年一月号)、九三頁。
(93) 大宅壮一「杉山よ、文学消費者の立場を忘れるな」(『読売新聞』一九三四年二月一三日朝刊)は、「文学生産者である少数の作家たちの立場から離れて、広汎なる文学消費者の立場に立」つ杉山の姿勢を評価している(四面)。
(94) 杉山平助「文藝時評【2】高踏的月評を求む――ホメられない前田河の作品」(『読売新聞』一九三三年八月二日朝刊)、四面。
(95) 坪内逍遥『小説神髄』(松月堂、一八八五年九月／一八八六年四月)。冷々亭主人「小説総論」(『中央学術雑誌』第二六号、一八八六年四月)。
(96) 谷沢永一『大正期の文芸評論』(塙書房、一九六二年一月)がさしあたり参考になる。
(97) 中河与一「批評の欠乏【上】」(『読売新聞』一九三〇年一〇月一五日朝刊)、四面。
(98) 保田與重郎「『批評』の問題」(『思想』一九三三年七月号)。
(99) 杉本鉄二「新聞と文藝批評」(『現代新聞批判』一九三五年三月一五日号)、七頁。
(100) 小林秀雄「文藝時評――文藝時評論」(『行動』一九三五年一月号)、二六四頁。
(101) 小林秀雄「文藝時評【1】寂しい批評商売――然し楽しく読んだ『春琴抄』」(『報知新聞』一九三三年五月三〇日)。
(102) 杉山平助「批評の敗北【下】」(『読売新聞』一九三一年一〇月二三日朝刊)、四面。
(103) 大澤聡「「原稿料」問題はくりかえされる？ #2」(『生活考察』第二号、二〇一〇年一〇月)、および「同 #3」(『同』第三号、二〇一二年四月)ではその一端を紹介した。

(104) アンケート「批評無用論に就て」(『麵麭』一九三三年一〇月号)や、アンケート「創作批評に対する感想」(『新潮』一九三三年一〇月号)に寄せられた各者の回答をたとえば通覧してみるとよい。概念の不統一がうかがえるはずだ。

(105) 千葉亀雄「批評界の展望」(『新潮』一九三三年一二月号)、四一頁。

(106) 無署名「文藝春秋」(『文藝春秋』一九三三年五月号)、四二頁。

(107) 長谷川泉「批評家無用論——志賀直哉「白い線」をめぐって」(『国文学 解釈と鑑賞』一九五六年八月号)は、戦後の志賀直哉の短篇小説に端を発した「批評(家)無用」論争を整理・考察している。しかし、瀬沼茂樹「批評家無用の系譜」(前掲)と同様、一九三〇年代の批評無用論争は一切触れられないのだ。

(108) アンケート「批評無用論に就て」(前掲)、三四頁。新居格分。

第3章

(1) 大宅壮一「座談会の流行」(『セルパン』一九三五年六月号)、四四頁。

(2) 室伏高信「論壇時評【1】二分の一ジヤアナリズムの横行」(『読売新聞』一九三二年二月二五日朝刊)に私たちは序章と第1章で触れた。そこでは、原典に遡行せず時評で済ませる読者の態勢を批判して、「この種の新しい読者心理」という表現が用いられていた(四面)。「読者心理」は本書のキーワードとして章間を通底する。

(3) 大宅壮一「座談会の流行」(前掲)、四五頁。

(4) 大宅壮一「ヂャーナリズムと匿名評論」(大宅壮一『ヂャーナリズム講話』白揚社、一九三五年三月）、三八頁。初出は、同「流行性匿名批評家群」（『読売新聞』一九三四年三月二七日—三〇日朝刊）であるが、参照箇所は単行本化に際して加筆された部分に該当。

（5）　大宅壮一「座談会の流行」（前掲）、四五頁。

（6）　深田久彌「批評の公平について——文藝時評」（『文藝春秋』一九三二年一一月号）は、「文学の座談会なんてものは別に新知識を伝へるものでもな」いとまでいう（八九頁）。そのうえで、座談会「純文学の危機に就いて語る」（『新潮』一九三二年一〇月号、目次では「純藝術〜」）を読んだ「せめてもの収獲」をいくつか列挙した。そのほとんどは、「杉山平助氏といふ人は威勢のいい評論を書く人にも似合はず如才のない交際家だといふことや、吉行エイスケといふ人は中間層の没落といふ事を唯一の売物のやうに大事にして居る人だといふ事」といった、出席者たちの「素顔」の発見に尽きている。

（7）　ただし、この図式をたすき掛けした事例もありうる。つまり、匿名批評が属人的真実を露呈させるケースだ。匿名による人物批評を想定せよ。だが、その場合の「真実」は記述者当人に帰属しない。本論でいう属人的真実は発言者自身による——それも意図せざる——漏出に限定されている。そして、発言から真実を汲み出す工程は完全に読者の手に委ねられている。この問題は第4章と第5章で分散的に考察されることになるだろう。ここでは、もう一点だけ整理しておく。匿名批評には内容面の「真実」が期待される。これに対して、座談会への期待は形式面の真実に偏っている。つまり、そこでは眼前で会話が展開されているかのような現前的な臨場感が求められる。

（8）　小林秀雄「アシルと亀の子（文藝時評）」（『文藝春秋』一九三〇年四月号）、四〇—四一頁。

この辛辣な評言は、大宅壮一『文学的戦術論』(中央公論社、一九三〇年二月)を批判する文脈で使用されている。

(9) 極端な事例として、「匿名座談会」と銘打たれた記事を想定せよ。出席者たちは、自身が匿名表記されること(「A」「B」「C」など)を前提に秘匿すべき情報を披露する。その場合、読者にとっては開示情報だけが価値をもつ。誰がそれを暴露したのかは意識にのぼらない。匿名なのだからのぼりようがない——業界通による詮索はこのかぎりではない(極端な多重底構造)。また、出席者間の一連のやりとりの進行過程もさほど問題にはならない。匿名座談会ほどではないにせよ、こうした読解のあり方はどの座談会に対しても多かれ少なかれ選択される。この点も経験的に了解可能だろう。

(10) したがって、本章の関心は座談会コンテンツの内容分析には立ち入らない。その種の成果としてはたとえば、鶴見太郎『座談の思想』(新潮社、二〇一三年一一月)がある。

(11) 田山花袋『近代の小説』(近代文明社、一九二三年二月)、六九―七〇頁。

(12) 中野三敏『江戸名物評判記案内』(岩波書店、一九八五年九月)に詳しい。

(13) 山崎義光「モダニズムの言説様式としての〈座談会〉——「新潮合評会」から『文藝春秋』の「座談会」へ」(『国語と国文学』第八三巻第一二号、二〇〇六年一二月)がこの前後の流れを論じている。

(14) 春山行夫「合評会 その他」(春山『文学評論』厚生閣、一九三四年七月、初出未見、同稿執筆＝一九三三年一一月)、二〇六頁。なお、同時評は『新潮』掲載合評会の来歴を註で丁寧に整理している。

(15)「社会思想家と文藝家の会談記」(『新潮』一九二六年七月号)。

(16)「新人の観たる既成文壇及既成作家――第四十二回新潮合評会」(『新潮』一九二七年一月号)。

(17) 無署名「合評会に就て」(『文藝市場』一九二七年二月号)が企画趣旨を説明している(六二頁)。それによると、「合評会主催者側に何らかの刺戟を与へ」ることが目指されていた。「合評会の合評をやるかも知れない」とも述べる。それは実現にいたらなかった。もし実現していれば、その再帰性をもって合評会成熟の指標と同定できただろう。

(18) 井東憲「新潮合評会を評す」(『文藝市場』一九二七年二月号)、六〇頁。橋爪健「新年号の新潮合評会」(同)、六一頁。

(19) 大宅壮一「文壇ギルドの解体期――大正十五年に於ける我国ヂヤーナリズムの一断面」(『新潮』一九二六年一二月号)、七九頁。丸括弧は原文。鍵括弧は原文ではすべて二重括弧として表記されている。便宜上あらためた。

(20) この点に関しては左翼運動内部の傾向性を勘案しておく必要がある。すなわち、双方の反論機会を用意すべきだという暗黙の了解が前提としてあった。本文でも触れたとおり、合評会には『新潮』以外の系譜がいくつか存在する。単線化できない。プロレタリア文学陣営においても頻用されていた。たとえば『文藝戦線』では、一九二六年末に三回ほど連続的に「左翼文壇新作家論」と題した合評会記事を掲載している。一一月号の「戦線語」にはこうある(名義「碩」＝佐野碩、六五頁)。「相互批判によつて我が陣営の充実に資せんとするに外ならない」。新ポイントは陣営内部での「相互批判」だ。著者が臨席するところに、権威として機能する「新潮合評会」との相異を確認できる。

(21) 森本巖夫「諒闇気分の二月 新潮合評会」(『文藝市場』一九二七年三月号)、四九―五〇頁。武藤直治「『新潮』とその合評会をみる」とあわせて、「新潮合評会を評す」という総題が付されている。翌月分は、立野信之「不同調三月合評会拝見」(『同』一九二七年四月号)のみ。対象は『不同調』掲載合評会になっている。

(22) 「編輯後記」(『文藝春秋』一九二七年三月号、署名＝「菊池」)、二四一頁。同後記はつづけて、「これから、毎月座談会を催すことになつた」と記す。同号の座談会は「徳富蘇峰氏座談会」。出席者は、徳富蘇峰、山本有三、芥川龍之介、菊池寛。その後のゲストは、後藤新平、新渡戸稲造、堺利彦・長谷川如是閑、柳田国男・尾佐竹猛、泉鏡花とつづく。

(23) 菊池寛「十五周年に際して」(『文藝春秋』一九三七年一月号)は、自誌の「功績」のひとつに「座談会の創始」をあげている(九頁)。

(24) 「自由劇場試演に就て(座談)」(『白樺』一九一一年一月号)など、「座談」の文字を表題に含む対話記事は明治末期にはすでに存在していた。出席者は「武者小路、木下、田中、園池、萱野、里見、×生」。発言者も頭文字で明記。すでに座談会様式が確立している。

(25) 「新渡戸稲造博士座談会」(『文藝春秋』一九二七年五月号)。出席者は、新渡戸、鶴見祐輔、久米正雄、菊池寛。「堺利彦 長谷川如是閑座談会」(『同』同年六月号)。出席者は、堺、長谷川、藤森成吉、芥川龍之介、久米、菊池。

(26) 「現代医学座談会」(『文藝春秋』一九二七年九月号)。出席者は、呉秀三、近藤次繁、土肥慶蔵、菊池寛。「海軍座談会」(『同』同年一一月号)。出席者は、N海軍中将、伊藤正徳、水野広徳、久米正雄、菊池。

（27）「海軍座談会」（前掲）、二五頁。

（28）大伴女鳥「豆戦艦（14）——八月の雑誌」（『東京朝日新聞』一九三四年八月一三日朝刊）、九面。匿名の評者は座談会流行の要因のひとつをこの点に見ている。

（29）『文藝春秋』と競合する『改造』にもかねてより座談形式の記事は存在した。管見のかぎりでは、「対支国策討議」（『改造』一九二四年一一月号）が初出。出席者は、長谷川如是閑、堀江帰一、吉野作造、永井柳太郎、米田実、福田徳三、小村俊三郎、山本実彦。ただし、「座談会」の呼称を使用するようになるのは、「『人物』座談会」（『同』一九三〇年九月号）以降のことである。出席者は、長谷川、菊池寛、永井、本多熊太郎、向坂逸郎、前田河広一郎、馬場恒吾、杉村楚人冠、山本。菊池の出席が「座談会」という語の使用に関係したとの推測は十分に成り立つ。

（30）柄谷行人「近代日本の批評——昭和前期Ⅱ」（『季刊思潮』第六号、一九八九年一〇月）は、文芸復興期を「左翼の「政治」から解放されるとともに、まだ帝国主義の「政治」に支配されるにいたらない一時期である」と位置づける（六頁）。また、こうした「文藝復興」現象の消極性は同時代の論者にも認知されていた。たとえば、青野季吉「文藝時評」（『改造』一九三三年一二月号）はこう述べる（二二六頁）。「現在の文藝復興の気運と云ふものは、もしそれが存在するとしても極く消極的なもので、大衆文藝から一方の領域を狭められ、プロレタリヤ文藝から他方の領域を侵された純文学が、前者の非藝術性の自己暴露を機会とし、後者の不可避の後退をいい折として、自己の存在を高めやうと焦慮してゐるに過ぎないものだ」。しかしながら、私たちはこの「消極」性にこそ着目しよう。

(31) 平野謙「昭和文学の特徴」(平野『現代日本文学入門』要書房、一九五三年七月)など。周知のとおり、平野は昭和戦前期の文壇地政図を、既成文学/プロレタリア文学/新感覚派文学の「三つ巴」に見立てた。そのフォーマットは――平野自身による若干の修正の痕跡があるにもかかわらず――一見した分かりやすさから、あらゆる文学史記述に便利に適用されてきた。しかし、この図式的な認識はいいかげん解除されなければならない。問題はそこからこぼれ落ちる営為をいかに位置づけるかにある。

(32) 象徴的な事例をあげよう。龍膽寺雄は、大森義太郎「文藝時評【5】いはゆる新藝術派の作品」(『読売新聞』一九三〇年六月三日朝刊、四面)の激烈きわまる批評に対し、「批評の批評【上】――大森義太郎氏に応ふ」(『同』同年六月七日朝刊)と題した反論文を発表する。「批評の批評が必要」だと述べる(四面)。その後、大森はさらに「ナンセンス理論家――龍膽寺雄氏への答へ」(『同』同年六月一一日朝刊)で応答する(四面)。大森にはあきらかに不毛な論争を意図的に仕掛ける傾向があった。本書のなかで幾度も確認されていくだろう。

(33) 杉山平助「批評の批評の批評(岡田三郎について)」(『行動』一九三四年八月号)。岡田三郎「『顔と腹』について」(『あらくれ』一九三四年七月号)は、岡田自身の小説「顔と腹」(『新潮』一九三四年六月号)に関する各者の批評へのレスポンスとして書かれた。そこには、『東京朝日新聞』の大伴女鳥による短評への反論も含まれていた。その部分へのさらなる応答として、杉山の文章は提出されている(本章註28でも触れた「大伴女鳥」が杉山の匿名筆名であることは第5章を参照)。前註の龍膽寺にせよ杉山にせよ、その表題は「批評」の無限連鎖を如実に表現するものになっている。この類のタイトルは以前からしばしば見られた。ちなみに、いずれも作家と批評家のあいだに発生した心情的対立でもあることに注意したい。こうした構図の分析を私たちは第2章で行なった。

(34)　三木清「批評の生理と病理」(『改造』一九三三年一二月号)、一四頁。

(35)　平野謙「行動主義文学論」(平野『文学・昭和十年前後』文藝春秋、一九七二年四月)や、臼井吉見「行動主義論争」(臼井『近代文学論争 下』筑摩書房、一九七五年一一月)が概説として参照可能である。初出は、前者が『文學界』一九六二年七月号。後者が『文學界』一九五五年六月号(表題誤植)および七月号。

(36)　貴司山治「進歩的文学者の共働について――一つの具体的私案を提案す」(『行動』一九三五年六月号)、一七九―一八〇頁。

(37)　行動主義論の発生にはプロ文派による文壇制圧からの反動という側面があった。抑圧の一例として、合評会「新人の観たる既成文壇及既成作家」(前掲)をあげることができる。舟橋は芸術派の「新人」として出席した。ところが、プロ文派の葉山や林に完全に圧倒される。ほとんど発言できていない。

(38)　大森義太郎「いはゆる行動主義の迷妄」(『文藝』一九三五年二月号)、一二頁。

(39)　「新動向討論会」(『行動』一九三五年四月号)、二二二、二二三頁。

(40)　「能動精神座談会」(『行動』一九三五年三月号)において舟橋は、その場に存在しない大森からの批判に言及していた。「言葉の上の揚足取」にすぎないと何度も不満を漏らす(九四頁)。対面前からすでに、議論の焦点の理解に懸隔が見られた。

(41)　「新動向討論会」(前掲)、二三八頁。

(42) 大草実・萱原宏一・下島連・下村亮一・高森栄次・松下英麿『昭和動乱期を語る――一流雑誌記者の証言』(経済往来社、一九八二年一〇月)では、当時の雑誌編集者たちが回顧座談のなかで口をそろえて大森の「論争のうまさ」や「ずるさ」を強調している(八四頁)。

(43) 「新動向討論会」(前掲)、二二七頁。

(44) 「人民文庫・日本浪曼派討論会」(『報知新聞』一九三七年六月三日―一一日朝刊、八回に分載)が、直接対決の典型例としてしばしば言及される。タイトルにある両グループがそれぞれに掲げる散文精神(リアリズム)と詩的精神(イロニー)の衝突が事前の争点だった。出席者は、『人民文庫』側が高見順、新田潤、平林彪吾。『日本浪曼派』側が保田與重郎、亀井勝一郎、中谷孝雄。この論争も大森/舟橋の場合とほとんど同型のプロセスを経る。「討論」は平行線をたどった。

(45) 『読売新聞』一九三五年三月一二日朝刊(一面)掲載分など。

(46) 加藤悦郎「文壇・時の人　舟橋聖一氏を訪ふ」(『文藝』一九三五年四月号)、一八五頁。ちなみに、加藤による挿絵は、大森(に擬したキャラクター)が舟橋(に擬したそれ)に路上で万年筆を売りつける場面を描いたものだ。経緯は以下のとおり。大森義太郎「『能動的精神』の三重唱(1)――船橋(ママ)、青野、窪川君等に答へる」(『東京日日新聞』一九三五年一月一九日朝刊)が、舟橋の主張を「インチキ万年筆屋の空口上」になぞらえた(一四面)。明治期から、舌先三寸で粗悪な万年筆を売りつける詐欺まがいの商売が横行しており、「インチキ」は流行語にもなった。加藤はこの事実をそっくり反転させる。そのことによって、外部から揶揄したのだ。大森こそ「インチキ」だ、と。ただし、加藤はこのいきさつを記事内でいっさい明示しない。にもかかわらず、一定の範囲内において批評効果をもったはずだ。第2章で検討したとおり、多重底構造が機能したと考えられるからである。

(47)　片岡鉄平「文藝時評①『尺度』への抵抗——知識階級の空気」（『東京朝日新聞』一九三五年三月二六日朝刊）も、舟橋と同様に当該座談会を「水掛論」と形容した（九面）。

(48)　議論自体が完全に終了したわけではない。いくつか派生的な応酬が確認される。たとえば、舟橋と岡邦雄とのあいだで。舟橋聖一「再び知識階級に就て」（『文藝』一九三五年一〇月号）、岡邦雄「行動主義者の末路——舟橋聖一氏に質す」（『文藝』一九三五年一一月号）。その後、舟橋が『報知新聞』で再反論した（未確認）。論争の構造は大森の場合と同じだ。無署名「新聞学藝欄批判」（『文藝』一九三五年一二月号）は、岡との応酬における舟橋の態度をこう表現している（一〇三頁）。「ごて〳〵した、はつきりしない、そしてちつとも腹の据らない、おどおどしたもの」。

(49)　春山行夫「作家と作品」（『文学評論』前掲、初出未見、同稿執筆＝一九三三年一二月）、二四八頁。

(50)　「「純粋小説」を語る」（『作品』一九三五年六月号）など。出席者は、豊島與志雄、三木清、谷川徹三、横光利一、川端康成、深田久彌、河上徹太郎、中島健蔵、中山義秀、小野松二。文学者のなかに、哲学系批評家である三木や谷川が混在している点に注目したい。さきに見た行動主義論争の座談会には戸坂潤（＝社会批評家）や向坂逸郎（＝経済批評家）が出席していた。総合雑誌における文学テーマの討議には、かならずといってよいほどこうした局外批評家が召喚された。局外批評については終章で論じる。

(51) 岡邦雄「論争に就て」(『セルパン』一九三五年一一月号)、一三頁。
(52) 大宅壮一「座談会の流行」(前掲)、四五頁。
(53) 野口冨士男『感触的昭和文壇史』(文藝春秋、一九八六年七月)が、雑誌『行動』の編集経緯に詳しい。当時、野口は編集部に勤務していた。
(54) 「新動向討論会」(前掲)、二二〇頁。
(55) 同前、二五一頁。忠実な討議記録はあまりに散漫ではある(もちろん、完全な再現など存在しない)。しかし、それだけ臨場感に満ちている。読者の「真実」への音声中心的な欲望に応える。
(56) 無署名「編輯後記」(『行動』一九三五年四月号)、四〇〇頁。
(57) 大宅壮一「編輯の技術」(前本一男編『日本現代文章講座 第三巻——組織篇』厚生閣、一九三四年四月)、一六六頁。また、現場と再現記事との雰囲気の落差を、中島健蔵「文学批評の擁護」(『中央公論』一九三五年一一月号)が記している(二九七—二九八頁)。自身も出席した座談会「「純粋小説」を語る」(前掲)についてだ。「豊島與志雄氏が、痛烈な問題を改めて提出されたのであつた。此の座談会の速記は雑誌『作品』の六月号に載せられたが、語る者の緊張が少しも出てゐないので、ただ読んだのでは案外詰らぬものとなつてしまつた。事実は、中心の横光氏をはじめ、打てば響くやうな激しい気合ひで、しかも話が横道に外れず、最年少の私などは、物言ふのも気づまりな位の緊張裡に終始したのであつた」。
(58) のち一九三六年に、舟橋聖一、小松清、豊田三郎によって雑誌『行動文学』が発行されることになる(西東書林、全七号)。

(59) 林房雄「文学者の文学雑誌――「文學界」の改組について」（『読売新聞』一九三五年一〇月二七日朝刊）、九面。『行動』廃刊からほとんど時差のないことに注意したい。その後、同じ内容が小林秀雄「文學界　後記」（『文學界』一九三六年一月号）において正式に告知された。

(60) 七矢清人「大波小波　呉越同舟の真面目を……――「文學界」への希望」（『都新聞』一九三三年一〇月二日）は、「友情とか個人的関係とかいふものを一蹴して、それぞれの立場を守りとほすことにおいてのみ、「文學界」の存在に意義がある」と述べる（一面）。そのうえで、「正面衝突をして最後まで突き進んでもらひたい」と期待を（なかば批判的に）表明する。このように、「呉越同舟」性に豊穣な討議の可能性を見出す評価も存在した。

(61) 青野季吉「文学民衆化論（続）」（『日本評論』一九三七年五月号）、三九七頁。

(62) 板垣直子「停滞期文壇の現はれ」（『セルパン』一九三五年一二月号）、五四頁。

(63) 大宅壮一「文藝時評（二）　文學界の新同人に問ふ」（『東京日日新聞』一九三五年一〇月二九日朝刊）、九面。

(64) 板垣直子「停滞期文壇の現はれ」（前掲）、五四頁。

(65) 矢崎弾「同人雑誌の現状」（『新潮』一九三六年四月号）、一四一頁。ただし、この不統一性は同誌にかぎらないと付言してもいる。同人雑誌における当時の一般的傾向だった。

(66) 「文學会（ママ）同人座談会」（『文學界』一九三六年一月号）、一二〇頁。阿部知二の発言。なお、各者は参入理由を個別の機会にも弁明している。たとえば、阿部知二「文藝時評（十一月）――「文學界」入りについて」（『帝国大学新聞』一九三五年一一月四日、九面）、森山啓「僕の「文學界」入りについて――文学雑誌の同人たることの意義」（『文学評論』一九三六年一月号)など。

(67) 舟橋聖一「同人雑誌諸君へ」(『文學界』一九三六年二月号)、五八頁。

(68) 佐藤春夫「合評会批評」(『読売新聞』一九二七年三月一四日朝刊)、四面。こうつづく。「合評会はやはり談合的のものである。厳密な意味での批評は困難である」。佐藤は「批評」よりも「社交」が優先されてしまう心理傾向を描出している。しかしながら、後述するように、まさにこの緩和作用や「談合」性ゆえに座談会記事は『文學界』に必要とされたのである。

(69) じつは、「改組」以前にも『文學界』は二度ほど座談会を試みていた。一九三四年八月号の「政治と文学に関する座談会」と、同年九月号の「リアリズムに関する座談会」がそれである。後者掲載号の武田麟太郎「編輯後記」は今後の方針としてこういっている(一五〇頁)。「座談会記事としては同人会議の速記をとる」、と。たしかに、これらの討議は文壇動向と連動し重要な意義をもった。だが一方で、「同人会議」的な印象は否定できない。それが批判を受ける。たとえば、大伴女鳥「八月の雑誌」(『東京朝日新聞』一九三四年八月一三日朝刊)は、「茶の間的の座談会」「座談会の堕落」と評した(九面)。こうした形式面の批判を受けてか、「速記」公開の予告は裏切られる。その後、改組まで座談会記事は掲載されない。しかし、改組後はその「同人会議」性がむしろ戦略的に活用されていくのだった。なお、「大伴女鳥」は杉山平助と青野季吉による共有の匿名である。青野季吉「文学五十年 四十六回 二・二六事件のころ——匿名評論の時代という半面」(『東京新聞』一九五七年六月七日夕刊、八面)を参照。ただし「大鳥女鳥」と誤記。単行本版『文学五十年』(筑摩書房、一九五七年一二月)でも同様に誤記(一四一頁)。

(70)「文學界賞第三回授賞発表」(『文學界』一九三六年四月号)にあるように、この回の座談会は「文學界賞」に選定される(二七四—二七五頁)。同誌が座談会を重視していたことの証左にほかならない。

(71) 雑誌『白樺』はこの種の欄が注目された先駆的な媒体である。さきに触れた「自由劇場試演に就て(座談)」(前掲)をはじめ座談会記事も同誌は早くから掲載していた。ちなみに、雑誌『へちまの花』の巻末には、同人たちの編集後記が列挙される。いずれも二、三行程度と短い。そのため、結果的に座談会のフォーマットに酷似する。この種の誌面企画に座談会の遠源のひとつを見出すこともあるいは可能かもしれない。

(72)「文學会(ママ)同人座談会」(前掲)、一三三頁。

(73) マサオ・ミヨシ(佐復秀樹訳)『オフ・センター——日米摩擦の権力・文化構造』(平凡社、一九九六年三月)は第9章「座談会と会議——言説の形態」において、日米比較の観点から座談会のこうした側面を批判している。

(74) 福田清人「ジヤアナリズムは文学者を殺すか」(『日本評論』一九三六年四月号)、三七九頁。

(75)「「夜明け前」合評会」(『文學界』一九三六年五月号)。出席者は、村上知義、島木健作、舟橋聖一、阿部知二、林房雄、小林秀雄、河上徹太郎、武田麟太郎。「純粋小説座談会——「下界の眺め」を中心に」(『同』一九三六年六月号)。出席者は武田、島木、小林、林、深田久彌、阿部、河上、舟橋。ここでは出席者の内輪的な重複に注目したい。

(76) 小林秀雄「文學界　後記」(『文學界』一九三六年四月号)、二八八頁。

(77) 無署名「文壇時言」(『日本評論』一九三六年四月号)、三一四頁。類似表現は当時の時評的

テクストに数多く見られる。第2章に倣えば、特定の人物による特定の発言が暗黙の前提にされたものと推測される。しかし、それも後世の私たちには知りえない。

(78) 高見順「強者連盟の害毒――『文學界』解消を望む(1)」(『報知新聞』一九三七年三月二四日朝刊)、六面。それ以前、高見は同誌に小説や文芸時評を発表していた。平野謙「小林秀雄と中野重治――初期文学界の評価をめぐって」(『文學界』一九七一年六月号)はこう記す(二四六頁)。「第何次かの同人拡大に際して、高見順も勧誘されたのだが、固辞したはずである」。同人を断ったその高見による表現である点にも注目されたい。

(79) 武者小平「街の人物評論　小林秀雄」(『中央公論』一九三六年一〇月号)、四一八頁。なお、この評言は小林と杉山平助を比較する文脈で使用されている。武者によれば、杉山は小林への罵倒を実名で書きつづけてきた。他方、小林は弟子筋の人物を使って匿名による杉山批判をさせた。だが、効果がないと見るや、小林は杉山に「共同戦線の握手」を差し出す(おそらく、この時期に小林が杉山の仕事に代表される匿名批評を評価しはじめたことを指す)。武者はその「政治」性を揶揄している。ただし、この記述はさらに入り組んでいる。というのも、当該テクストはのちに、杉山平助『街の人物評論』(亜里書店、一九三七年二月)に収録されることになるからだ。つまり、この小林批判は杉山による匿名批評なのである。匿名を介すことで、批判の応酬が多層化し混線してしまう。この種の問題は当時の言論流通のあり方を捉えるうえで重要な位置を占めている。第5章で検討しよう。

(80) 「座談会　批評と研究の接点・その後――近代文学研究の現在」(『国文学　解釈と鑑賞』一九八一年一二月号、出席者＝吉田凞生・前田愛・谷沢永一・磯田光一)において、吉田凞生は前後の文脈を外れて、いくぶん唐突につぎの発言を残している（二〇頁）。「今までの「小林秀雄論」でもほとんど誰も手をつけていない、つまり雑誌に関連して何も論じられていないのは、座談会の分析ですね」。本章は長らく放置されつづけたこの課題に対するささやかな試論的応答にもなっているだろう。ただし、それは「小林秀雄論」ではないかたちで行なわれなければならなかった。

（81）小林秀雄「文藝時評（2）中野重治君へ」（『読売新聞』一九三六年三月一日朝刊）によると、最初の改組時に小林は中野重治を同人に勧誘している（四面）――当時、中野は『文學界』にしばしば寄稿していた。中野は「ジヤアナリズムの無統制を何とかする」必要があるという小林の意図を正しく理解しながらも、最終的に「泣いて」断る。このエピソードはなにを意味するのか。私たちの関心に引きつけるならば、凝集的なメディアが付随する〈政治〉性に対する中野の抵抗感の表出として解釈することができよう。じっさい、中野重治「ある日の感想」（『文学評論』一九三六年三月号）は、「文學界同人座談会（第二回）」（『文學界』一九三六年二月号）において醸成される文芸懇話会擁護の空気を痛烈に批判している。そう、問題とされるのはここでも「座談会」という形式なのだ。とりわけ、その「統制」性である。先註した高見順の事例も含め、『文學界』寄稿者が離反していく経緯は再考の余地がある。本章が焦点をあてた「再収」とは異なる側面も見なければならない。

（82）「文化綜合会議　近代の超克」（『文學界』一九四二年一〇月号）。出席者は、小林秀雄、西谷啓治、諸井三郎、三好達治、吉満義彦、亀井勝一郎、鈴木成高、林房雄、菊池正士、中村光夫、下村寅太郎、津村秀夫、河上徹太郎の一三名。

(83) 小林秀雄「再び文藝時評に就いて」(『改造』一九三五年三月号)、三二九頁。
(84) 谷川徹三「文学と社会性」(『文藝春秋』一九三六年三月号)、六三頁。
(85) 小林秀雄「再び文藝時評に就いて」(前掲)、三三〇頁。
(86) 大森義太郎「雑篇」(『文學界』一九三五年四月号)、九九頁。
(87) 川端康成「文藝復興とは〔1〕——先づその言葉の意味から」(『報知新聞』一九三四年一月一日朝刊)によると、『文學界』立ちあげの際、林房雄は誌名を「『文學建設』または『文藝復興』と名づけたがつてゐた」(六面)。
(88) 人と人を接続するだけではない。領域と領域もつなぐ。なにより座談会は他領域の著名人を召還する装置として機能した。たとえば、「文壇人の『政治』座談会」(『政界往来』一九三四年四月号)という表題は象徴的だ。出席者は、青野季吉、犬養健、長田幹彦、加藤朝鳥、菊池寛、白井喬二、近松秋江、三上於菟吉、山本有三。政治関連の媒体に「文壇人」を招致する。それを座談会は可能にした。
(89) 対談形式としては、前田慶治「空想一問一答録」(『文藝通信』一九三三年一二月号—三四年八月号)なる連載企画をあげておこう。毎回、大仏次郎や吉川英治など人気の大衆小説家と前田の架空対談が展開される。「直木三十五の亡霊との半時間」と題された回(一九三四年八月号)では、故人までもが召還される。当時、この種の試みは大量に溢れていた。なお、一九〇一年三月より雑誌『歌舞伎』に連載され人気を博した室田武里「無線電話」などが先行する。これも座談会の起源のひとつに位置づけてよい事例だ。
(90) 石垣蟹太郎「テラス愚論判の一夜」(『文藝通信』一九三四年一月号)。この空想の座談会記事にはほかにも多くの文壇人が登場する。いずれも当人がいかにも語りそうな内容や口ぶりで表現されている。一定の文壇リテラシーを獲得した読者はその戯画化の妙を楽しんだはずだ。

(91) 杉山平助「虫唾の走るチンピラ先生林房雄に答へる」(『読売新聞』一九三三年一〇月六日朝刊)、四面。杉山平助「文藝時評【4】四つのプロ小説」(『読売新聞』一九三三年八月四日朝刊、四面)が、林房雄「馬関戦争――『青年』後篇」(『中央公論』一九三三年八月号、九月号)に対して「読むのが苦しい」と書いて以来の展開を指す。相互に殴り合いを宣言するところまで発展、その経過が文壇ゴシップとして逐一報道されていた。なお、この直後、両者は「一九三四年「文藝の動向」座談会」(『読売新聞』一九三四年一月一日―一七日朝刊)で同席をはたし、じっさいに殴り合うことになる。

(92) 座談会と実話ものの近接性については、日高昭二「座談会について」(『座談の愉しみ　下』岩波書店、二〇〇〇年一一月)も、ごく簡単にではあるが言及している(二三〇頁)。

(93) 「アンケート」は以下の点において座談会に近似する。①費用対効果が高い(原価の安さ＋仕上がりの速さ)。②有名性に特化したリーダブルな商品記事となる。③著名人の〝生の声〟に肉薄した演出が可能である。アンケート回答を列挙した企画記事(「諸家に聞く」という定型)は古くから存在する。

第4章

(1) 向坂逸郎「石濱、大森、有澤、山田、平野」(『中央公論』一九三一年九月号)、二一三頁。

(2) 同前、二一六―二一七頁。

(3) 大宅壮一「人物論の構成」(『日本現代文章講座 第六巻――指導篇』厚生閣、一九三四年九月)、一二〇頁。

(4) 樹下石上人「人物評家の変遷」(『文章世界』一九〇七年一一月号)は、同時代に俯瞰的な整理を行なっている。筆者は横山源之助。この文章自体もまた人物批評の典型的なスタイルをとっている。また、明治期の人物批評の系譜については、木村毅「解題」(『明治文学全集 92 明治人物論集』筑摩書房、一九七〇年五月)が概説している。そこでも指摘されるように、「人物評論が明治文学に不抜の地位を占め」ていた(三七六頁)。明治期の人物批評は「文学」としてあつかわれえたのである。

(5) 佐々弘雄「分らない偉人――人物評論の一考察」(聞人会編『世界を描く――随筆五十人集』立命館出版部、一九三五年一月)、四〇二頁。

(6) 個別評伝類のなかで評伝の対象による人物批評の執筆活動を特記した事例であれば散見される。御厨貴『馬場恒吾の面目――危機の時代のリベラリスト』(中央公論社、一九九七年六月)、田中秀臣『沈黙と抵抗――ある知識人の生涯、評伝・住谷悦治』(藤原書店、二〇〇一年一一月)など。

(7) 馬場恒吾「斎藤実論」(『中央公論』一九三二年七月号)、横光利一「直木氏のこと」(『文藝春秋』一九三五年三月号)など。

(8) 青野季吉「安部磯雄と大山郁夫」(『経済往来』一九三〇年三月号)、佐々弘雄「高橋是清と若槻礼次郎」(『改造』一九三四年一月号)など。

(9) 大宅壮一「流行性匿名批評家群【一】論壇潜水艇時代来る!」(『読売新聞』一九三四年三月

二七日朝刊）が、「古くからある列伝体や総まくり式の匿名人物評論」（四面）と記すように、形式自体は目新しいものではない。三タイプのなかでは、匿名批評との親和性がもっとも高い。なお、特定トピックの人物を出身地域別に寸評する形式もこのタイプに含まれる。「人国記」ものと呼ばれた。人国記は、明治期に横山健堂がリバイバルさせ（「黒頭巾」名義で一九〇八年より『読売新聞』で「新人国記」を連載）、そののち定着した。本章の対象時期の代表的な書き手としては伊藤金次郎があげられる。伊藤金次郎「水戸及び水戸人」（『中央公論』一九三二年七月号）、同「日本ヂヤーナリスト人国記」（『同』一九三三年二月号）など。『わしが国さ』（刀江書院、一九二六年七月）は版を重ねた。

（10）土田杏村「フアッショ論陣の人々」（『経済往来』一九三三年一月号）、G・G・F「経済研究所のぞ記」（『経済往来』一九三四年一一月号）など。

（11）新居格「現代批評家の文章」（『日本現代文章講座　第八巻――鑑賞篇』厚生閣、一九三四年五月）、八七頁。

（12）鈴木茂三郎「論壇時評【二】現代政治評論四人男」（『読売新聞』一九三三年六月一日朝刊）、四面。

（13）新居格「現代批評家の文章」（前掲）、八八、九三頁。

（14）佐々弘雄「分らない偉人」（前掲）、四〇六頁。

（15）小森陽一『日本語の近代』（岩波書店、二〇〇〇年八月）など。なお、『現代日本文学全集予約募集／内容見本』（改造社）の裏表紙中央には「先づ一円を投ぜられよ!!」の文言が赤字で大きく印字され、選挙宣伝のパロディになっている。

(16) 河合栄治郎「人物評論の論」(『経済往来』一九三〇年一月号)、二二五頁。
(17) 杉山平助「現代人物スケッチ」(『経済往来』一九三五年七月号)。
(18) 杉山平助「彼等はどうなつたか？――賀川豊彦・西田天香・鶴見祐輔・松岡洋右・荒木貞夫」(『経済往来』一九三五年四月号)、三四六頁。
(19) 笹本寅「雑文家評判記」(『文藝』一九三四年六月号)、一三三頁。ちなみに、この笹本記事もまた列伝体型の人物批評だ。「評判記」という語が使用されていることにも注意したい。杉山自身も、論説「人物評論学」(『人物評論』一九三三年三月号)で面識の重要性を指摘している(四八頁)。また、この時期、「訪問記」記事が増加した。取材経由の人物批評とインタビュー記事との中間態と位置づけられる。周辺情報を人物批評的に補足しつつ、適宜本人の発言をパッチワークする後世でいうルポルタージュ風の手法だ。A・B・C「K・Oボーイ小泉信三氏を御殿山に訪ふの記(無芸無能訪問記)」(『経済往来』一九三〇年九月号)、武者小路実篤「幸田露伴先生を訪ふ」(『経済往来』一九三五年六月号)など。
(20) 杉山平助「現役政治評論家を批判す」(『改造』一九三四年一〇月号)、一六四頁。
(21) 石濱知行「論壇時評」(『中央公論』一九三一年三月号)は、馬場の人物批評を「いつも面白く拝見する」(一一七頁)と述べると同時に、「ものたらなさ」(一一九頁)を感じると記した。その理由として「理論的態度」の欠損をあげる(一一八頁)。これは馬場に対する同時代評価のひとつのテンプレートといってよい。また、水澤澄雄「読売の紙面を評す――文藝欄衰弱の兆」(『現代新聞批判』一九三五年一月一五日号)は馬場の人物批評の文体に触れている(四頁)。「冗語が多い。テンポも遅い」「筆も古い」と指摘する。そのため、総合雑誌で発揮される「魅力」

も新聞においてはマイナスに機能するという。

(22) 当時量産された人物批評のテクスト群は、馬場恒吾『現代人物評論』(中央公論社、一九三〇年九月)、同『政界人物風景』(中央公論社、一九三一年六月)などに順次収録されていき、かなりの好評を博した。

(23) 阿部真之助『現代世相読本』(東京日日新聞社・大阪毎日新聞社、一九三七年五月)はこう自己言及する(一頁)。「毒舌なんてものは、人を傷けるばかりでなく、より多く自らを傷けるもの」だ、と。

(24) 木村毅「「人物評論」の歩める道——阿部真之助氏の『新人物論』をめぐりて」(『伝記』一九三五年四月号)、一三六—一三八頁。

(25) 伊藤正徳「現代新聞と新聞記者」(『経済往来』一九三五年四月号)が指摘するように、新聞編集に携わる人物がつぎからつぎへと表舞台に登場するのもこの時期の特徴である。

(26) たとえば、堺為子「台所方三十年——夫利彦の蔭に生きて」(『中央公論』一九三三年三月号)、千葉静一「わが父千葉亀雄」(『日本評論』一九三五年一一月号)など。

(27) 金剛登「壁評論　人物論小考」(『読売新聞』一九三四年六月六日朝刊)、四面。

(28) 大宅壮一「人物論の構成」(前掲)、二二二—二二三頁。

(29) 大澤聡「大宅壮一と小林秀雄——批評の「起源」における複数的可能性」(仲正昌樹編『歴史における「理論」と「現実」』御茶の水書房、二〇〇八年八月)に詳細はゆずる。

(30) 大宅壮一「人物論の構成」(前掲)、二二三頁。

(31) 同前、二二四頁。

(32) 佐々弘雄「人物評論の科学」(『社会及国家』一九三四年一一月号)、一一頁。
(33) 同前、一一―一二頁。
(34) 佐々弘雄『人物春秋』(改造社、一九三三年七月)、同『続 人物春秋』(改造社、一九三五年五月)。
(35) 嘉治隆一「散文詩的人物論――佐々氏の「人物春秋」を読む」(『東京朝日新聞』一九三三年一〇月一三日朝刊)、六頁。
(36) 佐々弘雄「人物評論の科学」(前掲)、一〇頁。
(37) 春山行夫「裁断なき文学」(『新潮』一九三四年二月号)、一八―一九頁。
(38) 嘉治隆一「散文詩的人物論」(前掲)、六頁。
(39) 永嶺重敏『雑誌と読者の近代』(日本エディタースクール出版部、一九九七年七月)、佐藤卓己『『キング』の時代――国民大衆雑誌の公共性』(岩波書店、二〇〇二年九月)など、間接的な資料体を用いた分析は存在する。
(40) 中井正一「文壇の性格――「壇」の解体について(その二)」(『大阪朝日新聞』一九三二年一月二〇日朝刊)、六面。
(41) 大宅壮一「人物論の構成」(前掲)、二二一―二二二頁。
(42) 固有名と有名性の関係を理念的に考察したものに、赤間啓之『分裂する現実――ヴァーチャル時代の思想』(日本放送出版協会、一九九七年一〇月)がある。
(43) 山崎謙「思想批判と人物評論」(『人物評論』一九三三年五月号)、八〇頁。
(44) 向坂逸郎「櫛田民蔵論」(『中央公論』一九三一年六月号)、一〇三頁。

(45) 大森義太郎「人としての美濃部達吉博士」（『文藝春秋』一九三五年四月号）。
(46) 一九三三年三月創刊、一九四〇年四月休刊。当時の編集事情については、当事者である池島信平らの回想が参考になる。池島信平『雑誌記者』（中央公論社、一九五八年一〇月）など。
(47) 無署名「出版界」（『出版年鑑――昭和拾年版』東京堂、一九三五年七月）、三頁。
(48) 戸坂潤「局外批評論」（『新潮』一九三五年一一月号）、一九頁。
(49) 浅原六朗「文藝時評　休火山的創作欄――文学無視のヂアナリズム（三月の雑誌を読む）」（『東京日日新聞』一九三三年二月二八日朝刊）、一四面。
(50) 尾崎士郎「創作壇の印象――現象的に見る」（『行動』一九三三年一二月号）、一三頁。
(51) 木村毅「「人物評論」の歩める道」（前掲）、一三四頁。
(52) 馬場恒吾『現代人物評論』（前掲）。広告は発行前後の『中央公論』に連月掲載された。そこに記入された版数は月を追うごとに増加していく。刊行半年後に相当する一九三一年三月号掲載分には、ついに「六十版突破」と記されるにいたる。当時の版数のカウントの不確かさを差し引いても、馬場の文章が「大衆性」をもった事実の幾分かはここに証示されていよう。
(53) 杉山平助「論壇花形評伝」（『経済往来』一九三五年一月号）、勝本清一郎「現代文藝批評家論」（『中央公論』一九三五年六月号）。
(54) 新居格「現代批評家の文章」（前掲）、九四頁。
(55) その他の月は、「大内兵衛論」（七月号）、「山川均論」（八月号）、「小泉信三と高田保馬」（一一月号）、「河上、大山、大塚、猪俣」（一二月号）。
(56) 無署名「大正十四年の文壇」（『文藝年鑑』二松堂書店、一九二六年二月）、九頁。

(57) 中井鉄「有名と無名と」(『文藝春秋』一九三二年一〇月号)、三九〇―三九一頁(附録「文壇ユウモア」欄)。

(58) 有名性をめぐる社会学的考察はいくらかの蓄積がある。たとえば、石田佐恵子『有名性という文化装置』(勁草書房、一九九八年一〇月)、南後由和「有名性と「界」の形成――建築家の事例分析に向けて」(『ソシオロゴス』三二号、二〇〇八年九月)などが、海外の研究動向を要約・整理したうえで分析を進めている。

(59) 大宅壮一「文壇ギルドの解体期――大正十五年に於ける我国ヂャーナリズムの一断面」(『新潮』一九二六年一二月号)、八〇頁。

(60) 正宗白鳥「無名作家へ(既成作家より)【1】」(『東京日日新聞』一九三三年六月一六日朝刊)、八面。

(61) 大宅壮一「人物論の構成」(前掲)、二二一頁。

(62) 大宅壮一「文壇的人気の分析」(『行動』一九三五年四月号)、二五七頁。

(63) 大宅壮一「『平凡』の廃刊と大衆雑誌の将来」(『中央公論』一九二九年四月号)、一九八頁。

(64) A「編輯後記」(『人物評論』一九三三年三月号)、一六〇頁。

(65) 烏丸求女「壁評論　流行人物論の断面」(『読売新聞』一九三五年六月二一日朝刊)、五頁。

(66) 大伴女鳥「豆戦艦(6)――三月の雑誌」(『東京朝日新聞』一九三四年三月六日朝刊)、五頁。

(67) 佐々弘雄「人物評論の科学」(前掲)、九頁。

(68) 江口渙「芥川龍之介とおいねさん」(『人物評論』一九三三年四月号)。

(69) 窪川稲子「女流作家の文壇人印象記　その五」(『文藝通信』一九三五年三月号)、一三頁。

(70) 無署名「編輯後記」(『人物評論』一九三三年四月号)、一七六頁。

(71) この連載題は二重の意味を孕んでいる。すなわち、「「街の人物」評論」であると同時に、「街の「人物評論」」でもある。どちらにせよ、「街」に焦点が移動した。たとえば、正木千冬「「街の経済学者」評論」(『中央公論』一九三五年七月号)の表題が理解を助けてくれる。そこでいう「街の経済学者」は大学に所属しない経済学者を意味している。石橋湛山や高橋亀吉といった固有名がそれに該当する。

(72) 分野は多岐にわたる。なかんずく政治家と実業家に関する記事の割合が高い。また、戦況の進展とともに軍人の頻度が増した。当時の『中央公論』編集長であった佐藤観次郎が『文壇えんま帖――編集長の手記』(学風書院、一九五二年一〇月)のなかでこの点を回想している。「政治家のような時局的な人物」とともに「文士を二人づつ、俎上にのせる」という方針のもと、「筆者と編集者が相談して」対象を決定していたという(一九九頁)。

(73) 中央公論社『中央公論社七十年史』(中央公論社、一九五五年一一月)、二七七頁。

(74) 大澤聡「『中央公論』「街の人物評論」欄一覧――付・解題」(『リテラシー史研究』第三号、二〇一〇年一月)で基礎データを整理した。

(75) 正宗白鳥『文壇人物評論』(中央公論社、一九三二年七月)などに収録。馬場については先述のとおり。

(76) 大澤聡「『文藝春秋』「一頁人物評論」「人物紙芝居」欄一覧――付・解題」(『リテラシー史研究』第四号、二〇一一年一月)で基礎データを整理した。当時、「紙芝居」はニューメディアだった。話題の人物がめまぐるしく交替する時代相の比喩としていかにも相応しい。

（77）以下の四点に「街の人物評論」の文字パートの大半が再録されている。発売順に、杉山平助『人物論』（改造社、一九三四年一二月）、阿部真之助『新人物論』（日本評論社、一九三四年一二月）、杉山平助『街の人物評論』（亜里書店、一九三七年二月）、阿部真之助『現代世相読本』（東京日日新聞社・大阪毎日新聞社、一九三七年五月／前掲）。よく似た表題をもつ前二者は、連載一年目が終了した月に別々の版元から同時刊行された。しかも該当章のタイトルをともに「街頭人物戯論」と符合させているのだ。連載中の匿名の正体を自白していることとあわせて何重にも興味深い。なお、阿部と杉山は自身もそれぞれ、一九三八年一一月号、一二月号の同欄で取りあげられている。
（78）杉山平助「漫画家総まくり」（『中央公論』一九三四年四月号）、二二九頁。
（79）加藤悦郎「現代日本漫画壇の展望」（『漫画講座　第四巻』建設社、一九三四年八月）などに同時代の観察が見える。
（80）代表的な成果としては、伊藤剛『テヅカ・イズ・デッド――ひらかれたマンガ表現へ』（NTT出版、二〇〇五年九月）をあげることができる。
（81）森洋介「『文藝春秋』附録『文壇ユウモア』解題及び細目――雑文・ゴシップの系譜学のために」（『日本大学大学院国文学専攻論集』第二号、二〇〇五年九月）が整理・紹介している。
（82）無署名「文壇人を野球選手に見立てたなら？」（『文藝春秋』一九三一年五月号）、同「文壇水上競技大会」（『同』一九三一年八月号）。
（83）虚構化された「見立て」の一段階手前につぎのタイプがある。たとえば、永井龍男「文壇棋士印象記」（『改造』一九三五年八月号）は、文壇人たちの「将棋」スタイルを紹介した記事だ。

各者の本業＝文学活動とむすびつけることはしない。むしろ、無関連化された情報やトピック、プライベート性の高い情報であるほど商品価値が増す。山本有三や里見弴、大森義太郎らとともに佐佐木茂索や菅忠雄、大草実といった雑誌編集者が同列にあつかわれている点にも注目したい。編集者の時代を象徴する。書き手の永井自身も編集者だ。木村力男「文壇健康診断」（『改造』一九三六年三月号）など同系の記事はあげればきりがない。

（84）大縞発覚「落語講談　長篇読物　文壇殺害事件　第一回」（『文藝通信』一九三三年一二月号）、同「同　第二回」（『同』一九三四年一月号）。文中で続編が予告されるも、第三回は存在せず未完である。あるいは未完そのものが演出か。

（85）無署名「文壇名犬物語——戌歳に因んで」（『文藝通信』一九三四年二月号）、無署名「純文藝派　大衆文藝派　対抗ラグビー」（『同』一九三四年三月号）。

（86）堤寒三「顔は変る」（『人物評論』一九三四年九月号）、一二頁。

（87）伊藤剛『テヅカ・イズ・デッド』（前掲）は、「キャラの強度」を「テクストからの自律性の強さ」以外に「複数のテクストを横断し、個別の二次創作作家に固有の描線の差異、コードの差異に耐えうる「同一性存在感」の強さ」にこそ見ている（一〇八頁）。

（88）大宅壮一「1934年鳥瞰図——ジャーナリズム」（『経済往来』一九三五年一月号）、四六三頁。

（89）杉山平助「現役政治評論家を批判す」（前掲）、一六二頁。

（90）当然ながら、変化は主体の匿名化にかぎらない。たとえば、編集サイドの人選上の抑制が観察される。TRT「論壇時評」（『日本評論』一九三六年一〇月号）がこの点に触れている（二一六頁）。人物評論が「軍人論に集中」する。時節柄、当然のことだ。しかし、筆者が「オポチユニスチツクなジヤーナリストに限定されてゐる」。すなわち、「人物論は［……］馬場恒吾あたりの甘い、人情噺に躊躇してゐる」。時局が進展するにつれ、とりわけ政治領域の人物批評は不可避的に限界に直面した。それが指摘されている。

(91) 大宅壮一「形式論と形式主義論」(『文章倶楽部』一九二九年三月号)、同「新しい化粧法としての「形式論」」(『社会認識』一九二九年四月号)。

(92) 大宅壮一「多元的文壇相(三)」(『東京朝日新聞』一九二九年三月二五日朝刊)、五面。

(93) 大宅壮一「知的労働の集団化に就て」(『新潮』一九二八年六月号)、三頁。

(94) 三上於菟吉『日輪(前編)』(新潮社、一九二六年六月)、同『日輪(後編)』(新潮社、一九二六年八月)。

(95) 大宅壮一「三上於菟吉の因数分解(上)」(『読売新聞』一九二八年一月二〇日)、四面。

(96) 大宅壮一「三上於菟吉の因数分解(下)」(『読売新聞』一九二八年一月二二日)、四面。

(97) 大宅壮一「文学改造論(二)」(『東京朝日新聞』一九二九年八月一六日朝刊)、五面。

(98) 大宅壮一「事実と技術(一)——文藝界の新傾向とその批判」(『東京朝日新聞』一九二九年五月一五日朝刊)、七面。

(99) 大宅壮一「一九三〇年への待望——文學界・四」(『東京朝日新聞』一九二九年一二月二三日朝刊)、五面。

第5章

(1) 大宅壮一「『中央公論』批判(雑誌批判)」(『経済往来』一九三五年三月号)、二九三頁。

（2）林癸未夫「四月の論壇（1）二・二六事件」（『東京朝日新聞』一九三六年四月六日朝刊）、九面。

（3）杉山平助「文藝時評【5】文藝誌と新人待望――焦点は各誌の懸賞募集」（『読売新聞』一九三三年一〇月八日朝刊）は、一九三三年の文芸誌創刊ラッシュの背景を別の角度から分析している（四面）。その理路はこうだ。二、三年前まではプロレタリア文学運動が文壇の「主流」を占めていた。ゆえに、賛同／反発のいずれにせよそれを機軸（＝「目標」）に場が展開する。しかし、プロ文もこの数年で急速に失墜した。しかも文壇内部の自然淘汰ではない。「外部的弾圧」に起因する強制的な瓦解だった。そのため、代替勢力がまだ存在していない。「中心点」が補完されない。「空虚の感じが文壇を支配」する。そこで、「拠りどころを得たいといふ一種の模索的な動き」が雑誌創刊として結実したのだ、と。この観測は正しい。ただし、これは文学者側の理由だ。前日の「文藝時評【4】文藝雑誌創刊の現象と出版界」（『同』一九三三年一〇月七日朝刊）では、出版社側のビジネスとしての理由にも触れている（四面）。文学領域から多くの「資本」が撤退したいま、「一挙に労銀を切り下げて、生産費を「合理化」することが出来る、といふ打算」が作用したのではないか、と杉山は「憶測」する。

（4）無署名「文壇時言」（『日本評論』一九三六年四月号）、三一四頁。

（5）金剛登「壁評論――文藝雑誌の出足くらべ」（『読売新聞』一九三四年五月二一日朝刊）、四面。引用部は文芸誌全般の傾向に言及した箇所である。

（6）大宅壮一「『中央公論』批判」（前掲）、二九四頁。

（7）茂倉逸平「新聞学藝欄時評」（『文藝』一九三四年六月号）、三五頁。

（8）茂倉逸平も指摘するように、学芸／文芸欄は「知識階級を対象として編輯されてゐる」（同前、三四頁）。新聞購読者層の大半には無縁である。にもかかわらず、この時期、同欄に注目が集まった。なぜか。たとえば、水谷準吉「学藝面の拡充が急務――特に販売戦の武器として」（『現代新聞批判』一九三四年七月一日号）はつぎのように報告する（六頁）。「大都会読者の開拓は「飽和点に達し」た。各紙ともそう判断している。そのため、「地方都市及農村への売込」に比重が移行しつつある。ところが、水谷は都市部での「知識読者の争奪戦」を継続すべきだと主張する。報道方面での方策はある程度尽きた。残る可能性は学芸欄にあるというわけだ。「一般知識層における読者争奪戦の武器としての学藝部の価値」が再考されなければならない。じっさい、そうした方向での紙面改良が順次進められていた。一方では、空間的な読者層拡大が試みられ、他方では、既存の知的読者層の争奪が繰り広げられる。そうした二重化する「販売拡張」の道が模索されていた。

（9）S・V・C「学藝欄と新聞のスター・システム――新聞匿名月評」（『文藝春秋』一九三四年五月号）、一六五頁。

（10）P・Q・R「新聞学藝欄展望」（『文藝』一九三四年四月号）、一五二頁。

（11）大瀧重直「全国新聞学藝欄展望」（『文藝』一九三四年三月号）、七五頁。

（12）周知のとおり、二葉亭四迷は一九〇四年に『大阪朝日新聞』に（東京出張員として）、夏目漱石は一九〇七年に『東京朝日新聞』にそれぞれ入社している。

（13）大宅壮一「一九三〇年への待望（2）――文學界（二）」（『東京朝日新聞』一九二九年一二月二一日朝刊）、七面。

(14)『文藝年鑑 昭和一一年』(第一書房、一九三五年一二月)、四三頁。
(15) 大宅壮一「新聞雑誌界のスターシステム――出版・新聞・雑誌界」(『文藝春秋』一九三四年一二月号)、二二一頁。
(16) S・V・C「学藝欄と新聞のスター・システム」(前掲)、一六三頁。
(17) 同前、一六四頁。
(18) 同前、一六六頁。
(19) 森洋介「一九三〇年代匿名批評の接線――杉山平助とジャーナリズムをめぐる試論」(『語文』第一一七輯、二〇〇三年一二月)が詳細な考証を行なっている。
(20) 大宅壮一の入社は雑誌『人物評論』(第4章参照)が一年で廃刊した直後にあたる。同誌は黒字だったが、スポンサーとの対立が遠因となって廃刊した。ここにも、批評と経済をめぐる問題がある。
(21) 阿部真之助「毎日時代の保ちゃん」(『恐妻一代男』文藝春秋新社、一九五五年一二月)が経緯を回想している(一三八頁)。「私は広く文壇を見廻し、ジャーナリズムの範疇で、私の助言者となるべき人々を求めた。高田保、大宅壮一、木村毅の三君が、同時に毎日に入社するようになつたのは、こうした事情によるのだつた。外に杉山平助に目をつけ、口をかけてみたが、これは朝日と先約ができていたので、あきらめなければならなかつた。そのため四天王に一天王が欠けてしまつたわけである」。勤務形態は「正式の社員とは別格で、決つた勤務もなく、出勤も自由だつた」。
(22) 無署名「東日の三嘱託」(『現代新聞批判』一九三四年一月一日号)、三六頁。給与は、木村

「二百円」、高田「百二十円」、平野「百円」、であると暴露している。また、学芸部に当時勤務していた狩野近雄は「学芸部雑談」(『新聞研究』一九六六年九月号)で、菊池寛には「四〇〇円だったか五〇〇円だったか」を支払っていたと回顧する(一五頁)。これは阿部より一〇〇円多い。狩野自身が「八〇円」程度だったことを考えあわせると、彼らがいかに好待遇だったかがうかがえる。

(23) S・V・C「学藝欄と新聞のスター・システム」(前掲)、一六二頁。

(24) 川村湊・守屋貴嗣編『文壇落葉集』(毎日新聞社、二〇〇五年一一月)には、おもに一九三二年から三六年にかけて『東京日日新聞』学芸部に宛てられた書き手たちからの書簡が大量に翻刻・収録されている。錚々たる顔ぶれはまさに黄金時代を体現するようだ。

(25) アンケート「批評無用論に就て 諸家の回答」(『麺麭』一九三三年一〇月号)、三五頁(林房雄回答分)。

(26) 中村光夫『今はむかし』(講談社、一九七〇年一〇月)によれば、一年目は一枚五〇銭の原稿料が支払われた(七二頁)。

(27) 杉山平助による林房雄批判の背景には別の経緯も絡んでいた。第3章註で触れたように、両者のあいだで、おもに林の小説「青年」をめぐる議論の応酬が長期にわたり展開されていた。林のアンケート回答の「かれら」に杉山が含まれていたことは疑いえない。

(28) 杉山平助「文藝時評」(『新潮』一九三四年二月号)、九二—九四頁。

(29) 矢崎弾「杉山平助論——主として彼の批評の性格について」(『新潮』一九三四年三月号)、九九頁。

(30) 杉山平助「批評の敗北【上】」(『読売新聞』一九三一年一〇月一七日朝刊)、四面。
(31) 杉山平助「批評の敗北【中】」(『読売新聞』一九三一年一〇月二二日朝刊)、四面。
(32) 大宅壮一「文学の時代的必然性」(『文学時代』一九三〇年一月号)、一七頁。
(33) 杉山平助「批評の敗北【下】」(『読売新聞』一九三一年一〇月二三日朝刊)、四面。
(34) 杉山平助「商品としての文学【三】」(『東京朝日新聞』一九三一年九月二一日朝刊)、五面。
(35) 大澤聡「電子書籍論と歴史的視点——「問いの構え」の転換を」(『図書新聞』二九七五号、二〇一〇年七月二四日)では、同論を現代のメディア状況に接続した。
(36) 杉山平助「文藝時評」(『新潮』一九三四年二月号)、九四頁。
(37) 杉山平助「批評の敗北【下】」(前掲)、四面。
(38) 新居格「文壇フリーランサア論」(『文藝』一九三五年一二月号)、九八頁。
(39) 安成二郎「高円寺喫茶外の新居格風景」(安成二郎『花万朶』同成社、一九七二年一二月、初出未詳)は、新居が日常会話でこう発言したという(一八六頁)。「読売で論説記者になれというが、やはりフリー・ランサーでいたいね」。同文は一九三六年四月ごろに執筆されたと推定される。
(40) 新居格「文壇フリーランサア論」(前掲)、九七頁。
(41) 大宅壮一「講談社ヂヤーナリズムに挑戦する(雑誌時評)」(『経済往来』一九三五年八月号)、四三九頁。
(42) 新居格「文壇フリーランサア論」(前掲)、九八頁。
(43) 鎌田哲哉「進行中の批評④「重力」の前提」(『早稲田文学』二〇〇一年九月号)および、それを受けた「発刊討議「重力」は何をしようとしているのか？」（『重力01』二〇〇二年二月）など一連の実践にこの整理は触発されている。

(44) 車引耕介「壁評論——文壇フリーランサー観」（『読売新聞』一九三五年一一月二一日朝刊）、五面。

(45) 理由については、本章註3も参照せよ。

(46) 正宗白鳥「文藝時評」（『中央公論』一九三三年一一月号）、一七三—一七四頁。

(47) 中井正一「文壇の性格——「壇」の解体について（その二）」（『大阪朝日新聞』一九三二年一月二〇日朝刊）、六面。

(48) 小林秀雄「文藝春秋と私」（『文藝春秋』一九五五年一一月号）、九三頁。

(49) 林房雄「内輪話」（『文學界』一九三六年七月号）、二五一頁。

(50) 高見順「『文春』の不幸な影——『文學界』解消を望む【完】」（『報知新聞』一九三七年三月二七日朝刊）、一〇面。

(51) 大宅壮一「文藝時評（二） 文學界の新同人に問ふ」（『東京日日新聞』一九三五年一〇月二九日朝刊）、九面。

(52) 板垣直子「停滞期文壇の現はれ」（『セルパン』一九三五年一二月号）、五三頁。

(53) 高見順「強者連盟の害毒——『文學界』解消を望む〔1〕」（『報知新聞』一九三七年三月二四日朝刊）、六面。

(54) 大宅壮一「文學界の新同人に問ふ」（前掲）、九面。

(55) 林房雄「槍騎兵 匿名批評撲滅論」（『東京朝日新聞』一九三七年三月一九日朝刊）、七面。

(56) 茂倉逸平「新聞学藝欄時評」(前掲)、三六頁。
(57) 斎藤龍造「雑誌に追従する新聞」(『現代新聞批判』一九三四年四月一五日号)、一頁。
(58) P・Q・R「新聞学藝欄展望」(前掲)、一五二頁。
(59) たとえば、『改造』は「十周年記念」と題して、一九二七年八月号で「懸賞創作募集」の告知を掲載した。一九二八年四月号に結果発表。メジャー誌における懸賞創作のほぼ最初の事例だった。一九二六年一二月に発売開始した『現代日本文学全集』の成功があきらかとなった直後だということに注意しよう(序章参照)。以後、しばらく継続した。なお、同誌は一九二九年には懸賞文芸評論も募集した。ここから小林秀雄が世に出る。
(60) 見多厚二「ヂヤーナリスト変名時代」(『現代新聞批判』一九三六年一月一五日号)、三頁。
(61) 無署名「文壇統計メモ【十】匿名の正体――当世文壇気質」(『読売新聞』一九三五年九月七日朝刊)、五面。
(62) 無署名「文藝春秋」(『文藝春秋』一九三四年五月号)、三八頁。
(63) 新居格「匿名批評史の一断面(三) 過・現の相違点」(『都新聞』一九三四年四月二七日)、一面。
(64) 青野季吉「文学五十年 四十六回 二・二六事件のころ――匿名評論の時代という半面」(『東京新聞』一九五七年六月七日夕刊)が当時を回想している(八面)。
(65) 金剛登「壁評論――匿名批評論」(『読売新聞』一九三四年六月一八日朝刊)、九面。
(66) 勝本清一郎「匿名批評への二三」(『文藝』一九三五年一一月号)、一二〇頁。
(67) 無署名「文壇寸評」(『改造』一九三六年四月号)、三九二頁。

(68) 林房雄「匿名批評撲滅論」(前掲)、七面。ここでも林は匿名批評を「小遣ひ稼ぎにすぎない」と批判する。なお、同文は『東京朝日新聞』による「署名短評」欄設置を歓迎する趣旨のもと書かれた。
(69) 青野季吉「匿名批評論」(『月刊文章』一九三六年五月号)、二九頁。
(70) 「天地人」名義で『東京朝日新聞』の「学藝展望」欄を週一ペースで一八回担当する。
(71) 小林秀雄「文藝時評(3) 匿名批評」(『読売新聞』一九三六年三月三日朝刊)、五面。
(72) 長谷川如是閑「新聞紙に於ける社会的感覚の欠乏」(『中央公論』一九三六年三月号)。
(73) 小林秀雄「文藝時評のヂレンマ」(『文學界』一九三六年四月号)。
(74) 小林秀雄「文藝時評(2) 文壇の監視人面――批評の独立について」(『読売新聞』一九三六年四月五日)、五面。
(75) 小林秀雄「文藝時評(1) 文藝時評の形式――再び匿名時評について」(『読売新聞』一九三六年四月三日)、五面。
(76) 小林秀雄「文藝時評(3) 匿名批評」(前掲)はこう述べる(五面)。「杉山平助氏の成功も、文学に対する一般人の社会的感覚の平均水準を常に感じて書いたところから来てゐる」。
(77) 第3章の註79も参照せよ。
(78) 戸坂潤「匿名批評論」(『改造』一九三四年六月号)、一四三頁。
(79) 川端康成「同人雑記 匿名批評」(『文學界』一九三五年一月号)、一〇五頁。
(80) 田中惣五郎「評論家診断――杉山平助論」(『日本学藝新聞』一九三六年三月五日)は、杉山平助がことあるごとにそう形容される事実を記している(二面)。たとえば、青野季吉「文壇ジヤーナリスト論」（『日本評論』一九三六年二月号）も杉山平助を評して「もの分りのいい常識主義」と表現する（一七五頁）。それはマルクス主義以降のジャーナリズムに見られる「公式主張の没人間性」の対極に位置していた。

(81) 杉山平助「昨今の新聞学藝」（『日本学藝新聞』第一号、一九三五年一一月五日）、一面。

(82) 小林秀雄「文藝時評（4）論壇の迷子――日本的なもの」（『読売新聞』一九三七年三月七日）、五面。

(83) 小倉斉「森鷗外の作品批評――《合評形式》の意味をめぐって」（『淑徳国文』第三二号、一九九一年二月）など、当該記事の生成プロセスを考察した学術的な成果はいくつも存在する。

(84) 三木清「批評の生理と病理」（『改造』一九三二年一二月号）、一三一―一五頁。

(85) 小林秀雄「再び文藝時評に就いて」（『改造』一九三五年三月号）、三二七―三二八頁。

(86) 小林秀雄「文壇苦言集（c）時評家の危険」（『大阪朝日新聞』一九三四年一二月一四日朝刊）、一一面。なお、「文壇苦言集」の題字には「ちかごろきにくはぬこと」のルビ。

(87) 大宅壮一「ギャーナリズムと匿名評論」（大宅『ギャーナリズム講話』白揚社、一九三五年三月）、三八頁。初出は、同「流行性匿名批評家群」（『読売新聞』一九三四年三月二七日―三〇日朝刊）であるが、参照箇所は単行本化に際して加筆された部分に該当する。

(88) 名和潜「匿名評論家評論」（『文藝春秋』一九三五年八月号）、二〇七頁。

(89) 杉本鉄二「新聞と文藝批評」（『現代新聞批判』一九三五年三月一五日号）、七頁。

(90) 無署名「雑報　近刊のめざまし草」（『帝国文学』一八九六年九月号）、一一七頁。

(91) 戸坂潤「匿名批評論」（前掲）、一四二頁。

(92)　大宅壮一「新聞雑誌界のスターシステム」(前掲)、二二〇頁。
(93)　『出版年鑑　昭和一〇年版』(東京堂、一九三五年七月)、一〇頁。
(94)　杉山平助「新聞匿名批判SVCに与ふ」(『人物評論』一九三三年七月号)は、杉山と荒畑寒村のあいだに勃発した「論争」の経緯について以下の補足をしている(九五頁)。両者は「同時に相手に対する弾劾を書きはじめた」。ところが、世間には杉山のほうから「公開の喧嘩を先に吹つかけた」ように映った。荒畑は『文藝春秋』に、杉山は『東京朝日新聞』に各々原稿を「持ちこんだ」ためだ。公表が前後する。このように、メディア間のリズムの差が論争の印象に影を落とす事態もたびたび発生した。ちなみに、同文は当該論争の杉山の態度を酷評したSVC宛の体裁をとっている。そうでありながら、文中、「足下は荒畑君と同じ陣営の人である」と、正体である鈴木茂三郎を言外に指名している(九四頁)。
(95)　山田一雄「新聞の雑誌化」(『現代新聞批判』一九三五年六月一日号)、四頁。
(96)　水澤澄雄「読売の紙面を評す――文藝欄衰弱の兆」(『現代新聞批判』一九三五年一月一五日号)、四頁。
(97)　中村光夫「文芸と新聞」(『新聞研究』一九六六年九月号)は、この例外的な学芸／文芸欄の存在をおよそつぎのように説明している(一二頁)。大正期までの「文学」には普遍的な課題を考究しているという自負があった。しかし、社会一般からは排除されていた。その疎外感を充塡する精神共同体として文壇は機能した。他方、「新聞」も発生時には少数派だった。だが、啓発的な精神は備えている。両者には性質上の共通点がある。それを具現した空間の典型が新聞の文芸欄である。

(98) 戸坂潤「多忙な現代人に必要なもの」（『日本学藝新聞』一九三五年一一月五日号）、一面。
(99) 茂倉逸平「新聞学藝欄時評」（前掲）、三六頁。
(100) 同前、三六頁。
(101) 杉山平助「昨今の新聞学藝」（前掲）、一面。
(102) 身軽織助「タンク問答」（『作品』一九三六年四月号）、四五頁。
(103) 杉山平助「匿名批評論」（『日本評論』一九三七年五月号）、三二七―三二八頁。
(104) 杉本鉄二「新聞と文藝批評」（前掲）、七頁。
(105) 田中惣五郎「評論家診断」（前掲）、二面。
(106) 無署名「文藝春秋」（『文藝春秋』一九三六年六月号）、四二頁。
(107) 青野季吉「文藝時評　匿名批判の流行について」（『政界往来』一九三四年五月号）、一五四―一五五頁。
(108) 岡邦雄「匿名批評論」（『日本評論』一九三七年五月号）、三三七―三三九頁。ただし、原文の引用箇所には「側にも」とあきらかな誤植が含まれるため修正した。
(109) 三木清「批評の生理と病理」（前掲）、一四頁。
(110) 戸坂潤「「輿論」を論ず（一）」（『都新聞』一九三七年五月一〇日朝刊）、一面。
(111) 岡邦雄「匿名批評論」（前掲）、三三八頁。
(112) 岡邦雄「論争に就て」（『セルパン』一九三五年一一月号）、一三頁。
(113) 森洋介「一九三〇年代匿名批評の接線」（前掲）が杉山平助の来歴を詳細に整理している。
(114) 名和潜「匿名評論家評論」（前掲）、二〇七頁。

(115) 氷川烈『評論と随筆 春風を斬る』(大畑書店、一九三三年五月)。
(116) 杉山平助『愛国心と猫』(千倉書房、一九三五年一月)。
(117) 十返一「文藝時評」(『翰林』一九三三年九月号)、一九頁。
(118) 一九三四年二月分から署名は「大伴女鳥」に替わる。青野季吉「文学五十年」(前掲)によれば、青野と杉山の共同担当だった。その後、複数の匿名者が加わり、一九三六年五月まで継続する。なお、『東京朝日新聞』の論壇時評「n月の論壇」欄はその前月に常設を停止している。連載期間がぴたりと重なっていた。このことからも、同じ起源をもつ両輪であったことがうかがえる。
(119) 戸坂潤「新聞現象の分析――イデオロギー論による計画図」(戸坂『現代のための哲学』大畑書店、一九三三年二月)、二三三頁。「序」によると、当該章は書下ろし。
(120) E・L・M「新聞紙匿名月評」(『文藝春秋』一九三二年八月号)、一四〇頁。なお、連載「新聞紙匿名月評」において担当者が一時交替したイレギュラー回の一例である。
(121) 春山行夫「ジャーナリズム雑感」(『行動』一九三五年四月号)はこう警告する(一七〇頁)。「編輯者は特種あさりや匿名記事に浮身をやつす代りに、その黒頭巾や変装マスクをとつて文化の先頭に立たねばならない」、と。匿名批評の執筆者には雑誌編集者や新聞記者も多く含まれた。しかし、有名な外部の書き手にこそ商品価値を見出す雑誌や学芸／文芸欄にあって、無名な彼らの名はマイナスに作用するだけだ。
(122) 大宅壮一「流行性匿名批評家群【一】論壇潜水艇時代来る!」(『読売新聞』一九三四年三月二七日朝刊)、四面。

(123) 見多厚二「ヂヤーナリスト変名時代」(前掲)、四頁。
(124) 名和潜「匿名評論家評論」(前掲)、二〇六頁。
(125) 杉山平助「匿名批評論」(前掲)、三三〇頁。
(126) 名和潜「匿名評論家評論」(前掲)、二〇六、二一〇頁。
(127) 大宅壮一「流行性匿名批評家群【四】匿名の鑑別法」(『読売新聞』一九三四年三月三〇日朝刊)、四面。なお、大宅は同論のなかで、『新潮』の「草刈鎌之介」を「岡田三郎」と特定した。それを受け、武野藤介「文壇欄外(ゴシップ)」(『文藝』一九三四年五月号)は「とんでもない見当違ひ」だと批判する(一七七頁)。このように、誤認もしばしば発生した。だが、それゆえに、探偵的欲望がことさらに喚起される構造になっている。
(128) 荒川放水「豆戦艦のお芝居」(『文藝春秋』一九三三年一月号「附録文壇ユウモア」欄)は逐一実例をあげながら、「杉山平助も、氷川烈も、横手丑之助も同一人物に決つてをる」ことを検証している。
(129) 大津伝書「匿名批評界のこと」(『作品』一九三六年四月号)、四二―四三頁。ちなみに、「大津伝書」は一九三五年末から三六年初頭にかけて「豆戦艦」を担当している。
(130) 名和潜「匿名評論家評論」(前掲)、二〇六頁。
(131) 戸坂潤「匿名批評論」(前掲)、一四六―一四七頁。
(132) 氷川烈「書斎マルクス主義者の一群」(『文藝春秋』一九三二年一〇月号)、同「文藝評論家群像」(『新潮』一九三二年一一月号)。
(133) 氷川烈「ペンの叫び　田吾作文壇人」(『読売新聞』一九三二年一二月二四日朝刊)、四面。

(134)「新聞座談会――S・V・C氏に物を訊く」(『モダン日本』一九三三年九月号)。ただし、同誌は文藝春秋社から創刊されたから、移動距離は短い。その後、「発行所」はそこから独立したモダン日本社に切りかわるも、「発売元」は文藝春秋社のままだった。

(135) S・V・C『新聞批判』(大畑書店、一九三三年四月)。後年、同書は鈴木茂三郎『鈴木茂三郎選集 第一巻』(労働大学、一九七一年三月)に抄録される。

(136) 林房雄「現代文藝評論家総評」(『文藝』一九三四年一月号)は、「阪井徳三」の項目に「別名、世田三郎」と記している(七六頁)。また、「西銀三も、まさしく彼だと思ふ」としている。

終章

(1) 新居格「一九三三年の新感覚」(『経済往来』一九三三年一月号)、二一三頁。

(2) 笹本寅「雑文家評判記」(『文藝』一九三四年六月号)は、大宅壮一の執筆スタイルの特長を「時流を敏感にキャッチする才能、それを面白おかしく表現する手腕」に見ている(一三一頁)。

(3) 勝本清一郎「文藝批評の貧困」(『経済往来』一九三五年四月号)、三八〇頁。

(4) 新居格「文壇レビュー――人生速記術」(『文藝レビュー』一九二九年三月号)、四頁。同誌創刊号に相当。巻頭に各ジャンル(「文壇」「演劇」「詩壇」「映画」)のレビューが並ぶ。なお、この「レビュー」は批評としての「レビュー」であると同時に、当時流行していた小演劇形式=バラエティショーとしての「レビュー」でもあったはずだ。多彩な演目を披露することに主眼がある。まさに、焦点となっていたのは「廻転」や「リズム」や「テンポ」である。

(5) 勝本清一郎「文藝批評の貧困」(前掲)、三八〇頁。

（6）大伴女鳥「豆戦艦」（『東京朝日新聞』一九三五年九月一五日朝刊）、一一面。

（7）各章で検討してきた五つの記事様式のうち二つを融合させた記事の創出もそうした事例のひとつだ。「匿名論壇時評」や「人物評座談会」は定番化する。三要素を兼備した例も数多く見られた。順列と組み合わせに応じて派生させることがいくらでもできてしまう。座談会形式の匿名月評のように業界の草創期から機能した様式だけではない。たとえば、「現代百人物批判座談会」（『文藝春秋』一九三二年六月号）。冒頭に九名の出席者名が記してあるが、各発言に冠されるのは「A」〜「I」の匿名記号だ。ここにも後述する「綜合」志向が見える。

（8）大宅壮一「出版革命の勝利者」（『中央公論』一九二八年一二月号）、二四六頁。

（9）ロルフ・エンゲルジングのこの議論については、荒井訓「一八世紀末のドイツにおける「読書革命」をめぐって」（『言語と文化』第八号、一九九七年一二月）などを参照のこと。

（10）無署名「出版界」（『出版年鑑　昭和十一年版』東京堂、一九三六年五月）、一三頁。この箇所は「綜合雑誌」の特筆事項として書かれている。「侮り難き勢を示した」という。また春山は、時局上活動を制限されていた戸坂潤に執筆機会を提供するなど、批評家ならではの編集手腕を発揮した（小島輝正『春山行夫ノート』蜘蛛出版社、一九八〇年一一月）。

（11）大熊信行「文学のための経済学（十講）第七講――工藝品としての書物」（『都新聞』一九三三年五月二九日）、一面。

（12）春山行夫「ジャーナリズム雑感」（『行動』一九三五年四月号）、一六五頁。

（13）同前、一七〇頁。

（14）春山行夫「通話管――「現代の藝術と批評叢書」の編輯について」（『詩と詩論』第三冊、

一九二九年三月)、巻末広告。

(15) 無署名「懸賞文藝評論当選発表」(『改造』一九二九年八月号)、一一七頁。同号に、宮本顕治「「敗北」の文学――芥川龍之介氏の文学について」も掲載されている。小林秀雄「様々なる意匠」は翌号(『同』一九二九年九月号)に掲載された。なお、同懸賞は『改造』の創刊一〇周年を記念した企画であった。

(16) 水島治男『改造社の時代――戦前編』(図書出版社、一九七六年五月)は編集部における選考過程の一断面を回想している(四六―四七頁)。ただし、春山行夫への言及はない。

(17) 無署名「編輯室より」(『改造』一九二九年八月号)、六三頁。「選外佳作」として、黒木謙「わが近代学文(ママ)史より」とともにさりげなく併記された。論文要旨としてか、『改造』一九二九年一〇月号に春山行夫「超現実主義の詩論」が掲載された(一四四頁)。

(18) 春山行夫「編輯に生きんとする人に」(『月刊文章講座』一九三五年一〇月号)、六六頁。

(19) 春山行夫「ジャーナリズム雑感」(前掲)、一六五頁。

(20) 板垣直子「中堅作家論」(『行動』一九三五年九月号)、一四八頁。

(21) 新居格「綜合雑誌論」(『日本評論』一九三五年一一月号)、三四四頁。

(22) 杉山平助「「現代の雑誌」總評」(『新潮』一九三三年一〇月号)、五九頁。

(23) 大宅壮一「編輯の技術」(前本一男編『日本現代文章講座 第三巻――組織篇』厚生閣、一九三四年四月)、一七〇頁。

(24) 雨宮庸蔵「雑誌記事モンタァジュ論――記事配合の現状とその批判」(橘篤郎編『綜合ヂヤーナリズム講座 第三巻』内外社、一九三〇年一二月)、一九六頁。

(25) 編集批判もこの点に集中する。たとえば、杉本鉄二「雑誌時評」(『現代新聞批判』一九三五年三月一日号)は以下のとおり指摘している(四―五頁)。一九三五年の段階で『中央公論』『改造』に「著しい不振」が見られる。「綜合的文化雑誌」というスタイルが「時代のテンポにズレはじめてゐるのではないか」。ここでも問題となるのは「テンポ」だ。かつての「指導的、啓蒙的な役割」を果たしえない。「凡ゆる種類の原稿を註文のまゝに寄せ集めた雑誌ジヤーナリズムの王座が、いつの間にか中心支点を失ひ、自らの註文性、商品性によつて却つて縦横に引ずり廻されてゐる」。

(26) 『中央公論社七十年史』(中央公論社、一九五五年一一月)は『中央公論』の変化を以下のように概括している(一八六頁)。一九二七年以降は、「急速に商品的多様さを増した」、と。「これまでの長論文掲載から、いわばこまぎれ原稿の多種収録に方針を切りかえ」、「中間読物の豊富さを増し、全誌面にわたつて独特の百貨店的総合雑誌形態」へと転態する。

(27) 木村毅「新人椋鳩十――中間よみ物時評(1)」(『東京日日新聞』一九三三年六月二七日朝刊)、八面。

(28) 室伏高信「論壇時評【1】二分の一ジヤアナリズムの横行」(『読売新聞』一九三二年二月二五日朝刊)、四面。

(29) 雨宮庸蔵「雑誌記事モンタアジュ論」(前掲)、二〇三頁。

(30) 『経済往来』一九三一年一月号開始。初回のみ「学界ゴシツプ[ママ]」(無署名)。埋草記事であるため不掲載の月もある。他誌にも類似記事が多く存在した。『文藝春秋』は一九三一年四月号以降、無署名「学界ゴシツプ」を常設する。

(31) E・L・M「当世学者気質」(『文藝春秋』一九二九年四月号―一〇月号)。連載の編集を担当した大草実は、戦後の座談会において、この連載が「洛陽の紙価を高めた」と回想している(下村亮一ほか『昭和動乱期を語る――一流雑誌記者の証言』経済往来社、一九八二年一〇月、八四頁)。なお、向坂逸郎『戦士の碑』(労働大学、一九七〇年一二月)には、連載にあたって大草がまず向坂に相談した経緯が回想されている(四九―五〇頁)。それによれば、記号筆名は「(Marx, Engels, Lenin)の頭文字」に由来した。この二人以外は正体を知らなかったという。「どんなに近い人がきいても否定した」。

(32) 末弘厳太郎「五月の論壇(四) 人物評論の意義――低劣なるゴシップ記事」(『東京朝日新聞』一九三四年五月九日朝刊)は、本郷富士夫「東京帝国大学新進教授評判記」(『改造』一九三四年五月号)という六号記事を例にこの種の記事に批判を加えている(九面)。「大学生の興味をひかうなどとは以つての外である」。想定読者が「大学生」周辺だったことがうかがえる。末弘は「大学教授を評論する以上一々その専門に立ち入つて専門的批判を加へる必要がある」が、それでは「一般読者の読物には適しなくなる」ことはあきらかであり、ゆえに、こうした記事は「やめろ」と主張する(ただし、斬馬剣禅の時代には「偶像破壊者的意味において」価値をもっていたと整理)。アカデミズムに属する人間とそれを消費する大衆読者とのあいだにある認識のずれが表面化している。

(33) 斬馬剣禅「東西両京の大学」(『読売新聞』一九〇三年二月二五日―一九〇四年二月二〇日)。

(34) 岡邦雄「講壇ジャーナリスト」(『文藝春秋』一九三五年一〇月号)。

(35) 林癸未夫「六月の論壇(一) 自由主義者の占拠」(『東京朝日新聞』一九三四年六月二日朝

刊）、九面。

（36）大澤聡「複製装置としての「東亜協同体」論——三木清と船山信一」（石井知章・小林英夫・米谷匡史編『一九三〇年代のアジア社会論——「東亜協同体」論を中心とする言説空間の諸相』社会評論社、二〇一〇年二月）を参照のこと。

（37）嘉治隆一「民本主義前後（上）」（『批判』一九三三年五月号）はつぎのようにいう（七一頁）。「［吉野作造の］「大学普及会」といふ一つの仕事は官学関係者が街頭に出やうとした試みの一つとして歴史的に記憶せらるべき事実であると思はれる」。大学普及会とその機関誌『国民講壇』は一年未満で解消したが、それが滝田樗陰の手により『中央公論』へと接続される。同誌は民本主義の中心地となっていく。

（38）大宅壮一「批評家失格時代［九月の論壇］」（『帝国大学新聞』一九三三年九月一一日）は、「最近メキメキと頭角を現してきた戸坂潤」に「「非常時」におけるインテリの進歩性」の典型を見ている（九面）。

（39）戸坂潤「大学私論⑥ 私の大学論」（『三田新聞』一九三七年五月五日号）ではつぎのようにいう（四面）。「アカデミズムとジヤーナリズムといふ対語も、この［カテゴリー論的な］見方で行くと気に入らない。アカデミー（大学の如き）とジヤーナリズム（報道現象）との対語でなくてはカテゴリー論の虫がおさまらない」と（傍点原文）。そのうえで、自身の立場を「半分アカデミシヤンで半分ジヤーナリスト」と規定している。

（40）戸坂潤「アカデミーとジヤーナリズム」（『思想』一九三一年八月号）、七二、七八—七九頁。

（41）唯物論研究会は、幅広い領野をあつかった「唯物論全書」五〇冊（第一次・第二次＝各一八冊、第三次＝一四冊で中断)を続々と企画・刊行している。毎月二冊配本、印税の一部は唯研の財政に供される方針だった。またその後は改称、「三笠全書」として一六冊刊行される。合計六六冊におよぶこれらは研究会の成果の体系化をはかる。『唯物論研究』が初出の論考を加筆収録したものも多く見られる。継続的な共同討議による成果を盛り込んだ各書は、互いにゆるやかな連関の跡を示しつつ、当時の唯物論の到達点の地図を描いていた。

(42) 戸坂潤「アカデミーとジャーナリズム」(前掲)、二一〇頁。

(43) 春山行夫「谷川・小林・河上――ポオズの批評家とその批評のポオズ」(『文藝』一九三四年四月号)、五二頁。

(44) 同前、五二頁。この流れで春山は谷川徹三の「ディレッタンティズム」を否定的に捉えている(五三頁)。「文学的にごまかしを行」うといった辛辣な表現も見られる。

(45) 大宅壮一「現代出版資本家総評」(『日本評論』一九三六年三月号)、一七五頁。

(46) 室伏高信「綜合雑誌のジャーナリズム」(『セルパン』一九三五年五月号)、二一頁。ここで、アカデミックなジャーナリズム記事の市場規模が語られていることにも注意したい。同「大学無用論」(『中央公論』一九二九年七月号)などでもアカデミズムからの流入を拒否する立論を行なっている。

(47) 大宅壮一「一九三〇年への待望(5)――文學界・五　批評の新職能」(『東京朝日新聞』一九二九年一二月二四日朝刊)、五面。

(48) 新居格「真個の批評精神―批評への侮蔑に答へる」(『新潮』一九三三年一一月号)、六二頁。

(49) 川端康成「文藝時評(五)文壇の垣を思ふ――水上・石坂両氏の作品を読みて」(『東京朝日

新聞』一九三四年一〇月二日朝刊)、九面。その後、このタームは様々な論議を呼び、川端は何度か補足的な解説を施さざるをえなくなる。たとえば、川端康成「文藝時評」(『文藝春秋』一九三五年一二月号)では、「外来者の出入を遮ることを指すつもりは少な」く、時々刻々と変化する「文壇の勘」のごときものを意味するのだと述べる(七〇頁)。

(50) 金剛登「壁評論 文壇に垣ありや」(『読売新聞』一九三四年一〇月一四日朝刊)は、川端発言を受けてつぎのように展開する(九面)。「文壇の垣」は「文学の桎梏」にもなる。その場合、垣の「破壊」の必要がある。では、それは誰によってなされるのか。金剛は「文壇外からの闖入者」だという。

(51) 大宅壮一「文壇ギルドの解体期――大正十五年に於ける我国ヂャーナリズムの一断面」(『新潮』一九二六年一二月号)、八一頁。

(52) 新居格「文藝評論界顧瞥」(『新潮』一九三〇年一二月号)、一九頁。

(53) なお、大宅壮一は「社会批評」を本格的に展開するにあたり、他ならぬ新居格の批評スタイルを意識的に継承したと思われる。新居は多くの批評家の先行モデルとして機能した。

(54) 氷川烈「文藝評論家群像」(『新潮』一九三一年一一月号)、三三頁。

(55) 大宅壮一『文学的戦術論』(中央公論社、一九三〇年二月)、同『モダン層とモダン相』(大鳳閣書房、一九三〇年八月)。

(56) 大宅壮一「事実と技術(三)」(『東京朝日新聞』一九二九年五月一七日朝刊)、七面。

(57) 大宅壮一「「純」文藝小児病」(『文藝』一九三四年四月号)、二九頁。

(58) 大宅壮一「一九三〇年への待望」(前掲)、五面。

(59) 平野謙「批評家の運命(下) つらぬいた現場主義」(『東京新聞』一九六三年九月三日夕刊)は、平野に先行する(場合によっては同世代の)文芸批評家たちがことごとく「社会評論家」や「文明批評家」に転身してしまった理由をこう記す(八面)。いわく、「私どもはある時期にくると、どうにも現代小説全体がツマラナクなる」のだ、と――このとき、正宗白鳥の「老いて、少女愛玩の小説に親しむことの如何に難きか」という言葉も援用される(『文壇人物評論』中央公論社、一九三二年七月、四二四頁)。小説というジャンルに関わりつづけることの困難を指摘している。だが、生涯を「平(ひら)批評家」として全うした十返肇に宛てた追悼文として書かれたこの記事は、平野自身も平批評家として完結することを宣言して締めくくられる。小林秀雄や河上徹太郎、青野季吉、蔵原惟人ら先行世代は「すでに功なり名とげて現役の文芸評論家から退いている」。それに対して、平野自身をはじめ、本多秋五や中村光夫ら後続世代はいかなる道を歩むことになるのか。今後試されるのはそのことだ、と平野はいう。「最初のテスト・ケース」という表現をくりかえし使っている(平野「批評家の運命(上) 十返肇の死に思う」『東京新聞』一九六三年九月一日夕刊、八面)。

(60) 青野季吉「文壇ジャーナリスト論」(『日本評論』一九三六年二月号)、一七七頁。

(61) 三木清「文壇と論壇」(『鉄塔』一九三二年九月号)、一八頁。

(62) 新居格「現代批評家の文章」(『日本現代文章講座 第八巻――鑑賞篇』厚生閣、一九三四年五月)は同時代の批評ジャンルを一二に分類する(八六―八七頁)。そのなかで各ジャンルに固有名を割り振っている。注目すべきは「大宅壮一」のあつかいだ。「長谷川如是閑」や「戸坂潤」とともに「社会批評」に分類される。他方、「谷川徹三」は「小林秀雄」「正宗白鳥」らとともに「文藝批評」に。この分類は大雑把ではある。が、ある種の社会的な認識の一端を指し示していた。

(63) 新居格「文藝評論界顧瞥」（前掲）、一九頁。さらにこうつづく。「本年［＝一九三〇年］は哲学者出身と経済学者出身との文藝批評が大分登場したと云ふ人がある。思ふに前者にあたるものは三木清、谷川徹三氏等であり、後者では大森義太郎、石濱知行氏等であらう。文学を知らぬ、言葉を感覚し得ぬ彼等の批評がと云つて仕舞ふ向もあるが、私はそれには反対で、何人が何を論じてもいい」。

(64) 戸坂潤「アカデミーとジャーナリズム」（前掲）、七二頁。

(65) 大澤聡「固有名とネットワーク――方法（なき方法）としての山口昌男」（『ユリイカ』二〇一三年六月号）においてこの問題をあつかった。

(66) 大宅壮一「局外文藝批評家論」（『新潮』一九三五年八月号）、一五二頁。

(67) 池島重信「文壇的批評家（上）――現代文藝評論家新論（1）」（『都新聞』一九三五年九月八日朝刊）、一面。

(68) 大宅壮一「局外文藝批評家論」（前掲）、一五三頁。

(69) 伊藤整「文藝時評 文壇的批評と非文壇的批評」（『セルパン』一九三五年九月号）、一〇二頁。

(70) 同前、一〇二頁。

(71) ひとつの目安として、『文藝年鑑』の「文藝家総覧」に各批評家が登記されはじめたタイミングを見ておくと、「大森義太郎」「三木清」は一九三二年版から、「石濱知行」は一九三五年版から、「戸坂潤」は一九三六年版からとなっている。

(72) 十返肇「文壇六・三制論」(十返『文壇放浪記』角川書店、一九六二年一〇月)、一七八—一七九頁。初出は『小説中央公論』創刊号(一九六〇年七月)。

(73) 初回掲載号の「編集後記」(『経済往来』一九二七年四月号)はこう記す(一八六頁)。「所謂文壇人でなく、党派に超越した学者で然もその道の人を煩した」。ここでいう「党派」とは文学的党派を指す。文壇外からの俯瞰が期待されている。しかし、同誌による「文学」の回収はその後うまく進展せず、単発的な試みに終わる。『経済往来』における「文学」領域の定着はかなりさきのことだ。一連の経緯については、大澤聡「雑誌『経済往来』の履歴――誌面構成と編集体制」(『メディア史研究』第二五号、二〇〇九年五月)を参照。

(74) 石濱知行「文藝時評」(『経済往来』一九二七年四月号)、五六頁。ちなみに、関忠果ほか編『雑誌『改造』の四十年 付・改造目次総覧』(光和堂、一九七七年五月)によると、『改造』一九三七年四月号に掲載された石和浜次郎「片意地」という小説は石濱知行によるものだとされる(一一二頁)。

(75) P・Q・R「新聞学藝欄展望」(『文藝』一九三四年四月号)は、『東京朝日新聞』学芸欄の特色として、「文藝時評」担当者に「場違ひの人間」「ひと拈りした人間」を起用する傾向をあげる(一五二頁)。この評者は他紙学芸欄との差別化の意図を読みとる。しかし、同時に、「度が過ぎては利目がうすい」とも指摘する。その程度には、外部の批評家の起用は一般化していたのである。

(76) 『改造』一九三〇年八月号、一〇月号、一一月号、一二月号。大森はその「文藝時評」のなかで、文学作品のみならず映画や絵画などにも積極的に言及する。自身の多才ぶりをペダンチックにアピールするものではあるが、文学領域の拡張が企図されていたと解釈することも十分に可能だ。

(77) 千葉亀雄「一九三〇年の文壇を論ず」(『近代生活』一九三〇年一二月号)、五頁。
(78) 三木清「啓蒙文学論」(『改造』一九二九年一〇月号)。
(79) 三木清「時代批評の貧困」(『文藝通信』一九三四年七月号)、二一―三頁。
(80) 末川博「現代ジャーナリズム漫語」(『中央公論』一九三五年一月号)、九三頁。
(81) 雹生「赤外線 局外批評家の存在理由」(『東京朝日新聞』一九三五年八月一五日朝刊)、九面。
(82) 川端康成「続私小説的文藝批評」(『文學界』一九三六年二月号)、一二二頁。
(83) 谷川徹三「文藝時評――一九三三年の文藝界への展望」(『改造』一九三三年一月号)、二七一頁。同「ディレツタンテイズムに就いて」(『行動』一九三四年七月号)でもディレッタンティズムの原理的考察を行なっている。
(84) 戸坂潤「文藝評論家のイデオロギー」(『改造』一九三四年八月号)、同「ディレッタント論」(『思想としての文学』三笠書房、一九三六年二月)、杉山平助「ディレツタント論」(『改造』一九三五年九月号)など。
(85) 保田與重郎「アンチ・デイレツタンチズム」(『コギト』第六号、一九三二年九月)など。
(86) 三木清「現代に於けるデイレッタンティズム」【一】―【三】(『読売新聞』一九三二年一二月二七日―二九日朝刊)、すべて四面。
(87) 戸坂潤「論壇時評【4】思想・教養・感覚――最近の一トピック」(『読売新聞』一九三六年九月五日朝刊)は、「デイレツタンテイズムには思想のシステムがない」「思想が増殖しメタモルフオーゼを遂行して行く体系がない」として、「本当の教養」と対置する(五面)。前述のとおり、制度外のアカデミーとでもいうべき「システム」の構築を試みていたがゆえにである。

(88) 古谷綱武「文藝時評論」(『文藝通信』一九三六年一月号)は、要因を既存の文芸批評の変化に見出している(二五頁)。「局外批評家などといふことが騒がれるのは、局外批評家の登場によつて、真の文藝批評家との見分けがつかなくなるほど、真の文藝批評家をもつて任ずるひとびとが局外的なためである。そして局外的なために時評を軽蔑するのである」。大宅壮一や小林秀雄があわせて言外に批判されている。ここに批評の世代間ギャップを見ることもできる。

(89) 『文藝年鑑 昭和六年版』(新潮社、一九三一年三月)の「評論壇概観」が「所謂門外の徒の批評については是非の論が可なりに行はれた」と報告しているとおり(四九頁)、早くから問題化された。なお、同年鑑は昭和四年十一月から昭和五年九月にかけてのまとめに相当する。

(90) 小林秀雄「新しい文学と新しい文壇」(『婦人サロン』一九三〇年一〇月号)、八〇頁。

(91) 小林秀雄「アシルと亀の子」(『文藝春秋』一九三〇年五月号)、四九頁。このとき、三木清は「学者」に分類されている。文芸領域から見た場合、三木の社会科学的な言葉はアカデミックに映った。しかし、制度的な大学から見た場合、それはきわめてジャーナリスティックな議論に映る。三木をはじめ講壇批評家たちはアンビバレントなポジションに立っていた。ここには境界の融解現象の突端部が凝縮されている。

(92) 小林秀雄「文藝時評——文藝時評論」(『行動』一九三五年一月号)、二五七—二五八頁。

(93) 板垣直子「文藝時評」(『改造』一九三三年三月号)、二〇〇頁。

(94)　一連の批判と並行して板垣は三木の剽窃疑惑も指摘する。板垣直子「三木氏に与ふ」(『東京朝日新聞』一九三三年一月一五、一六、一七日朝刊)。この批判も同根から派生したものだ。
(95)　深田久彌「文藝時評【6】御役目批評と血の通つてゐる批評【上】」(『読売新聞』一九三三年三月七日朝刊)、四面。
(96)　板垣直子「中堅作家論」(『行動』一九三五年九月号)、一四八頁。
(97)　大宅壮一「局外文藝批評家論」(前掲)、一五二―一五三頁。
(98)　貴司山治「『局外批評家』論――文壇的問題(二)」(『読売新聞』一九三五年八月三一日朝刊)がこの二本を的確に要約している(五面)。「大宅壮一は「新潮」誌上で、専門外の局外批評家が文学を肥やし、作家を益するものだと断定してゐる。板垣直子は逆に局外批評家が文学にさしたる教養もないくせに、作品月評などをやるのを、有害無益、身の程しらずだといきまいてゐる」。
(99)　論争は年末に終結を見る。無署名「新聞学藝欄批判」(『文藝』一九三五年一二月号)はこうまとめる(一〇三頁)。「結局、「内」、「局外」の区別を撤し、所謂「局外」批評家の存在を認めることになつたらしい」。かくして、外部は馴致されていく。「らしい」というのは、いかにも文壇ジャーナリズム的な表現である。誰が決定するでもなく、空気のように不文律として周知されていく言論構造については第2章で詳説した。
(100)　戸坂潤「局外批評論」(『新潮』一九三五年一一月号)、一九―二〇頁。
(101)　戸坂潤「反動期に於ける文学と哲学――文学主義の錯覚に就いて」(『文藝』一九三四年一〇月号)。

(102) 和泉八郎「赤外線 局外批評家三態」(『東京朝日新聞』一九三五年一〇月一九日朝刊)、九面。
(103) 青野季吉「文学批評の全体性のために論ず」(『新潮』一九三〇年九月号)。
(104) 戸坂潤「局外批評論」(前掲)、二〇―二一頁。
(105) 大森義太郎「局外批評家の立場いろいろ」(『新潮』一九三五年一一月号)、二三頁。
(106) 戸坂潤「局外批評論」(前掲)、二一頁。
(107) 戸坂潤「文藝時評【一】 時評の改組」(『東京日日新聞』一九三六年六月二三日朝刊)、九面。
(108) SOS「論壇時評」(『日本評論』一九三六年八月号)、二五七頁。
(109) 雹生「局外批評家の存在理由」(前掲)、九面。
(110) 新居格「真個の批評精神」(前掲)、六三―六四頁。
(111) 木村毅「新人椋鳩十」(前掲)はこの点をさらに突き進めている(八頁)。「今後は十九世紀時代と違つて、小説家、劇作家、評論家、随筆家などといふ区別は段々消えて、一人がいろんなものを書いてみる傾向になるに違ひない」。
(112) 岡邦雄「局外批評家の立場」(『新潮』一九三五年一一月号)、一七頁。
(113) 杉本鉄二「学藝面を活かせ!――大朝・大毎学藝 総評」(『現代新聞批判』一九三五年一月一日号)、三頁。
(114) 中井正一「文壇の性格――「壇」の解体について(その二)」(『大阪朝日新聞』一九三二年一月二〇日朝刊)、六面。ただし、「大宅壮一」には言及していない。無署名「壇のうら」(『土曜日』一九三六年七月四日号)は一連の経緯を「人々がもう神々でゐられなくなつて」と表現した（二面）。なお、同文は中井論説と相当部分の表現を共有していることから、『土曜日』の中心的な存在であった中井による執筆だと推測される。

(115) 中井正一「委員会の論理――一つの草稿として」（『世界文化』一九三六年一月号―三月号）。上、中、下の三回分載。

(116) 大宅壮一「知的労働の集団化に就て」（『新潮』一九二八年六月号）、二頁。

(117) 同前、三頁。

(118) 大宅壮一「現文壇に対する公開状――実業界の一分野としての現文壇」（『読売新聞』一九二八年六月三〇日）、四面。

(119) 大宅壮一「知的労働の集団化に就て」（前掲）、四頁。

(120) 同前、五頁。

(121) 大宅壮一「知的労働の集団化の実例」（『新潮』一九二八年七月号）、四頁。

(122) 「綜合翻訳団」には、大木惇夫、大久保康雄、古田徳次郎、戸田謙介などが参加した。全盛期にはおよそ二〇人が関与していたという。青地晨「大宅壮一の手口で大宅壮一を斬る」（『中央公論臨時増刊　マスコミ読本』中央公論社、一九五九年五月）、三八頁。

(123) 大宅壮一ほか訳『千夜一夜――完訳アラビアンナイト』全一二巻（中央公論社、一九二九―一九三〇年）。

(124) 大宅壮一「翻訳工場の社長時代――放浪交友記の三」（『文藝春秋』一九五〇年四月号）、一三五頁。なお、『読売新聞』には「大宅壮一氏統帥の綜合翻訳団発会式」という見出しによる小記事が掲載された（一九三〇年五月二五日、四面）。

(125) 大宅壮一「人物論の構成」(前本一男編『日本現代文章講座　第六巻―指導篇』厚生閣、一九三四年九月)、二〇一頁。
(126) 郷登之助「看板に偽りあり――藤村・有三・義三郎等の仮面を剝ぐ」(『人物評論』一九三三年三月号)。
(127) 大宅壮一『ヂャーナリズム講話』(白揚社、一九三五年三月)。ただし、「序」によると、「一人で書いたものではなく、他に協力者もあり」と断ったうえでの「附録」扱いではある(二頁)。
(128) S・O・S「文藝手帖」(『新潮』一九三〇年八月号)、三〇―三二頁。
(129) 千葉亀雄「評論家風景」(『政界往来』一九三三年七月号)、一〇三頁。
(130) 戸坂潤「匿名批評論」(『改造』一九三四年六月号)、一四五―一四六頁。
(131) 戸坂潤「新聞の問題」(戸坂『現代のための哲学』大畑書店、一九三三年二月、初出未詳)、二〇二頁。
(132) 大宅壮一「人物論の構成」(前掲)、二〇二頁。
(133) 本書は個々の記事ジャンルの調査・分析を進めてきた。しかし、私個人によるその作業は致命的な矛盾を孕んでいる。というのも、遂行的には「雑」の要素を取り逃がしてしまうからだ。こうした作業はあくまで集合的に実行されなければならないのだろう。そのとき、本書で言及した諸々の構造的な隘路を回避する必要がある。とすれば、個別の事例研究を接合し適宜調整する場が自動生成するような仕組み、それをデザインしていくことが枢要な課題となる。メタレベルの課題をオブジェクトレベルに繰り込むという課題。だが、問いは循環する。私たちは、どの領域と場所にその空間を確保すべきなのだろうか。

あとがき（単行本版）

情報の圧縮――この言葉に突き動かされてきた。些末な資料たちを掻き集めてきてはエッセンスを搾り出す。いくつか合成してぎゅうぎゅう押し固める。さらに抽出する。速く繋ぐ。搾る。繋ぐ。一連の精製工程を反復した。そうやって出来たのがこの本だ。速くありたいと願ったが、速くあるには誰かが迂遠きわまる作業に着手しなければならなかった。だがそれにしても。なぜこの仕事は三六〇頁に着地しようとしているのか。題や章や節や註がなぜ要るのか。目次や索引や「あとがき」が。四六判の上製（ハードカバー）を選択するのはなぜか。自照的な問いがつきまとう。何ひとつ選べてなどいない。前時代の技術的制約に対応した様式の名残以外ではないのだし。すべて再審に付したい。私たちは転形期を生きている。本書の言外の関心もそこにあり続けた。

往々にして物理的な諸条件が作品の終わりを決する。あるいは人力の限界が。時間と存在の有限性ゆえに、強制的に「このへんでおしまい」というタイミングが必ずやってくる。追加すべき断片があのあたりに眠っているはず、と予測が立ったところでそれは組込まない。組込めない。永遠に知らぬままかもしれない。かたや、過去のあらゆるテクストがワンクリックで索出可能となった世界ではどうか。特定ワードのもとに膨大な文章が結集する。一瞬だ。隣には際限なき発信スペースも用意されているだろう。無限に調べていられるし、無限に書いていられる。となると、さしあたりの終着点はどこに設定されるのか。切断のモメントは外部から降ってこない。

そんな世界の接近をよそに、各所のアーカイブに身体を浸し、戦前の雑誌や新聞を一枚一枚手でめくる地点からこの仕事ははじまった。閲覧、発見、複写、整理に過半の労力と時間は費やされている。基礎調査だけで私は三つの夏休みと二つの冬休みを丸々潰した。愚鈍だと思う。ほんとうに。いずれ実現するアーカイブの完全デジタル化は私のこの数年間を軽々スキップしていく。ウェブ上の資料を漁る未来の読者や研究者たちが本書の生産性を笑うだろう。そもそもプロセスを理解しない。だが、問題は彼ら彼女らにはない。複写機がなかった時代の文章を考えるといい。私たちはその条件のちがいを意識することなく読んでいる。それと同じだ。書庫やデータベースに格納されるや経路の偏差は消失する。インターフェイスのむこう側への想像力。こんなことを記せば、本書の整合性の幾割かを減殺してしまうことになる。しかし、想像力回復の経路設計が批評や人文学に課された喫緊のミッションであることはたしかだ。もちろんあらゆる場面において。

私にとって最初の単著である。通例にならって経緯を書き留めておく。青写真は二〇〇七年の夏にある研究会で開示された。完成まで七年半かかった計算になる。当初は構想という自覚もなかった。が、結果的にそうなった。直後からピースを埋めるように、執筆依頼や論文投稿の機会を使って分散的に書き進めた。アカデミズムもジャーナリズムも、商業誌も学術誌もウェブサイトも、複数の専門領域やジャンルも、すべて無関係に全方位に通用する仕事、本書も「綜合」（終章）を目指した。成否の判断は読者に委ねよう。途上、二〇一二年の春に博士論文を提出した。その「第Ⅰ部（メディア分析編）」がこの本の原型だ。いつか「第Ⅱ部（テクスト読解編）」を書籍化することがあれば、そのときは併読していただけるとうれしい。

出版は編集者の山本賢さんのご慫慂による。突然の依頼は二〇一〇年の夏のことだった。四年半も待たせた。「他の誰にも書けない本だから」と終始寛容に見守っていただいた。さらに遡れば、ライターの速水健朗さんと山本さんの会話に私の名が出た偶然に端を発している。デザイナーの中野豪雄さんは私の思考の癖を瞬時に嗅ぎ取り可視化された。中野さんの仕事は偶然手にした展覧会図録で知った。偶然の連鎖がこうして本書を物理的に存在させている。製作と流通と販売とにかかわるすべての方々に深く感謝申し上げる。謝辞を捧ぐべき人はそれこそ無限に浮かぶ。列記は避ける。一人一人に直接伝えに行きたい。

二〇一四年一二月

大澤　聡

あとがき（岩波現代文庫版）

たとえば、このページのすぐ裏には「あとがき（単行本版）」が印刷されています。単行本では謝辞の手前までが見開きひとつ分にぴったりおさまっていました。ところが、そんなキリのよさも、データごと岩波現代文庫のフォーマットに流しこんでしまえば、ご覧のとおり、一瞬で吹き飛んでしまう。

ほかにも五章五節立てという目次構成から、各章各節の総字数のレンジ、各段落の行数、はては節題の長さにいたるまで、意図的な整形はあちこちに施されてありました。形式が内容を決定していた。メディアが思考する。むろん、これらはほとんどとるにたらぬ一例にすぎません。けれども、そうした思考の様式性が自律化し空間を立ちあげてゆく、そのメカニズムの探索にこそ本書の課題はあったはずです。なぜ書物か。しゃべったっていいわけですから。どこまでも再帰的な問いがつきまとっています。

反時代的なふるまいと知らぬでもないのに電子ブック版のリリースを長らく許諾しなかったのはそれゆえです。文庫化のいくつかの勧誘をぬらりくらりとかわしてきたのもおなじ理由。この本の内容はあのデザインとともに存在しなければならなかった。

にもかかわらず、こうやって文庫版は存在している。なぜでしょうか。編集部のすすめにしたがい、その周辺の自解をもって「あとがき(岩波現代文庫版)」にかえたいと思います。どうしようと醜く憐れな蛇足であるほかないのは十分に承知のうえで。

『批評メディア論――戦前期日本の論壇と文壇』は二〇一五年一月に岩波書店より刊行されました。初の単著です。本書はそれを文庫化したものです。こういう場合、手を入れはじめればきりがないし、過去の自分の記録でもあるのだからと、あきらかな誤りの修正のほかは最小限の加筆にとどめたとするのが業界的な慣わしらしい。ですが今回、全ページにわたって膨大な量の赤字をみっちり入れました。ただし、論証や内容の展開にかかわる層には手をつけていません。そこへ踏みこめばそれこそ際限ない。用語法や行間の層に限定してあります。

「あとがき(単行本版)」にあるとおり、当時、とくに製作の後半段階の労力の大部分は「圧縮」作業に投入されました。もしも可読性を高めるべく論述を入念に嚙みくだき、実証性を高めるべく引用を逐一ならべていったなら、八〇〇ページを超す大部の、まったくべつの書物になってしまっていたはずです。そんなデビュー作、だれが読むでしょう。その不安から、引用部の刈りこみと、一文単位の強迫症めいた圧縮と、論理の搾出とにつとめたわけです。紙の束をぐるぐる何十周とまわしながら。

不遜にも二葉亭四迷にならって、「今考えると随分馬鹿げた話さ」と含羞なかばにうっちゃることもできますが(「予が半生の懺悔」)、彼の文体開発がそうだったように、そのときにはそのときの必然性があった。たびたび褒貶両方の言及をもらうことにもなる文体の幾割かはそうした事情からできあがっています。

九年というけっして短くはない時間(しかも言語環境の激変期のそれ)をはさんで、他者の視線で読みなおしてみれば、さすがに圧縮しすぎではないかとかんじる一文になんども遭遇します。今回、赤を入れたのはおもにそういうくだりです。語彙選択の過度のこだわりも緩和しました。当初は自分なりに説明がつきもした特異な送り仮名のルールも通例に矯正されてあります。

万事につけ、他人にはおよそ無意味にすら思える法則の連鎖や堆積のうえに単行本の全体性が確保されているものですから、赤ひと筆ですべてを壊してしまうことにもなりかねません。ゆきつもどりつをくりかえし、修復師よろしくひとつひとつ文字をピンセットで摘まんではべつの文字へ貼りかえてゆく(もちろん比喩です)。そのぎりぎりのバランスの調律は気のとおくなる作業でした。過去の自分を高所から暴力的に添削しているだけかもしれない。このあとがきもしかり。なにも加えずそっと差し出すべきではないのか。

それでも――。版も重ねて品切れというわけでもないのに装いも新たに購書空間へとふたたび流通させるのであれば、やれることはやっておきたい。不遜を承知で「定本」

を冠したのはそういった経緯の果てのことです。もう二度とここには手を入れられないのだという自分への戒めもこめてあります。

二〇二〇年一月から『群像』(講談社)で「国家と批評」という月刊の連載をしています。各回、平均一六〇〇〇字ほどの。未来のどこかで、このあとがきを読んでくださっているひとのなかには、べつのタイトルがついたその書籍版をすでに手にされた方があるかもしれない。ですが、二〇二三年一二月現在、丸四年を経てなお連載は完結していません。休載期間をはさんで三二回。もはやライフワークと呼べそうな長期連載へと進化しつつある。ライフがワークに蝕まれながら。

明治後期から昭和戦前期にかけての思想史や社会史の随所に見られる人的なネットワーキングの稠密なスケッチが、内容面のミッション。そのさい、評伝や列伝やノンフィクションやの書法をリサイクルし、批評の文脈へ還流させるための新しい文体を彫琢すること、それが形式面のミッションです。

連載題のとおり、批評が国家と対峙する瞬間を描くことに最終的な目標はあるのですが、なかんずく日中戦争期以降、ものを書く職業それ自体が国家とダイレクトに衝突する局面が増えます。ならば、書き手たちの私生活はその批評的な行為と無関係ではありえない。批評家や思想家の生活ぶり、それこそ収支状況から家族構成、自宅の間取り、日ごろ身に着けていたものにいたるまで虱つぶしに連載で復元しているのはそのためです。どのタイミングでどこに住んでいたか。だれと近所だったたか。電車に乗って円タクに乗って何分でどこそこへ行けるかなど、トリビアリズムと見分けのつかない、ささいなデータの束がそこではがぜん意味をもつ。発見の連続です。

異常なほど書き手のプライベートに拘泥するこうした姿勢は、読者の眼には『批評メディア論』と対極にうつるにちがいありません。たとえば、第一に固有名をめぐる態度。第二に文体や筆致。二点をまとめていえば、『批評メディア論』は固有名批判の論理優位の文体だが、「国家と批評」は固有名を原動とした物語優位の文体ではないか、と。一方はシステムを問い、他方は実存を問うている。そこに矛盾はないのか。

『批評メディア論』でわたしは、固有名にべっとり貼りついたあれこれの属人的な文脈を毟りとって、メディアが思考させているようにしか見えない構造を実証しました。無人称的なシステムを主役に立てたわけです。それが「国家と批評」では経験論的な、文字どおり触知可能なレベルの環境の細部、具体的な場所だったり人間関係だったりに位相を落として、ほとんどマニアックに証言を掻きあつめては、言論活動とシームレスに読みつなごうとしている。

批評や研究におけるわたし個人の態度の転回なのでしょうか、これは。

転回。ある意味ではそういえます。かくもボットめいたことばや非人間たちに囲まれた現実社会を生きざるをえなくなってしまうと、システムだけを非人間的にメカニカルに描くという、かつての自分の方針にかえって飽きたらなくもなる。もういいんじゃないかと。人間を描きたい。『批評メディア論』を出したあと、二〇一〇年代後半の世界を経由する自分のなかでの強烈な変化でした。ここには、わたし個人の生活上の転態もかかわっています（ロングインタビュー「国家と批評と生活と」『群像』二〇二二年七月号」を参照）。

けれども、べつの意味では転回とはいえない。システムの議論と人間の議論をペアにするアイデアはじつはずいぶん前にあったからです。げんに『群像』での連載依頼におうじて、なかば駄洒落のように、つぎは群像劇を書きたいと伝えたのは二〇一三年、『批評メディア論』執筆途上のことでした。終章に「知識人たちが活躍する固有名の群像劇に仕上げられることを意識的に拒んできた」とあるのはそれが「意識」されていたのかもしれません。来たるべき「固有名の群像劇」のためにも、その成分をさっぱり排除した地平で思考をつきつめておく必要があった。分担です。着想から七年、『批評メディア論』からちょうど五年が経って「国家と批評」は開始します。

時期的にも内容的にもふたつの仕事を架橋する位置にあるのが『三木清教養論集』『三木清大学論集』『三木清文芸批評集』（講談社文芸文庫）で、二〇一七年の一年間に連続刊行されたこれらは、わたしが編者となって、三木清の時事にまつわる論説をテーマ別に三冊各三部構成で精選したアンソロジーです。それぞれの巻末に付けた長い解説は「国家と批評」のリハーサルにもなっている。同年から翌年にかけて『図書』(岩波書店)で、三木の書簡やメモなど未発表資料の紹介を組み入れつつ物語風に仕立てた短期連載「編集する三木清」もまた助走的な実験でした。こうして、わたしの仕事はシステムから固有名(のネットワーク)へと重点をシフトさせていったわけです。

しかし終章のさいごにおまえが躓いた罠は大宅壮一という固有名ではなかったかと訝しむ向きがあるかもしれない。じつのところ『大宅壮一』という本の企画も(二〇一一年から!)アイドリングさせたままなのです。けれども、三木清への関心はそれらよりもはるかに古く、二〇〇五年の修士論文にまで遡る。それは三木清と船山信一のあいだに観測されたテクスト上の相互循環的な影響関係を月単位で追跡することで、一九三〇年代後半の「近代の超克」論がどのように変性し、太平洋戦争期の議論へと突入していったのか、そのプロセスをつぶさに解析する論文でした(「複製装置としての「東亜協同体」論」『一九三〇年代のアジア社会論』社会評論社、二〇一〇年〕でその一部が読めます)。

この調査のなかで、彼らが論壇時評や座談会、匿名批評といったメディアをどう活用し、人物批評でどうキャラ化され、それがどう活動にフィードバックをもたらしたのかをかんがえざるをえなくなった。媒体の性能を知らずして、テクストが社会におよぼした効果の測定もないだろうというわけです。それで修論後はメディアへと関心をおおきく振りきったのでした。「あとがき(単行本版)」に「青写真は二〇〇七年の夏にある研究会で開示された」とあるのは、まさにそのときの変化の興奮を指しています。そこから『批評メディア論』までは一直線につながっている。テクストからメディアへ。そして、メディアから固有名へ。

転回を見るのならここにもある。そんなふうに迂回してきたのです。

さて。終章のおわりにはもうひとつ予告めいたことばが埋めこまれていました。「集団性」をかんがえる転送先としての「別のプロジェクト」が。「実践のなかでのみ可能」とも添えて。そこに付された最後尾の註もその方角へひらかれています。没社交的に何年もひとり地下に籠って歴史へ沈潜するスタイルを自家薬籠中のものにしつつあった当時のわたしは、つぎにそれを協働のなかに溶かしこむ必要をかんじてあのように記したはずです。刊行後しばらくつづいた編集活動はここに由来している。とりもなおさず、序章「編集批評論」の実践でもありました。

第5章「匿名批評論」でイメージした四象限のうち、類型Ⅲ「匿名+無名」は本書ではほとんどあつかっていません。固有名を消費する側、読者を分析対象におく第6章「批評読者論」で展開するプランがあったためです。雑誌へ寄せられた読者たちの感想、文章講座の通信教育メディアや投稿専門雑誌、読者イベントなどを材料に受け手へアプローチをかける試みになる予定でした。けれど、それはシステムの外部、字義どおりの外部環境へと論述が滲み出てしまうことを意味する。そのためカットしたのでした。

連載「国家と批評」では昭和期教養主義の出版状況もスケッチしているのですが、そのパートは幻の第6章をひそかに変奏させたリベンジ版でもある。読書文化の来歴と現状について教養主義の観点から再検討した『教養主義のリハビリテーション』(筑摩書房、二〇一八年)は両者を橋渡しする位置にあります(ただし、ここから逆算して『批評メディア論』を教養主義論の系譜で読むのは完全な錯誤です)。鷲田清一、竹内洋、吉見俊哉の三氏をゲストにむかえた対談三本と、わたしのひとり語りとで構成されたこの対談集は、まさに「集団」による「実践」として企画されました。

『批評メディア論』の戦後編を……としばしばいわれたものですが、その期待や予想は本書の狙いを決定的に読みそこねているといわざるをえない。それをせずともすむよう起源に遡って構造でかんがえたのですから。かわりに、明治から現代まで通史的にカバーすべく、『文学』二〇一六年五・六月号(岩波書店)ではわたしの責任編集号と銘うって、一冊丸ごと特集「文壇のアルケオロジー」を組ませてもらいました(その後『文学』は休刊)。時代で区画した五章立て、一三本の寄稿と二本の対談とで構成されています。これとペアになる計画だった特集「論壇のアルケオロジー」は実現せず、いわば本書副題の応用編は片方が宙づりのままです。

その宙づりには、二〇一五年末から丸々一年かけて『ゲンロン』(ゲンロン)でプロジェクト「現代日本の批評」全三回を走らせていたことも関係しています(のち講談社で単行本化)。わたし個人のなかでは、これが部分的に「論壇のアルケオロジー」現代編として読みかえ可能になっている。思えば、主宰の東浩紀氏との親交を得たのも『批評メディア論』刊行直後に声をかけていただいたのがはじまりでした。『ゲンロン』創刊にあわせた連載依頼へ全力の変化球でおうじるように打診したのが「現代日本の批評」だった。東氏といっしょに練ったこの大型企画は、次世代の読者や書き手に供すべく、一九七五年以降の批評の履歴を複数人で討議する形式をとりました。わたしの発言の何割かは本書の成果を現代へ転用したものになっています。

おなじく現代の政治や運動、宗教から、マンガやアニメ、ゲーム、音楽にいたるまで総合的に対象ジャンルをひろげ、批評の効力をテストした『1990年代論』(河出書房新社、二〇一七年)もその直後に編集しましたし、対話のポテンシャルをほかならぬ対話のなかで検討する対談連載「対話するいきもの」全六回を行なったのもちょうどそのころです(『kotoba』集英社、二〇一六―一七年)。

これらはいずれも終章で予告された「別のプロジェクト」をさっそく自分なりにかたちにする試みでした。

ほかにも、二〇二二年から毎月担当している『毎日新聞』文芸時評欄は第2章「文芸時評論」の実践といえるでしょうし(平野謙や江藤淳ら歴代担当者の仕事ぶりもいつか分析したい)、第3章「座談会論」の知見はテレビやラジオ、インターネットといった別種メディアでのしゃべる仕事に影響をあたえずにはいない。第5章「匿名批評論」でとりあげたさまざまな現象の現代版は二〇一五年から『共同通信』で長期連載中のネット社会時評で頻繁に分析することにもなり、そこで観察されるSNS型のお茶の間が話題のターゲットを常時高速で交換してゆく様子は、第4章「人物批評論」の考察と二重写しとなって、歴史の反復をわたしに痛感させもしています。

無恥厚顔で粗陋なふるまいと知りながら、自分の仕事を駆け足でなぞってみました。いかに『批評メディア論』から派生しているかを確認するために。それくらいに応用可能性の射程をひろく設定しておいたのが本書でした。しかし、連載「国家と批評」はその重力圏から抜け出しつつある。そんな手ごたえがあります。ほかならぬこのタイミングで、半古典化させる力をもつ文庫というメディアに本書を格納する。そうすることで、ひと区切りとし、やっとつぎのフェーズへわたし自身を移動させられるのではないか。いまはそうかんじています。

＊

単行本版の帯には、高橋源一郎氏と大澤真幸氏による推薦文が掲げられていました。一〇代のころより影響をうけた者として、これ以上になく幸せなことでした。たくさんの書評にも恵まれました。年間の書評本数では上位に入ったそうです(出版ニュース社調べ)。日本マス・コミュニケーション学会(現・日本メディア学会)と日本出版学会からは賞も頂戴しました。批評的に機能する学術、そして学術的にも通用する批評の同時遂行(「批評メディア」論／批評「メディア論」)を目指した孤独な日々がむくわれる思いでした。いくつもの書店および団体が関連するフェアやイベントを企画されました。

以上のほかにも本書にかかわってくださったすべての方々へ、この場をつかって九年ごしに、心からの謝意を呈したく思います。また、文庫化作業にご尽力いただいた岩波書店の倉持豊氏に感謝申し上げます。

コンパクトなパッケージにつつまれた本書が単行本版と同様、ジャンル問わずひろく読まれ、各現場で応用される光景がひとつでも多く生まれるなら、著者としてこれにまさる歓びはありません。本書をつうじた意想外の出会いや再会を願っています。

二〇二三年一二月

大澤　聡

本書は二〇一五年一月、岩波書店より刊行された。

現代文庫版刊行にあたり、書名を『定本 批評メディア論――戦前期日本の論壇と文壇』と改めた。

人名索引

あ 行

か 行

さ 行

た 行

な 行

は 行

ま 行

や 行

ら 行

わ 行

記号筆名

定本 批評メディア論──戦前期日本の論壇と文壇

2024年1月16日　第1刷発行

著　者　大澤 聡(おおさわ さとし)

発行者　坂本政謙

発行所　株式会社 岩波書店
〒101-8002 東京都千代田区一ツ橋 2-5-5
案内 03-5210-4000　営業部 03-5210-4111
https://www.iwanami.co.jp/

印刷・精興社　製本・中永製本

ISBN 978-4-00-602355-3　Printed in Japan

岩波現代文庫創刊二〇年に際して

二一世紀が始まってからすでに二〇年が経とうとしています。この間のグローバル化の急激な進行は世界のあり方を大きく変えました。世界規模で経済や情報の結びつきが強まるとともに、国境を越えた人の移動は日常の光景となり、今やどこに住んでいても、私たちの暮らしは世界中の様々な出来事と無関係ではいられません。しかし、グローバル化の中で否応なくもたらされる「他者」との出会いや交流は、新たな文化や価値観だけではなく、摩擦や衝突、そしてしばしば憎悪までをも生み出しています。グローバル化にともなう副作用は、その恩恵を遥かにこえていると言わざるを得ません。

今私たちに求められているのは、国内、国外にかかわらず、異なる歴史や経験、文化を持つ「他者」と向き合い、よりよい関係を結び直してゆくための想像力、構想力ではないでしょうか。

新世紀の到来を目前にした二〇〇〇年一月に創刊された岩波現代文庫は、この二〇年を通して、哲学や歴史、経済、自然科学から、小説やエッセイ、ルポルタージュにいたるまで幅広いジャンルの書目を刊行してきました。一〇〇〇点を超える書目には、人類が直面してきた様々な課題と、試行錯誤の営みが刻まれています。読書を通した過去の「他者」との出会いから得られる知識や経験は、私たちがよりよい社会を作り上げてゆくために大きな示唆を与えてくれるはずです。

一冊の本が世界を変える大きな力を持つことを信じ、岩波現代文庫はこれからもさらなるラインナップの充実をめざしてゆきます。

（二〇二〇年一月）